suhrkamp taschenbuch
wissenschaft 2087

AF144022

Die Idee des musikalischen Kunstwerks bildet den Fluchtpunkt, der den Bereich der Musik in seinem ästhetischen Eigensinn erschließt. Selbst jene musikalischen Formen, die keine Werkgestalt besitzen wollen, stehen, sofern sie Kunst zu sein beanspruchen, noch in Beziehung zu ihr. Gunnar Hindrichs widmet sich in seinem faszinierenden Buch der Artikulation dieser Idee. In enger Tuchfühlung sowohl mit der europäischen Musik von der Gregorianik bis zum Komplexismus als auch mit der philosophischen Ästhetik und Metaphysik entwickelt er sechs Grundbegriffe, die das musikalische Kunstwerk bestimmen: Material, Klang, Zeit, Raum, Sinn und Gedanke. Zusammen ergeben sie eine Ontologie des Musikwerks aus der Perspektive der ästhetischen Vernunft.

Gunnar Hindrichs ist Professor für Philosophie an der Universität Basel.

Gunnar Hindrichs
Die Autonomie des Klangs

Eine Philosophie der Musik

Suhrkamp

Bibliografische Information der Deutschen Nationalbibliothek
Die Deutsche Nationalbibliothek verzeichnet diese Publikation
in der Deutschen Nationalbibliografie;
detaillierte bibliografische Daten sind im Internet
über http://dnb.d-nb.de abrufbar.

2. Auflage 2015

Erste Auflage 2014
suhrkamp taschenbuch wissenschaft 2087
© Suhrkamp Verlag Berlin 2014
Umschlag nach Entwürfen
von Willy Fleckhaus und Rolf Staudt
Druck: Druckhaus Nomos, Sinzheim
Printed in Germany
ISBN 978-3-518-29687-5

Inhalt

Vorwort 7

Einleitung 8

Erstes Kapitel
Das musikalische Material 36

Zweites Kapitel
Der musikalische Klang 73

Drittes Kapitel
Die musikalische Zeit 108

Viertes Kapitel
Der musikalische Raum 147

Fünftes Kapitel
Der musikalische Sinn 185

Sechstes Kapitel
Der musikalische Gedanke 225

Register 267

Vorwort

Die hier vorgelegte Philosophie der Musik erkundet die Autonomie des Klangs. Sie versteht Klang statt aus den Regeln der Natur oder den Regeln der Gesellschaft aus seiner Eigenregelung heraus. Hierdurch beabsichtigt sie, den musikalischen Klang in seinem besonderen Sein als Kunst freizulegen und zu bestimmen.

Bestimmungen, die sich mit dem Sein von etwas beschäftigen, sind ontologische Bestimmungen. Das vorliegende Buch unterbreitet mithin einen Vorschlag zur Ontologie der Musik. Diese Ontologie erfolgt weder aus theoretischer noch aus praktischer Vernunft. Sie erfolgt aus ästhetischer Vernunft. Mein Haupteinwand gegen die meisten der gängigen Musikphilosophien lautet, daß sie entweder eine Ontologie aus theoretischer Vernunft verfolgen, die Musik in eine allgemeine Ordnung des Seienden hineinpreßt, oder auf ontologische Überlegungen gleich ganz verzichten und sich auf musikalische Erfahrung oder musikalisches Verstehen beschränken. Diese beiden Möglichkeiten, die auf der einen Seite die besondere Seinsweise der Musik als Kunst verfehlen und auf der andern Seite Musik auf Rezeption und Diskurs reduzieren, erschöpfen keineswegs den gesamten Umfang musikphilosophischen Denkens. Vielmehr ist zu ihnen noch ein Drittes gegeben: eben die Möglichkeit einer Ontologie der Musik aus ästhetischer Vernunft. Das vorliegende Buch widmet sich diesem Dritten.

Der Kernbezug einer Ontologie aus ästhetischer Vernunft ist das Kunstwerk. Durch seinen Anspruch, Kunst zu sein, unterscheidet es sich von theoretischen wie praktischen Größen und eröffnet den Raum des ästhetisch Seienden. Den Fluchtpunkt dieses Buches bildet daher die Idee des musikalischen Kunstwerkes. Sie bezeichnet den Ort autonomen Klangs. Die Idee des musikalischen Kunstwerkes läßt sich freilich nicht definieren. Vielmehr hat man sie durch zusammenhängende Elementarbegriffe zu explizieren. Die hier verfolgte Ontologie der Musik beansprucht daher nicht, die Identität des musikalischen Kunstwerkes festzuklopfen. Statt dessen bemüht sie sich um die Einfaltungen und Ausfaltungen seines Seins in einer Kette von Begriffen.

Einleitung

Ein berühmter Satz des Sokrates begreift Philosophie als die »größte Musik« (μεγίστη μουσική).[1] Sokrates äußert diesen Satz im Gefängnis, während er auf seine Hinrichtung wartet. Er berichtet seinen Freunden, die ihn besuchen, von einem Traum, in dem ihm befohlen worden sei, er solle Musik betreiben; und er berichtet ihnen weiter davon, daß er sich darüber gewundert habe, weil er doch die größte Musik, die Philosophie, ohnehin immer betrieben habe. Um aber sicher zu gehen, habe er dennoch damit begonnen, sich nun neben der Philosophie auch mit der Musik im gewöhnlichen Sinne, also mit der rhythmisch-melodischen Verskunst, zu beschäftigen. Darum gehe er von der größten Musik, der Philosophie, zur geläufigen Musik über.

Die Worte des Sokrates, die Platons Dialog ihm in den Mund legt, wirken fremd. Aus ihnen geht hervor, daß nicht nur der Rhythmus und das Melos der Verse, sondern auch die Philosophie eine Gestalt der Musik bilde. Nun hat der Ausdruck »Musik« in dem Satz des Sokrates nicht dieselbe Bedeutung, die er heute besitzt. Er benennt die Musenkunst im Ganzen (τέχνη μουσική). Bei den Griechen umfaßte sie die melodisch-rhythmische Dichtung und den Tanz, aber auch die Astronomie. Wenn Sokrates die Philosophie die »größte Musik« nennt, dann meint er in diesem Sinne die größte Musenkunst. Mit andern Worten, Philosophie ist ihm zufolge das, was die höchste Stufe eines Zusammenhangs darstellt, den die von den Musen bewegten Künste insgesamt bilden.

Doch auch unter diesem erweiterten Blick ist uns die sokratisch-platonische Auffassung nicht unmittelbar zugänglich. Es scheint eine Sache zu sein, rhythmisch-melodische Verse zu dichten oder zu tanzen, aber es scheint eine andere Sache zu sein, Philosophie zu betreiben. Um den Satz des Sokrates zu verstehen, sind daher drei Sachverhalte zu berücksichtigen. Zum ersten stehen Philosophie und Musik dadurch in einem Zusammenhang, daß sie einen gemeinsamen Bezugspunkt haben: das Schöne. Für die Musik ist das klar: Der Zweck der Musenkunst, auch der astronomischen,

---

1 *Platon*, Phaidon 61 a 3 f.

besteht in der Darstellung des Schönen, sei es das Schöne der Verse, sei es das Schöne der Himmelsbewegung. Aber auch die Philosophie steht im Bezug auf das Schöne. Ihr Bezug liegt darin begründet, daß das Schöne das »Hervorscheinendste« (ἐκφανέστατον) unter den Ideen ist. Als solch Hervorscheinendstes zieht das Schöne die Seele zur Ideenerkenntnis überhaupt erst empor.[2] Philosophie wiederum vollzieht sich, in Gestalt der Dialektik, als Umgang mit den Ideen.[3] Aus diesem Grunde steht auch sie unter der Anziehungskraft des Schönen. Sofern sie mit den Ideen umzugehen weiß, hat sie die Idee des Schönen, die sie zu solchem Umgang anzieht und befähigt, ergriffen. Und darum ist sie die beste Darstellung des Schönen: Sie vermag dessen Idee selbst einzusehen. In diesem Sinne ist Philosophie die »größte Musik«. Der gemeinsame Bezug auf das Schöne schließt Musik und Philosophie zusammen.

Zum zweiten macht sich im Satz des Sokrates ein pythagoreischer Hintergrund geltend. Pythagoras und seine Anhänger vertraten eine Auffassung des Kosmos, die diesen als eine auf Zahlenkombinationen und Proportionen beruhende Harmonie versteht. Das ordnungsbildende Prinzip der Welt ist ihnen zufolge die Zahl: Alles Seiende ist Zahl. Unter »Zahlen« (ἀριθμοί) sind hierbei nicht Zahlen im modernen Sinne zu verstehen, sondern diskrete, geordnete Mannigfaltigkeiten. Das heißt, pythagoreische Zahlen sind mit dem Gezählten identisch. Zu dieser Identifizierung von Zahl und Seiendem, die jene zum Prinzip der Weltordnung werden ließ, wurden die Pythagoreer aber durch die Einsicht in musikalische Harmonien und deren Proportionen gebracht.[4] Denn weil nur zahlenmäßig bestimmte Töne überhaupt Töne sind, konnte man anhand ihrer das Sein von Zahlen und das Sein von Dingen identifizieren. Angesichts solcher Identifikation ließ sich dann auch die Struktur der gesamten Welt in Zahlenverhältnissen und Harmonien verstehen. Pythagoras und seine Anhänger erhoben mithin die Struktur der Musik geradewegs zur Grundstruktur der Ordnung des Seienden. Das betrifft nicht zuletzt auch die Ordnung der menschlichen Seele. Sie wurde ebenfalls als eine auf verschiedene Weise gestimmte Harmonie begriffen. Die zahlenmäßige Ordnung

2 *Platon*, Phaidros 250 d 7.
3 *Platon*, Politeia 511 b 2 ff.
4 *Oskar Becker*, Frühgriechische Mathematik und Musiklehre, in: Archiv für Musikwissenschaft 14 (1957), S. 156-164, hier: S. 163 f.

der Musik bestimmt so das All des Seienden im Großen wie im Kleinen.

Platons Denken ist auf mannigfache Weise mit dem pythagoreischen Denken verwickelt.[5] In einigen platonischen Dialogen, besonders deutlich im *Timaios*, wird die Zahlenordnung des Kosmos ausdrücklich behandelt, und am Ende der *Politeia* spricht der Mythos vom Pamphylier Er davon, daß die menschliche Seele nach dem Tode ihr Jenseits inmitten einer Harmonie der Notwendigkeit findet, die sich in einer Art Sphärenmusik zeigt.[6] Auch der Satz, den Platon Sokrates sprechen läßt, ist vor dem Hintergrund einer musikalischen Ordnung des Seienden zu lesen. Wenn diesem Hintergrund zufolge Musik nicht nur rhythmisch-melodische Dichtung und Tanz, sondern auch eine Darstellung der Ordnung des Kosmos ist, dann bildet sie einen Teil der Theorie des Seienden. Sie ist demnach nicht so sehr ein Gegenstand der theoretischen Einsicht als vielmehr ihr Vollzug.[7] Aus der Musik lassen sich daher theoretische Überzeugungen über den Kosmos und die Seele herleiten. Das kommt in der sokratischen Aussage von der Philosophie als größter Musik zur Sprache. Da – dem pythagoreisch-platonischen Hintergrund zufolge – Musik zum Vollzug von Theorie gehört, also ein Moment des »hingerissenen Eingenommenseins«[8] von der Wahrheit darstellt, kann Philosophie als die größte Musik bezeichnet werden. Als Liebe zur Weisheit gibt sie sich dem hingerissenen Eingenommensein, das sich in der musikalischen Darstellung der kosmischen Ordnung vollzieht, vollends hin.

Zum dritten ist Musik noch in einer anderen Hinsicht ein Vollzug von Theorie. Sie gestaltet wie diese eine religiös bestimmte Lebensform. Die pythagoreische Auffassung vom Kosmos als Ordnung in Harmonien war keine vom Leben losgelöste Theorie. Sie suchte vielmehr eine Lebensform zu entwickeln, in der sich die Seele durch ihre Reinigung aus dem immerwährenden Zyklus von Tod und Wiedergeburt zu befreien vermag, in den Pythagoras und

---

5 *Charles H. Kahn*, Pythagoras and the Pythagoreans, Indianapolis 2001, S. 39 ff.

6 *Platon*, Timaios 53 b 4 ff.; Politeia 617 b 1 ff.

7 *Kurt Sier*, Platon und die Alte Akademie, in: *Stefan Lorenz Sorgner* und *Michael Schramm* (Hrsg.), Musik in der antiken Philosophie, Würzburg 2010, S. 123-166, hier: S. 136 ff.

8 So die Übersetzung von θεωρία durch *Hans-Georg Gadamer*, Wahrheit und Methode. Grundzüge einer philosophischen Hermeneutik, Tübingen ⁶1990, S. 130.

seine Anhänger sie verwickelt sahen. Von ähnlich religiösen Überlegungen ist auch Platons Begriff der Theorie geprägt. Die Einsicht in die Ideen, die sie zu erlangen strebt, erfolgt nämlich aufgrund einer Leidenschaft, deren Antriebe von den Göttern bestimmt sind und nur im Zusammenhang von Lebensformen erfolgen können, die im Bezug auf Göttliches stehen.[9] Das heißt, die sokratisch-platonische Form von Theorie – das »hingerissene Eingenommensein« von den Ideen – bildet einen religiös bestimmten, leidenschaftlichen Vollzug der Ideeneinsicht als Lebensform. Religiös bestimmte Lebensformen aber stehen für die Griechen im Zeichen der Musik, die deren Kulte prägte. Wie kaum eine andere Figur versinnbildlicht die Gestalt des Orpheus diese Dimension. Er, der erste sterbliche Musiker, steht zugleich für die Verbindung der Musik mit den griechischen Mysterienkulten, denen er seinen Namen schenkte.[10] Musik und geistige Einübung in die Einsicht gehören zusammen. Auch als leidenschaftlicher Vollzug der Einsicht bildet die Philosophie folglich die »größte Musik«. Sie überführt den kultischen Charakter der Musenkunst in eine Lebensform, die sich aus der Einsicht in die Idee gestaltet.

Vor dem Hintergrund dieser drei Sachverhalte wird der Satz des Sokrates verständlich. Zusammengefaßt besagen sie: Musik und Philosophie vollziehen eine vom Schönen angezogene Theorie, deren leidenschaftliche Einsicht eine Lebensform bildet. Als solche Vollzüge gehören Musik und Philosophie einer einheitlichen Ordnung an, die durch die Prinzipien dessen bestimmt wird, was die Einsicht in das Wahre bewegt. Diese Prinzipien sind: das Schöne als das Hervorscheinende unter den Ideen, die Darstellung des Kosmos, der Bezug auf die Götter. Die durch sie begründete Ordnung des Denkens ist die Ordnung der Musenkünste; die Philosophie ist ihre gelungenste Form. Um dies zu sagen, muß man sich weder zum Kosmos des Pythagoras bekennen noch zur Ideenlehre Platons. Vielmehr umgreift die Annahme, daß Musik und Philosophie einer einheitlichen Ordnung angehören, die durch die Prinzipien

---

9 *Gerhard Krüger*, Einsicht und Leidenschaft. Das Wesen des platonischen Denkens, Tübingen 1939. Siehe ferner zum weiteren Kontext *Pierre Hadot*, Exercices spirituels et philosophie antique, Paris ²2002.

10 Diesen Komplex erhellt *Alex Hardie*, Muses and Mysteries, in: *Penelope Murray* und *Peter Wilson* (Hrsg.), Music and the Muses. The Culture of »Mousikē« in the Classical Athenian City, Oxford 2004, S. 11-37.

dessen bestimmt wird, was die Einsicht in das Wahre bewegt, jene Positionen insgesamt – unabhängig davon, wie man im Einzelnen die Ordnung und ihre Prinzipien artikuliert.

*

All das markiert den Unterschied zur modernen Musikphilosophie. Dem Denken der Moderne ist die einheitliche Ordnung der leidenschaftlichen Einsicht zerbrochen, weil seine Vernunft sich selber in unterschiedliche Gestalten zergliedert. Das moderne Denken hat sich als theoretische, praktische und ästhetische Vernunft ausdifferenziert, ohne daß es seine Ausdifferenzierung derart auf gemeinsame Prinzipien zurückzuführen vermöchte, daß sich der Vollzug einer von ihnen in dem Vollzug einer der anderen wiedererkennen ließe. Paradigmatisch dargelegt haben diese Ausdifferenzierung Kants drei Kritiken, in denen die Vernunft ihre eigenen Ansprüche prüft. Ohne den Zusammenhang menschlicher Vernunft zu zerreißen, zeigen sie, daß die Ansprüche des theoretischen Urteils auf Erkenntnis, die Ansprüche des praktischen Urteils auf freies Handeln und die Ansprüche des ästhetischen Urteils auf Anzeige des Schönen nicht aus einer umfassenden Ordnung gewonnen werden können. Vielmehr müssen sie sich an den besonderen Verfahren der jeweiligen Urteilsform ausweisen lassen, während ihre Einheit, die die Einheit des urteilenden Subjekts wäre, selber nicht mehr ausgesagt zu werden vermag, sondern jenen Verfahren uneinholbar voraus liegt.[11] Das Denken erkennt mithin, daß es in seinen Verfahren von verschiedenen Prinzipien bewegt wird und sich dementsprechend in ungleichen Zusammenhängen artikuliert. Man kann das, abweichend von Kants Sprachgebrauch, aber durch ihn belehrt, auch so ausdrücken: Theoretische, praktische und ästhetische Vernunft haben Eigensinn.

Diese Ausdifferenzierung der Vernunft betrifft nicht nur ihre Verfahren, sondern ebenso ihre Inhalte. Auch sie erlangen nunmehr Eigensinn. Die gegenständliche Welt der theoretischen Vernunft, die Handlungswelt der praktischen Vernunft, die Kunstwelt der ästhetischen Vernunft – sie alle lassen sich nicht mehr in einer einheitlichen Ordnung verstehen, sondern erfordern unterschied-

11 Dazu *Dieter Henrich*, Über die Einheit der Subjektivität, in: Philosophische Rundschau 3 (1955), S. 28-69.

liche Formen des Denkens, um ihren jeweiligen Sinn zu erfassen. Entsprechend diesen Formen gliedert sich der Sinn des vernünftig Erfaßbaren. Wenn man nun mit dem »Sinn« eines Seienden das bezeichnet, was dessen zu verstehende Seinsweise betrifft, dann läßt sich sagen, daß sich die verstehbaren Bereiche des Seienden selbst den Formen der Vernunft gemäß ausdifferenziert haben. Sie werden in Ontologien erfaßt, die an die ausdifferenzierten Urteilsformen gebunden sind. Den ungleichen Zusammenhängen vernünftigen Denkens entsprechen so ungleiche Zusammenhänge des Seienden, die dessen verschiedene Weisen zu sein darstellen.

Mithin vermag der Satz des Sokrates nicht mehr zu gelten. Die Philosophie ist keine »größte Musik«, denn die einheitliche Ordnung der leidenschaftlichen Einsicht, die sich als Musenkunst gestaltete, besteht nicht mehr. Und umgekehrt bildet Musik nicht länger eine Gestalt der allumfassenden Theorie. Vielmehr hat sie sich im Zuge der Ausdifferenzierung der Vernunft in dem Zusammenhang ästhetischer Vernunft ausgeformt. Diese Ausformung besitzt zwei Seiten. Zum einen ist Musik der Vollzug ästhetischer Vernunft, insofern sie das künstlerische Erzeugnis menschlichen Geistes darstellt; und zum andern ist Musik der Gegenstand ästhetischer Vernunft, insofern sie das Thema von Kritik und Geschmack abgibt. Sowohl ihre Seinsweise als auch ihr Verständnis stehen demnach im Zeichen ästhetischer Vernunft. Hierdurch hat sich Musik als Kunst im strengen Sinne artikuliert. Unterschieden von der Theorie, macht sie sich als ein Seiendes eigener Art geltend: als ästhetisch Seiendes, das ästhetisch verstanden werden muß. Musik hat in der Ausdifferenzierung der Vernunft ästhetischen Eigensinn gewonnen.

Der Ort dieses Eigensinnes ist das musikalische Kunstwerk. Gewiß hatte auch die Antike die Kunst an das Werk gebunden. Obgleich sie keinen Begriff vom musikalischen Kunstwerk entwickelte, vermutlich weil die zeitliche Flüchtigkeit der Musik deren Werkcharakter entgegenzustehen schien, so wurde doch die bildende Kunst mit dem Werkbegriff erfaßt.[12] Aber in den Augen der Alten gehörte das Kunstwerk in die allgemeine Ordnung des Seienden. Es war ein Seiendes, das es zwar in seiner Eigenart zu verstehen galt, das jedoch nichtsdestoweniger in der Einheit des Kosmos stand. Beides läßt

12 Etwa *Platon*, Politeia 598 d ff., oder *Aristoteles*, Nikomachische Ethik 1140 a 1 ff.

sich an der aristotelischen Bestimmung des Kunstwerkes gut einsehen. Ihr zufolge nehmen Kunstwerke eine nachahmende Darstellung der Natur vor.[13] Das Kunstwerk grenzt sich so von dem Seienden der Natur ab, das von ihm dargestellt wird. Auf der andern Seite erweist sich seine Zugehörigkeit zur allgemeinen Ordnung daran, daß es denselben Grundgesetzen wie alles Natürliche unterliegt. Das Kunstwerk ist teleologisch organisiert, es läßt sich von vier Ursachen her verstehen, und es steht in der Spannung von Möglichkeit (δύναμις) und Verwirklichung (ἐνέργεια). Die antike Auffassung vom Kunstwerk hat daher eine ganz andere ontologische Stoßrichtung als die moderne Auffassung. Sie betrachtet es als ein besonderes Seiendes in einer allgemeinen Ordnung, das unter deren Gesetzen steht. Das Kunstwerk der Moderne hingegen bestimmt sich gerade dadurch, daß es seine Zugehörigkeit zu den Grundgesetzen einer allgemeinen Ordnung aufgekündigt hat. Das moderne Werk ist autonom: selbstgesetzlich. Nur dadurch vermag es den ästhetischen Eigensinn darzubieten, der sich in der Ausdifferenzierung der Vernunft artikuliert hat. Unter den Bedingungen ausdifferenzierter Vernunft ist das Kunstwerk mithin ein autonomes Kunstwerk.

Aus diesem Grunde läßt sich das Sein des musikalischen Kunstwerkes nicht in Begriffen erfassen, die es in eine einheitliche Ordnung des Seienden einfügen. Es wird vielmehr erst unter Regeln verständlich, die aus den Regeln des anderen Seienden nicht zu gewinnen sind, und bildet den Ort musikalischen Eigensinnes. Indem es so seine Autonomie behauptet, trennt es sich von der einheitlichen Ordnung, deren Moment die Musik in der Antike bildete und die im Hintergrund jenes Satzes des Sokrates steht: Im selbstgesetzlichen Werk tritt die Musik aus dem Gesetzesbereich von Theorie und Praxis heraus. Man hat festgestellt: »Das Werkkonzept stellt den radikalen Gegenpol zur antiken Auffassung von Musik dar.«[14] Der hier ausgesprochene Sachverhalt besitzt seinen Grund in dem Eigensinn der Musik. Denn das musikalische Kunstwerk ist gar nichts anderes als die Vergegenständlichung des Eigensinnes. Es bildet mithin den ontologischen Ort, der der Ausdifferenzierung der Vernunft entspricht. Das musikalische Kunstwerk verleiht dem freigesetzten ästhetischen Eigensinn der Musik Sein.

---

13 *Aristoteles*, Physik 194 a 21 ff.; Poetik 1448 b 4 ff.

14 *Stefan Lorenz Sorgner*, Einige Überlegungen zur antiken und modernen Musikphilosophie, in: *ders.* und *Michael Schramm* (Hrsg.), op. cit., S. 15-31, hier: S. 24.

Diese Bedeutung des Kunstwerkes gilt es um so mehr zu beachten, als die Ästhetiken unserer Zeit immer wieder das Ende des Werkbegriffes behauptet haben – und auch weiterhin behaupten.[15] Sofern sie mit musikalischen Sachverhalten argumentieren, berufen sie sich dabei meist auf postserielle Kompositionen seit 1950, die die Kriterien des musikalischen Werkes erschüttert hätten.[16] Insbesondere die Kompositionen John Cages dienen hierfür zum Zeugnis. In der Tat glaubte Cage selbst, die Überwindung musikalischer Form, die er als einen determinierten Ablauf musikalischer Ereignisse verstand, durch seine indeterminierten Kompositionen markiere den Unterschied seiner Musik zum musikalischen Werk schlechthin, das ohne solche Form nicht denkbar sei.[17] Und auch wenn man Cages engem Formbegriff und der Bindung des musikalischen Werkes an ihn nicht folgt, so scheint die Zufallsstruktur seiner Kompositionen jedenfalls die Grenzen zwischen dem Werk und dem werkfreien Klang aufzuheben. Denn sofern der zufällige Klang die Musik macht, löst sich die Identität des Werkes offenbar in das allgemeine Singen und Klingen zufälliger Ereignisse auf. Wo alles Musik sein kann, gibt es keinen Ort des musikalischen Eigensinnes mehr.

Diese Erfahrung postserieller Musik scheint sich von zwei ganz anders gearteten musikhistorischen Erkenntnissen stützen zu lassen. Die erste Erkenntnis entstammt der Begriffsgeschichte. Der Begriff des musikalischen Werkes – das vielzitierte *opus consumatum et perfectum et absolutum*[18] – wurde erst im 16. Jahrhundert eingeführt. Selbst wenn man ihn rückwirkend anzuwenden sucht, gibt es erst im Hohen Mittelalter musikalische Erzeugnisse, deren sinnvolle Beschreibung er zu leisten vermag. Und so, wie er sich ab einem bestimmten Zeitpunkt geschichtlich geltend machte, läßt sich sein geschichtlicher Geltungsverlust zu anderen Zeitpunkten darlegen.[19] Es liegt daher nahe, das musikalische Kunstwerk als eine Möglich-

---

15 Paradigmatisch *Rüdiger Bubner*, Über einige Bedingungen gegenwärtiger Ästhetik, in: *ders.*, Ästhetische Erfahrung, Frankfurt am Main 1989, S. 9-51, hier: S. 30 ff.

16 *Zofia Lissa*, Über das Wesen des Musikwerkes, in: Die Musikforschung 21 (1968), S. 157-182, hier: S. 170 ff.

17 *John Cage*, Silence, Middletown 1961, S. 35 ff.

18 *Nicolaus Listenius*, Musica, Nürnberg 1548, fol. a 3v.

19 Reiches Material bei *Wilhelm Seidel*, Werk und Werkbegriff in der Musikgeschichte (= Erträge der Forschung 246), Darmstadt 1987.

keit unter vielen Möglichkeiten der Musik zu verstehen, denen unterschiedliche Begriffe zu unterschiedlichen Zeiten entsprechen. In diesem Horizont lassen sich die musikalischen Erzeugnisse der älteren und der jüngeren Zeit, die mit dem Begriff des musikalischen Werkes nicht zu vereinbaren sind, als Zeugnisse für die Vielfalt und Relativität der Gestalten verstehen, die Musik annehmen kann. Das Kunstwerk scheint nur eine unter ihnen darzustellen.

Die zweite Erkenntnis entstammt Untersuchungen zu Formen des musikalischen Hörens. Man kann diese unter zwei Grundtypen bringen und ihnen entsprechend den Bereich der »Darbietungsmusik« von dem Bereich der »Umgangsmusik« unterscheiden.[20] Umgangsmusik – das ist Musik in Fest und Kult, Arbeit, Geselligkeit und Tanz. Ihr gegenüber tritt die Darbietung von Musik im Konzert. Letztere ist ein Erzeugnis des 19. Jahrhunderts und seiner bürgerlichen Musikkultur. An solche Darbietungsmusik aber scheint der Begriff des musikalischen Kunstwerkes gebunden. Musikalische Werke werden dargeboten, während der Umgang mit Musik im Kult oder in der Arbeit statt autonomen Werken ein äußeren Gesetzlichkeiten unterworfenes Geschehen betrifft. Diesen Überlegungen zufolge bezeichnet der Begriff des musikalischen Kunstwerkes einen recht jungen Sonderfall der Musik, der vor der historischen Fülle der Umgangsmusik zweitrangig wird.

Nach alledem scheint man die Bedeutung des Musikwerkes aus verschiedenen Gründen einschränken zu müssen: aus der Erfahrung der neuen Musik, aus der Begriffsgeschichte, aus Unterschieden des musikalischen Hörens. Indessen laufen in solchen Diagnosen mehrere Dinge zusammen. Zum einen handelt es sich oft um einen verkürzten Begriff des Kunstwerkes, dessen Ende verkündet wird. Wer wie Cage – aber auch, mit umgekehrten Vorzeichen, manch ein Vertreter der älteren Musikwissenschaft[21] – das musikalische Werk auf determinierte Formen festlegt, übersieht, daß der Verzicht auf determinierte Formen nicht das Werk aufgibt, sondern

---

20 *Heinrich Besseler,* Grundfragen des musikalischen Hörens, sowie: Das musikalische Hören der Neuzeit, beide in: *ders.,* Aufsätze zur Musikästhetik und Musikgeschichte, Leipzig 1978, S. 29-53 und S. 174-211.

21 Etwa *Friedrich Blume,* Das musikalische Kunstwerk in der Geschichte, in: *ders.,* Syntagma musicologicum II, Kassel 1973, S. 47-67. Taub gegenüber den Werken der neueren Musik ist auch *Walter Wiora,* Das musikalische Kunstwerk, Tutzing 1983.

ihm neue Formen verleiht: offene Formen.[22] Zum andern kann die in den Kompositionen der neueren Musik in der Tat verhandelte Problematik des Werkbegriffes nur dann verstanden werden, wenn sie im Horizont des musikalischen Kunstwerkes genommen wird. Denn weil das Kunstwerk dem Eigensinn der Musik gegenüber dem Außerästhetischen überhaupt erst seinen Ort gibt, ist es auch das Kunstwerk, von dem aus die Grenze zwischen dem werkgebundenen und dem werkfreien Klang so aufgehoben werden könnte, daß nicht einfach nur eine neue Heteronomie des Außerästhetischen den Eigensinn der Musik bestimmte. Hat man diesen Sachverhalt eingesehen, dann sieht man auch, daß die Zufallsmusik John Cages, die jene Grenze zu überschreiten sucht, die werkgebundene Musik keineswegs überwindet. Vielmehr gewinnt sie ihren ästhetischen Charakter dadurch, daß sie in Gestalt musikalischer Werke deren Konzeption in Frage stellt.[23] Sie übersteigt daher nicht die überkommene Musik, sondern bildet – anders als ihr Komponist selbst es wollte – deren immanente Kritik.

Zum dritten aber – und am wichtigsten – ist der Begriff des musikalischen Werkes trotz seiner geschichtlichen Aufkunft und seinem Zusammenhang mit einer bestimmten Art des Hörens nicht geschichtlich begrenzt. Der Begriff des Musikwerkes hat zwar wie alle Begriffe eine geschichtliche Herkunft. Er bringt aber zugleich etwas an den Tag, das die geschichtliche und hörenstypische Gebundenheit seiner Herkunft übersteigt: In ihm gelangt das Prinzip der europäischen Musik selbst zu seiner Artikulation.[24] Das ist nun auszuführen.

*

Das Prinzip der europäischen Musik besteht in ihrer geistigen Verfassung. Damit ist das folgende gemeint. Die europäische Musik

---

22 Den Sachverhalt erhellt *Konrad Boehmer*, Zur Theorie der offenen Form in der neuen Musik, Darmstadt ²1985.

23 Dazu mein Aufsatz: Bedeutete John Cage einen Sprung in der Neuen Musik? in: Archiv für Musikwissenschaft 55 (1998), S. 1-27.

24 *Hans Heinrich Eggebrecht*, Opusmusik, in: *ders.*, Musikalisches Denken. Aufsätze zur Theorie und Ästhetik der Musik (= Taschenbücher zur Musikwissenschaft 46), Wilhelmshaven 1977, S. 219-242, hier: S. 234 ff. Ferner *ders.*, Musik im Abendland. Prozesse und Stationen vom Mittelalter bis zur Gegenwart, München 1991, S. 36 ff.

zeichnet sich durch ihre rationale Verfassung aus, die sie zu Tonsystemen ordnet und ihr als solchen Tonsystemen ihren Sinn verleiht. Hervorgebracht wurde diese Verfassung vom griechischen Musikverständnis. Die griechische Musik stellte ein System bestimmter und bestimmbarer Verhältnisse von Tönen dar, deren Zahlenproportionalität bereits im Zusammenhang mit dem pythagoreischen Denken erwähnt wurde. Der Ausdruck für solche Verhältnisse, λόγοι, zeigt an, daß sie nicht einfach gegeben sind, sondern eine »logische« Ordnung der Klangerscheinungen durch den menschlichen Geist darstellen.[25] Mit andern Worten: Die Ordnung der Musik wird als geistige Ordnung des Klanges gestaltet. Diese Geburt der Musik aus der Geistigkeit des Klanges gehört in den größeren Zusammenhang jener »Entdeckung des Geistes«,[26] die im griechischen Denken nach Homer erfolgte. Sie hat die Spontaneität des tätigen menschlichen Geistes gegenüber allem bloß Gegebenen ausgesprochen – eine Spontaneität, die seither das europäische Denken bestimmt. Auch die Musik Europas entstand im Zuge dieser Entdeckung des Geistes, so daß sie sich vom bloß vorhandenen Klang durch ihre logische Gestalt, das vom spontanen menschlichen Geist entwickelte Tonsystem, unterscheidet.

Um hier Mißverständnisse zu vermeiden: Die Spontaneität des menschlichen Geistes gegenüber dem Gegebenen ist nicht gleichbedeutend mit der neuzeitlichen Stellung des Subjektes. Diese besteht darin, daß die erkennende und handelnde Subjektivität der als Objekt begriffenen Welt gegenübersteht. Ein solches Gegenüber kann sich zu der Absonderung des Subjektes aus vorgegebenen Zusammenhängen ausbilden. Das Subjekt ist dann der letzte Bezugspunkt der Welt des Erkennens und der Welt des Handelns, ohne selber

---

25 *Johannes Lohmann*, Musiké und Logos. Aufsätze zur griechischen Philosophie und Musiktheorie, Stuttgart 1970, zumal S. 23 ff. und S. 27-89. – Lohmann sieht den Fußpunkt dieser Rationalisierung in dem Begriff des τόνος liegen, den er als die Stellenreihe von Tonstufen deutet, durch die ein System verwirklicht wird. Hiergegen führt *Brenno Boccadoro*, Ethos e varietas. Trasformazione qualitativa e metabole nella teoria armonica dell'antichità greca (= Historiae musicae cultores 93), Florenz 2002, aus, daß statt der τόνοι harmonische Felder erstrangig seien. Wie immer auch die Sache liegen mag, Lohmanns Kerngedanke: die Vergeistigung der Klangerscheinungen durch ihre Rationalisierung zum Tonsystem, bleibt von ihr unberührt.

26 *Bruno Snell*, Die Entdeckung des Geistes. Studien zur Entstehung des europäischen Denkens bei den Griechen, Göttingen ⁴1975.

noch auf etwas Höheres bezogen zu sein: Es ist an die Stelle Gottes getreten.[27] Die griechische Entdeckung des spontanen Geistes hingegen sondert diesen nicht von bedingenden Zusammenhängen ab. Vielmehr begreift sie die Spontaneität des Geistes gegenüber allem Gegebenen als ein Moment des Kosmos. An einer Aussage des Aristoteles kann das verdeutlicht werden. Aristoteles sagt, daß die menschliche Seele gewissermaßen das Seiende »sei« (ἡ ψυχὴ τὰ ὄντα πώς ἐστιν), indem sie es durch Wahrnehmung (αἴσθησις) und Denken (νόησις) erschließe.[28] Der Geist, der hier in seiner den Leib organisierenden Form der Seele auftritt, untersteht nicht dem Gegebenen, sondern macht das Seiende allererst zu einem erschlossenen Seienden. Zugleich aber stehen sich Seele und Seiendes nicht als Subjekt und Objekt gegenüber. Sie sind »gewissermaßen« dasselbe. Diese Selbigkeit beruht auf der umfassenden Ordnung des Seienden, zu dem die Seele und das von ihr Erschlossene gleichermaßen gehören. Wahrnehmung und Denken sind nichts anderes als Vollzüge dieser Ordnung. Die Spontaneität des Geistes gegenüber dem Gegebenen geschieht mithin innerhalb eines ihn umfassenden Zusammenhanges, der selber Geist aufweist. Mit andern Worten, der Kosmos ist insgesamt eine geistige Ordnung des Seienden. Die Spontaneität des menschlichen Geistes gegenüber dem Gegebenen führt diese Ordnung daher nur aus. In diesen Zusammenhang gehört auch die geistige Verfassung der griechischen Musik. Sie ist eine logische Ordnung des Klanges jenseits des Gegebenen, aber innerhalb der geistigen Ordnung des Kosmos. Darum stellt sie zuletzt nichts anderes als dessen Proportionen dar.

Im Mittelalter wurde dieses Verhältnis von spontanem Geist und umfassender Ordnung unter christlichen Bedingungen verstanden. Die Musik steht hier zwischen der Musik der Engel und der Musik des Teufels: Gute Musik stellt die Musik der Engel dar, schlechte Musik – vor allem die Musik der Spielleute – die Musik des Teufels.[29] Unter diesen Bedingungen ist die rationale Ordnung

---

27 Dazu *Gerhard Krüger,* Die Herkunft des philosophischen Selbstbewußtseins (= Libelli 74), Darmstadt 1962.

28 *Aristoteles,* De Anima 431 b 21.

29 Dazu *Reinhold Hammerstein*, Die Musik der Engel. Untersuchungen zur Musikanschauung des Mittelalters, Bern/München 1962, und *ders.*, Diabolus in musica. Studien zur Ikonographie der Musik im Mittelalter (= Neue Heidelberger Studien zur Musikwissenschaft 6), Bern/München 1974.

der Musik zuletzt nichts anderes als der Mitvollzug englischen Musizierens. Auch das nimmt die spontane Geistigkeit der Musik in keiner Weise zurück. Die geistige Ordnung der Musik ist nun die geistige Ordnung der göttlichen Schöpfung, die sich zwischen den Engeln und dem Teufel ausspannt. Der menschliche Geist hat diese geistige Ordnung der Schöpfung nachzuahmen (*imitari*). Solche Nachahmung heißt nicht, daß er die Schöpfung kopierte. Vielmehr sucht er den göttlichen Geist in der Schöpfung freizulegen und darzustellen.[30] Menschliche Musik ist in diesem Sinne die Darstellung des göttlichen Schöpfungsgeistes, wie er sich musikalisch in der Musik der Engel verwirklicht. Die Spontaneität des menschlichen Geistes besteht folglich in dessen Teilhabe (*participatio*) am göttlichen Geist, der umgekehrt sich dem menschlichen Geist mitteilt (*communicatio*). Musikalisch gesprochen heißt das: Die Spontaneität des menschlichen Geistes besteht in der Teilhabe der menschlichen Musik an der Musik der Engel, indem man auf deren Selbstmitteilung an die Menschen hört. Beides verwirklicht sich in der Geistigkeit der Musik – ihrer logischen Verfassung.

Der Gedanke einer rationalen Ordnung der Musik durch den spontanen Geist zieht sich demnach durch verschiedene Modelle des europäischen Musikverständnisses hindurch. Er ist so gegenwärtig, daß man ihn oft übersieht. Um zwei konkrete Beispiele rationaler Ordnung der Musik zu geben, die vertraute Sachverhalte benennen: Ein besonders grundlegendes Erzeugnis von Rationalisierung ist die diatonische Tonleiter, mit der wir noch heute viele Formen von Musik erfassen. Sie ist so wenig wie andere Leitern gegeben, sondern stellt wie alle Elemente von Tonsystemen eine geistige Struktur dar, die die rationale Ordnung der Klangerscheinungen errichtet. Ein anderes bekanntes Beispiel gibt die akkordharmonische Rationalität, die die europäische Musik seit dem 16. Jahrhundert bestimmte. Sie führte deren Tonsystem zu einer neuen Stringenz und Berechenbarkeit.[31] Solche und viele andere Entwicklungen stellen Rationalisierungen unterschiedlicher Art durch den menschlichen Geist dar.

30 *Kurt Flasch*, Ars imitatur naturam. Platonischer Naturbegriff und mittelalterliche Philosophie der Kunst, in: *ders.* (Hrsg.), Parusia. Studien zur Philosophie Platons und zur Problemgeschichte des Platonismus. Festschrift für Johannes Hirschberger, Frankfurt am Main 1965, S. 265-306.

31 *Max Weber*, Zur Musiksoziologie (= Gesamtausgabe I/14), Tübingen 2004.

Das ist mithin die Geistigkeit der europäischen Musik: Sie entfaltet sich in logischen, tonsystematischen Ordnungen. Hier gilt es nun sofort, weitere Mißverständnisse zu vermeiden. Erstens bedeutet die Geburt der europäischen Musik aus der Geistigkeit des Klanges nicht, daß musikalische Rationalität auf europäische Musik oder ihren Einflußbereich beschränkt sei; vermutlich sind die meisten Musiken von rationaler, das heißt tonsystematischer Verfassung. Sie bedeutet vielmehr, daß das Verständnis europäischer Musik an das Verständnis solcher Verfassungen gebunden ist. Zweitens bedeutet die Geburt der europäischen Musik aus der Geistigkeit des Klanges nicht ihre »Entsinnlichung« oder ihren »Intellektualismus«. Der geistig geordnete Klang ist sinnlich-hörbarer Klang, und seine rauschhaften und triebhaften Dimensionen bleiben bestehen. Geist, Logos, Ratio sind musikalisch immer sinnlicher Geist, sinnlicher Logos, sinnliche Ratio. Die Geburt der Musik aus der Geistigkeit des Klanges bedeutet des weiteren nicht die Vorliebe für schulregelhafte Kompositionen oder technische Konstruktion. Virtuosität, Improvisation, bloßes Geschehen haben als virtuose, improvisierte, bloß geschehende Gestalten im Tonsystem ebenso an dessen logischer Form teil wie seine explizit durchregelten Gestalten.[32] Vielmehr bedeutet die Geburt der Musik aus der Geistigkeit des Klanges, daß der sinnliche, oft rauschhafte Klang der Musik von Anfang an in einer geistigen Ordnung steht. Denn er ist ein Klang, der in bestimmten und bestimmbaren Tonverhältnissen verfaßt ist, die nicht vorhanden, sondern geistig geformt und begründet sind. Auch rhapsodische Improvisationen beruhen auf ihm.

Indem derart die europäische Musik überhaupt nur als Vergeistigung von Klangerscheinungen existiert, birgt sie indessen die Tendenz zur Reflexion ihrer besonderen Rationalität. Sowenig den Griechen etwas einfach Vorhandenes als Musik gelten konnte,

32 Gegen *Vladimir Jankélévitch,* La Rhapsodie. Verve et improvisation musicale, Paris 1955. Der Kontrast zwischen einem musikalischen Logozentrismus und einer rhapsodischen Freiheit der Musik bestimmt Jankélévitchs Musikphilosophie insgesamt. Er stammt letztlich von Nietzsches Unterschied zwischen dem Apollinischen und dem Dionysischen her, sofern man ihn als Entzweiung interpretiert. – *Carolyn Abbate,* Music – Drastic or Gnostic? in: Critical Inquiry 30 (2004), S. 505-536, folgt Jankélévitch und baut seine Insistenz auf die Drastik klanglichen Geschehens gegen die Gnostik einer logischen Verfassung des Werkes zur musikwissenschaftlichen Parole aus.

sondern hierzu seiner geistigen Verfassung bedurfte, sowenig kann diese geistige Verfassung im Zuge ihrer weiteren Artikulation ihre Regeln als einfach vorhandene Regeln anderswoher übernehmen. Sie muß sie mehr und mehr vor ihren eigenen Gerichtshof ziehen. Dadurch wird die geistige Verfassung der Musik autonom. Abgegrenzt vom bloß Vorhandenen, bestimmt sie sich am Ende selbst und gibt sich ihre Gesetze selbst.[33] Wenn das erreicht ist, dann bezieht sich die Arbeit des Geistes auf sich selbst. Solche reflexive Artikulation ist ein Moment jener Ausdifferenzierung der Vernunft, die die Regeln ungleicher Vernunftformen ausdrücklich und dadurch voneinander unabhängig werden läßt. Indem die Geistigkeit der Musik sich auf sich selber richtet, unterscheidet sie ihre Regeln von den Regeln anderer Geistigkeit – und da, wo sie diese für sich übernimmt, tut sie das aus eigenem Antrieb. Sie bleibt noch im Bezug auf Anderes autonom.

Das bedeutet indessen, daß der eingangs umrissene Abschied der Musik von der einheitlichen Ordnung in die Ausdifferenziertheit der Vernunft keinen modernen Sündenfall darstellt. Er nimmt vielmehr die Artikulation eines Sachverhaltes vor, der in der Entdeckung des Geistes schon anfänglich angelegt ist: Die Geistigkeit der Musik führt am Ende zu deren Eigensinn. In dem Eigensinn der Musik aber ist das musikalische Kunstwerk beinhaltet. Denn wenn die geistige Verfassung der Musik ihre Artikulation zur autonomen Verfassung vollzieht, dann legt sie das Seiende, dessen autonome Verfassung sie nun darstellt, als ein eigensinniges Seiendes frei. Dieses Seiende von autonomer musikalischer Verfassung stellt – der Ausdifferenzierung in theoretische, praktische und ästhetische Vernunft gemäß – ein Seiendes dar, das sich in ästhetisch bestimmten und ästhetisch bestimmbaren Verhältnissen von Tönen gestaltet. Worin diese Verhältnisse bestehen und welche Art von Formen sie erzeugen, ist damit noch nicht gesagt; insbesondere ist die Bestimmtheit ihrer Verhältnisse nicht gleichbedeutend mit deren kompositorischen Determiniertheit. Aber die Grundgestalt jener Verhältnisse ist deutlich: Sie bilden ein musikalisch Seiendes in Autonomie. Das Prinzip der europäischen Musik, ihre Geistigkeit,

33 *Ruth Katz,* A Language of Its Own. Sense and Meaning in the Making of Western Music, Chicago 2009, bestimmt die Eigentümlichkeit der europäischen Musik historisch als deren Autonomwerden. Ich sehe diese Eigentümlichkeit sachlich in der Geistigkeit der tonsystematischen Verfassung von Musik begründet.

setzt so im Laufe seiner Artikulation ein Seiendes frei, das dieses Prinzip auf besonders artikulierte Weise – und das heißt: in Autonomie – verkörpert. Der Titel dieses Seienden lautet »musikalisches Kunstwerk«.

Wenngleich der Begriff des musikalischen Kunstwerkes ein moderner Begriff ist, so besitzt folglich dessen Idee doch grundlegende Reichweite. Sie artikuliert das Prinzip der europäischen Musik selbst: deren Geistigkeit, die sich zur autonomen Verfassung von Musik verdichtet. Ich schlage daher vor, die Idee des musikalischen Kunstwerkes als den zentralen Idealtypus zu verstehen, ohne den europäische Musik nicht verstanden werden kann.

Ein Idealtypus im Sinne Max Webers ist ein Fixpunkt für die Fluchtlinien des Denkens, ohne die sich die Fülle der Erfahrungswelt nicht verstehen läßt. Weber schreibt:

Er wird gewonnen durch die einseitige Steigerung eines oder einiger Gesichtspunkte und durch Zusammenschluß einer Fülle von diffus und diskret, hier mehr, dort weniger, stellenweise gar nicht, vorhandenen Einzelerscheinungen, die sich jenen einseitig herausgehobenen Gesichtspunkten fügen, zu einem in sich einheitlichen Gedankenbilde.[34]

Was hier auf den ersten Blick – und unter positivistischem Vorurteil – wie eine willkürliche Setzung erscheint, erweist sich bei weiterem Nachdenken als die notwendige Voraussetzung aller vernünftigen Wirklichkeitserfassung. Denn die Wirklichkeit des menschlichen Lebens bildet ein »heterogenes Kontinuum« unübersehbarer, ganz verschiedener Sinnzusammenhänge.[35] Die Wirklichkeit kann daher nur dann erfaßt und verstanden werden, wenn ein bestimmter Teil dieses heterogenen Kontinuums den Gegenstand unseres Verstehens abgibt. Hierzu sind jene einheitlichen Gedankenbilder nötig, zu denen sich die diffusen und diskreten Einzelerscheinungen zusammenschließen. Sie ordnen die Heterogenität der Wirklichkeit durch perspektivische Fixpunkte, so daß sich der

---

34 *Max Weber*, Die Objektivität sozialwissenschaftlicher und sozialpolitischer Erkenntnis, in: *ders.*, Gesammelte Aufsätze zur Wissenschaftslehre, Tübingen ⁷1988, S. 146-214, hier: S. 190. – Dazu *Dieter Henrich*, Die Einheit der Wissenschaftslehre Max Webers, Tübingen 1952, zumal S. 85 ff., und umfassend *Uta Gerhardt*, Idealtypus. Zur methodischen Begründung der modernen Soziologie, Frankfurt am Main 2001.

35 Ibidem, S. 191.

Gegenstand unseres Verstehens aus dem heterogenen Kontinuum herausheben läßt. Diese einheitlichen Gedankenbilder, die zur vernünftigen Erfassung der Wirklichkeit notwendig sind, besitzen ihren jeweiligen Grund darin, daß sich die ihnen zugeordneten Einzelerscheinungen unter den Gesichtspunkten jener Bilder in ihrer Möglichkeit explizieren lassen. Sie sind daher genau dann nicht willkürlich, wenn sie sich mittels der Erscheinungen ausweisen lassen, die sie durch einseitige Steigerung einer oder mehrerer Gesichtspunkte ihrem inneren Verständnis überhaupt erst zugänglich machen. Der Idealtypus – gebildet durch »denkende Konstruktion«[36] – ist somit weder ein Begriff, den der Wissenschaftler einer ansonsten amorphen Wirklichkeit überstülpt, noch ist er ein Begriff, der von der bereits verstandenen Wirklichkeit abgezogen würde. Vielmehr ist er ein Gedankenbild, das es ermöglicht, die Wirklichkeit allererst zu verstehen, indem es deren Fluchtlinien in konstruktiver Steigerung bestimmter Gesichtspunkte auswirft und sich durch die Explikation von Einzelerscheinungen ausweist.

Als ein solcher Idealtyp bildet die Idee des musikalischen Kunstwerkes den Fixpunkt, der die Fluchtlinien der europäischen Musik zu organisieren vermag. In ihm gelangt deren Prinzip zu seiner Artikulation. Von diesem Prinzip her – der vom Geist geformten Tonordnung – vermag die empirische Fülle dieser Musik überhaupt erst verständlich werden, die ansonsten ein heterogenes Kontinuum unübersehbarer Einzelheiten darstellt. In seinen Fluchtlinien treten die musikalischen Einzelerscheinungen als tonsystematische Gebilde hervor. Zugleich ist der Idealtyp keine willkürliche Setzung, sondern vermag sich aus dem, was er durch seine Fluchtlinien ordnet, zu rechtfertigen: indem er dessen Prinzip artikuliert. Das Verständnis von Musik wird so von dem Idealtyp angeleitet, der sich umgekehrt als grundsätzliche Verdichtung musikalischer Erfahrung zu einem Typus begründet. Diese Verdichtung erfolgt durchaus unter der von Weber benannten einseitigen Steigerung einiger Gesichtspunkte. Denn natürlich geht die europäische Musik nicht darin auf, geistige Verhältnisse von Tönen darzustellen. Es kommt die Fülle all dessen hinzu, was Musikgeschichte und Analyse dieser Verhältnisse zutage fördern. Die Geistigkeit der Musik ist

---

36 *Max Weber*, Kritische Studien auf dem Gebiet der kulturwissenschaftlichen Logik, in: *ders.*, op. cit., S. 215–290, hier: S. 275.

vielmehr der einseitig gesteigerte Gesichtspunkt, der es ermöglicht, das Prinzip jener Fülle zu erfassen. Sie darf daher zum Idealtypus zusammengeschlossen werden.

Damit läßt sich die Idee des musikalischen Kunstwerkes rechtfertigen, die die einheitliche Ordnung der Alten zugunsten des Ortes musikalischen Eigensinns aufbricht. Das idealtypische Verstehen europäischer Musik begreift das musikalisch Seiende als musikalisches Kunstwerk. Andersherum gesagt: Das Musikwerk ist das Seiende, dessen Idee das idealtypische Verständnis der europäischen Musik anleitet, indem es deren Prinzip in sich aufweist. Die Idee des musikalischen Kunstwerkes aufzugeben hieße folglich, den Fixpunkt aufzugeben, aus dem die Fluchtlinien des Verständnisses europäischer Musik gezogen werden können. Aus diesem Grunde muß eine Musikphilosophie, die solchem Verständnis nicht fremd oder gleichgültig gegenüberstehen will, ihre Untersuchungen auf jenen Fixpunkt richten. Zwar ist die Philosophie der Musik nicht deckungsgleich mit dem Verständnis von Musik. Dessen Reichtum besteht in den ausgreifenden analytischen und historischen Untersuchungen, die die Formen der Musik zu ihrem Thema haben. Ihnen gegenüber betreibt die Philosophie bloß Grundlagenforschung. Aber diese Grundlagenforschung muß auf das Verständnis der Musik bezogen bleiben. Und die Grundlage dieses Verständnisses ist der Idealtyp, der es anleitet. Ihn nicht mehr als die Voraussetzung des Verstehens hinzunehmen, sondern selbst zu begreifen, stellt die Aufgabe der Philosophie dar. Aus diesem Grunde hat sie die Idee des musikalischen Kunstwerkes darzulegen. Das bedeutet: Die Philosophie der Musik muß sich um die Grundverfassung des Seienden bemühen, das die ästhetisch bestimmten Verhältnisse der Töne vergegenständlicht. Sie untersucht den eigensinnigen Ort der Musik selbst, dessen Regionen die verschiedenen Zugänge des nicht-philosophischen Musikverständnisses erkunden. Dadurch wird sie zur Ontologie des musikalischen Kunstwerkes.

*

Auf welchem Wege kann man sich dem eigensinnigen Ort der Musik annähern? Gewichtige Versuche in der Bestimmung des musikalischen Werkes hat die seit einigen Jahrzehnten erstarkte analytische Musikontologie hervorgebracht. Dabei sind drei Grundpositionen zu erkennen.

Die erste ist die Position, die Nelson Goodman entwickelte. Sie versteht das musikalische Werk als die »Folgsamkeitsklasse« (*compliance class*) seiner Partitur. Der Gedanke ist der folgende. Die Partitur bildet ein komplexes Zeichen eines Notationssystems. Unter einem Notationssystem versteht Goodman ein Symbolschema, dem ein Bezugsfeld korreliert. Es unterliegt zwei syntaktischen und drei semantischen Bedingungen: Seine Zeichen müssen disjunkt und endlich differenzierbar sein (Syntax), und die Klassen dessen, was diese Zeichen erfüllt: die »Folgsamkeitsklassen« dieser Zeichen, müssen eindeutig sowie ebenfalls disjunkt und endlich differenzierbar sein (Semantik).[37] Im Falle des musikalischen Werkes besteht nun die Folgsamkeitsklasse der Partitur aus allen Aufführungen in Vergangenheit, Gegenwart und Zukunft, die dieser Partitur entsprechen. Die Identität des Werkes besteht folglich in der Einheit dieser Klasse.[38] Soweit der Kern von Goodmans Position. Deren entscheidendes Merkmal ist, daß sie durch ihre symboltheoretische Bestimmung des musikalischen Werkes ohne die Annahme abstrakter Gegenstände auskommt und auch jede Rede von einer Teilhabe der Aufführungen an dem Werk vermeidet. Man benötigt nur die Partitur und die Aufführungen, um das musikalische Werk als die Folgsamkeitsklasse einer Partitur zu bestimmen, und die Relation der Folgsamkeit wird durch die fünf Bedingungen des Notationssystems gewährleistet, ohne daß eine inhaltliche Teilhabe von etwas an etwas erforderlich wäre. Mit andern Worten, man benötigt nur konkrete Gegenstände und deren Klasse. Goodmans Position bietet eine durchgängig nominalistische Theorie des musikalischen Werkes dar.

Gegen Goodmans Auffassung kann man einiges einwenden. Er selbst gesteht zu, daß die Korrelation von Aufführung und Partitur so eng sein muß, um den Bedingungen des Notationssystems zu gehorchen, daß eine brillante Interpretation, die falsche Töne enthält, nicht mehr unter die Erfüllungsklasse der Partitur fällt, während eine schlechte Interpretation, die alle Töne richtig wiedergibt, zu jener Klasse gehört.[39] Sodann würde ein Werk, das niemals aufgeführt würde, Goodmans Theorie zufolge nicht existie-

---

37 *Nelson Goodman*, Languages of Art. An Approach to a Theory of Symbols, Indianapolis 1968, S. 143 ff.
38 Ibidem, S. 177 ff.
39 Ibidem, S. 186 f.

ren, was absurd scheint. Schließlich mag es Eigenschaften geben, die man den Aufführungen eines Werkes zuschreiben kann, nicht aber dem Werk selbst. Wenn etwa das Werk ein ausdrucksvolles Musikstück darstellt, das stets ausdruckslos aufgeführt würde, wäre es zugleich ausdrucksvoll und – da nur mittels seiner Aufführungen bestimmbar – ausdruckslos.[40] Der Nominalismus mündet in Widersprüche.

Goodmans Position sieht sich daher mit zwei anderen Positionen konfrontiert, die davon Abstand nehmen, das musikalische Werk als eine Klasse von konkreten Gegenständen zu bestimmen. Diese Positionen bezeichnen sich selber als »Platonismen« und begreifen das musikalische Werk – so, wie es der mathematische Platonismus mit Zahlen tut – als einen abstrakten Gegenstand jenseits von Raum und Zeit. Die erste dieser Positionen ist der »extreme Platonismus«, den Peter Kivy vertritt. Er läuft darauf hinaus, das musikalische Werk als einen Typ zu verstehen und seine Aufführungen als die Vorkommnisse (*tokens*) dieses Typs.[41] Während die Vorkommnisse eines Typs in Raum und Zeit existieren, existiert der Typ jenseits von Raum und Zeit. Ein Typ ist darum ein abstrakter Gegenstand und folglich mit der raumzeitlichen Welt auch nicht kausal verbunden. Ein musikalisches Werk ist nun ein solcher raumzeitloser Typ. Er besteht aus einer reinen Klangstruktur, deren Vorkommnisse in Raum und Zeit die Aufführungen des Werkes darstellen. Dieser Werkbegriff beinhaltet vier Momente. Man kann ihm zufolge, erstens, nicht von der Erschaffung eines musikalischen Werkes sprechen, da ein Typ jenseits der Zeit existiert. In Kivys Augen wird daher ein Werk nicht erschaffen, sondern vom Komponisten entdeckt. Man kann, zweitens, die Instrumentation eines Werkes nicht in dessen Bestimmung einbeziehen, da diese zu einer raumzeitlichen Konkretion gehört. Kivy verpflichtet sich daher zu einem klangstrukturellen Formalismus. Man kann, drittens, das Werk nicht als den persönlichen Ausdruck eines Menschen an-

---

40 *Peter Kivy*, Introduction to a Philosophy of Music, Oxford 2002, S. 207 ff.

41 Ibidem, S. 211 ff. Ausführlich *Peter Kivy*, Platonism in Music. A Kind of Defense, und: Platonism in Music. Another Kind of Defense, beide in: *ders.*, The Fine Art of Repetition. Essays in the Philosophy of Music, Cambridge 1993, S. 35-74. Eine besonders entwickelte Form des musikontologischen »Platonismus« bietet *Nicholas Wolterstorff*, Works and Worlds of Art, Oxford 1980, zumal S. 45 ff. Neuerdings auch *Julian Dodd*, Works of Music. An Essay in Ontology, Oxford 2007.

sehen, da es keine kausale Verbindung zwischen der raumzeitlichen Welt und dem Typ gibt. Kivy versteht das Komponieren daher als erstes Erzeugen eines Vorkommnisses (*first-tokening*) jenes Typs, das es uns ermöglicht, den abstrakten Typ zu hören. Und man muß, viertens, das Werk als unzerstörbar ansehen. Alle diese Momente widersprechen gängigen Annahmen über musikalische Werke. Sie können aber nicht aufgegeben werden, sofern an der Trennung von abstraktem Typ und raumzeitlicher Welt festgehalten werden soll.

Eine andere Form des »Platonismus« versucht, diese vier Momente zu umgehen. Sie stellt einen »eingeschränkten Platonismus« (*qualified Platonism*) dar und will den abstrakten Typ und die Verbindung zur raumzeitlichen Welt zugleich denken. Eingebracht in die Diskussion hat sie Jerrold Levinson. Seine Einschränkung des Platonismus besteht zum einen darin, daß er das musikalische Werk nicht auf eine reine Klangstruktur reduziert. Vielmehr versteht er es als eine komplexe Struktur, die sich aus der reinen Klangstruktur und den Aufführungsmitteln zusammensetzt. Zum andern sucht Levinson die Erschaffung des Werkes durch einen Komponisten in die Theorie von Typ und Vorkommnis zu integrieren. Das Werk sei keine bloße Struktur, sondern eine »von X zu einem bestimmten Zeitpunkt abgebildete Struktur« (*structure-as-indicated-by-X-at-t*). Das bedeutet: Der Komponist X erschafft zwar nicht die Struktur, aber er erschafft die »Struktur-insofern-als-abgebildet-von-X« und kann daher als Schöpfer des Werkes verstanden werden. Levinsons definitorische Formel für das musikalische Werk lautet daher: Das musikalische Werk ist eine »Klang-und-Aufführungsmittel-Struktur-insofern-als-abgebildet-vom-Komponisten-X-zum-Zeitpunkt-t«.[42] Durch diese Definition vermag Levinson Instrumentation und kompositorische Schöpferkraft mit der Theorie von Typ und Vorkommnis zu vereinigen. Im Gegenzug muß er freilich jene seltsame Formel von den »Strukturen-insofern-als-abgebildet-von-X« einführen, von der nicht ganz klar ist, was sie eigentlich bezeichnen soll. Solche Strukturen wären abstrakte Gegenstände, die nur durch die Tätigkeit eines konkreten Seienden, nämlich die Handlung eines Komponisten, existierten. Dadurch entsteht ein Dilemma. Einerseits kann der zeitlose Typ (die Struktur) *per definitionem*

42 *Jerrold Levinson*, What a Musical Work Is, sowie: What a Musical Work Is, Again, beide in: *ders.*, Music, Art, and Metaphysics. Essays in Philosophical Aesthetics, Ithaca 1990, S. 63-88 und S. 215-263.

in keiner kausalen Verbindung zu raumzeitlichen Dingen (dem Komponisten) stehen, andererseits soll er dies als abgebildeter Typ aber dennoch tun.

So werden die Hauptkoordinaten des Feldes, auf dem gegenwärtig um eine Ontologie des musikalischen Werkes gestritten wird, vom Nominalismus, vom extremen Platonismus und vom eingeschränkten Platonismus gezogen. Man könnte auch sagen: vom Werk als Klasse seiner Aufführungen, vom Werk als Klangstrukturtyp oder vom Werk als abgebildeter Klang-und-Aufführungsmittel-Typ. Jede dieser Koordinaten weist ihre innere Schwierigkeit auf. Der Nominalismus scheint einen zu engen Werkbegriff zu haben, wenn dieser nichts anderes als die Klasse von Aufführungen bezeichnen soll. Der extreme Platonismus scheint das Werk von allem menschlichen Geschehen zu trennen und an einen unbeweglichen Typenhimmel zu verbannen, wo man es entdecken kann. Und der eingeschränkte Platonismus scheint ein merkwürdiges Zwitterwesen zu kreieren: ein abstraktes Seiendes mit konkreten Konstituentien. Die Koordinaten des Feldes, auf dem eine Ontologie des musikalischen Werkes errichtet werden soll, sind schlecht gezogen.

Angesichts dieser Lage macht sich Lydia Goehrs These mit unverminderter Kraft geltend, wonach der Begriff des musikalischen Werkes keiner Definition fähig sei. Aus der Unfähigkeit, das musikalische Werk auf überzeugende Weise zu definieren, schließt Goehr, daß die Suche nach Definitionen ihre Sache insgesamt verfehle.[43] Denn eine geschichtliche Größe wie das Musikwerk definieren zu wollen hieße, die Phänomene mit einer abgeschlossenen Begriffsanalyse zu schlagen, von der nicht klar ist, wie sie mit jenen zusammenhänge. Sofern sich die Begriffsanalyse nur aus theoretischen Gründen rechtfertigt, scheint sie die Fülle der Phänomene verfehlen zu müssen; sofern sie sich hingegen aus den Phänomenen rechtfertigt, wird nicht klar, welche Phänomene die Analyse stützen und welche nicht. Die gängigen Musikontologien berufen sich darauf, daß ihre Analysen nur die paradigmatischen Werke erfaßten; meistens nennen sie hier einige Werke Beethovens. Doch scheinen einige Werke Beethovens nur deshalb Paradigmen des musikalischen Werkes zu sein, weil sie dessen Definition beson-

---

43 *Lydia Goehr*, The Imaginary Museum of Musical Works. An Essay in the Philosophy of Music, Oxford 1992, S. 90 ff.

ders gut genügen. Dann aber rechtfertigt sich die Definition des musikalischen Werkes mit Hilfe von Phänomenen, deren Auswahl sie selber anleitet. Mit andern Worten: Die Angemessenheit der Definition wird daraus begründet, daß sie die Phänomene erfaßt, die sie als paradigmatisch auswählt. Phänomene und definitorische Ontologie finden nicht zusammen – es sei denn um den Preis, daß diese jenen vorschreibt, was sie zu sein haben.

In dieser Lage schlägt Goehr einen Wittgensteinianischen Ausweg vor. Man solle anerkennen, daß der Begriff des Werkes undefinierbar sei, und ihn statt dessen als einen »Begriff mit unscharfen Rändern«[44] verstehen. Begriffe mit unscharfen Rändern, auch »offene Begriffe«[45] genannt, erlauben keine festen Definitionen, sondern sind durch ihre kontinuierliche Entwicklung in verschiedenen Praktiken bestimmt. Die Bedeutung des Werkbegriffs besteht hiernach in dessen Gebrauch. Um sie zu erschließen, ist daher keine Begriffsanalyse vorzunehmen, die die notwendigen und hinreichenden Bedingungen dafür liefert, daß ein musikalisches Werk vorliegt. Vielmehr gilt es, die Verwendung seines Begriffes in verschiedenen Kontexten zu untersuchen. Diese Verwendung in Kontexten ist eine geschichtliche Verwendung. Aufgekommen zur Neuzeit und aufgelöst in der Gegenwart, kann – so Goehr – die Verwendung des Werkbegriffs zu einer genealogischen Untersuchung des Begriffes Anlaß geben, nicht aber zu seiner definitorischen Festlegung. Und eine solche Untersuchung zeige, daß der Begriff des musikalischen Werkes eine regulative Funktion für eine bestimmte musikalische Praxis unter anderen Praxen besitze, indem er ihr Leitbild benenne.

Diese These über die Semantik des Werkbegriffes führt zu einer neuen Form der Musikontologie. Die Existenz des musikalischen Werkes ist nunmehr eine »projizierte Existenz«.[46] Die Existenz von Werken wird projiziert, weil der Begriff des musikalischen Werkes eine regulative Funktion für eine bestimmte musikalische Praxis einnimmt. Er bezieht sich daher nicht auf ein Seiendes, sondern auf die Regeln einer musikalischen Praxis, denen er Sinn verleiht. So erhalten die Regeln, die eine angemessene Aufführung eines

---

44 *Ludwig Wittgenstein*, Philosophische Untersuchungen §§ 67 ff.

45 *Friedrich Waismann*, Verifiability, in: Proceedings of the Aristotelian Society, supplement 19 (1945), S. 119-150.

46 *Lydia Goehr*, op. cit., S. 106 f.

Musikstückes anleiten, daraus ihren Sinn, daß sie sich auf das Leitbild des Werkes beziehen. Der Begriff des Werkes führt daher keine ontologischen Verpflichtungen mit sich. Er beinhaltet statt dessen die ontologische Projektion einer fiktionalen Existenz. Doch dann ist die neue Ontologie der Musik insgesamt bloß eine projizierte Ontologie – in Goehrs Worten: eine Ontologie »als ob«. Und das heißt, der Begriff des musikalischen Werkes bestimmt nicht das musikalische Werk, sondern tut nur so, »als ob« er es bestimmen würde. Statt das Werk zu bestimmen, bestimmt er hingegen – regulativ – einen Komplex musikalischer Praktiken vom 18. bis frühen 20. Jahrhundert, indem er dessen Ideal formuliert. Dies ist keine Ontologie des Werkes, sondern eine Theorie von der Funktion seines Begriffes. Die Ontologie des Werkes muß so in Wahrheit der Gebrauchstheorie der Bedeutung weichen, und diese geht zuletzt in die Erkundung der Begriffshistorie über.

Auf solche Weise die Ontologie des Werkes zugunsten der Gebrauchstheorie seines Begriffes aufzugeben setzt indessen voraus, daß eine Ontologie, die das Seiende nicht nur »als ob« behandelte, die Ontologie der Musik sein müsse, die die analytischen Definitionen des musikalischen Werkes zu errichten suchen. Aber das ist nicht zwingend. Denn die Koordinaten der gängigen Musikontologie sind, von allen besonderen Schwierigkeiten abgesehen, von einer grundsätzlichen Problematik. Sie gehen vor, als könnten sie das musikalische Kunstwerk mit demselben Zugriff erfassen, mit dem man Einzeldinge insgesamt erfaßt: mit dem Schema von Klassifikation und Individuation eines Seienden. Die analytischen Definitionen des musikalischen Werkes klassifizieren es und geben die Kriterien seiner Identität an. Aber das musikalische Kunstwerk ist nicht einfach ein Einzelding unter anderen Einzeldingen, das es in deren Zusammenhang zu klassifizieren und identifizieren gilt. Es ist ein ästhetisch Seiendes. Die Ontologie des Kunstwerkes müßte daher zuallererst eine Ontologie des Ästhetischen sein. Sie müßte die Individualität einer ästhetischen Größe und die Kategorien seiner ästhetischen Seinsweise darlegen. Das aber will die gängige Ontologie des musikalischen Werkes nicht. Anstatt nach den Kategorien des Ästhetischen zu fragen, fragt sie nach der Kategorie unter den Kategorien aller Einzeldinge, in die das Musikwerk gehört. So fügt sie das musikalische Werk in eine allgemeine Ontologie ein, ohne zu begreifen, daß eine Ontologie des Kunstwerkes etwas anderes wäre als die Ontologie eines Einzeldinges unter anderen Einzeldingen.

*

Durch ihr prinzipielles Vorgehen unterläuft die gegenwärtige Musikontologie die Ausdifferenzierung der Vernunft in theoretische, praktische und ästhetische Vernunft. Das musikalische Werk soll sich der theoretischen Vernunft, die eine Ontologie durch klassifizierende und identifizierende Definitionen errichtet, fügen wie alle anderen Dinge der Welt. Es hätte aber den Bezugspunkt der ästhetischen Vernunft zu bilden. Dieser Bezugspunkt wird von der gegenwärtigen Musikontologie auch durchaus anerkannt. Denn sie stellt sich selber unter die Maßgabe jener Ausdifferenzierung der Vernunft. Anders als die antike Musikphilosophie begreift sie die künstlerische und die theoretische Vernunft nicht als Momente einer einheitlichen Ordnung, die den Rahmen der vom Schönen angezogenen Theorie darstellt. Vielmehr vollzieht sie sich ohne Bezug auf das Schöne, als allgemeine Theorie von Identitätskriterien und Klassifikationen, und hat sich damit in die moderne Ausdifferenzierung der Vernunft eingefügt. Zugleich verfehlt sie diese Ausdifferenzierung indessen durch ihren einseitigen Blick auf die Ontologie der theoretischen Vernunft. So handelt die gegenwärtige Musikontologie einerseits über genuin ästhetisch Seiendes, weil sie sich unter die Ausdifferenzierung der Vernunft gestellt hat, und preßt dieses andererseits in die Klassifikationen der theoretischen Vernunft hinein. Das heißt, sie verwandelt die Ordnung der Kunstwerke in eine Teilordnung der generellen Ordnung. Die Ausdifferenzierung gerät zur Subsumtion des einen unter das andere.

Mithin glaubt die gegenwärtige Musikontologie, den Bezugspunkt der ästhetischen Vernunft in den Begriffen der theoretischen Vernunft beschreiben zu können, und verfehlt ihn *a limine*. Sie enthält diese Schieflage im inneren Kern ihres Werkbegriffs. Das Werk, gleich ob Folgsamkeitsklasse oder Normtyp oder indizierter Typ, beinhaltet diesem Begriff zufolge bestimmte Regeln, denen die Aufführungen zu gehorchen haben, um zu einer Folgsamkeitsklasse zu gehören oder angemessene Vorkommnisse eines Typs darzustellen. Diese Regeln sind ästhetische Regeln: Was im Blick auf Aufführungen »folgsam« und »angemessen« heißt, gehorcht

Kriterien der Kunst. Ästhetische Regeln aber vermag – und will – die allgemeine Ontologie nicht zu liefern. Sie bildet ein Klassifikationssystem von Einzeldingen einer allgemeinen Ordnung, ohne auf ästhetische Fragen einzugehen. Ob ein Werk einen Typ darstellt und seine Aufführungen dessen Vorkommnisse, oder ob es ein Notationssystem darstellt und seine Aufführungen dessen Folgsamkeitsklassen, ist für seine ästhetische Bestimmung ohne Belang.[47] Daher bleiben die Begriffe der musikalischen Folgsamkeit oder der musikalischen Norm unfreiwillige Fremdkörper inmitten der Terminologie von Klassen, Typen und Vorkommnissen. Statt einer Bezugnahme der ästhetischen Reflexion auf ontologische Probleme werden ästhetische Sachfragen als Füllsel theoretischer Leerstellen verwendet. Das besondere Problem einer Musikontologie kann dann nicht bewältigt werden. An seine Stelle treten außerästhetische, kunstfremde Bestimmungen, die nicht einmal das eigene Bedürfnis nach Klassifikation und Identitätskriterien zu befriedigen vermögen, weil sie in definitorische Ungetüme und Äußerlichkeiten münden. Was es hingegen hieße, ein Ästhetisches zu sein, bleibt im Dunkeln.

Wenn man hingegen die Ausdifferenzierung der Vernunft ernst nähme und eine Ontologie des Werkes ins Auge faßte, die dessen ästhetische Bestimmtheit unabhängig von aller theoretischen und praktischen Bestimmtheit verfolgt, dann würde die Idee des musikalischen Werkes auf anderem Wege entfaltet. Man entginge hier dem scheinbaren Zwang, die Ontologie des Werkes auf analytische Definitionen von Einzeldingen aufzubauen, und unterzöge sich statt dessen der Aufgabe, sie im Zeichen der Ästhetik zu durchdenken. Strawson hat den Kerngedanken eines solchen Unternehmens in schlichten Worten ausgesprochen: »Das Identitätskriterium eines Kunstwerkes besteht in der Totalität der Eigenschaften, die für seine ästhetische Wertschätzung bedeutsam sind.«[48] Um das aber darzulegen, ist der Grundriß des Zusammenhanges ästhetischer Eigenschaften begrifflich zu zeichnen. Ein solcher Grundriß kann nicht in einer Definition des Musikwerkes angegeben werden, sondern wird in der Artikulation musikästhetischer Grundbegriffe ge-

---

47 *Aaron Ridley*, Against Musical Ontology, in: Journal of Philosophy 100 (2003), S. 203-220, diskutiert die ästhetische Unfähigkeit dieser gängigen Ontologien.

48 *Peter F. Strawson*, Aesthetic Appraisal and Works of Art in: *ders.*, Freedom and Resentment and Other Essays, London 1973, S. 178-188, hier: S. 185.

zeichnet. Er wäre die Aufgabe einer Ontologie des musikalischen Werkes aus ästhetischer Vernunft.

Eine solche Ontologie aus ästhetischer Vernunft ist keine Ontologie »als ob«. Sie legt vielmehr die Begriffe dar, die das ästhetische Seiende als solches bestimmen. Diese projizieren nicht dessen Sein, sondern verpflichten sich auf es. Eine Ontologie aus ästhetischer Vernunft stellt daher keine Theorie von der Funktion gewisser Begriffe dar, sondern die Theorie eines Seienden, indem sie die Begriffe entfaltet, die dieses Seiende bestimmen. Die folgenden Kapitel suchen das auszutragen. Sie erheben den Anspruch, eine ästhetische Musikontologie darzubieten. Erst eine solche Ontologie könnte die oben umrissene Sache der Musikphilosophie erfüllen. Denn weil sie die Seinsweise dessen untersucht, was die Idee des musikalischen Kunstwerkes erfaßt, erkundet sie die ontologische Voraussetzung des idealtypischen Verstehens von Musik, das jene Idee zu seinem Fluchtpunkt nimmt. Gelingt sie, sollte sie zur Erhellung des Verstehens von Musik beitragen: Musikontologie und Musikverständnis stünden in engem Zusammenhang. Die merkwürdige Kunstfremdheit der ontologischen Erwägungen von Typen und Erfüllungsklassen wäre hier zugunsten einer Ontologie auf dem Grunde der musikalischen Erfahrung überwunden. Es sind daher im folgenden die Grundbegriffe einer solchen Ontologie des musikalischen Kunstwerkes aus ästhetischer Vernunft zu entwickeln. Sie führen nicht zu einer Definition des Werkes, sondern zu dessen Explikation. Erst ihr Zusammenhang bestimmt das musikalische Kunstwerk. Und ihre Rechtfertigung besitzen sie nicht in der Stimmigkeit notwendiger und hinreichender Bedingungen; gerechtfertigt sind sie allein durch ihre Artikulationskraft im Bezug auf musikalische Sachverhalte.

Auf diese Weise ist die Philosophie nicht mehr die »größte Musik«, wie Sokrates sie einst nannte. Statt dessen entfaltet sie die Grundbegriffe des Zusammenhanges, der sich als Idee des musikalischen Kunstwerkes darstellt, und artikuliert hierdurch die idealtypische Voraussetzung des Musikverstehens. Auseinandergetreten in die ungleichen Vollzüge der Vernunft, bilden Philosophie und Musik nicht mehr Stufen einer einheitlichen Ordnung, sondern Partnerinnen eines Gesprächs, in dem die eine die Voraussetzung des Verständnisses der anderen untersucht und ihre Untersuchung umgekehrt nur aus der Erfahrung der anderen begründen kann.

Die Philosophie ist dadurch weniger geworden als das, was sie für Sokrates war: Sie erfüllt die Musenkunst nicht mehr auf deren höchster Stufe, sondern steht im Dienste ihres Verständnisses. Die Musik aber ist dadurch mehr geworden. Sie bedarf der Philosophie nicht mehr zu ihrer Vollendung, sondern bildet einen eigensinnigen Zusammenhang, in den es sich begrifflich zu versenken gilt. In solchem Gegenüber von Philosophie und Musik kann deren Dialog geschehen.

Erstes Kapitel
Das musikalische Material

§ 1

Die Grundbegriffe, die sich zu der Idee des musikalischen Kunstwerkes zusammenschließen lassen sollen, artikulieren dessen Seinsweise. Sie geben die ontologischen Grundbestimmungen des Musikwerkes an. Da nun die Idee des Werkes nicht in einer Definition aufgestellt werden kann, können jene Grundbestimmungen nicht aus einer solchen Definition gefolgert werden. Wie aber vermag man sie dann zu gewinnen?

Eine phänomenologische Herangehensweise würde am Musikerlebnis ansetzen. Das Musikerlebnis könnte in seiner tiefsten Schicht durch den Unterschied von Klang und Stille strukturiert sein, und der Klang der Musik ließe sich herleiten aus dem Laut, der die Stille durchbricht.[1] Ein solches Vorgehen ist der ontologischen Untersuchung verwehrt. Sie muß ihren Anfang mit einer Bestimmung nehmen, die nicht das Erlebnis von Musik betrifft, sondern deren Seinsweise. Und weil die Seinsweise der Musik als die Seinsweise des musikalischen Kunstwerkes erkundet werden soll, muß diese Bestimmung eine anfängliche Bestimmung der Seinsweise des Werkes darstellen.

Die Grundbegriffe der Musikphilosophie sind folglich in einem Gedankengang zu entwickeln, der seinen Ausgang von einem allgemeinen Kennzeichen des Werkseins nimmt. Ein solches Kennzeichen eignet einem jeden Werk. Es muß sich in der Folge zu dem ersten Grundbegriff des spezifisch musikalischen Werkes artikulieren lassen.

§ 2

Das allgemeine Kennzeichen des Werkes, von dem auszugehen ich vorschlage, ist dessen Gemachtheit. Jedes Kunstwerk ist etwas Ge-

---

1 So *Giovanni Piana*, Filosofia della Musica (= Saggi 25), Mailand 1991, S. 65 ff.

machtes.[2] Ein Text wurde geschrieben, ein Bild wurde gemalt, ein Musikstück wurde komponiert. Sie alle wurden von einem oder von mehreren Menschen gemacht, und die Tätigkeit dieser Menschen betrifft ihre Verfassung.

So zu reden scheint in die Diskussion der gegenwärtigen Musikontologie zurückzufallen, die darüber stritt, ob Werke konkrete oder abstrakte Größen darstellen. Abstrakte Größen sind nicht gemacht, sondern zusammen mit einem bestimmten Möglichkeitsrahmen gegeben, so daß der Vorschlag, an der Gemachtheit von Kunstwerken anzusetzen, zugunsten konkreter Größen zu argumentieren scheint. Doch tatsächlich ist er von jener Diskussion unabhängig. Angenommen, Kunstwerke seien konkrete Größen. Dann würde ihre Gemachtheit ihre konkrete Erschaffung bedeuten. Angenommen wiederum, sie seien abstrakte Größen. Dann würde ihre Gemachtheit entweder abstrakte Strukturen instantiieren, oder sie bestünde – stärker noch – nicht in der Erschaffung von Werken, sondern in deren Entdeckung. Im ersten Fall instantiierten Werke jene Strukturen dadurch, daß sie von einem oder mehreren Künstlern als solche Instantiierungen gemacht werden. Im zweiten Fall bestünde die Gemachtheit der Werke eben in deren Entdeckung. Denn die Tätigkeit der an ihnen arbeitenden Menschen bleibt dieselbe, ganz gleich, ob wir sie als Erschaffung des Werkes oder als dessen Entdeckung verstehen. Wenn nun die Tätigkeit der Schriftsteller, Maler oder Komponisten bestimmten Bedingungen unterliegt, aus denen sich ihre Texte, Bilder oder Stükke erklären lassen, dann betreffen diese Bedingungen ihre Werke, weil sie sich nur unter ihnen instantiieren oder entdecken lassen – mögen die Werke auch selber in einem ewigen Reich jenseits alles menschlichen Tuns existieren. In diesem Sinne weist selbst das nur entdeckte, nicht erschaffene Werk Gemachtheit auf. Seine Verfassung läßt sich auf einer ersten Ebene von der Tätigkeit her begreifen, die an ihm – sei es erschaffend, sei es entdeckend – arbeitet.

Die Gemachtheit des Kunstwerkes ist daher unabhängig von der Frage danach, ob Werke abstrakte oder konkrete Größen seien. Wenn sie konkrete Größen darstellen, dann sind sie auf direkte Weise von ihren Urhebern gemacht. Wenn sie abstrakte Größen

---

2 Zum folgenden mein Aufsatz: Metaphysik als Ästhetik, in: *Jens Halfwassen* und *Markus Gabriel* (Hrsg.), Metaphysik, Kunst, Mythologie, Heidelberg 2008, S. 139-158, dessen Darlegungen ich teilweise übernehme.

darstellen, dann sind sie auf übertragene Weise von ihren Urhebern gemacht. In beiden Fällen heißt ihre Gemachtheit nichts anderes, als daß ihre Verfassung aus der menschlichen Tätigkeit verständlich zu werden vermag, die sie ins Leben zu rufen sucht.

§3

Die Gemachtheit von Kunstwerken heißt nicht, daß in ihnen nichts Gegebenes vorkommen könnte. Der Text verarbeitet Informationen, das Bild besteht aus Farben, das Musikstück läßt Töne erklingen, die möglicherweise nicht erst von den Urhebern der Werke gemacht worden sind. Sie können aus der Tradition, aus der vorästhetischen Erfahrung oder einfach aus dem physischen Material, das zu der Verfertigung des Werkes verwendet wird, stammen. Aber zu Momenten eines Kunstwerkes werden sie erst dadurch, daß sie in einem Zusammenhang stehen, der selber nicht mehr gegeben ist. Farben werden zum Bild gefügt, Töne zum Stück verbunden, Informationen zum Text verarbeitet. Solche Zusammenhänge entstehen erst durch das Tun eines Urhebers. Denn dieses Tun verwandelt das Gegebene. Was gegeben war, erhält eine neue Bestimmtheit, indem jemand etwas mit ihm gemacht hat. Solange es diese Bestimmtheit besitzt, steht es in dem Zusammenhang, der aus dem Tun des Künstlers entspringt. Bliebe es hingegen ein bloß Gegebenes, so besäße es diese Bestimmtheit nicht, sondern wäre bloß vorhanden. Die Gemachtheit des Werkes nimmt dem Gegebenen sein Gegebensein und hebt es in die Dimension der Kunst.

§4

In diesem Sinne stellt die Gemachtheit des Kunstwerkes ein Kennzeichen dar, das allen Werken zukommt. Um sie besser zu erfassen, ist ein Blick auf ihre klassische philosophische Behandlung hilfreich. Im Ausgang von dieser und im Unterschied zu ihr läßt sie sich genauer bestimmen.

Aristoteles besitzt für das Machen eines Kunstwerkes den Ausdruck »Herstellen« (ποίησις). Der Ausdruck gewinnt sein Bedeutungsprofil im Kontrast zu dem Begriff der Handlung (πράξις).

Der Unterschied zwischen den beiden Begriffen ergibt sich aus dem jeweiligen Ziel unseres Tuns. Während das Ziel des Herstellens in einem hergestellten Werk (ἔργον) liegt, das auf selbständige Weise jenseits unseres Tuns besteht, liegt das Ziel des Handelns in dem Tun selbst. Das Ziel unseres Handelns ist das am-Werke-sein, es ist der Vollzug (ἐνέργεια) unseres Tuns und nicht ein hergestelltes Ding, das nach dem Abschluß unseres Tuns übrig bliebe. So erfolgt die Tätigkeit, die der Werkzeugmacher bei der Herstellung des Werkzeuges ausübt, um des herzustellenden Gerätes willen, das sein Werk abgibt; wenn hingegen der Flötenspieler Flöte spielt, dann findet er sein Ziel in der Tätigkeit des Spielens selbst und nicht in einem Werk, das nach seinem Spiel sein Tun überdauert.[3]

In diesem Zusammenhang ist die Gemachtheit des Werkes nach der klassischen Auffassung zu begreifen. Sie beruht auf dem Unterschied zweier Tätigkeiten: dem Herstellen und dem Handeln. Deren Unterschied wird durch den Unterschied ihrer Ziele begründet. Das Handeln besitzt sein Ziel in sich, das Herstellen in einem anderen. Dieses Andere ist das gemachte Werk.

§ 5

Die aristotelische Unterscheidung zwischen Handeln und Herstellen läuft auf zweierlei hinaus. Zum einen begründet sie einige klare Aussagen über das Herstellen: Weil das Herstellen auf zu verfertigende Werke ausgerichtet ist, ist es technisch anleitbar, lehrbar und prüfbar. Der Blick auf das Werk ermöglicht eine Reglementierung der Tätigkeit, die die Herstellung jenes Werkes als ihr Ziel besitzt. Die Reglementierung wiederum kann anderen gelehrt werden. Und zudem gibt sie einen Leitfaden an die Hand, mit dessen Hilfe das Tun überprüft zu werden vermag.

Sodann trifft die aristotelische Unterscheidung eine weitreichende Bestimmung hinsichtlich der Bedeutung der Tätigkeit für den Künstler. In besonders klarer Weise wird diese Bestimmung von dem an Aristoteles anknüpfenden Satz des Thomas von Aquin ausgesprochen, wonach das Machen (*facere*) die Vervollkommnung nicht des Machenden, sondern des gemachten Werkes sei – »*non est*

---

3 *Aristoteles,* Nikomachische Ethik 1094 a 1 ff.

perfectio facientis, sed facti«.[4] Dieser Satz nimmt eine Übersetzung des aristotelischen Gedankens über das Herstellen vor, die diesen verändert. Dennoch können wir sagen, daß die Unterscheidung zwischen Herstellen und Handeln darauf hinausläuft, daß das Handeln sich im Tun des Tätigen erfüllt, während im Herstellen andersherum die Tätigkeit sich im Werk erfüllt. Diesen Mangel an Erfüllung, den das Herstellen für den Tätigen hat, erfaßt der Satz des Thomas sehr präzise. Der Kern des Satzes lautet, daß das Machen nicht so sehr zu der Gestaltung des Machenden beitrage, sondern sich in der Gestaltung seines Produktes erschöpfe.

Nun gestaltet in einem weiten Sinne, nämlich hinsichtlich seiner technischen Fähigkeiten, natürlich auch der Hersteller eines Werkes in seiner Tätigkeit sich selber. Doch in erster Linie gestaltet seine Tätigkeit das Werk, das darum auch ihr Ziel abgibt. Ein technisch vollkommener Hersteller eines Werkes gestaltet sich daher nicht selber weiter, wenn er seine Tätigkeit ausübt. Anders verhält es sich bei der Handlung. Weil die Tätigkeit des Handelnden ihren Vollzug zum Ziel hat, gestaltet jede Handlung den Handelnden auf eine neue Weise, ohne daß irgendwann einmal eine technische Perfektion erreicht wäre. Dieser Unterschied ist gemeint, wenn gesagt wird, daß der Handelnde in seinem Handeln sich selber gestalte, während der Herstellende in der Herstellung sein Werk gestalte. Die Gemachtheit des Werkes geht somit mit einer Zweitrangigkeit der herstellenden Tätigkeit für den Tätigen einher.

§ 6

Übertragen wir den Gedanken des Aristoteles über die Unterscheidung zwischen Herstellen und Handeln auf das Kunstwerk, so ergibt sich folgendes: Das Kunstwerk ist als etwas Gemachtes das Erzeugnis eines Tuns, das erstens anleitbar, lehrbar und prüfbar ist und das zweitens weniger zu der Gestaltung des Machenden als zu der Gestaltung des Werkes beiträgt. In diesem Sinne trägt das künstlerische Tun sein Ziel nicht in sich, sondern in einem anderen. Die Gemachtheit des Werkes beinhaltet folglich Anleitbarkeit, Lehrbarkeit und Prüfbarkeit, kurz: eine Reglementierung künstle-

---

4 *Thomas von Aquin*, Summa theologiae I, q. 57 a. 5.

rischer Tätigkeit, die zur Selbstbestimmung des Künstlers nur eingeschränkt beiträgt.

§ 7

Diese Bestimmung der Gemachtheit des Kunstwerkes prallt mit den Erfahrungen von Kunstformen unserer Gegenwart zusammen. Die Behauptung, daß das Tun des Künstlers nicht dessen Selbstgestaltung, sondern nur die Gestaltung des Werkes bedeute, mit andern Worten: daß sie nicht *perfectio facientis, sed facti* sei, wirkt angesichts des ästhetischen Stellenwertes des Künstlerdaseins überholt. Das Künstlerdasein hat sich so sehr mit der Kunst verschränkt, daß sich seine Gestaltung oft gleichrangig mit der Gestaltung der Werke vollzieht. Erst recht gilt das für die Trias von Anleitbarkeit, Lehrbarkeit und Prüfbarkeit des Kunstschaffens. Sie klingt nach einer Regelästhetik, die heute vielleicht dem Kunstgewerbe zukommt, nicht aber der freien Kunst. Und wenn das Werk dennoch nach diesen Voraussetzungen begriffen werden soll, dann scheint es kaum möglich, jene Erscheinungen der zeitgenössischen Kunst in den Werkbegriff einzubeziehen, die Abschied von der Werkbezogenheit zu nehmen scheinen. Das Aufbrechen der Werkeinheit ist selber zum Thema der Kunst geworden; der Einbezug von Beständen aus der Umgebung in das Kunstwerk oder dessen Auflösung in seine Umgebung ebnet die Grenzen des Werkes ein; *ready mades* unterlaufen die Verwandlung von Gegebenem in Gemachtes; offene Formen in der Musik bis hin zur Zufallskomposition lassen die Einheit des Werkes verschwinden; Kunst wird in Happening und Performance zum Vorgang; die Vereinigung von Kunst und Leben, das Dauerthema der Avantgarde, läßt die Herstellung von Werken unwichtig werden. All das unterläuft die aristotelische Begrifflichkeit von Handeln und Herstellen mit ihrer Regelästhetik und ihrer Abschätzung des Künstlerdaseins. Um Kunst trotzdem mit Hilfe des Werkbegriffes erfassen zu können, muß die Begrifflichkeit des Aristoteles mithin verlassen werden.

Die Gemachtheit des Werkes steht jedoch trotz dieser Einwände in dem weiteren Horizont, den die aristotelische Konzeption eröffnet. Denn der Begriff, der die Gemachtheit des Werkes aufschließen kann, verbindet die Bestimmung des Handelns mit der Bestimmung des Herstellens. Dieser Begriff ist der Begriff der Arbeit.

Die Arbeit ist eine Tätigkeit, in der nicht nur das Arbeitsprodukt gestaltet wird, sondern auch der Arbeitende sich selber gestaltet. Genauer gestaltet er sich gerade dadurch, daß er ein Arbeitsprodukt hervorbringt. Das liegt an folgendem Zusammenhang: Anders als der zeitlich beginnende und endende Arbeitsvorgang verschwindet das Arbeitsprodukt nicht, nachdem die Arbeit an ihm beendet worden ist. Es überdauert die Arbeit. Ein solches Produkt ist keineswegs notwendigerweise ein materielles Ding im engeren Sinne. Es kann sich auch um einen Zustand handeln, den man sich erarbeitet. In beiden Fällen ist es etwas, das auch dann noch besteht, wenn der Arbeitsvorgang, der es erzeugte, sein Ende gefunden hat. Die hegelianisch-marxistische Tradition hat diese Besonderheit der Arbeit, in einem dauerhaften Produkt ihre Erfüllung zu finden, deren »Vergegenständlichung« genannt.[5] Das heißt: In der Arbeit mündet die menschliche Tätigkeit in ein Erzeugnis, das auch über das einzelne Tun hinaus und losgelöst von ihm besteht. Die Tätigkeit vergegenständlicht sich im Arbeitsprodukt.

Die Vergegenständlichung der Arbeit ist deren Ziel. Denn ihr Erzeugnis ist das, worauf sie aus ist. Das bedeutet, daß die Vergegenständlichung der Arbeit wesentlich ist. Die Arbeit verwirklicht sich in ihrer Vergegenständlichung, da sie erst in ihrem Erzeugnis die Wirklichkeit dessen, worauf sie aus ist, schafft. In ihrer Vergegenständlichung verwandelt sich die Arbeit allerdings auch. Denn indem sie sich vergegenständlicht, tritt sie aus dem Prozeß der Tä-

---

5 *Karl Marx*, Ökonomisch-philosophische Manuskripte, in: *ders.* und *Friedrich Engels*, Werke, Ergänzungsband I, Berlin 1968, S. 465-588, hier: S. 510 ff. Ferner *Georg Lukács*, Geschichte und Klassenbewußtsein. Studien über marxistische Dialektik (= Kleine revolutionäre Bibliothek 9), Berlin 1923, S. 97 ff.; *ders.*, Zur Ontologie des gesellschaftlichen Seins II (= Werke 14), Neuwied 1986, S. 87 ff.; *Herbert Marcuse*, Über die philosophischen Grundlagen des wirtschaftswissenschaftlichen Arbeitsbegriffs, in: *ders.*, Schriften 1, Frankfurt am Main 1978, S. 556-594, zumal S. 565 ff.

tigkeit in das Bleiben des Gegenstandes – der auch ein Zustand sein kann – über. Die Arbeit als Prozeß hört auf; die in den erzeugten Gegenstand gesteckte Arbeit hingegen bleibt als ihr Erzeugnis bestehen.

Hier findet nun die Verknüpfung der beiden aristotelischen Bestimmungen des Handelns und des Herstellens statt.[6] Weil die Arbeit sich in ihrem Produkt vergegenständlicht, ermöglicht dieses Produkt dem Arbeitenden, ein wesentliches Element unserer eigenen Tätigkeit anzuschauen: das Element, das als das angestrebte Erzeugnis unserer Arbeit ihr Ziel ist. Daher erfolgt in der Vergegenständlichung der Arbeit zugleich auch die Vergegenständlichung des Arbeitenden. Der Arbeitende erkennt in dem Produkt seiner Arbeit seine eigene Tätigkeit und also etwas, das zu ihm selber gehört. In der Arbeit nimmt der Tätige somit nicht nur ein besonderes Verhältnis zu etwas anderem ein; er nimmt zugleich auch ein Verhältnis zu sich selber ein. Die Andersheit des Produktes und das Selbstverhältnis des Arbeitenden gehen Hand in Hand.

§ 9

Die aristotelische Unterscheidung zwischen Herstellen und Handeln wird so von der Vergegenständlichung der Arbeit unterlaufen. Indem die Vergegenständlichung des Arbeitenden zu dessen inhaltlicher Bestimmung führt, nimmt das arbeitende Tun sowohl die Gestaltung der Arbeitsprodukte als auch die Gestaltung des Arbeitenden vor. Das Selbstverhältnis, das der Arbeitende in seiner Arbeit durch deren Vergegenständlichung gewinnt, bewahrt daher die Bedeutung, die nach Aristoteles und Thomas das Handeln für den Handelnden haben sollte, gerade dadurch, daß sie sich auf einen zu erzeugenden Gegenstand ausrichtet, was Aristoteles und Thomas zufolge im Herstellen geschieht. Durch ihre Vergegenständlichung erfüllt sich die Arbeit in ihrem Erzeugnis wie im Tätigen.

6 Neoaristoteliker wollen diese Verknüpfung nicht sehen, um die Arbeit der Modernen durch die Praxis der Alten zu überwinden. So unterscheidet *Hannah Arendt*, Vita activa oder Vom tätigen Leben, München 1981, S. 99 ff. und S. 161 ff., zwischen Arbeiten und Herstellen und setzt beiden das Handeln entgegen. *Rüdiger Bubner*, Handlung, Sprache und Vernunft. Grundbegriffe der praktischen Philosophie, Frankfurt am Main 1976, S. 66 ff., wiederum identifiziert Arbeiten und Herstellen, denen beiden die Praxis gegenüberstehe.

Die Gemachtheit des Kunstwerkes mit Hilfe des Arbeitsbegriffes zu erfassen ermöglicht es, sie anders als die aristotelische Werkpoetik zu verstehen. War diese durch eine Reglementierung des künstlerischen Tuns gekennzeichnet, das zudem die Selbstgestaltung des Tätigen nur in eingeschränktem Maße beinhalten sollte, so befreit der Arbeitsbegriff das künstlerische Tun von diesen zwei Auflagen.

Indem die Arbeit an einem Kunstwerk sich in diesem vergegenständlicht, richtet sie sich ganz auf es. Das bedeutet aber nicht, daß sie sich durch ihre Ausrichtung auf das Werk einem Bestand von Regeln unterwirft, die angesichts des zu bewerkstelligenden Werkes in einem Kanon aufgestellt werden könnten. Vielmehr ist das Werk gar nichts anderes als die Vergegenständlichung der Arbeit. Die Regeln, denen die Arbeit unterliegt, können deshalb nicht aus einem Regelkanon von außen an die konkrete Arbeit herangetragen werden. Sie ergeben sich ganz aus der Gestalt des Werkes, das selber wiederum die Vergegenständlichung der konkreten Arbeit darstellt und daher nicht unabhängig von dieser – etwa als Werkparadigma – besteht. Aus dieser Zirkularität von geregelter Tätigkeit und erarbeitetem Werk ergibt sich, daß es nur eine einzige Regel gibt, anhand deren das künstlerische Tun zuletzt beurteilt werden kann: die ästhetische Gelungenheit des jeweiligen Kunstwerkes. Wenn das Kunstwerk gelungen ist, dann hat die künstlerische Arbeit die Regeln befolgt, die es zur Produktion eines Kunstwerkes zu befolgen hat. Der Arbeitsbegriff überführt so den Regelkanon der Werkpoetik in das ästhetische Gebilde selbst, das als Vergegenständlichung der Arbeit deren einzigen Maßstab bildet.

Die Überführung des Regelkanons in das gelungene Kunstwerk selbst bedeutet nicht, daß es keine künstlerischen Regeln gäbe, die man lehren und lernen könnte. Wie man bestimmte Arbeiten durchführt, im technischen und im künstlerischen Sinn, hat man sich natürlich anzueignen. Aber die Regeln, auf die es ästhetisch ankommt, sind Regeln, die sich daraus herleiten, daß ein gelungenes Werk erarbeitet wurde. Alle gelernten Regeln müssen sich in ein Regelsystem fügen, das selber unter der Regel steht, die die Erschaffung dieses besonderen Kunstwerkes anleitet. Und diese Regel des Regelsystems läßt sich nirgendwo sonst darlegen als an der Gelungenheit des Kunstwerkes selbst. Weil es die vergegenständlichte Arbeit des Künstlers darstellt, stellt es auch die Regel dar, unter der das System gelernter Regeln steht, um dieses Werk hervorzubringen.

§ 11

Der Arbeitsbegriff befreit sodann von der Abwertung künstlerischer Selbstgestaltung, wie sie in dem Satz *facere non est perfectio facientis, sed facti* ausgesprochen wurde. Wenn der Arbeitende sich in seiner vergegenständlichten Arbeit wiederzuerkennen vermag, dann ermöglicht diese Arbeit ihm die Gestaltung seines Selbstverhältnisses.

Hieraus erhellt, daß die künstlerische Tätigkeit die Selbstgestaltung des künstlerischen Daseins umschließt. Die Versuche einer Vereinigung von Kunst und Leben, die zu den Erfahrungen der modernen Kunst gehören, lassen sich als ästhetische Erscheinungen begreifen, die den Sachverhalt der Vergegenständlichung selber zum Thema machen. Weil die Werke nicht nur Werke, sondern zugleich auch vergegenständlichte Arbeit darstellen, kommen in ihnen Selbstverhältnisse der Künstler zur Sprache, die es mit den anderen Selbstverhältnissen zu vereinen gilt. Das Leben im Zeichen der Kunst und die Kunst im Zeichen des Lebens zu verstehen heißt dann, das in der vergegenständlichten Arbeit an den Werken erlangte Selbstverhältnis als das maßgebende Selbstverhältnis zu nehmen, das sich mit der Lebensform im ganzen zusammenschließen soll. Solche Versuche gelingen freilich nur dann, wenn die Vergegenständlichung der Arbeit zum Kunstwerk gelingt, die ihnen zugrunde liegt. Ansonsten bleiben sie bloße Programme.

Es ist wichtig zu sehen, daß die künstlerische Selbstgestaltung und die künstlerische Gestaltung des Werkes nicht zwei getrennte Sachverhalte darstellen. Weil jene nur in der Vergegenständlichung der Arbeit zum Werk erfolgt, bleibt das Kunstwerk der Vollzugsort künstlerischer Selbstgestaltung. Inwiefern diese selber zum Thema der Kunst wird, hängt deshalb von der besonderen Gestalt der Werke ab. Meistens ist es ein sekundäres Thema. Wird es aber zum Thema der Kunst, dann bleibt es an die Gestalt der Werke gebunden. Deren Gelungenheit entscheidet auch über die Bedeutung künstlerischer Selbstgestaltung.

§12

Die Gemachtheit des Kunstwerkes läßt sich nach alledem als die Vergegenständlichung künstlerischer Arbeit verstehen. Das allgemeine Kennzeichen künstlerischer Werke besteht in dem Sachverhalt, daß an dem Kunstwerk gearbeitet wurde, und dieser Sachverhalt enthält die beschriebene Dimension der Vergegenständlichung. Kunstwerke sind Arbeitsprodukte.

§13

Der Begriff der Arbeit führt indessen eine weitere Größe ein. Um ein Kunstwerk zu erarbeiten, muß die Arbeit an etwas ansetzen. Sie erarbeitet das Kunstwerk ja nicht aus dem Nichts. Das, woran die Arbeit ansetzt, ist das Material.

Um hier von Anfang an einer falschen Verengung zu entgehen, gilt es, das künstlerische Material vom physischen Material zu unterscheiden. Physisches Material kann zum künstlerischen Material gehören; dieses geht aber nicht in jenem auf. Vielmehr umfaßt es Ordnungen und Ideen, die selber geistige Erzeugnisse sind. Dies wird im folgenden noch genauer angesprochen werden. An dieser Stelle genügt der Hinweis darauf, daß das künstlerische Material all das ist, was dem Künstler bei der Arbeit an seinem Werk zur Verfügung steht.

Das aber bedeutet, daß das künstlerische Material derselben Bestimmung unterliegt wie die Regeln der künstlerischen Arbeit: Es läßt sich erst am Werk ablesen. Denn erst das Werk vergegenständlicht die Arbeit; erst das Werk also läßt das Material der Arbeit zu einer erkennbaren Größe gerinnen. Auch wenn die Greifbarkeit des physischen Materials dazu verführt, das künstlerische Material stets als etwas aufzufassen, das sich unabhängig vom Kunstwerk identifizieren lasse, wie im Falle einer Statue den Marmor, so muß doch festgehalten werden, daß das künstlerische Material sich letztlich erst aus dem Werk erkennen läßt. Der Gedanke ist einfach: Vor der Arbeit am Kunstwerk ist ihr Material nicht ihr Material. Die Folge hieraus aber ist weitreichend. Sie besagt, daß sich erst in der Untersuchung des Kunstwerkes das Material begreifen läßt, weil erst die vergegenständlichte Arbeit das, womit es die Arbeit zu tun hatte, ersichtlich werden läßt. Ebenso, wie die Arbeit nur in ihrer Vergegenständlichung verständlich wird, wird auch das Arbeitsmaterial nur in der Vergegenständlichung zum Kunstwerk verständlich.

§ 14

Die aus dem Arbeitsbegriff gewonnene Größe »Material« nimmt eine Artikulation des allgemeinen Kennzeichens von Kunstwerken vor, mit dem begonnen wurde. Ihr zufolge ist das Kunstwerk – neben anderem – durch das künstlerische Material bestimmt, an dem gearbeitet wurde. Denn wenn das Kunstwerk vergegenständlichte Arbeit darstellt, dann bildet das Material, das die Arbeit zum Kunstwerk verarbeitet hat, eine Koordinate seines Grundrisses. Die Vergegenständlichung der Arbeit am Material vergegenständlicht auch das Material im Arbeitsprodukt. Diese Bestimmung ist eine ontologische Bestimmung. Sie betrifft die Seinsweise des Kunstwerkes. Weil das Kunstwerk vergegenständlichte Arbeit darstellt, stellen deren Bestimmungen zugleich Bestimmungen des Kunstwerkes selbst dar. Der handlungstheoretische Sachverhalt, daß die Arbeit am Werk eines Materials bedarf, mit dem sie arbeitet, verwandelt sich so in den ontologischen Sachverhalt, daß die Seinsweise des Werkes durch das Material bestimmt ist, das zu ihm verarbeitet worden ist. Das Material gehört zur Ontologie des Kunstwerkes.

§ 15

Wenn wir in diesem Zuge nun den Blick von der Arbeit am Werk auf das erarbeitete Werk selber richten, dann stellt das Material etwas dar, das im Werk eine bestimmte Gestalt erhalten hat. Das bedeutet, nicht mehr als Stoff der kompositorischen Arbeit, sondern als Koordinate des Werkes genommen, ist das Material geformte Materie. Mithin führt der Begriff des Materials zu dem Begriffspaar von Form und Materie.

Das macht abermals den Rückgriff auf einen weiteren Horizont notwendig. Auch das Begriffspaar von Form und Materie hat im Aristotelismus seine Bestimmtheit erhalten. In der aristotelischthomistischen Tradition werden Materie (ὕλη, *materia*) und Form (εἶδος, *forma*) als die Möglichkeit (δύναμις, *potentia*) und Verwirklichung (ἐνέργεια, *actus*) einer Sache begriffen.[7] Der Kerngedanke lautet: Die Form verwirklicht eine in der Materie angelegte Möglichkeit, und sie ist als die Form einer Sache das, was erfaßt wird, wenn wir die Sache begreifen. Als solche Verwirklichung einer Möglichkeit bildet die Form den Anblick (εἶδος) einer Sache. Um diesen Zusammenhang zu verstehen, gilt es zu beachten, daß Materie immer Materie *von* etwas darstellt. Der Begriff der Materie bezeichnet kein höheres oder grundlegenderes Seiendes namens »die Materie«, sondern bildet den Gesichtspunkt, unter dem die Untersuchung eines Seienden sich begrifflich bestimmen kann. Mit andern Worten: Der Begriff der Materie ist ein Reflexionsbegriff, der unsere ontologische Untersuchung anleitet.[8] Diese Anleitung macht sich folgendermaßen geltend. Die besondere Bestimmtheit eines Seienden ist seine Form. Sofern nun das Seiende nicht im Blick auf seine besondere Bestimmtheit erfaßt werden soll, sondern im Blick auf das, was in seiner Form zu einer neuen Bestimmtheit gelangt ist, wird der Gesichtspunkt des Materiebegriffes eingenommen.

Wenn wir diese Begrifflichkeit auf unsere Fragestellung übertragen, dann müssen wir sagen: Die Frage nach dem Material ist eine von einem bestimmten Gesichtspunkt geleitete Frage an das Seiende namens »Kunstwerk« – und nicht die Frage nach einem Seienden eigener Art, das unabhängig bestünde. Das heißt, die vom Reflexionsbegriff des Materials angeleitete Untersuchung befragt ein konkretes Werk im Blick auf das, was in ihm eine neue Bestimmtheit gewonnen hat. In diesem Sinne bildet das Material die Materie eines konkreten Werkes, und es bildet sie insofern, als es die Möglichkeiten eröffnet, die in der kompositorischen Arbeit an dem konkreten Werk verwirklicht werden. In ihm ist die Wirklichkeit des Werkes als Möglichkeit angelegt, die ihre bestimmte Gestalt in der erarbeiteten Form des Werkes findet.

7 *Joseph August Gredt* O.S.B., Elementa philosophiae aristotelico-thomisticae II, Freiburg ³1921, S. 206 ff. Dort auch die Verweise auf die entsprechenden Stellen im *corpus aristotelicum* und im *corpus thomisticum*.
8 *Wolfgang Wieland*, Die aristotelische Physik. Untersuchungen über die Grundlegung der Naturwissenschaft und die sprachlichen Bedingungen der Prinzipienforschung bei Aristoteles, Göttingen ²1970, S. 209 ff.

§16

Der anfängliche Gedankengang kann nun zusammengefaßt werden. Die Gemachtheit des Kunstwerkes läßt sich als vergegenständlichte Arbeit begreifen; die Arbeit am Kunstwerk wiederum
steht unter der Voraussetzung des Materials, das sie zum Werk verarbeitet; weil das Kunstwerk vergegenständlichte Arbeit ist, ist es
durch das Material bestimmt, das die Arbeit zu ihm verarbeitet hat;
dieses Material ist ein Gesichtspunkt, unter dem ein Kunstwerk
untersucht werden kann; es stellt kein eigenständig Seiendes dar,
sondern eine Koordinate des Werkseins. Der Begriff des Materials
nimmt somit die erste ontologische Grundbestimmung des Werkes
vor.

§17

Die erste ontologische Grundbestimmung des Kunstwerkes ist nun
zu einer ersten ontologischen Grundbestimmung des spezifisch
musikalischen Kunstwerkes zu artikulieren. Es gilt mithin, den
Reflexionsbegriff des Materials zum Reflexionsbegriff des musikalischen Materials zu entfalten: als Bestimmung des ersten Gesichts-
punktes, unter dem die Koordinaten des musikalischen Werkseins
gezogen werden können.

§18

Formal besehen, ist das musikalische Material das Material der
kompositorischen Arbeit am Werk. Seine inhaltliche Bestimmung
fällt schwerer. Eduard Hanslick hat das Komponieren als ein
»Arbeiten des Geistes in geistfähigem Material« bezeichnet.[9] Das
stimmt mit dem Prinzip der europäischen Musik zusammen: ihrer Geistigkeit. Wenn Musik ein Tonsystem darstellt, dann ist die
kompositorische Arbeit eine Arbeit in und mit solchen Tonsystemen. Sie ist ein Arbeiten des Geistes. Ihr Material muß folglich ein
geistfähiges Material darstellen. Die erste inhaltliche Bestimmung

9 *Eduard Hanslick*, Vom Musikalisch-Schönen. Ein Beitrag zur Revision der Aesthetik der Tonkunst, Leipzig ²1858, S. 42.

des musikalischen Materials lautet daher: Es ist geistfähiges Material. Aber es bleibt unklar, worin die »Geistfähigkeit« des Materials und das »Arbeiten des Geistes« bestehen sollen. Um dies zu klären, muß der Begriff des Geistes zu dem Begriff des musikalischen Geistes konkretisiert werden.

§ 19

Man könnte die Geistfähigkeit des musikalischen Materials als dessen von der Natur bereitgestellte Potentialität auffassen. Das hieße: So wie der Marmor den Werkstoff für die Statue abgebe, so besteht das musikalische Material in dem Tonvorrat, den der Komponist in der Natur vorfindet und dessen Möglichkeiten er gestaltet.

Hindemith hat, als Komponist neuer Musik, einen solchen natürlichen Werkstoff der kompositorischen Arbeit behauptet. Er preist »den von der Natur bereitgestellten, für musikalische Zwecke nutzbar gemachten Tonrohstoff«, dessen Ordnung »die Natur selbst« vorgenommen habe.[10] Und in diesem Zuge könnte man weiter die musikalische Arbeit des Geistes nach dem Ideal eines Handwerkes verstehen. Dann sagt man: Das Komponieren brächte in vorreflexivem Tun am Naturmaterial seine Werke hervor; in solchem alltäglichen Umgang mit dem Handwerkszeug und dem Naturstoff gründeten die Regeln, nach denen die Werke entstehen wie der Tonkrug des Töpfers. Auch das hat Hindemith vorgemacht. Seine Unterweisung im Tonsatz will eine »neue Handwerkslehre« sein, »von dem festen Boden engster Naturverbundenheit ausgehend«.[11]

Das musikalische Material bestünde hiernach in dem von der Natur gegebenen Tonvorrat, und der vertraute Umgang mit diesem Tonvorrat wäre das musikalische Handwerk. Konstruktionen und Regeln, die sich nicht auf dem natürlich Gegebenen und den vorreflexiven Umgang mit ihm begründen lassen, müßten hingegen als »unmusikalisch« verabschiedet werden.

10 *Paul Hindemith*, Unterweisung im Tonsatz I. Theoretischer Teil, Mainz ²1940, S. 32.
11 Ibidem, S. 23.

Es ist offensichtlich, daß eine solche Sicht von der Arbeit des Geistes in geistfähigem Material sowohl den Begriff des Materials als auch den Begriff der Arbeit verfehlt. Was zu einem musikalischen Werk verarbeitet wird, sind der Tonbestand und die Tonbeziehungen. Beides aber ist nicht gegeben, sondern gemacht.

Der Tonbestand ist von Anfang an etwas Gemachtes, weil er aus Entscheidungen darüber entsteht, was als Ton und was als Geräusch zähle. (Wenn keine Geräusche mehr aus dem Tonbestand ausgeschlossen werden sollen, ist auch das eine Entscheidung.) Ebenso sind die Tonbeziehungen etwas Gemachtes, weil sie den Tönen einen bestimmten Sinn verleihen, der sich nicht aus Gegebenheiten ergibt, sondern aus dem, was mit den Tönen angefangen wird. Die Beziehung c-e-g gewinnt ihren Sinn als Dreiklang schließlich nur innerhalb eines Kompositionsverfahrens, das solchen Dreiklängen bestimmte Aufgaben zuweist. Wenn wir zudem den allgemeinen Begriff der Tonbeziehungen besondern, dann müssen wir Harmonik, Rhythmik, Melodik, Tonsysteme, Formen usf. als verschiedene Arten von Tonbeziehungen ebenfalls als musikalisches Material begreifen. All das aber stellt das Ergebnis kompositorischen Tuns dar.

Daraus folgt, daß Tonbestand und Tonbeziehungen – mithin das musikalische Material – bereits erarbeitet worden sind. Anders gesagt: Die »Geistfähigkeit des Materials«, von der Hanslick gesprochen hatte, entsteht daraus, daß das Material selber immer schon etwas Geistiges, nämlich Menschengemachtes, ist. Und daher kann die Arbeit des Geistes in dem geistfähigen Material auch nicht nach dem Ideal eines Handwerkes mit Zeug und Werkstoff verstanden werden. Sie stellt vielmehr die Auseinandersetzung mit dem Geist dar, der sich als Material darbietet. In ihr wendet sich die Arbeit des Geistes auf bereits geleistete Arbeit des Geistes zurück – musikalische Arbeit ist Arbeit an musikalischer Arbeit. Kurz, die musikalische Arbeit ist der Vollzug von Reflexion, so unausdrücklich diese auch sein mag, und kein Gewohnheitsumgang mit Gegebenheiten.

§ 21

Dieser Sachverhalt läßt sich auch in der Terminologie von Subjekt und Objekt beschreiben.[12] Die Beschreibung lautet dann: Die Arbeit des Komponisten an seinem musikalischen Werk ist die Produktion eines musikalischen Objektes durch ein Subjekt. Das kompositorische Subjekt wiederum hat es in der Produktion seines Objektes mit einem Material zu tun, das selber bereits produziert wurde. Denn das Material besteht aus Produziertem, aus Tonbestand und Tonmaterial, das sich von seinen Erzeugern gelöst und verselbständigt hat und nun als Tonsystem, Formenreichtum, Harmonik, Melodik, Rhythmik dasteht, in die die einst geleistete Arbeit anderer Subjekte eingegangen ist. Das musikalische Material stellt sonach vergegenständlichte Subjektivität dar. Das heißt, die Arbeit des Komponisten an seinem musikalischen Werk ist die Arbeit eines Subjektes an vergegenständlichter Subjektivität.

§ 22

Wenn das Material selber immer schon durch Arbeit bestimmt ist, dann ist die Materie immer schon geformt. Der Gesichtspunkt, unter dem das musikalische Werk auf das untersucht wird, was in ihm eine neue Bestimmtheit erlangt, richtet sich demnach auf Vorgeformtes.

Das bedeutet, daß dieser Gesichtspunkt die Vorgeformtheit des im musikalischen Werk zur Bestimmung Gelangten zu berücksichtigen hat. Er muß also das musikalische Material als die Dimension des musikalischen Werkes untersuchen, in der Vorformung sich geltend macht. Vorformung wiederum erhebt Ansprüche an die neu zu gestaltende Form. Das musikalische Material ist mithin

---

12 Auf die vorgebliche Überwindung des »Subjektivitätsparadigmas« und des Arbeitsbegriffes durch die Theorie des kommunikativen Handelns, die Jürgen Habermas entwickelt hat, kann ich hier nicht näher eingehen. Ich halte sie aber – abgesehen von grundsätzlichen Schwierigkeiten – für ästhetisch unerheblich, da eine Theorie der Kommunikation keine Ontologie des Werkes zu geben vermag. Das zeigt sehr schön ihre Anwendung durch *Martin Seel*, Die Kunst der Entzweiung. Zum Begriff der ästhetischen Rationalität, Frankfurt am Main 1985, wo es nicht mehr um Kunstwerke geht, sondern um unser Reden darüber, was wir für Kunst halten.

nicht nur ein passiver Möglichkeitsraum, sondern verlangt nach bestimmten Formen aus seiner eigenen Vorgeformtheit heraus. Diese anspruchsvolle Vorgeformtheit des musikalischen Materials ist ein Implikat des Sachverhaltes, daß das Material vergegenständlichte Subjektivität darstellt. Als bloßes Objekt des kompositorischen Subjektes wäre das Material schiere Möglichkeit. Als vergegenständlichte Subjektivität hingegen beinhaltet es Forderungen, denen die Verwirklichung als musikalische Form zu genügen hat. Das musikalische Material bildet einen Werkstoff aus vorgeformten Möglichkeiten, der zu neuen Formen verarbeitet wird; diese Formen wiederum verwirklichen die vorgeformten Möglichkeiten, so daß sie selber gleichsam aus dem Material entspringen.

Das musikalische Material trägt somit einen Doppelcharakter. Seine Vorgeformtheit verleiht ihm einerseits Eigensinn; seine Potentialität läßt es anderseits von verwirklichender Arbeit abhängen. Kurz, sein Eigensinn verlangt, von der verwirklichenden Arbeit aufgegriffen zu werden. Das musikalische Material stellt hierdurch Anforderungen an die Arbeit am Werk und gewinnt zugleich nur in dessen Verwirklichung seine Bedeutung.

§ 23

Mit diesem Doppelcharakter bildet das musikalische Material die erste ontologische Grundbestimmung des musikalischen Kunstwerkes. Das Werk kann als die Verwirklichung vorgeformter Möglichkeiten mit Eigensinn begriffen werden. Das musikalische Material wird so normativ. Da es jedoch nur im Rahmen des musikalischen Werkes seine Bedeutung besitzt, besteht auch seine Normativität nur im Bezug auf das Werk. Es birgt daher keine abstrakten Forderungen, sondern bildet den Widerpart der Kompositionstechnik, des Idioms und der Form, an dem diese sich ausweisen müssen. Das Material zeigt sich nur in der konkreten Arbeit am Werk und in der Reflexion des Werkes; denn es bildet, aus Arbeit an Werken entstanden, den Widerpart jener Arbeit, und es macht sich nur als Gesichtspunkt jener Reflexion geltend.

Diese Sachlage rechtfertigt Adornos berüchtigte These von der Tendenz des musikalischen Materials.[13] Adornos These gilt oft als Ausdruck eines harten Dogmatismus, weil sie die Kritik bestimmter Formen von Musik begründet, die sich großer Beliebtheit erfreuten oder noch erfreuen, und umgekehrt für andere Formen argumentiert, die es auch hundert Jahre nach ihrer Komposition nicht zu allgemeiner Wertschätzung gebracht haben. In Wahrheit aber spricht sie nichts anderes aus als die normative Kraft der ersten Koordinate im Grundriß des musikalischen Werkes.

Die Tendenz des musikalischen Materials besteht in den Möglichkeiten, die die vorgeformte Materie bietet. Diese Möglichkeiten entstehen durch vorangegangene Formverwirklichungen, die als vergegenständlichte Subjektivität Forderungen stellen, wie mit ihnen umzugehen sei. Der geschichtliche Prozeß führt so zu Vorprägungen der musikalischen Möglichkeiten, denen die kompositorische Arbeit unterliegt. Das heißt, die Verwirklichung der Form erfolgt in einem geschichtlichen Möglichkeitsraum mit einer bestimmten Tendenz. Das Material ist dieser Raum, und seine Tendenz ist Fortschritt. Sie läßt bestimmte Klänge, Techniken und Formen nicht bloß unzeitgemäß und veraltet, sondern falsch werden. Denn die Tendenz des Materials vollzieht sich als Verengung und Erweiterung zugleich. Sie vollzieht sich als Verengung, indem verbrauchte Klänge, Techniken und Formen ausgeschlossen werden, und sie vollzieht sich als Erweiterung, indem neue Klänge, Techniken und Formen erarbeitet werden. Verbrauchtheit und Neuwerden bilden zusammen die Tendenz des Materials.

In solcher Verengung und Erweiterung präzisiert sich die Tendenz des Materials als Kontinuität und Diskontinuität. Sie entfaltet sich als Kontinuität der Musikgeschichte, weil sie deren Tendenz fortsetzt. Und sie bedeutet zugleich deren Diskontinuität, weil sie Vorhandenes falsch werden läßt. »Die neuen Mittel der Musik«, schreibt Adorno deshalb, »sind aus der immanenten Bewegung der alten hervorgegangen, von der sie sich zugleich durch qualitativen

13 *Theodor W. Adorno*, Philosophie der neuen Musik (= Gesammelte Schriften 12), Frankfurt am Main 1975, S. 38 ff. – Dazu mein Artikel: Der Fortschritt des Materials, in: *Richard Klein* u. a. (Hrsg.), Adorno-Handbuch, Stuttgart 2011, S. 47-58, der dem weiteren Zusammenhang der These nachgeht.

Sprung absetzt.«[14] Die Bewegung ist immanent insofern, als Klänge, Techniken und Formen sich durch ihre eigene Verwendung und nicht durch die Konfrontation mit etwas Äußerem verbrauchen.

§ 25

In dem Spannungsfeld von Kontinuität und Diskontinuität steht die kompositorische Arbeit. Die in beidem sich aussprechende Tendenz des Materials stellt Anforderungen an die Arbeit am Werk. Diese muß jener entsprechen, um keine falschen Klänge, Techniken, Formen hervorzubringen.

Doch um ihr zu entsprechen, gilt es, die Spannung zwischen Kontinuität und Diskontinuität zu erkunden. Hierfür gibt es kein vorgängiges Richtmaß. Denn die Tendenz des Materials zeigt sich erst in dem Neuen, das aber vor der Vergegenständlichung im Werk als Neues noch nicht da ist. Der Komponist unterliegt folglich der Zwangslage, eine Tendenz aufzuspüren, die es ohne seine Arbeit gar nicht gibt. Seine Freiheit ist die Bedingung der Materialbewegung, aus der sich wiederum die Kriterien des freien Komponierens ergeben. Man kann diese Dialektik folgendermaßen formulieren: Wäre die Komposition nicht spontan, so würde sie das Neue, zu dem die Tendenz des Materials drängt, nicht erschaffen. Sie wäre allein der Reflex eines Vorhandenen. Die Tendenz aber ist Tendenz nur insofern, als sie zum Unvorhandenen drängt. Ohne Arbeit *sua sponte* verlöre die Tendenz demnach ihre Eigenart, Tendenz zu sein. Die Spontaneität des Subjekts ist darum die Bedingung der objektiven Tendenz. Gehorchte wiederum die spontane Arbeit nicht der Tendenz des Materials, so würde sie das Neue, auf das ihre Spontaneität abzielt, verfehlen. Sie wüßte nicht um die Verbrauchtheit und das Neuwerden der Klänge, Techniken und Formen und hantierte womöglich mit Mitteln, die falsch geworden sind. Ohne Gehorsam gegenüber der Tendenz verlöre die spontane Arbeit demnach ihre Eigenart, spontan zu sein. Die objektive Tendenz ist darum die Bedingung der Spontaneität des Subjektes.

Aus dieser Kippfigur ergibt sich erst die Bewegung des Materials. Die Verwicklung von Spontaneität und Gehorsam erweist,

14 *Adorno*, op. cit., S. 20.

daß die Tendenz des Materials ohne die Arbeit am Werk gar nicht bestünde. Das Material ist keine »anonyme Instanz«, und schon gar nicht bildet der Zerfall des Werkbegriffes die Voraussetzung für das Theorem einer Tendenz des Materials.[15] Es verhält sich gerade umgekehrt. Das Material zeigt sich nur in der konkreten Arbeit am Werk, und es ist nur aus solcher Arbeit entstanden. Denn nur in der Arbeit am Werk macht sich die Spontaneität des Subjektes geltend, die die Bewegung des Materials am Leben hält, und nur als derart vergegenständlichte Subjektivität existiert überhaupt das Material.

§26

Den Hauptangriffspunkt gegen die Theorie von der Tendenz des musikalischen Materials bildet ihre vermeintliche Verpflichtung auf die Annahme von Linearität. Wenn es eine Tendenz des Materials gibt, dann scheint sich die Musikgeschichte einer Linie gemäß zu vollziehen. Das schneidet die Mannigfaltigkeit musikalischer Entwicklungen ab.

Im Hintergrund dieses Einwandes steht oft das Ressentiment gegen »die Moderne« oder »das Neue«. Daneben aber gibt es auch reflektierte Stimmen. Einer der ersten wichtigen Einsprüche erfolgte von Erich Doflein. In ihm ist der Hauptgedanke aller späteren Gegenargumente vorweggenommen. Er lautet: Statt der Linearität eines Materialfortschritts sei die Vielfalt der neuen Musik anzuerkennen. Dofleins Titel für diese Vielfalt hieß »Musik im Delta«.[16] Das Delta der neuen Musik umfaßte in seinen Augen neben dem obligaten Stil einer vollständigen Durchdringung des Tonsatzes, der zur Zwölftontechnik geführt habe, auch spielerische Formen, das Laienmusizieren, die Stücke der Musikpädagogik oder die Linie Reger-Hindemith-Orff. Die Regionen dieser auseinanderstrebenden Leitbilder bilden Provinzen der Musik, die sich nicht mehr

---

15 So aber *Carl Dahlhaus*, Adornos Begriff des musikalischen Materials, in: *Hans Heinrich Eggebrecht* (Hrsg.), Zur musikalischen Terminologie des 20. Jahrhunderts, Stuttgart 1974, S. 9-17.

16 *Erich Doflein*, Gewinne und Verluste in Neuer Musik und Musikerziehung, in: Vorträge und Programme der VIII. Arbeitstagung des Instituts für neue Musik und Musikerziehung in Lindau 1955, Hagnau 1955, S. 5-33, hier: S. 28 ff.

miteinander verständigen können. Sie alle aber besitzen in ihren regionalen Grenzen Legitimität.

Dofleins Gedanke einer Vielfalt von Formen statt eines einfachen Fortschritts des Materials – »Delta« statt »Linie« – läßt sich unabhängig von seiner Entfaltung in die Musikwelt des Adenauerdeutschlands betrachten. Er beruht auch nicht auf dem Ressentiment gegen die Moderne. Statt dessen führt er die Konzeption regionaler Legitimitäten ins Feld. Zwar stellt der von ihm behauptete Gegensatz von obligatem Stil und Spielmusik keinen Gegensatz gleichrangiger Entwicklungen dar; diese inhaltliche Bestimmung des Deltas ist zeitgebunden und muß aufgegeben werden. Doch der Begriff des Deltas selbst widerspricht dem Gedanken einer Materialtendenz nicht. Wenn der Möglichkeitsraum des Materials ungleiche Verwirklichungen zuläßt, dann bilden diese ungleichen Verwirklichungen gleichermaßen legitimierte Richtungen. Die Normativität des Materials fließt dann im Delta auseinander, ohne ihre fortschrittliche Tendenz zu verlieren. Die Identifizierung von Materialtendenz und Einlinigkeit ist daher nicht zwingend. Das Delta der Musik widerspricht nicht der Tendenz des Materials, sondern artikuliert sie in verschiedenen Formen.

§ 27

Die Konzeption einer Materialtendenz bedarf der Mehrlinigkeit, um die Mannigfaltigkeit des Möglichkeitsraumes nicht zu verlieren. Dennoch führt das Bild vom Delta der Musik irre. Adorno hat gegen Dofleins Gedanken eingewandt, es gebe keinen »friedfertigen Sozialatlas des Musiklebens, so wenig wie einen der Gesellschaft.«[17] In der Tat kann die Verschiedenheit von Artikulationen der Materialtendenz nicht in ein neutrales Nebeneinander von Strömen aufgelöst werden. Vielmehr sind die Verzweigungen des Deltas durch ihre wechselseitigen Verneinungen gekennzeichnet. Die ungleichen Verwirklichungen des Möglichkeitsraumes grenzen sich gegeneinander ab und verneinen die jeweils andere dadurch, daß sie die

17 *Theodor W. Adorno*, Einleitung in die Musiksoziologie (= Gesammelte Schriften 14), Frankfurt am Main 1973, S. 309. Ferner *ders.*, Kritik des Musikanten, in: *ders.*, Dissonanzen. Musik in der verwalteten Welt, Göttingen [7]1993, S. 62–101, hier: S. 86 ff.

eigene Verwirklichung den anderen vorziehen. Die Verzweigungen der Materialtendenz sind daher als Zusammenhang wechselseitiger Verneinungen zu verstehen. Dieser negative Zusammenhang eröffnet einen Möglichkeitsraum, in dem die kompositorische Arbeit auf die einander verneinenden Forderungen des Materials reagieren kann. Die Einlinigkeit der Materialtendenz ist in einem solchen Möglichkeitsraum zugunsten eines widersprüchlichen Geflechts überwunden.[18] Die kompositorische Arbeit hat sich diesem Geflecht auszusetzen.

§ 28

Das so präzisierte Verständnis des musikalischen Fortschrittes kann an der Lagebestimmung verdeutlicht werden, die Claus-Steffen Mahnkopf von der Musik unserer Zeit gibt.[19] Er sieht sie durch vier Hauptströmungen bestimmt, die sich nach dem Serialismus bildeten.

Die erste jener Hauptströmungen bildet der musikalische Negativismus, verbunden vor allem mit den Œuvres Lachenmanns und Spahlingers. Der Negativismus konzentriert sich auf Klänge, um sie in entfremdeter Gestalt erfahrbar zu machen und so in der Verneinung des Gewohnten neue Schönheit zum Klingen zu bringen. Dadurch läßt er das Material aufsässig werden, vermag aber mit diesen Mitteln die musikalische Form nicht zu begreifen. Die zweite Strömung bildet der musikalische Komplexismus, verbunden mit dem Werk Ferneyhoughs. Er differenziert, nach Art einer potenzierten Polyphonie, in unermeßlichen Graden die musikalische Vermitteltheit, vermag aber durch die Steigerung der Komplexität keine freie Zeit für das Selbstsein der Klänge zu entbinden. Die dritte Hauptströmung bildet das statistisch-stochastische Komponieren, verbunden mit den Arbeiten Iannis Xenakis'. Es ersetzt Melodien, Harmonien und Kontrapunkte durch Klangmassen, Ereignisgruppen oder Klangwolken, die durch Dichte, Ordnungsgrade

---

18 In eine ähnliche Richtung geht *Reinhard Kager*, Einheit in der Zersplitterung. Überlegungen zu Adornos Begriff des »musikalischen Materials«, in: *Richard Klein* und *Claus-Steffen Mahnkopf* (Hrsg.), Mit den Ohren denken. Adornos Philosophie der Musik, Frankfurt am Main 1998, S. 92–114.

19 *Claus-Steffen Mahnkopf*, Kritische Theorie der Musik, Weilerswist 2006, S. 143 ff.

und Zufallsraten geregelt sind. Dadurch löst es Massenwirkungen aus, kann aber das musikalisch Einzelne nicht erfassen. Die vierte Strömung schließlich bildet der Spektralismus, verbunden mit den Stücken Gérard Griseys. Seine Klangbehandlung verfeinert die Harmonik zur Situierung des Klangraumes, gelangt aber über Naturalismen des »reinen Klanges« nicht hinaus.

Von diesen vier Ergebnissen und Aporien her ist die gegenwärtige Situation der Musik zu verstehen. Die musikalische Postmoderne, die sich teils unmittelbar folgend auf, teils zeitgleich mit jenen Strömungen entwickelte, hat kaum mehr als Eklektizismus und Kunsthandwerk erzeugt. Zwar klagte sie mit Recht Offenheit und Pluralität ein. Sie mißverstand aber beides, indem sie die Verfahrensweisen der Moderne nicht kritisierte, sondern revidierte. So mündete sie in schlechte Restauration musikalischer Mittel. Hiergegen sucht ein Komponieren, das sich der Tendenz des Materials bewußt ist, in kritischer Reflexion der vier Hauptströmungen deren Aporien zu überwinden.

Mahnkopfs eigenes Konzept hierzu – ein musikalischer Komplex aus sechs inhaltsreichen Momenten – weist hinaus in die Programmatik kompositorischer Modelle. Philosophisch zu begreifen aber ist seine Lagebestimmung. Sie reflektiert die Ergebnisse und Aporien der nachseriellen Moderne als Aufgabe, die es auf sich zu nehmen gilt. Die hier sichtbare Tendenz wiederum macht sich nicht als einfache Linearität geltend. Sie besteht vielmehr in regionalen Legitimitäten, die sich voneinander wegbewegen und einander verneinen, sich jedoch insgesamt zu Forderungen des Materials zusammenschließen, denen sich ein reflektiertes Komponieren ausgesetzt sieht. In diesem Sinne befindet sich die Musik unserer Zeit in einem widersprüchlichen Geflecht, das die Forderungen des Materials nicht neutralisiert, sondern im Gegenteil zu einem Aufgabenkomplex zusammenfügt.

§ 29

Neben den Gedanken einer Mehrlinigkeit hat eine weitere Präzision der Konzeption einer Materialtendenz zu treten. Die Präzision lautet: Ein bestimmter Stand des musikalischen Materials kann Forderungen aufweisen, die unabgegolten bleiben, obwohl die

Tendenz des Materials über ihn hinausgegangen ist. Solche unabgegoltenen Forderungen machen sich unter bestimmten Umstän-
den neben den Forderungen des neuen Materialstandes geltend.
In einem solchen Fall besteht das widersprüchliche Geflecht des
musikalischen Materials nicht nur aus synchronen Materialstän-
den, sondern auch aus Schichten diachroner Materialstände. Es
handelt sich dann um die »Gleichzeitigkeit des Ungleichzeitigen«,
um eine Wendung Ernst Blochs aufzugreifen.[20] Solche unabgegoltenen Forderungen vermögen sich in verschiedener Weise geltend
zu machen.

Das vielleicht ersichtlichste Beispiel einer Gleichzeitigkeit von
musikalisch Ungleichzeitigem ist die Konstellation aus *prima* und
seconda prattica. Die Kompositionsverfahren der älteren Polyphonie standen als *prima prattica* Monteverdis Verfahren gegenüber,
die sich selber als *seconda prattica* begriffen.[21] Beide Mengen von
Verfahren reagierten auf unterschiedliche Materialstände: die *prima prattica* auf die Forderungen der niederländischen Kontra-
punktik, die *seconda prattica* auf die Forderungen affektbezogener
Textdeutung, aus denen sich Monteverdis »erregte Gattung« (*gene-
re concitato*) begründete. Die Praktiken waren nicht zu vereinbaren. Zumal ihre Behandlung von Dissonanzen sich widersprach.
Zugleich jedoch bestanden sie nebeneinander. Dies gelang, indem
sie sich auf unterschiedliche Bereiche bezogen. Die *prima prattica*
beanspruchte Geltung in der geistlichen Musik, während die *seconda prattica* die weltliche Musik und die von ihr ununterschiedene
Kirchenmusik bestimmte. So konnte die Gleichzeitigkeit des Ungleichzeitigen statthaben.

Die Gefahr einer solchen Gleichzeitigkeit des Ungleichzeitigen
liegt offen: Die älteren Verfahren drohen zu einem bloßen Museal-
stil zu erstarren oder in eine gewollte Altertümlichkeit ohne sachli-
chen Grund zu münden. Wenn sie aber noch Unabgegoltenes enthalten, vermögen sich ihre Forderungen weiterhin als Bedingungen
gelungener Werke geltend zu machen. Solche Unabgegoltenheit
von Materialtendenzen kann bisweilen erst unter den Bedingungen der Entfaltung anderer Tendenzen erkannt werden, die jene ersten Tendenzen hinter sich gelassen haben. Johann Sebastian Bachs

20 *Ernst Bloch*, Erbschaft dieser Zeit (= Gesamtausgabe 4), Frankfurt am Main 1962,
  S. 104 ff.
21 Klärend *Silke Leopold*, Monteverdi und seine Zeit, Laaber ²1993, S. 57 ff.

Rückgriff auf den *stile antico* in einigen seiner kühnsten Kompositionen ist frappant.[22] Ohne die entwickelte Tendenz des musikalischen Materials indessen läßt er sich nicht verstehen. Der Contrapunctus IV aus der *Kunst der Fuge* etwa ist im alten Stil verfaßt.
Seine Verfassung steht aber zugleich im Zeichen der Materialtendenz zum individuellen Fugenthema, die das unbestimmte *soggetto*
des alten Stils überkam. Denn das Thema der *Kunst der Fuge* erhält
seine Individualität dadurch, daß es sich in einem ganzen Zyklus
von Kompositionen entfaltet. Seine musikalische Unverwech-
selbarkeit, die es von jedem *soggetto* älteren Typs abhebt, beruht
darauf, die gesamte Fugenkunst idealiter zur Einheit zu bringen.
Darum ist der alte Stil, ohne den die Fugenkunst unvollständig
bliebe, zur Explikation des Themas vonnöten. Bachs Rückgriff auf
die überkommenen Verfahren dient mithin der Individualität des
Fugenthemas, die sich erst in der idealen Totalität der Fugenkunst
geltend macht, und die Forderungen des alten Stils unterfüttern die
Forderungen der Tendenz des Materials.

Die Mehrschichtigkeit von älteren und neueren Tendenzen und
die Wiederentdeckung eines überkommenen Materialstandes – ein
anderes Beispiel wäre die Interpretation von Liszts späten Werken
durch die Reihentechnik[23] – sind in eine unverkürzte Theorie von
der Tendenz des musikalischen Materials einzubeziehen. Sie bezeugen, daß diese Tendenz kein abstraktes Geschehen darstellt, aus
dem normative Ansprüche hergeleitet werden sollen, sondern den
Möglichkeitsraum des musikalischen Kunstwerkes errichtet.

§ 30

Die Tendenz des musikalischen Materials bildet in diesem Sinne
ein notwendiges Moment des musikalischen Kunstwerkes. Dieses
stellt vergegenständlichte Arbeit an dem Material dar, das dieser

---

22 Dazu *Christoph Wolff*, Der stile antico in der Musik Johann Sebastian Bachs.
   Studien zu Bachs Spätwerk (= Beihefte zum Archiv für Musikwissenschaft 6),
   Wiesbaden 1968.

23 *René Leibowitz*, L'évolution de la musique de Bach à Schoenberg, Paris 1951,
   S. 141 ff. Die Forderungen des Materialstandes von 1870 schließen sich hier mit
   den Forderungen des Materials von 1950 zusammen, nachdem die Tendenz des
   Materials achtzig Jahre lang von Liszts späten Werken unbeeinflußt geblieben ist.

Arbeit durch seine Erweiterung und Verengung kompositorische Aufgaben stellt. Weil aber der Begriff des Materials selber kein Seiendes bezeichnet, sondern einen Gesichtspunkt der Untersuchung eines Seienden, nämlich des musikalischen Kunstwerkes, läßt sich die Frage nach der Tendenz des Materials unabhängig von konkreten Werken weder stellen noch beantworten. Adorno selbst hat das durchaus gesehen. Allein an der Stimmigkeit des Werkes sei abzulesen, so Adorno in einem Gespräch mit Ernst Křenek aus dem Jahre 1930, ob die Forderungen des Materials erfüllt seien.[24] Die Stimmigkeit des musikalischen Gebildes beglaubigt sonach die Tendenz des Materials, deren Forderungen das Werk gehorcht hat. Anders gesagt: Was die Tendenz des Materials ist, zeigt sich in den gelungenen Werken. Sie macht sich in der Geschichte der gelungenen – und negativ in der Geschichte der mißlungenen – Werke geltend.

§ 31

Neben dem Gedanken einer Materialtendenz lassen sich noch zwei weitere Gedanken Adornos über das musikalische Material auf der Grundlage des entwickelten Argumentes weiterführen.

Der erste Gedanke ist der Gedanke, daß das Material »sedimentierter Geist« sei.[25] Adornos Verwendung des Begriffes »Geist« in diesem Gedanken ist hegelianisch und antihegelianisch zugleich. Hegelianisch ist sie, weil sie die musikalische Arbeit in den Gesamtzusammenhang dessen stellt, was Hegel den »objektiven Geist« nennt.[26] Mit diesem Titel ist die bestimmte Gestalt der Vernunft bezeichnet, die sich in Geschichte und Gesellschaft verwirklicht. Der objektive Geist ist die Vernunft der Sitten und Lebensformen einer sozialhistorischen Gesamtheit. Als solche Vernunft einer ge-

---

24 *Theodor W. Adorno* und *Ernst Křenek*, Arbeitsprobleme des Komponisten. Gespräch über Musik und soziale Situation, in: *Theodor W. Adorno*, Musikalische Schriften VI (= Gesammelte Schriften 19), Frankfurt am Main 1984, S. 433-439, hier: S. 435 f. Ferner *Theodor W. Adorno*, Vers une musique informelle, in: *ders.*, Musikalische Schriften I-III (= Gesammelte Schriften 16), Frankfurt am Main 1978, S. 493-540, hier: S. 503 ff.

25 *Theodor W. Adorno*, Philosophie der neuen Musik, op. cit., S. 39.

26 Ibidem, S. 203 ff. – Hegels Darlegung des objektiven Geistes findet sich in seiner Enzyklopädie, §§ 483 ff.

sellschaftlichen und geschichtlichen Wirklichkeit steht er stets unter besonderen Bedingungen: Der objektive Geist des preußischen Staates etwa ist von dem objektiven Geist der amerikanischen Republik unterschieden. Sein Begriff bezeichnet somit eine geschichtliche Individualität.

Antihegelianisch ist Adornos Verwendung des Begriffes »Geist« wiederum, weil sie im musikalischen Material ebendiesen objektiven Geist sedimentiert sieht. Das bindet die Musik an die sozialhistorische Gesamtheit, die sich in ihr niedergeschlagen hat. Hegel selbst aber versteht die Kunst als eine Gestalt nicht des objektiven, sondern des absoluten Geistes.[27] Und der absolute Geist ist von den Bedingungen frei, die den objektiven Geist einer geschichtlichen Individualität besondern. Denn er ist die Gestalt der Vernunft, die dadurch, daß sie alle Bedingungen auf ihren Begriff gebracht hat, keine Bedingung mehr außer sich hat, unter der sie stünde. Eine solche Vernunft ist unbedingt: absolut. Die Kunst stellt neben der Religion und der Philosophie für Hegel eine der Gestalten dieses absoluten Geistes dar.

Wenn Adorno das musikalische Material als »sedimentierten Geist« und diesen Geist als »objektiv« versteht, dann bricht er mit Hegels Gedanken eines absoluten Geistes. Das bedeutet: Der Geist steht stets unter den Bedingungen seiner gesellschaftlichen und geschichtlichen Wirklichkeit, selbst da, wo er gegen sie andenkt. Er wird nie unbedingt, auch wenn er das Unbedingte zu denken sucht.[28] Als solch bedingter Geist dieser Wirklichkeit hat er sich im musikalischen Material, dem Ergebnis kompositorischer Arbeit, niedergeschlagen.

§ 32

Der Kern des Gedankens vom sedimentierten Geist lautet, in unserem Zusammenhang rekonstruiert, folgendermaßen: Die Möglichkeiten, die das musikalische Material der kompositorischen Arbeit bietet, stellen vergegenständlichte Subjektivität dar. Subjektivität wiederum ist durch Vernunftstrukturen bestimmt. Vergegenständ-

---

27 Ibidem, §§ 553 ff.
28 Die Konzeption wird ausgeführt in *Theodor W. Adorno*, Negative Dialektik (= Gesammelte Schriften 6), Frankfurt am Main 1973.

lichte Subjektivität heißt demnach vergegenständlichte Vernunft, und das musikalische Material stellt vergegenständlichte Vernunft dar. Die Vernunft der Subjektivität ist aber keine private Vernunft. Weil Subjektivität im Zusammenhang von Geschichte und Gesellschaft gebildete Subjektivität darstellt, hat ihre Vernunftstruktur an den Vernunftstrukturen teil, die sich in Geschichte und Gesellschaft verwirklichen. Im musikalischen Material vergegenständlichen sich daher Vernunftstrukturen von geschichtlicher und gesellschaftlicher Bestimmtheit. Hierdurch verbindet das Material das musikalische Werk mit Formen der Vernunft, die sich auch außerhalb der Musik aufzeigen lassen. Das ist der Geist, der sich im Material niederschlägt. Daher ist die kompositorische Auseinandersetzung mit dem Material zugleich eine Auseinandersetzung mit der Gesellschaft, die den Zusammenhang von Rationalitätsformen bildet.[29] Das musikalische Material weist weit über die Musik hinaus – es ist der Schnittpunkt von Musik und Gesellschaft.

§ 33

Aus dem Sachverhalt, daß das musikalische Material sedimentierten Geist darstellt, folgt, daß das Verhältnis von Musik einerseits und Geschichte und Gesellschaft anderseits kein äußerliches Verhältnis darstellt. Es läßt sich vielmehr im musikalischen Kunstwerk selbst erkennen. Das heißt, der gesellschaftliche Bezug des musikalischen Kunstwerkes besteht nicht darin, daß man es wie andere gesellschaftliche oder geschichtliche Zeugnisse lesen könnte. Er macht sich vielmehr mittels der Vorgeformtheit des musikalischen Materials im Zusammenhang des Werkes geltend.

Folglich steht die Autonomie des Kunstwerkes, deren ersten Grundbegriff der Begriff des musikalischen Materials bildet, in keinem Widerspruch zu seinem gesellschaftlichen Bezug. Im Gegenteil: Das autonome Werk hat den Bezug auf Geschichte und Gesellschaft zu einer seiner Koordinaten. Dieser Bezug unterwirft es keiner Heteronomie – obwohl die sozialhistorische und sogar musikhistorische Forschung in ästhetischer Blindheit das oft tut. Vielmehr läßt er sich unter Maßgabe der eigensinnigen Regeln des

29 *Adorno*, Philosophie der neuen Musik, op. cit., S. 40.

Werkes untersuchen, weil deren System auch das Regelsubsystem des Materials enthält. Es ist mithin das autonome Werk selbst, und nicht seine Einordnung in fremdgesetzliche Regelsysteme von Geschichte und Gesellschaft, das seinen gesellschaftlichen Bezug darlegt: unter dem Gesichtspunkt des musikalischen Materials. Die Untersuchung des Werkes legt solchen Bezug auf dem Grund des Werkes frei.

§34

Die Eigenschaft des musikalischen Materials, im Zusammenhang des Kunstwerkes die Schnittstelle mit der Gesellschaft zu bilden, beinhaltet nicht nur die in musikalischen Verfahrensweisen und musikalischen Formen sedimentierte Vernunft. Sie beinhaltet auch die gesellschaftliche Funktion der Musik.

Insbesondere Hanns Eisler hat den historischen Materialstand der Musik, das Faktum seines Verbrauchtseins und Neuwerdens, zu der historischen Funktionsveränderung der Musik ins Verhältnis gesetzt. Er begriff ihr Verhältnis als eine widersprüchliche Beziehung, in der beide Seiten ihre Bedeutung besitzen.[30] Daher konnte er die Auseinandersetzung mit den Forderungen des Materials und die Auseinandersetzung mit der gesellschaftlichen Funktion der Musik verbinden. Das richtete sich gegen eine Isolierung der Materialentwicklung einerseits, wie Eisler sie in der seriellen Musik vorliegen sah, und gegen die Reduktion der Musik auf ihre Funktion in der Gesellschaft anderseits, wie Eisler sie im sozialistischen Realismus erlebte. Seine eigene, eigentümliche Musik auf dem Stand des Materials mit bewußter gesellschaftlicher Funktion konnte so entstehen.

Eislers Konzept bedeutet eine wichtige Erweiterung des Blicks. Aber diese Erweiterung muß, gegen Eisler, innerhalb des Materialbegriffes angesetzt werden. Denn wenn das Material sedimentierten objektiven Geist darstellt, dann enthält es neben den Verfahrensweisen oder Formen der Musik auch deren gesellschaftliche

---

30 Etwa *Hanns Eisler,* Die Erbauer einer neuen Musikkultur, in: *ders.,* Musik und Politik. Schriften 1924-1948, Leipzig 1973, S.140-167, hier: S.157. Eislers Konzeption systematisiert *Günter Mayer,* Weltbild – Notenbild. Zur Dialektik des musikalischen Materials, Leipzig 1976, S.93 ff.

Funktion. Diese stellt ein Moment der Aufgaben und Forderungen dar, die das Material an die kompositorische Arbeit stellt. Da sie somit zum Regelsubsystem des Materials im Regelsystem des autonomen Werkes gehört, beschädigt die gesellschaftliche Funktion der Musik nicht deren Autonomie. Sie ist im Gegenteil eine Gesetzlichkeit, die sich innerhalb der Autonomie des musikalischen Kunstwerkes begreifen läßt, und die dann, wenn sie als dessen Heteronomie aufgefaßt wird, das musikalische Kunstwerk nicht mehr als Kunstwerk, sondern als bloß historisches Zeugnis neben anderen Zeugnissen erfaßt.

Das unterscheidet die gesellschaftliche Funktion des musikalischen Kunstwerkes von der gesellschaftlichen Funktion funktionaler Musik. Funktionale Musik stellt sich in heteronome Zusammenhänge.[31] Sie besitzt ihr Sein in der außermusikalischen Funktion, die sie erfüllt. Das musikalische Kunstwerk hingegen besitzt sein Sein nicht in einer außermusikalischen Funktion, die es erfüllte. Es ist genau umgekehrt: Alle außermusikalischen Funktionen, für die es in Betracht kommt, erfüllen Funktionen innerhalb seines autonomen Regelsystems. Sie lassen sich daher als subsystemische Momente der musikalischen Autonomie begreifen; das Regelsubsystem des Materials führt sie in das autonome Regelsystem des musikalischen Kunstwerkes ein. Auf diese Weise regelt sich das musikalische Kunstwerk selbst, ohne seine gesellschaftliche Funktion zu unterschlagen.

Hieraus ergibt sich, daß die gesellschaftliche Funktion der Musik nicht das Gegenüber des Materialstandes darstellt. Sie ist vielmehr eine von dessen Determinanten.

§35

Das musikalische Material ist die im musikalischen Kunstwerk lesbare Geschichte. Sein Begriff ermöglicht die musikhistorische Untersuchung, die das musikalische Kunstwerk als musikalisches Kunstwerk erfassen will, und schließt sie mit der umfassenden Kunst-, Geistes- und Gesellschaftsgeschichte zusammen. Denn

31 Dazu *Hans Heinrich Eggebrecht,* Funktionale Musik, in: *ders.,* Musikalisches Denken. Aufsätze zur Theorie und Ästhetik der Musik (= Taschenbücher zur Musikwissenschaft 46), Wilhelmshaven 1977, S. 153-192.

unter dem Gesichtspunkt des Materialstands steht das musikalische Kunstwerk im Horizont der Musikgeschichte: Es enthält sie als Regelsubsystem, auf dessen Forderungen es antwortet, in seiner Autonomie. Und unter dem Gesichtspunkt des sedimentierten objektiven Geistes steht das musikalische Kunstwerk im Horizont der Gesamtgeschichte: Auch sie ist als Regelsubsystem der Materialforderungen in seiner Autonomie enthalten. Der Reflexionsbegriff des musikalischen Materials ist mithin die Bedingung der Möglichkeit einer Musikgeschichte aus ästhetischer Vernunft.

§ 36

Der Begriff des musikalischen Materials grenzt die Möglichkeitsbedingung der Musikgeschichte gegen zwei gleichermaßen verkürzte Auffassungen ab. Die erste Auffassung meint, die gesellschaftliche Funktion musikalischer Kunstwerke erweise diese als funktionale Musik; die zweite Auffassung glaubt, die Autonomie des musikalischen Kunstwerkes reinige es von seiner gesellschaftlichen Funktion. Beide Auffassungen verfehlen das, was sie mit Recht zu verteidigen suchen.

Die erste Auffassung geht – in ihrer durchdachten Variante[32] – davon aus, daß Musik ein Kommunikationssystem des vergesellschafteten Menschen sei. Die Lebens- und Arbeitsbedingungen der Menschen führen zu der Herausbildung eines eigenen ästhetischen Verhaltens. In diesem ästhetischen Verhalten verständigen sich Menschen über ihr Weltbild. Musik als eine Form des Verhaltens kommuniziert demnach ein bestimmtes Weltbild. Sie erfüllt eine semantische Funktion in der Kommunikation des Weltbildes, das mit bestimmten Lebens- und Arbeitsbedingungen der Vergesellschaftung einhergeht. Diese Auffassung reduziert also Musik nicht auf äußerliche, sozialgeschichtlich zu notierende Funktionen; eine solche Reduktion wäre als manifest kunstfremd nicht eigens zu diskutieren. Sie erkennt vielmehr innerhalb der Musik eine seman-

---

32 *Georg Knepler,* Versuch einer historischen Grundlegung der Musikästhetik, in: *ders.,* Gedanken über Musik, Berlin 1980, S. 82-97, zumal S. 87 ff., sowie *ders.,* Geschichte als Weg zum Musikverständnis. Zur Theorie, Methode und Geschichte der Musikgeschichtsschreibung, Leipzig ²1982, zumal S. 86 ff., S. 192 ff. und S. 520 ff.

tische Schicht, ohne die die Musik nicht in ihrer geschichtlichen Eigenart verstanden werden könnte. Aber sie interpretiert diese semantische Schicht als ein heteronomes Regelsystem. Denn die umrissene Auffassung glaubt, daß Musik durch diese Schicht funktional würde.

Hiergegen hält die zweite Auffassung – abermals in ihrer durchdachten Variante[33] – den Sachverhalt, daß die Einfügung des musikalischen Kunstwerkes in die Funktionalität der Vergesellschaftung dieses aus einem Kunstwerk in ein Dokument des gesellschaftsgeschichtlichen Zusammenhanges verwandelt. Die zentrale methodische Idee sei es statt dessen, eine *Geschichte* der Kunst zu schreiben, die eine Geschichte der *Kunst* wäre. Und diese Idee steht für die zweite Auffassung unter der Voraussetzung, daß es ein ästhetisches Innen und ein gesellschaftsgeschichtliches Außen des Musikwerkes gibt. Um das erste zu erfassen, dürfe man das zweite nicht obenan setzen. Dadurch freilich verfällt die zweite Auffassung in eine Pendelbewegung, die von der Untersuchung des musikalischen Kunstwerkes zu der Untersuchung seiner gesellschaftlichen Funktion hin- und herschlägt. Vom Dokument zum Werk und vom Werk zum Dokument vermag der musikhistorische Blick zu wechseln.

Keine der Auffassungen arbeitet mit dem Begriff des musikalischen Materials. Dadurch entgeht ihnen jener Gesichtspunkt, unter dem das scheinbar Äußerliche des Kunstwerkes in dessen scheinbar Inneres eingeschrieben ist. Für die ästhetische Vernunft bildet die Gesellschaft nicht das Außen des Werkes und dessen autonomes Regelsystem nicht sein Inneres. Vielmehr ist die Gesellschaft durch das musikalische Material im Regelsystem des Werkes erfaßt. Musikgeschichte wechselt daher nicht vom Kunstwerk zum Dokument, wenn sie die gesellschaftliche Funktion des Musikwerkes untersucht – sofern sie diese Untersuchung als eine Untersuchung des musikalischen Materials vollzieht. Und Musikgeschichte versteht das Kunstwerk ebenfalls nicht in seiner heteronomen Funktion, wenn sie seine funktionale Schicht heraushebt. Sie versteht statt dessen ein Regelsubsystem des autonomen Regelsystems des Werkes. Auf diese Weise bietet der Begriff des musikalischen

---

33 *Carl Dahlhaus,* Grundlagen der Musikgeschichte, Köln 1977, vor allem S. 54, S. 106 und S. 195 ff. – Zu der unabgegoltenen Konstellation Knepler-Dahlhaus siehe *Anne Shreffler*, Berlin Walls. Dahlhaus, Knepler, and the Ideologies of Music History, in: Journal of Musicology 20 (2004), S. 498-525.

Materials den Ansatzpunkt einer Geschichte der Musik, die eine Geschichte des musikalischen Kunstwerkes darstellt.

§ 37

Der zweite Gedanke Adornos, der sich im Zuge des entwickelten Argumentes weiterführen läßt, ist der Gedanke einer materialen Form.[34] Er zieht den Schluß aus dem Sachverhalt, daß die kompositorische Arbeit Forderungen des Materials aufgreift. Die so erarbeitete Form des musikalischen Werkes ist eine Form, die diesen Forderungen entspringt.

Der Gedanke einer materialen Form grenzt sich sowohl gegen die Auffassung von der Form als Anordnung von Teilen als auch gegen die Auffassung einer funktionalen Form ab. Die erste Auffassung versteht Form als »Rhythmus im Großen«[35] oder »musikalischen Satzbau«[36] durch Gegenüberstellung metrischer Einheiten. Ihr Kerngedanke lautet: Musikalische Einheiten der Art A-B-A, A-B-B-A oder ähnlich werden in zeitlichen Proportionen gruppiert; diese Gruppierung von Teilen ist die Form des musikalischen Werkes. Die zweite Auffassung wiederum versteht Form als funktionalen Zusammenhang.[37] Ein solcher Zusammenhang wird durch die motivisch-thematische Entwicklung und ihre harmonische Grundlage gebildet; dieser Prozeß, und nicht ein klassifikatorisches Schema ist die Form des Werkes. Beide Ansätze haben ihre Berechtigung und sind später noch zu behandeln. An dieser Stelle soll nur ihr blinder Fleck zur Sprache kommen. Er besteht darin, die

---

34 *Theodor W. Adorno,* Mahler. Eine musikalische Physiognomik, in: *ders.,* Die musikalischen Monographien (= Gesammelte Werke 13), Frankfurt am Main, S. 146-319, hier: S. 193 f. und S. 239 ff. – Dazu *Hermann Danuser,* »Materiale Formenlehre« – ein Beitrag Adornos zur Theorie der Musik, in: *Adolf Nowak* und *Markus Fahlbusch* (Hrsg.), Musikalische Analyse und Kritische Theorie. Zu Adornos Philosophie der Musik (= Frankfurter Beiträge zur Musikwissenschaft 33), Tutzing 2007, S. 19-49.

35 *Eduard Hanslick,* op. cit., S. 37.

36 *Hugo Riemann,* System der musikalischen Rhythmik und Metrik, Leipzig 1903, S. 196 ff.

37 *Erwin Ratz,* Einführung in die musikalische Formenlehre. Über Formprinzipien in den Inventionen und Fugen J. S. Bachs und ihre Bedeutung für die Kompositionstechnik Beethovens, Wien ³1973. Die Idee stammt von Schönberg.

Form des musikalischen Kunstwerkes nicht vom Material her zu begreifen. Die Lehre von der Großrhythmik versteht das Material als Füllmaterial einer Anordnung von Teilen. Die Lehre von der funktionalen Form wiederum berücksichtigt zwar das Material insofern, als nicht jedes Material jede Funktion zu erfüllen vermag; das Material ist somit statt einer Füllung von klassifikatorischen Schemata formbildend. Aber die Lehre von der funktionalen Form glaubt, daß das Material auf irgendeine Weise stets funktioniere. So hat sich auch hier das Material der Ordnung der Form zu fügen. Wenn aber das Material normative Kraft besitzt, dann verfügt die Form des musikalischen Werkes nicht über das Material. Sie stellt vielmehr das Ergebnis einer Arbeit dar, die sich in Auseinandersetzung mit den Forderungen des Materials vollzog.

Der Gedanke einer materialen Form greift diesen Sachverhalt auf. Er berücksichtigt, daß die Form des Werkes weder im Funktionieren der thematisch-motivischen und harmonischen Entwicklung noch in der Anordnung von Teilen aufgeht. Die Form des Werkes, auch als Großrhythmik oder geschlossene Funktionalität, läßt sich letztlich nur aus der Arbeit am Material verstehen – eine prinzipielle Einsicht, die sich im Musikverstehen besonders dort geltend macht, wo weder der Rhythmus im Großen noch die funktionale Form die eigentümliche Gestalt eines musikalischen Werkes erfaßt. Das Material trägt eine Form auch da, wo es nicht funktioniert und nicht sich gruppiert. Es besitzt einen Eigensinn, aus dem die Form sich herleitet. Da dieser Eigensinn zur Einsicht in die Form einer Musik befähigt, ist er rechtfertigender Natur: Aus ihm begründet sich der musikalische Zusammenhang. Die Form des musikalischen Kunstwerkes hat das Material zu ihrem Rechtsgrund und ist materiale Form.

§ 38

Mit den letzten Überlegungen ist der Begriff des musikalischen Materials an die Schwelle des Begriffs der musikalischen Form gelangt. Ihn gilt es im Weiteren zu untersuchen. Dabei wird sich geltend machen, daß sich die Form des musikalischen Kunstwerkes in verschiedenen Hinsichten artikuliert, die ihre Verfaßtheit entfalten. Weil indessen die Form des musikalischen Kunstwerkes eine materiale Form darstellt, ist jede dieser Hinsichten durch das musikalische Material bestimmt, auf dessen Forderungen und Aufgaben die Form antwortet. Wenn nun auf den Gesichtspunkt des Materials der Gesichtspunkt der Form in seinen verschiedenen Kategorien folgt, so darf nicht vergessen werden, daß der Gesichtspunkt des Materials die Untersuchung auf den Grund dessen richtet, was die Kategorien unter dem Gesichtspunkt der Form erfassen.

§ 39

Die Philosophie des musikalischen Kunstwerkes hat somit den Begriff des musikalischen Materials zu ihrem Fußpunkt. Dieser Begriff diente lange als Erkennungszeichen der Avantgarde.[38] Die musikalische Postmoderne hat ihn darum verspottet. Nach deren Erlöschen wiederum geriet er in Vergessenheit. In der Tat ist der Begriff des musikalischen Materials mit der Idee der Avantgarde unauflöslich verbunden. Denn er birgt den Gedanken einer Tendenz des geistförmigen Materials, die der kompositorischen Arbeit des Geistes Aufgaben und Forderungen stellt. Diese Tendenz zu erkennen, die Forderungen nach dem Neuen im unerkundeten Gelände auf sich zu nehmen, nicht ins abgegoltene Alte zurückzufallen, ist die Eigenart der Avantgarde. Musikalisches Material und Avantgarde gehören darum zusammen.

Auch diese Verbindung wird freilich bestritten. Gegenwärtig ist es vor allem der Neue Konzeptualismus, der dem Gedanken vom Materialfortschritt abschwört. Er, dem so unterschiedliche Komponisten wie Peter Ablinger, Jennifer Walshe oder Johannes Kreidler zugerechnet werden, versteht sich als Avantgarde, aber nicht mehr vom Material her. Seine Erweiterung des Kompositionsbegriffs über den Klang hinaus zugunsten von Konzepten bekennt sich zu Gehaltsästhetik statt Materialästhetik, Kommunikation statt Werk oder Medium statt Material. Wie sein Vorbild, die Konzeptkunst der sechziger und siebziger Jahre, bindet er den Abschied vom Ma-

---

38 Dazu *Carl Dahlhaus,* Abkehr vom Materialdenken? in: *Friedrich Hommel* (Hrsg.), Algorithmus, Klang, Natur (= Darmstädter Beiträge zur Neuen Musik 19), Mainz 1982, S. 45-55, und *Gianmario Borio,* Material. Zur Krise einer musikalischen Kategorie, in: *Friedrich Hommel,* Ästhetik und Komposition (= Darmstädter Beiträge zur Neuen Musik 20), Mainz 1990, S. 108-118.

terial mit dem Abschied vom Werk zusammen und erzwingt eine fröhliche Entdifferenzierung von Musikalischem und Außermusikalischem. Sein Schicksal ist jedoch das gleiche, das bereits John Cage erlitt: Was ihm gelingt, gelingt ihm einzig als Kontrast zum Werk. Erzeugnisse mit Eigengeltung hingegen, wie einige Kompositionen Ablingers, beglaubigen sich nicht aus ihrem Konzept, sondern aus ihrem Umgang mit dem Material. Ansonsten wird vor der Differenziertheit des Musikalischen ihre Entdifferenzierung schal.

Die Ontologie des musikalischen Kunstwerkes verpflichtet hiergegen ihre konstruktive Arbeit auf den primordialen Grundbegriff des Materials. Der Begriff des musikalischen Materials ist nicht etwas, für oder gegen das man sich zu entscheiden hätte. Vielmehr bildet er die erste ontologische Bestimmung des musikalischen Kunstwerkes. Hierdurch bindet sich die Philosophie der Musik zugleich an die Bewegung der Avantgarde, die aus der Tendenz des Materials erfolgt. Auch die Idee der Avantgarde ist nicht etwas, das den Gegenstand einer Entscheidung darstellte.Sie gehört zu der artikulierten Seinsweise des Werkes, weil sie der in dieser Seinsweise niedergeschlagenen Materialtendenz nachgeht. Es gibt kein gelungenes musikalisches Werk, das nicht im Zeichen des Neuen stünde. Dieses Neue ist nicht das Abziehbild vom Neuen um seiner selbst willen. Es ist das Neue um des gelungenen Werkes willen. So laufen Werkontologie und Avantgarde zusammen im Konzept eines musikalischen Materialismus.

Zweites Kapitel
Der musikalische Klang

§ 40

Der erste Grundbegriff des musikalischen Kunstwerkes ist als Reflexionsbegriff eingeführt worden. Er bezieht sich nicht auf ein Seiendes namens »Material«, sondern benennt einen Gesichtspunkt, der die Untersuchung des Seienden namens »musikalisches Kunstwerk« orientiert. Der Begriff des musikalischen Materials ist mithin ein Begriff, der seine Funktion nur innerhalb der Bestimmung eines musikalischen Kunstwerkes erfüllt. Er leitet diese an.

Den Komplementärbegriff zum Materialbegriff bildet der Begriff der musikalischen Form. Auch er stellt einen Reflexionsbegriff dar: Die Form eines Seienden ist nicht ein eigenständiges Seiendes, sondern ein Gesichtpunkt, unter dem ein Seiendes untersucht wird. Dieser Gesichtpunkt wird durch die Frage danach bezeichnet, »was« ein Seiendes sei. Gemäß dieser Frage ist die Form eines Seienden dessen »Wassein«. Mit andern Worten, so wie der Materialbegriff das Woraus eines Seienden angibt, so gibt der Formbegriff das Was eines Seienden an. In beiden Fällen bildet das Seiende »musikalisches Kunstwerk« den Bezug der Untersuchung. Nur der Gesichtspunkt, unter dem man es untersucht, ändert sich. Das musikalische Kunstwerk wird folglich unter zwei Reflexionsbegriffen bestimmt. Der erste Begriff richtet das Verständnis darauf, woraus das Werk gemacht ist, der zweite Begriff richtet es darauf, was es ist.

§ 41

Die Diskussion des Materialbegriffs hat ergeben, daß der von ihm angezeigte Gesichtspunkt eine Priorität vor dem anderen Gesichtspunkt besitzt. Denn die Dimension, die er dem Verständnis des Werkes eröffnet, macht sich als normative Dimension geltend. Von ihr her ergehen Aufgaben und Forderungen an die kompositorische Arbeit, die das Wassein des Werkes erstellt; an ihrem Umgang mit diesen Aufgaben und Forderungen müssen sich die kompositorische Arbeit und ihr Ergebnis daher messen lassen. Auf diese Normativität leitet das Verständnis eines Werkes der Gesichtspunkt des Materials.

In solcher Anleitung des Werkverständnisses besteht der Sinn des musikalischen Materialismus. Er verpflichtet sich nicht auf Weltbilder, er führt auch keine umfassende Instanz jenseits der Werke ein. Er weiß sich nur als die Theorie des Werkes, die das, woraus das Werk gemacht ist, nicht als verfügbaren Knetstoff, sondern als einen eigensinnigen Möglichkeitsraum begreift. Das Werk ist von diesem Möglichkeitsraum her zu verstehen. Das, was es ist, muß sich mithin auf seine Beziehung zu dem, woraus es ist, befragen lassen.

Darum hängt der musikalische Materialismus an dem Begriff einer materialen Form. Die Form des musikalischen Kunstwerkes ist material, weil sie das Ergebnis einer Auseinandersetzung mit dem Material darstellt. Diesen Sachverhalt einer materialen Form beinhalten die beiden Gesichtspunkte des Materials und der Form, unter denen das musikalische Kunstwerk sich dem Verständnis öffnet. Sie geben die Pole an, zwischen denen die kompositorische Arbeit sich ausspannt: das, womit sie arbeitet, und das, was sie hierdurch erarbeitet. Weil das musikalische Kunstwerk die Vergegenständlichung der kompositorischen Arbeit darstellt, vergegenständlicht es auch diese beiden Pole und hat eine materiale Form. Die beiden Gesichtspunkte seiner Untersuchung lenken die Aufmerksamkeit jeweils auf einen der beiden Pole.

Für die Untersuchung des Kunstwerkes bilden somit die Forderungen des Materials den Ausgangspunkt und die Antworten der Form den Endpunkt. Der erste Gesichtspunkt eröffnet das Feld, in dem das sich zu bewähren hat, was der zweite Gesichtspunkt anzeigt.

§ 42

Wenngleich der Begriff des musikalischen Materials das Feld eröffnet, so hat der Begriff der musikalischen Form doch in anderer Hinsicht Vorrang. Denn das musikalische Material hatte sich als vorgeformtes Material erwiesen. Der Begriff der Form ist folglich auf eine gewisse Weise ebenfalls schon mit ihm gegeben.

Zwar könnte man Erwägungen über das allererste Material anstellen wollen, aus dem das allererste Werk erarbeitet worden wäre. Ein solches Material wäre nicht vorgeformt, weil sich in ihm keine vorangegangene Musikgeschichte niedergeschlagen hätte. Doch derartige Erwägungen sind müßig. Denn der Begriff des Materials ist ein Reflexionsbegriff; er hat also nur in der Untersuchung eines musikalischen Werkes Sinn, die er anleitet. Das allererste Werk hingegen, das aus einem solchen allererstem Material erarbeitet worden wäre, ist nicht der Gegenstand der Untersuchung eines musikalischen Werkes, da man über es nur abstrakte Mutmaßungen anstellen kann. Kurz, es geht mit dem Materialbegriff nicht um eine Erzählung vom Ursprung der Musik, sondern um das Verständnis der musikalischen Kunstwerke, mit denen wir zu tun haben.

Daher ist das Material immer vorgeformtes Material. Das aber heißt: Wenn der Begriff des Materials das Feld eröffnet, auf dem sich das zu bewähren hat, was der Begriff der Form anzeigt, dann darf hierüber nicht vergessen werden, daß dieses Feld ebenfalls bereits von dem Begriff der Form erfaßt worden ist – freilich nicht von der Form des zu betrachtenden Kunstwerkes, sondern von den unzähligen Formen, deren Geschichte sich im Material und seiner Tendenz niedergeschlagen hat. Man muß also unterscheiden: zwischen der Form des Kunstwerkes und der Form der Kunstwerke, deren Geschichte das Material bildet, das zu der neuen Form verarbeitet wurde.

§ 43

Diese Unterscheidung gewinnt Bedeutung für die Entwicklung der weiteren Grundbegriffe. Denn wenn auch die Gesichtspunkte dessen, woraus das Kunstwerk ist (Material), und dessen, was es ist (Form), in einem eindeutigen Abhängigkeitsverhältnis stehen, so vermag doch der Begriff des Materials als solcher keine weiteren Grundbestimmungen des Werkes freizusetzen. Denn um weitere Bestimmungen aus ihm herleiten zu können, müßte der Materialbegriff als solcher nicht nur das Woraus des Werkes anzeigen, sondern es bestimmen. Aber die Bestimmung dessen, was das Material des Werkes ist, kann nicht unter dem Gesichtspunkt des Materials geschehen, sondern muß unter dem Gesichtspunkt der Form erfolgen – jener Form der Werke nämlich, deren Geschichte sich im Material und seiner Tendenz niedergeschlagen hat. Was es ist, wird also auch am Material nur unter dem Gesichtspunkt der Form begreiflich. So bildet das musikalische Material zwar den Möglichkeitsraum, dessen Forderungen die Form des Werkes entspringt, kommt aber selber nur im Rückgriff auf die Form anderer Werke zu Bestimmtheit. Der Materialbegriff stellt folglich den vorrangigen Gesichtspunkt eines Werkes dar, unter dem es in seinem Möglichkeitsraum bestimmt wird, impliziert als *Begriff* jedoch keine weiteren Bestimmungen.

§ 44

Die weiteren Grundbestimmungen des musikalischen Kunstwerkes müssen demnach Bestimmungen sein, die den Bereich artikulieren, den der Gesichtspunkt der Form eröffnet. Diese Bestimmungen sind Bestimmungen, die das Was des Kunstwerkes betreffen; und alle Bestimmungen, die sich auf das Woraus des Kunstwerkes beziehen, sind Bestimmungen des Was vorangegangener Werke, das sich im Material niedergeschlagen hat. Folglich stellen die nun folgenden Grundbegriffe die Begriffe dar, die das Wassein des musikalischen Kunstwerkes entfalten. Das bedeutet, sie bilden nicht mehr Gesichtspunkte, die die Untersuchung des musikalischen Kunstwerkes anleiten, sondern sagen in allgemeiner Weise aus, was ein Kunstwerk ist. Begriffe, die in allgemeiner Weise die obersten Bestimmungen dessen darstellen, was etwas ist, heißen Kategorien. Die nun folgenden Grundbegriffe sind daher keine Reflexionsbegriffe mehr, sondern Kategorien.

§ 45

Was könnte die grundlegendste Bestimmung des Bereiches sein, den der Begriff der Form eröffnet? Als Gesichtspunkt, unter dem das Was des musikalischen Werkes untersucht wird, umfaßt der Begriff der musikalischen Form sehr viel mehr als die Formen, die in der musikalischen Formenlehre behandelt werden (Sonate, Rondo, Phantasie usw.). Diese Formen tragen zwar zu dem bei, was ein

Werk ist (»es ist eine Sonate«), aber sie erschöpfen seine Bestimmung nicht. Der Begriff der musikalischen Form enthält daher die Formen der musikalischen Formenlehre als Unterbestimmungen. Seine Kategorien müssen jedoch von woanders herstammen.

§ 46

Unter dem Begriff der Form geht es darum, was ein musikalisches Kunstwerk ist. Dieses Was des musikalischen Kunstwerkes soll in seiner umfassendsten Bestimmung beschrieben werden. Die umfassendste Bestimmung wiederum soll nicht die umfassendste Bestimmung sein, die es mit anderem Seienden teilt, sondern diejenige umfassendste Bestimmung, die ihm als musikalischem Kunstwerk zukommt. Nur dann handelt es sich um eine Bestimmung der Ontologie des Musikwerkes und nicht um eine Bestimmung der allgemeinen Ontologie. Was also ist das musikalische Kunstwerk im umfassendsten Sinne? Mir scheint, die Antwort sollte lauten: Es ist ein Seiendes, das erklingt. Denn selbst dann, wenn es faktisch niemals zum Klingen gelangt, ist es doch auf sein Erklingen ausgerichtet und gewinnt von hierher seine Gestalt. Musikalische Kunstwerke sind ihrer Idee nach Erklingendes. Mit andern Worten, die erste Kategorie des musikalischen Kunstwerkes stellt der Begriff des musikalischen Klanges dar.

§ 47

Der Begriff des musikalischen Klanges setzt sich aus zwei Momenten zusammen: Er benennt Klang, und er kennzeichnet den Klang als musikalisch. Damit beinhaltet der Begriff des musikalischen Klanges, daß nicht jeder Klang musikalisch sei. Sein eigentümlicher Inhalt hängt von dieser Unterscheidung ab.

Der Unterschied zwischen musikalischem und außermusikalischem Klang wird oft so bestimmt, daß der musikalische Klang geordneter oder organisierter Klang sei.[1] Offenbar aber reicht der

---

1 Etwa *Friedrich Blume*, Was ist Musik? (= Musikalische Zeitfragen 5), Kassel ²1960, S. 12 f. Ebenso viele Konversationslexika.

Begriff der Ordnung allein nicht aus, um aus Klang musikalischen Klang zu machen – es könnte sich ja auch um eine außermusikalische Ordnung handeln. Die physikalische Ordnung des Klanges etwa stellt, für sich genommen, keine musikalische Ordnung dar. Sie handelt von Frequenzen und Schallereignissen, nicht aber von Tonsystemen. Zwar beziehen sich Tonsysteme auf Frequenzen und Schallereignisse; doch sie sind selber keine Frequenzen und Schallereignisse, sondern deren Interpretation. Um ein Beispiel hierfür aus einem für die tonale Musik elementaren Bereich zu geben: Ihre meisten Tonleitern sind Skalen aus sieben Tönen mit sechs Intervallen. Nach dem Durchlauf durch die sieben Töne wiederholt sich die Tonleiter. Das Intervall zwischen dem Ausgangston und dem achten Ton, die Oktave, bezeichnet dementsprechend den Beginn der Tonleiter in anderer Lage. Physikalisch besteht das Schwingungsverhältnis zwischen diesen beiden Tönen als Verhältnis 2:1. Es beinhaltet als solches keine Gruppierung der Schwingungsverhältnisse in siebentönige Tonleitern. Diese Gruppierung wird erst dadurch in die Schwingungsverhältnisse gebracht, daß man das Verhältnis 2:1 als Oktave interpretiert und es als »ein anderes Dasselbe«[2] begreift. Diese Interpretation besagt: C im Bezug auf c bildet dasselbe, nämlich den Stammton C, als etwas anders ab, nämlich auf einer anderen Tonhöhe. Dadurch erst wird die Wiederholung der Tonschritte auf neuer Tonhöhe ermöglicht. Und hierdurch erst werden Umkehrungen von Akkorden, motivische Imitationen, figurative Wiederholungen in anderer Lage und vieles mehr verwirklichbar. All das liegt in der Interpretation des Verhältnisses 2:1 als »neu und nichtneu«[3] beschlossen, gegenüber der die akustische Ordnung des Verhältnisses selber neutral bleibt.

Allein von geordnetem Klang zu sprechen hilft mithin wenig weiter, um den musikalischen Klang zu bestimmen. Es verschiebt die Frage nach dem Musikalischen des Klanges nur in die Frage nach dem Musikalischen seiner Ordnung. Statt solcher Verschiebung muß die musikalische Ordnung des Klanges von anderen Ordnungen unterschieden werden, um ihre Bestimmtheit zu gewinnen.

---

2 *August Halm*, Das Wunder der Oktav, in: *ders.*: Von Grenzen und Ländern der Musik, München 1916, S. 136-146, hier: S. 136.

3 Ibidem, S. 138

Das Problem der Bestimmung des musikalischen Klanges im Gegensatz zu außermusikalischem ist kein Problem der abgehobenen musikphilosophischen Reflexion. Es wurde in der Musik der zweiten Hälfte des zwanzigsten Jahrhunderts immer wieder ausdrücklich thematisiert.

So hat die *musique concrète* ihre ganze Aufmerksamkeit auf das Verhältnis von Klangobjekten und musikalischen Objekten gerichtet. Seit Pierre Schaeffer 1948 seine *Étude aux chemins de fer* (Etüde über Eisenbahnen) aus arrangierten Aufnahmen von Zügen komponierte, ist hier der »konkrete« Klang an die Stelle seiner »abstrakten« Notation getreten. Den Bezirk solcher *musique concrète* umreißen die Postulate »Vorrang des Ohrs«, »Bevorzugung der realen akustischen Quellen, für die unser Ohr geschaffen ist«, »Erforschung einer neuen musikalischen Sprache« sowie die Regeln »Gehörbildung durch systematisches Hören von Klangobjekten jeder Art«, »Klangobjekte schaffen«, »Musikalische Objekte bilden durch Handhabung von Apparaten zur Klangmanipulation«.[4] Hiernach bilden den Ausgang die Klangobjekte der akustischen Ordnung. Sie gilt es zu erkunden, zu erhören, zu realisieren. Aber zu Musik werden sie erst dadurch, daß man sie im Hinblick auf ihre Integration in eine musikalische Struktur verwendet – daß man sie »manipuliert«. Das Verfahren hat also zwei Pole: die Klangobjekte auf der einen Seite und die musikalischen Strukturen auf der anderen Seite. Das entscheidende Kennzeichen der *musique concrète* ist nun, daß sie über den zweiten Pol kein Wissen beansprucht: Sie kennt kein musikalisches Apriori. Was das Musikalische sei, gilt ihr nicht von vornherein als ausgemacht. Daher will sie in ihren Unternehmungen zunächst das Klangliche erforschen, um an ihm das Ohr aus seinem gewöhnlichen Hören zu befreien. Die Begegnung mit dem Niegehörten erzieht so das Ohr, das dann schließlich auch, im neuen Freiraum, unter den akustischen Klangobjekten musikalische Objekte zu entdecken vermag.[5]

Die Sammlungen von Klangobjekten, ihren technischen Manipulationen und Arrangements, die die *musique concrète* erschaf-

---

4 *Pierre Schaeffer*, La Musique Concrète (= Que sais-je? 1287), Paris 1967, S. 29 f.
5 *Pierre Schaeffer*, Traité des objets musicaux. Essai interdisciplines, Paris 1966, S. 389 ff.

fen hat, schillern zwischen der akustischen Ordnung des Klanges, die sie erforschen, und seiner musikalischen Ordnung, die sie sich zum Ziel setzen. Was aber markiert den Unterschied zwischen dem Klangobjekt »radfahrendes Kind« und dem musikalischen Objekt, in das es integriert werden soll, wenn nur das akustische Hören des Klangobjektes, bar jedes musikalischen Apriori, die Grundlage der Musik bildet? Die *musique concrète* vermittelt dem musikalisch Hörenden daher ein Problem. Da ihre Erzeugnisse nicht wissen, was das Musikalische sei, lassen sie erfahren, daß der Unterschied zwischen dem musikalischen und dem außermusikalischen Klang einen ungeklärten Sachverhalt von grundlegender musikalischer Bedeutung darstellt. Die *musique concrète* macht in ihrer Konzentration auf die Klangobjekte die Grenze des Musikalischen als Problem hörbar.

Dadurch überführt sie die Traditionen, in denen sie steht, in eine reflektierte Gestalt: allen voran die Geräuschkunst der italienischen Futuristen des Jahrhundertanfangs, die – wie Russolo proklamierte – als erste »den engen Kreis der Klänge durchbrechen und die unendliche Vielfalt der Klang-Geräusche erobern«[6] wollte. Geräusche wurden hier direkt zu Musik erklärt. Neue Apparaturen, *intonarumori*, sollten sie erzeugen und die überkommenen Instrumente ersetzen. Über diese Musik schrieb eine Zeitgenossin: »Vielleicht kommt einmal der Mann, der uns vom heutigen Orchester erlöst – Russolo ist es nicht. Auf der *Place de l'Opéra*, umrauscht von Autos und Wind der Boulevards, hat man seine Musik echter und effektvoller.«[7] Vierzig Jahre später mußte die *musique concrète* ihre Hörer nicht mehr vom Orchester erlösen. Anstatt das Geräusch gegen den Wohlklang der Symphonieorchester und Streichquartette zu richten, konnte sie sich auf die sorgfältige Erkundung des Klanges werfen. So aber vermochte das Problem um so deutlicher gehört zu werden: Der Unterschied zwischen dem außermusikalischen Klangobjekt und dem musikalischen Objekt selbst wird vorausgesetzt, ohne ihn noch voraussetzen zu können. Und das heißt, daß die Voraussetzung des Musikalischen nicht einfach gegeben ist, sondern eigens artikuliert werden muß.

6 *Luigi Russolo*, L'Arte dei rumori, Mailand 1916, S. 11.
7 *Claire Goll*, Die futuristischen Bruitisten, in: Die Neue Schaubühne 3 (1921), 8./9. Heft, S. 199-200, hier: S. 200.

Scheinbar eng verwandt mit der *musique concrète* ist die elektronische Musik, die wie jene physikalische Techniken der Tonmanipulation verwendet. Tatsächlich ist sie von ihr grundverschieden. Während die *musique concrète* gegebene Klänge aufnimmt und dann manipuliert, erzeugt die elektronische Musik ihre Klänge allererst. Dennoch kommt in ihr dasselbe Grundproblem zum Ausdruck.

Der Übergang von instrumentaler zu elektronischer Musik erfolgte aus Gründen der Werkeinheit. In der instrumentalen Musik kann die Einheit der Komposition nur in bestimmten Grenzen erlangt werden. Sie setzt die akustischen Klangspektren der Instrumente voraus und vermag daher die Synthese des Klanges nicht bis in seine spektrale Struktur hinein zu vollziehen: Die spektrale Klangstruktur gelangt von außerhalb in die Einheit des Werkes. Eine Lösung dieses Problems besteht darin, die akustische Struktur der Klänge für eine Komposition selber zu komponieren. Es gibt dann keinen Gegensatz mehr zwischen kompositorischem Gerüst und spektralem Klang – in Eimerts Worten: »Das Gerüst sitzt schon im Ton«.[8] Hier stehen die akustische Mikrostruktur und die musikalische Makrostruktur mithin im Bezug auf eine einzige musikalische Idee.[9] Solche Komposition des akustischen Klanges erfolgt, indem man Sinustöne, die man elektronisch erzeugen kann, zu Spektren der Klänge zusammensetzt. Die kompositorische Arbeit nimmt mithin die Spektralstruktur der Klänge nicht als gegeben hin, sondern errichtet sie im Blick auf das Werk, an dem sie arbeitet.

In Stockhausens *Gesang der Jünglinge im Feuerofen* wird dieses Verfahren in unerhörter Weise erfahrbar, da es hier mit manipulierten Aufnahmen einer Knabenstimme verbunden wird. Die vorgegebenen Spektren der menschlichen Stimme verschmelzen mit den komponierten elektronischen Klängen zu einem Zusammenhang, der die *Einheit* von akustischer Mikrostruktur und musikalischer Makrostruktur und den *Unterschied* zwischen komponierten und gegebenen Klangspektren zugleich umfaßt. Die Reinheit der Sinustöne erhält dadurch ihre Bestimmtheit im Kontrast zu der spek-

8 *Herbert Eimert*, Die sieben Stücke, in: die Reihe 1 (1955), S. 8-13, hier: S. 9.
9 *Karlheinz Stockhausen*, Elektronische und instrumentale Musik, in: *ders.* Texte zur elektronischen und instrumentalen Musik, Köln 1963, S. 140-151, hier: S. 141.

tralen Unreinheit der Knabenstimme, deren kindliche Reinheit wiederum die Klangkonstruktion des Erwachsenen überbietet. Da die Knabenstimme zudem – manipulierte und daher oft schwer zu verstehende – Worte aus dem apokryphen Buch Daniel singt, die die Unversehrtheit der Jünglinge im Feuerofen bezeugen, besitzt das Wechselverhältnis von vorgegebenen und komponierten Klangspektren einen geistlichen Sinn: die Frage nach Reinheit und Unreinheit im Bezug auf Gott. Im Blick auf die Musik könnte man sagen: Auch die Schlacken des akustischen Klanges verbrennen und verbrennen nicht.

Das heißt indessen, daß die elektronische Musik ebenfalls die Grenze des musikalischen Klanges zu ihrem Thema hat. Der aus reinen Sinustönen komponierte Klang ist ein akustischer Klang, der bereits als akustischer Klang musikalisch sein will: Der Begriff des Sinustons ist zum »musikalischen Begriff« geworden.[10] Hier duldet der musikalische Klang keinen anderen Klang neben sich. Aber dadurch, daß er noch die vorgegebenen akustischen Spektren der Klänge musikalisch gestalten will, gerät er selber, *contre cœur*, unter die Maßgabe des Akustischen. Indem er vorgegebene Klangspektren, mit denen er dann unter musikalischen Gesichtspunkten arbeitet, nicht mehr hinnimmt, arbeitet er an Spektren unter akustischen Gesichtspunkten: unter den Gesichtspunkten dessen, wie ein Klang aus elektronisch erzeugten Sinustönen zu konstruieren sei. Diese akustischen Gesichtspunkte erhalten daher eine größere Bedeutung als in der instrumentalen Musik. Sie prägen die Arbeit an der Klangkomposition, auch wenn sie einer musikalischen Idee dienen wollen, und ziehen diese in ihren Bereich. Wenn musikalische Komposition nicht mehr Komposition mit akustischen Klangspektren, sondern Komposition von akustischen Klangspektren darstellt, dann bildet die größte Menge ihrer Regeln eine Menge von akustischen Regeln. Die Grenze zwischen dem musikalischen und dem akustischen, außermusikalischen Klang wird erneut zum Problem.

§ 50

Auf wieder andere Weise begegnet die Frage nach der Grenze des musikalischen Klanges in Stücken, die sich selbst als *musique for-*

10 *Herbert Eimert* und *Hans Ulrich Humpert*, Das Lexikon der elektronischen Musik, Regensburg 1973, *s. v.* Klang.

melle bezeichnen. Iannis Xenakis reduzierte Klänge auf ihre logische Struktur und formalisierte sie durch mathematische Verfahren. Anders als die *musique concrète* wollte er eine, wie er sie nannte, »abstrakte« Musik komponieren.[11] Das Mittel dazu sah er in der Stochastik liegen.

Die im Hintergrund stehende Erfahrung war, daß die serielle Determination eines Stückes zu einer Komplexität führe, in der die Determination gerade ihren Sinn verliere. Serielle Kompositionen versuchen, alle Parameter des Stückes – Tonhöhe, Tondauer, Tonfarbe, Tonlautstärke – mit einem einheitlichen Verfahren zu bestimmen; die elektronische Musik wußte sich dem verpflichtet. Diese komplexe Determination ist indessen zuletzt nicht mehr hörbar, so daß sie als Indetermination erfahren wird. Hieraus zog Xenakis den Schluß, daß die serielle Determination der Musik durch eine Ordnung ersetzt werden müsse, die neben dem Determinierten das Indeterminierte einbeziehe. Diese Ordnung boten ihm die statistischen Gesetze, mit denen die Wahrscheinlichkeitsrechnung arbeitet. Musikalische Prozesse und Ereignisse können mit ihrer Hilfe als asymptotische Entwicklungen zu einem stabilen Zustand geregelt werden. Die stochastische Algebra der *musique formelle* vollzieht so den Übergang von determinierten Klangverhältnissen zu Klangmassen, Ereignisgruppen oder Klangwolken, die durch Dichte, Ordnungsgrade und Zufallsraten geregelt sind.

Freilich erklingt die »abstrakte Musik« wenig abstrakt. Das berühmte flächendeckende Glissando im Kontinuum der Tonbewegung zu Beginn von *Metastaseis* ist stochastisch strukturiert – und trotz seiner algebraischen Struktur ist es nicht abstrakt wie die Zahlen, sondern konkreter Massenklang. Aus den Klangwolken und Klangschwärmen entsteht ein Bruitismus, der sich in die Tradition von Strawinskys *Sacre* oder Varèses Geräuschkompositionen fügt. Man hat Xenakis einen »konstruktivistischen Fauvisten«[12] genannt. Die Bezeichnung zeigt, wie wenig sich musikalische Formalisierung und Geräusch voneinander trennen lassen. Aber wenn die stochastisch errechneten Massenklänge letztlich als Geräusch erklingen, dann lassen auch sie die Grenze zwischen musikalischem

11 *Iannis Xenakis*, Musiques formelles. Noveaux principes formels de composition musicale, Paris ²1981, S. 9 *et passim*.
12 *Rudolf Frisius*, Konstruktion als chiffrierte Information. Zur Musik von Iannis Xenakis, in: Musik-Konzepte 54/55 (1987), S. 91-160, hier: S. 94 ff.

und außermusikalischem Klang fragwürdig werden. Die mathematische Konstruktion musikalischer Klänge schlägt in die Erfahrung außermusikalischer Ordnung um. Es ist kein Zufall, daß Xenakis die algebraische Struktur von *Metastaseis* auch als architektonische Struktur für den Philips-Pavillon auf der Weltausstellung in Brüssel 1955 erschuf. Musik und Nicht-Musik unterliegen denselben Gestaltungsprinzipien. Wie aber läßt sich dann der musikalische Klang vom Außermusikalischen noch trennen?

§ 51

Eine letzte Frage nach der Grenze des musikalischen Klanges stellt die Musik John Cages. Sie ist die vermutlich populärste Gestalt der neuen Musik – nicht zuletzt gerade deshalb, weil sie durch die Form ihrer Zufallskompositionen das Problem des musikalischen Klanges auch dem weniger intensiven Hören zugänglich macht.

Indem Cage seine Kompositionen mit Hilfe verschiedener Zufallsoperationen erarbeitet, vermag neben dem musikalisch Determinierten auch das musikalisch Indeterminierte erklingen. Was musikalischer Klang sei, unterliegt dem Zufall. Und das heißt, daß eine Grenze zwischen musikalischem und außermusikalischem Klang zuletzt gar nicht gezogen werden kann. Prinzipiell ist alles immer schon Musik; es muß nur zufallen. Cage selbst spricht diesen Kern seiner Musik in seinen Mesosticha über Notation deutlich aus:

> the music is there bef Ore
> it is writte N
>
> compositio N
>   is Only making
>   i T
>   cle Ar
>   That that
>   Is the case
>   finding Out
> a simple relatio N
>
>   betwee N paper and music[13]

---

13 *John Cage*, Composition in Retrospect, Cambridge 1993, S. 18 f.

Da die Ideologie, die sich um Cages Kompositionen gebildet hat, nur noch wenige Anhänger findet, erübrigt sich eine Polemik gegen die Unzulänglichkeiten dieses Selbstverständnisses. Statt dessen kann es nüchtern als ein Zeugnis der Frage gelesen werden, die Cages Musik ihrem Hörer stellt. Diese Frage lautet: Wenn alles musikalischen Klang darstellt und nur darauf wartet, daß dies in komplizierten Zufallsverfahren und Notationen verdeutlicht wird, dann beinhalten die Zufallskompositionen den Widerspruch, zugleich immer schon da gewesen und doch allererst erarbeitet worden zu sein. Für die Bestimmung des musikalischen Klanges bedeutet das, daß er als dieses Sowohl-Als-auch gehört werden will. Er ist zugleich jenseits der kompositorischen Arbeit und allein durch kompositorische Arbeit; er gewinnt seine Bestimmtheit durch die Verfahren der Komposition, soll aber auch unabhängig von diesen sein. Wie aber ist dann seine Grenze zum außermusikalischen Klang gezogen? Aufgehoben ist sie nicht, weil es der kompositorischen Arbeit bedarf, um ihn eigens aus der Gesamtheit des außermusikalischen Klanges herauszuheben. Gezogen aber ist sie auch nicht, weil der herausgehobene Klang etwas darstellt, was ohnehin schon vor dieser Arbeit da ist. Mithin wird die unklare Grenze des musikalischen Klanges abermals das Thema musikalischer Werke.

§ 52

Die vier herangezogenen Gestalten von Musik aus der zweiten Hälfte des zwanzigsten Jahrhunderts haben das Problem einer Bestimmung des musikalischen Klanges artikuliert. Sie zeigen, daß die Grenze zwischen akustischem und musikalischem Klangobjekt (*musique concrète*), zwischen akustischer und musikalischer Klangkomposition (elektronische Musik), zwischen mathematischer und musikalischer Klangkonstruktion (*musique formelle*) und zwischen nicht-komponiertem und komponiertem Klang (Zufallsmusik) ebenso grundlegend wie schwer zu entscheiden ist. Ihre ästhetische Gestalt erlangen sie – neben den anderen Faktoren, die ihren unterschiedlichen Rang im einzelnen ausmachen – durch den Sachverhalt, daß sie die Frage nach dem musikalischen Klang in der Gestalt des musikalischen Klanges stellen. Sie sind keine theoretischen Abhandlungen, sondern künstlerische Erzeugnisse, die ästhetisch und nicht außerästhetisch erfahren werden. In ihnen reflektiert der musikalische Klang selbst das Problem seiner Bestimmtheit gegenüber seinem Anderen.

§ 53

Mit Recht sah daher Franco Evangelisti, der nach seinen wenigen seriellen Kompositionen das Komponieren so gut wie eingestellt hatte, die Musik des zwanzigsten Jahrhunderts insgesamt unter der Notwendigkeit stehen, eine neue Organisation des Klanges zu finden. In seinen Augen haben sich die Tonsysteme erschöpft; an nichts anderem als an dieser Erschöpfung habe sich die neue Musik abgearbeitet; deren Aporien stellten keinen Irrweg, sondern die Konsequenz der musikalischen Entwicklung dar; nun gelte es mithin, eine »neue Klangwelt« zu entwickeln, die das musikalische Stadium im ganzen überwinde.[14]

Wie immer auch die neue Klangwelt aussehen und wie immer man sich zu der »Überwindung des musikalischen Stadiums« stellen mag – Evangelistis eindringliche Auseinandersetzung mit der Überholtheit der Tonsysteme spricht einen Grundsachverhalt aus. Die Bestimmung dessen, was das Musikalische des musikalischen Klanges sei, wurde – und wird – von Musik gewöhnlich einfach als Voraussetzung hingenommen; gerät diese Hinnahme aber ins Wanken, so erweist sich Musik selbst als fragwürdig. Die neue Musik des zwanzigsten Jahrhunderts hat die vorausgesetzten Bestimmungen des Musikalischen nicht mehr hingenommen. Anders als in früheren Epochen wurden ihr nicht nur die bestehenden Tonzusammenhänge problematisch; ihr wurde das Musikalische als solches problematisch. Und darum ist sie in der Tat fragwürdig.

Das bedeutet indessen – anders als Evangelisti meinte – nicht, daß die Musik »zu Ende« sei. Es bedeutet vielmehr, daß Musik sich darüber bewußt geworden ist, die Grenze zwischen sich und dem Außermusikalischen immer wieder neu ziehen zu müssen, und daß die Auseinandersetzung mit der hierin beschlossenen Fragwürdigkeit ihren ästhetischen Rang ausmacht. In der Tat gibt es kein musikalisches Apriori mehr. Aber es gibt auch keinen Weg in das

14 *Franco Evangelisti*, Dal silenzio a un nuovo mondo sonoro (= Musica 8), Rom 1991, *passim*.

nachmusikalische Stadium einer »neuen Klangwelt«. Es gibt nur die kompositorische Arbeit an der Bestimmung dessen, was musikalischer Klang sei.

§ 54

Die Fragwürdigkeit des Musikalischen in den Kompositionen des zwanzigsten Jahrhunderts zeigt, daß die Form des musikalischen Kunstwerkes ihre erste kategoriale Bestimmung selbst in Frage zu stellen vermag. Musikalischer Klang gestaltet sich so, daß das Problem seiner Bestimmung hörbar wird: Die musikalische Form besteht in der Erschütterung ihrer eigenen Erstkategorie.

Die Rechtfertigung für die Ambivalenz der ersten Formkategorie in jenen Werken neuer Musik findet sich im Stand des musikalischen Materials. Auch die Formen, die sich selbst in Frage stellen, sind materiale Formen. Sie lassen sich daher aus den Forderungen des Materials verstehen. Daß diese Werke des Musikalischen ihres Klanges nicht sicher sind, liegt nun daran, daß das Material, aus dem sie gemacht wurden, kein geistfähiges Material mehr für die kompositorische Arbeit darstellt. »Geistfähig« heißt hier: von sich aus einen Möglichkeitsraum für die musikalische Komposition öffnend. Wenn das Material aber so beschaffen ist, daß es diesen Möglichkeitsraum nicht mehr bietet, dann kann die kompositorische Arbeit nicht mehr in einem musikalischen Apriori ansetzen. Sie muß vielmehr, als Arbeit des Geistes, den Möglichkeitsraum an dem verschlossenen Material erst freilegen. Und das bedeutet: Sie muß die Problematik des musikalischen Klanges zur Form erheben.

Helmut Lachenmann hat diesen Sachverhalt mit Hilfe des Sprachbegriffs beschrieben. Er nennt die Verwandlung des sprachfähigen Materials durch seine allgegenwärtige Verfügbarkeit und kunstfeindlichen Gebrauch in sprachfertiges Material die »verlorene Unschuld« der Musik; diese habe es nunmehr mit einem aufgrund seiner steten Sprachfertigkeit sprachlosen Material zu tun.[15] Man kann dieses scheinbare Paradox auch so ausdrücken: Dadurch, daß das musikalische Material kompositorischen Zugriffen unterschiedlicher Art allenthalben verfügbar ist, ist es geistlos geworden;

---

15 *Helmut Lachenmann*, Von verlorener Unschuld, in: *ders.*, Musik als existentielle Erfahrung. Schriften 1966-1995, Wiesbaden 1996, S. 136-144, zumal S. 138 ff.

denn die allgegenwärtige und meist kunstfeindliche Verfügbarkeit des Materials hat dessen normative Kraft eingeschliffen, aus der die Arbeit des Geistes am Material lebt. Die Forderung des abgeschliffenen Materials an die kompositorische Arbeit lautet daher: seine Abgeschliffenheit zu durchbrechen. Das aber ist nichts anderes als die Forderung danach, das Musikalische allererst zu gewinnen. Die Geistlosigkeit des Materials benennt das fehlende musikalische Apriori der kompositorischen Arbeit als deren Bedingung.

Die Forderung des geistlosen Materials nach neuer Geistigkeit – Lachenmann würde sagen: nach neuer Sprachfähigkeit – begründet die eigentümlichen Formen der neuen Musik, die ihre erste Kategorie, den musikalischen Klang, und damit sich selbst in Frage stellen. Sie antworten auf die Problematik des Materials, indem sie sie artikulieren. Auch sie sind daher materiale Formen.

§ 55

Die Frage nach dem Unterschied zwischen dem musikalischen und dem außermusikalischen Klang hat sich als eine Frage des musikalischen Denkens des zwanzigsten Jahrhunderts erwiesen, insofern es ein Denken in Musik darstellt. Sie ist nun in anderer Weise von dem musikalischen Denken aufzugreifen, das sich nicht als Denken in Musik, sondern als Denken über Musik vollzieht. Das Denken über Musik muß den musikalischen Klang im Horizont der besprochenen Problematik bestimmen. Gewiß, diese Bestimmung kann die Fragen des Denkens in Musik nicht klären. Denn sie ist keine Bestimmung im Blick auf kompositorische Verfahren. Aber sie kann die Abgrenzung des musikalischen Klanges von außermusikalischem Klang auf eine Weise klären, die es erlaubt, auch die Fragen der kompositorischen Verfahren besser zu verstehen. Indem sie die Grenze zwischen musikalischem und außermusikalischem Klang in begrifflicher Hinsicht untersucht, erarbeitet sie ein Vokabular, das die Problematik dieser Grenze zu artikulieren imstande ist. Das philosophische Denken über Musik sucht zu jenem Vokabular beizutragen. Sein Beitrag besteht in einer Kategorie des musikalischen Klanges im Horizont jener Erfahrungen.

Der Ausgangspunkt der gesuchten kategorialen Bestimmung ist der Sachverhalt, daß musikalische Klänge Objekte des Hörens sind. Objekte sind nicht einfach Vorkommnisse des Hörens, sondern unterliegen Bedingungen einer Konstanz, die auch unabhängig von ihrem Gehörtwerden besteht. Eine musikalische Melodie, die zu verschiedenen Zeitpunkten gehört wird, wird als dieselbe Melodie gehört und nicht als zwei verschiedene Melodien, wenn auch als zwei verschiedene Vorkommnisse. Das gilt für den musikalischen Klang insgesamt: Auch ein Klang aus stochastisch geregelten Klangwolken und Klangmassen eines Stückes wird als derselbe Klang gehört, wenn man ihn noch einmal hört. Selbst dann, wenn ein musikalischer Klang faktisch nur einmal vernommen würde, ist er doch prinzipiell etwas, das noch einmal vernommen werden könnte, wenn er noch einmal erklänge. Dadurch ist er vom bloßen Vorkommnis des Hörens unterschieden. Dieses ginge in seinem jeweiligen Vernehmen auf, während ein musikalischer Klang von seinem Vernehmen insofern unterschieden ist, als er eine Konstanz besitzt, die es erlaubt, ihn als denselben Klang nochmals zu vernehmen, sollte er ein weiteres Mal erklingen. Hierin besteht sein Objektcharakter.

Der Objektcharakter des musikalischen Klanges beinhaltet zweierlei. Zum einen muß sich ein musikalischer Klang von anderen musikalischen Klängen unterscheiden lassen, und zum andern muß sich ein musikalischer Klang wiedererkennen lassen, um die beschriebene Konstanz aufzuweisen. Hierin liegt eine Schwierigkeit beschlossen.

Die Unterscheidung und Wiedererkennbarkeit von Objekten unterliegt normalerweise den Bedingungen von Raum und Zeit. Ein beliebiger Gegenstand läßt sich von anderen Gegenständen, selbst solchen, die mit ihm qualitativ identisch sind, durch seinen räumlichen Ort unterscheiden. Zugleich ist seine Räumlichkeit eine Bedingung seiner Wiedererkennbarkeit. Der Gegenstand hat eine konstante Existenz auch dann, wenn er nicht wahrgenommen wird, weil er außerhalb unserer Wahrnehmung im Raum existiert. Sowohl sein Unterschied gegenüber anderen Gegenständen gleicher Beschaffenheit als auch seine Konstanz können demnach durch seine Räumlichkeit erklärt werden.

Wenn man indessen den musikalischen Klang bedenkt, dann können zu seiner Erklärung keine anderen Bestimmungen herangezogen werden als musikalisch-klangliche Bestimmungen. Nun scheinen musikalisch-klangliche Bestimmungen allerdings keine räumlichen Bestimmungen in dem Sinne zu sein, in dem räumliche Bestimmungen normalerweise gelten. Denn der musikalische Klang soll vom akustischen Klang unterschieden sein. Der Raumbegriff der physikalischen Welt darf daher nicht einfach auf den musikalischen Klang übertragen werden. Das heißt, daß der musikalische Klang selber die Bestimmungen aufzuweisen hat, die die Aufgabe übernehmen, die ansonsten die außermusikalischen Raumbegriffe übernehmen.

§ 58

Ebendiese Aufgabe ist jedoch schwer zu erfüllen. Peter Strawson hat in einem berühmten Argument über die Möglichkeiten der Identifizierung von Klängen nachgedacht, die in einer ausschließlich hörbaren Welt bestünden. Eine solche Welt wäre eine Welt ohne physikalische Raumbegriffe, da in ihr der Klang nur als solcher und nicht in Verbindung auf den visuell zugänglichen Raum gehört würde. Wie ist in ihr die Identifizierung des Klanges möglich?

Strawsons Überlegung ist die folgende.[16] Um qualitativ identische, aber numerisch unterschiedene Klänge zu trennen, und um die Wiedererkennbarkeit der einzelnen Klänge zu gewährleisten, benötigt man in der reinen Klangwelt ein Analogon des Raums. Was der Raum ermöglicht, ist die Beziehung von Einzeldingen aufeinander, die nicht auf deren qualitativen Eigenschaften beruht. Dadurch können ja qualitativ identische Einzeldinge voneinander unterschieden werden: Sie stehen in einer räumlichen Beziehung zueinander. Wenn in der Klangwelt nun die Möglichkeit einer nicht-qualitativen Relation zwischen Klängen eröffnet werden

16 *Peter F. Strawson,* Individuals. An Essay on Descriptive Metaphysics, London 1959, S. 71 ff.

kann, dann lassen sich die Klänge in einem Beziehungsgefüge verorten und so voneinander und von dem Hörenden unterscheiden. Strawson sieht diese Möglichkeit in der Existenz eines »Hauptklanges« (*master-sound*) liegen.[17] Der Hauptklang ist ein kontinuierlicher Klang wechselnder Tonhöhe, der sich durch die Klangwelt hindurch hält. Wenn nun andere Klänge erklingen, können sie auf den kontinuierlichen Hauptklang bezogen werden. Da dieser wiederum unterschiedliche Tonhöhen aufweist, lassen sich die anderen Klänge an den verschiedenen Höhen des Hauptklanges verorten. Dadurch besitzen selbst qualitativ identische Klänge ein Merkmal ihrer numerischen Unterscheidung.

Um es an einem Beispiel zu verdeutlichen: Nehmen wir an, der Klang K und der Klang K' klängen völlig gleich, etwa als Folge g'-g'-g'-es' in den Klangfarben von Violinen und Klarinetten; aber K erklänge dann, wenn der Hauptklang die Tonhöhe 1 erreicht habe, und K', wenn der Hauptklang auf Tonhöhe 2 erklingt. In diesem Fall erlaubt es die Relation zum Hauptklang, K und K' trotz ihres Gleichklanges zu unterscheiden: K ist die Folge g'-g'-g'-es' im Bezug auf den Hauptklang auf Tonhöhe 1, während K' die Folge g'-g'-g'-es' im Bezug auf den Hauptklang auf Tonhöhe 2 ist. Sie sind unterschiedliche Einzelklänge, weil sie auf unterschiedlichen Ordnungspunkten des durch den Hauptklang errichteten Relationssystems der Klänge stehen. Die Relation zum Hauptklang erlaubt es zugleich, jeden einzelnen Klang wiederzuerkennen. Denn wenn der Hauptklang zu einem späteren Zeitpunkt abermals die Tonhöhe 1 erreicht und der Klang K abermals erklingt, dann kann er als Klang K – also als Folge g'-g'-g'-es' im Bezug auf den Hauptklang auf Tonhöhe 1 – wiedererkannt werden, ohne ihn mit K' zu verwechseln, der ja durch seinen Bezug auf die Tonhöhe 2 des Hauptklanges gekennzeichnet ist. Klang K ist folglich derselbe Klang K über mögliche Unterbrechungen seines Gehörtwerdens hinweg: Seine qualitativen und relationalen Eigenschaften sind dieselben. So erhält ein Klang die nötige Konstanz, die ihn vom bloßen Hörvorkommnis sondert.

Auf diese Art könnte in einer reinen Klangwelt die Identifizierbarkeit von Klängen gewährleistet werden. Ein kontinuierlicher Hauptklang bildete die Achse eines Relationssystems von Klängen,

17 Ibidem, S. 75 ff.

in dem die Einzelklänge sich verorten ließen. Ihre Verortung begründete zugleich ihre Existenz außerhalb ihres Wahrgenommenwerdens. Sie wären Objekte.

§ 59

Gegen Strawsons Überlegung hat Gareth Evans eingewandt, daß sie ihr eigenes Ziel nicht erreiche. Man brauche die Idee eines Hauptklanges aber auch gar nicht, um die Objektivität von Klängen in einer reinen Klangwelt zu begründen.[18]

Evans sieht Strawson in zwei Schritten argumentieren. Der erste Schritt besagt, daß die Kriterien für die Wiedererkennbarkeit von Klängen in der Klangwelt ausschließlich auditive Kriterien sein müssen. Der zweite Schritt beinhalte sodann, daß die numerische Unterscheidung qualitativ identischer Klänge durch deren Relationssystem erfolge. Die Idee eines Hauptklanges soll beide Schritte zum Ziel führen. In Evans' Augen führt diese Idee jedoch dazu, daß der zweite Schritt unerfüllt bleibt.[19] Denn der Bezug der Klänge zum Hauptklang beinhaltet nicht dessen Kontinuität. Man könne daher auch eine ungeordnete Aufeinanderfolge von Hauptklängen annehmen, die dieselbe Aufgabe übernähmen, daß sich Klänge auf sie bezögen. Dann aber ist das auditive Kriterium der Wiedererkennbarkeit von Klängen so beschaffen, daß es kein Relationssystem von Klängen errichtet. Der Bezug eines Klanges auf einen der Hauptklänge bezieht diesen Klang schließlich nicht auf andere Klänge. Mit andern Worten: K wird durch seinen Bezug auf einen Hauptklang auf Tonhöhe 1 wiedererkennbar, K' hingegen durch seinen Bezug auf einen anderen Hauptklang auf Tonhöhe 2, aber beide stehen in keinem Bezug aufeinander, weil die Hauptklänge in keiner Kontinuität stehen, sondern nur ungeordnet aufeinander folgen.

Aus diesem Grund sieht Evans die Überlegungen Strawsons zum Hauptklang scheitern. Man brauche diesen Klang freilich gar nicht. Denn wenn die Klangwelt so beschaffen ist, daß ein Hörender zu der Regel »Eine Wahrnehmung der Art A wird zwischen

18 *Gareth Evans,* Things Without the Mind. A Commentary upon Chapter Two of Strawson's Individuals, in: *ders.,* Collected Papers, Oxford 1985, S. 249-290.
19 Ibidem, S. 253 f.

einer jeden Wahrnehmung der Art A' und der Art A'' erfolgen«
gelangt, dann könne sich der Hörer mit Hilfe dieser Regel eine
Ordnung der Klänge auf rein auditive Weise errichten. Diese Ordnung wird durch die Klangwahrnehmungen immer weiter ausgebaut und umgebildet.[20] An die Stelle des Hauptklanges ist so ein
holistisches Netz von Klängen getreten, innerhalb dessen sich diese
identifizieren lassen.

§ 60

Evans' Einwand kann indessen nicht überzeugen. Zum einen ist
das auditive Kriterium der Wiedererkennbarkeit von Klängen sehr
wohl an die Kontinuität des Hauptklanges gebunden. Man hört
nicht nur den Zusammenklang eines Klanges mit dem Hauptklang; man hört auch dessen Kontinuität. Hiergegen die Annahme
einer ungeordneten Aufeinanderfolge von Hauptklängen zu setzen,
die sich dem Hörenden als eine scheinbare Kontinuität präsentiere, nimmt eine nicht-auditive Unterscheidung vor, die unter der
Voraussetzung rein auditiver Bestimmungen der Klangwelt nicht
gelten kann. Jene Annahme wird mithin grundlos, und das Relationssystem der Klänge ordnet sich um die Achse des einen Hauptklanges.

Zum andern ist die Regel, die Evans dem Hörenden zuschreibt,
unter den Voraussetzungen der Klangwelt gerade problematisch.
Denn es ist nicht klar, wie sie numerische Unterschiedenheit bei
qualitativer Identität begründen könnte. Sie sagt, die numerische
Unterschiedenheit sei durch die Stellung eines Klanges K (Wahrnehmung A) zwischen den Klängen J (Wahrnehmung A') und L
(Wahrnehmung A'') gegeben. Der qualitativ identische Klang K'
wird von seinem Zwillingsklang K durch seine Stellung zwischen
den Klängen M und N unterschieden, da die Klänge M und N
sich von den Klängen J und L unterscheiden und also eine Ordnung verfassen, innerhalb deren sich qualitativ identische, doch
numerisch verschiedene Klänge identifizieren lassen. Aber wenn
wir zusätzlich annehmen, daß die Klänge J und L die qualitativen Zwillingsklänge J' und L' haben, und nun die Stellung J'-K'-L'

20 Ibidem, S. 255 f.

postulieren, dann haben wir ein Verhältnis J'-K'-L', das von dem Verhältnis J-K-L auditiv ununterscheidbar ist. Es gibt hier folglich kein auditives Kriterium zur numerischen Unterscheidung qualitativ identischer Klänge. Im Falle von Strawsons Hauptklang hingegen ist durch dessen Kontinuität die numerische Verschiedenheit qualitativ identischer Klänge gewährt. Weil diese sich durch ihren unterschiedlichen Bezug zu dem einen Hauptklang unterscheiden, indem sie zu dessen unterschiedlichen Tonhöhen erklingen, sind sie numerisch verschieden.

Strawsons Überlegungen zu der Objektivität von Klängen in einer reinen Klangwelt bleiben mithin in Kraft. Objektive Klänge müssen sich unterscheiden und wiedererkennen lassen, und hierzu bedarf es eines Analogons zum Raum. Der Hauptklang ist Strawsons Lösung für dieses Problem.

§ 61

Strawsons Klangwelt ist ein Gedankenexperiment, das die Möglichkeit von Objektivität erkunden soll. Sie ist – offensichtlich – keine Welt, die es in unserer Erfahrung gibt. Und der musikalische Klang spielt als musikalischer in ihr keine Rolle. Die Klangwelt ist die ausschließlich hörbare Welt aller möglichen Klänge, unbesehen ihrer näheren Bestimmung. Dennoch geben Strawsons Überlegungen Bedingungen an, die die Bestimmung des musikalischen Klanges aufgreifen muß. Denn der musikalische Klang ist ein Klang, der sich von außermusikalischen Bestimmungen abgrenzt. Das aber bedeutet, daß er sich auch von den raumzeitlichen Bestimmungen der außermusikalischen Welt nicht bestimmen lassen kann. Die Bestimmung des musikalischen Klanges steht daher unter ähnlichen Schwierigkeiten wie Strawsons Klangwelt. Sofern musikalische Klänge nicht ephemere Vorkommnisse in unserer Wahrnehmung darstellen sollen, ist nach Kriterien ihrer Objektivität – und das heißt: ihrer Unterschiedenheit voneinander und ihrer Wiedererkennbarkeit – zu suchen, ohne auf den gewohnten Begriff des Raumes zurückgreifen zu können. Die Idee eines Hauptklanges wird diese Kriterien freilich nicht liefern können. Denn einen kontinuierlichen Klang, auf den sich andere Einzelklänge beziehen lassen könnten, gibt es im musikalischen Kunstwerk nicht notwendigerweise. Aber die Bestimmung des musikalischen Klanges wird ein ähnliches Kriterium liefern müssen. Die Idee eines Hauptklanges dient ihr daher zur Anzeige ihrer Aufgabe.

§ 62

Bevor diese Aufgabe ausgetragen werden kann, ist indessen die Trennung des musikalischen Klanges vom außermusikalischen Klang zu begründen, die man benötigt, um die mit der räumlichen Welt ungleiche Klangwelt zur Bestimmung des musikalischen Klanges in Geltung zu setzen.

Vom britischen Empirismus beeinflußt, führt Roger Scruton die Trennung folgendermaßen durch.[21] Es gilt zu unterscheiden, erstens, zwischen Objekten, die Schallwellen verursachen, zweitens, zwischen Klängen und, drittens, zwischen Tönen (musikalischen Klängen). Objekte, die Schallwellen verursachen, existieren unabhängig von ihrer Wahrnehmung. Klänge hingegen sind Objekte, die nicht unabhängig von ihrer Wahrnehmung existieren. Eine niemals wahrgenommene Schallwelle ist dennoch eine Schallwelle; ein niemals wahrgenommener Klang ist kein Klang. Klänge gleichen hierin Farben – mit der Ausnahme freilich, daß Farben immer die Farben eines Gegenstandes sind, während Klänge nicht die Klänge eines Gegenstandes sind, sondern von einem Gegenstand erzeugt werden. Sie lassen sich daher unabhängig von ihrer Ursache erfahren und sind Objekte eigener Art. Diese Unterscheidung zwischen Objekten, die Schallwellen verursachen, und Klängen verläuft parallel zu Lockes Unterscheidung zwischen primären und sekundären Eigenschaften von Gegenständen.[22] Locke nannte die Eigenschaften, die ein Gegenstand unabhängig von seiner Wahrnehmung besitzt, dessen primäre Eigenschaften, und die Eigenschaften, die der Gegenstand abhängig von seiner Wahrnehmung besitzt, seine sekundären Eigenschaften. Diese sekundären Eigenschaften bestehen in der Macht des Gegenstandes, durch die Wechselwirkung zwischen seinen primären Eigenschaften und unserem Wahrnehmungsvermögen in uns bestimmte Vorstellungen hervorzurufen.

21 *Roger Scruton*, The Aesthetics of Music, Oxford 1997, Kap. 1.
22 *John Locke*, An Essay on Human Understanding II, 8.

Das erwähnte Modell überträgt diese Unterscheidung von dem Bereich der Eigenschaften auf den Bereich der Gegenstände selbst. Es gibt nun eine besondere Art von Gegenständen unserer Wahrnehmung, deren Gegenständlichkeit darin besteht, in uns bestimmte Vorstellungen hervorzurufen. Diese Gegenstände sind Klänge. Sie hängen daher von ihrer Wahrnehmung durch uns ab.

Klänge sind aber noch nicht musikalische Töne. Um zu Tönen zu werden, müssen sie vielmehr in einer bestimmten Weise organisiert sein. Diese Organisation besteht – dem Modell zufolge – in Tonhöhe, Rhythmus, Melodie und Harmonie.[23] Die Tonhöhe ist anders als die Höhe von Klängen kein dichtes Kontinuum, in dem zwischen jeden zwei Klängen ein weiterer Klang existiert, sondern ein in Intervalle gegliedertes Kontinuum. Rhythmus, Melodie und Harmonie wiederum geben den Tönen einen scheinbar kausalen Zusammenhang, der von der Kausalität der Klänge unterschieden ist. Denn rhythmische, melodische und harmonische Töne erschaffen die Bedingungen, unter denen nachfolgende Töne in einer angemessenen Weise auf sie antworten können. Sie verursachen einander nicht, sondern begründen sich. So verwandelt die Organisation des Klanges in Tonhöhe, Rhythmus, Melodie und Harmonie ihn in etwas, das von der Ordnung der physikalisch-akustischen Welt unterschieden ist: in den Ton.

Hiernach steht der musikalische Klang – der »Ton« – in einer Dreierordnung. Er unterscheidet sich sowohl von den physikalisch beschreibbaren Schallereignissen als auch von den phänomenalen Hörereignissen durch seine diastematische, rhythmische, melodische und harmonische Organisation.

§ 63

Scrutons Modell überzeugt dadurch, daß es zur Kennzeichnung des musikalischen Klanges musikalische Bestimmungen einführt. Der musikalische Klang wird hierdurch gegen die physikalische Klangbestimmung abgegrenzt. Dies ermöglicht eine Trennung von musikalischem und außermusikalischem Klang. Das Modell krankt aber daran, daß es diese Abgrenzung in einem von der phy-

---

23 *Roger Scruton*, op. cit., Kap. 2.

sikalischen Welt ausgehenden Aufbau vornimmt. Dadurch nimmt der musikalische Klang eine Stelle in einer Ordnung ein, deren Gestalt durch die außermusikalische Erfahrung bestimmt bleibt.

Auf dem Grund dieser Ordnung stehen die Gegenstände unserer Erfahrung, die wir unabhängig von ihrer Wahrnehmung beschreiben können (Schallereignisse); auf der nächsten Stufe stehen dann die Gegenstände, die durch die Wechselwirkung der ersten Gegenstände mit unserem Wahrnehmungsvermögen hervorgerufen werden (Klänge); und auf der dritten Stufe stehen die Gegenstände, zu denen die Gegenstände der zweiten Stufe organisiert werden (Töne). Auf diese Weise wird der Ton vom Klang abgeleitet als dessen Organisation und der Klang von den Schallwellen als deren phänomenale Haut. Die Kontinuität der Gegenstandordnung bleibt hierin gewahrt. Deshalb sollen akustische Klänge und musikalische Töne dieselben Einzeldinge unter unterschiedlichen Begriffen darstellen. Wie das freilich zu verstehen sei, bleibt unklar in einem Rahmen, der einerseits die gegenständliche Identität von Klang und Ton und anderseits ihre gegenständliche Verschiedenheit behauptet. Scruton erklärt die Ambivalenz sehr knapp in einem Hinweis auf Spinoza, dessen Metaphysik die eine Substanz ebenfalls von zwei Attributen bestimmt sah, die voneinander absolut getrennt sind.[24] Doch Spinoza konnte die Identität der Substanz unter zwei absolut getrennten Attributen nur im Rahmen einer All-Einheits-Metaphysik durchführen. Mit dem empiristischen Rahmen, in dem ausschließlich Gegenstände unserer Erfahrung vorkommen, läßt sich das nicht verbinden. Akkurate Denker verwerfen daher mit Recht den Rückgriff auf Spinoza und verwerfen die gegenständliche Verschiedenheit von Klang und Ton. Im Falle von Musik gehe es nicht um eine eigene Sorte von Gegenständen – Töne –, sondern weiterhin um Klänge: Wir hören Klänge als Töne.[25]

Hiernach gibt es im empiristischen Rahmen nur zwei Gegenstände: Schallereignisse und Klänge. Die letzten können als Töne gehört werden, so daß der Unterschied zwischen dem musikalischen und dem außermusikalischen Klang einen Unterschied un-

---

24 Ibidem, S. 79.
25 *Paul Boghossian*, Explaining Musical Experience, in: *Kathleen Stock* (Hrsg.), Philosophers on Music. Experience, Meaning, and Work, Oxford 2007, S. 117-129, hier: S. 122.

serer Wahrnehmung ausmacht, nicht aber einen Unterschied des wahrgenommenen Gegenstandes. Dennoch besitzt die Dreierordnung ihr Wahrheitsmoment: Sie führt den musikalischen Klang als ein eigenständiges Seiendes ein. Diese Eigenständigkeit benötigt die Kategorie des musikalischen Klanges, sofern sie den Eigensinn des musikalischen Kunstwerkes erfassen will. Sie wird zurückgenommen, wenn man den Unterschied zwischen dem musikalischen und dem außermusikalischen Klang in unsere Wahrnehmung verlegt. Der empiristische Rahmen verlangt diese Rücknahme allerdings. Um den Unterschied zwischen musikalischem und außermusikalischem Klang artikulieren zu können, ist daher der empiristische Rahmen von primären, sekundären und tertiären Objekten zu verlassen.

§ 64

Versuche, den musikalischen Klang und den außermusikalischen Klang als gegenüberstehende Größen zu trennen, begreifen den musikalischen Klang als das Element einer Ordnung von unterschiedlichen Klängen. Sofern nun der musikalische Klang den Klang des musikalischen Kunstwerkes bezeichnet, kann er indessen nicht als das Element einer solchen Ordnung begriffen werden. Denn das Kunstwerk wird als Kunstwerk nur der ästhetischen Vernunft zugänglich. Und die ästhetische Vernunft faßt das Kunstwerk nicht als ein Seiendes unter anderem Seienden auf. Ihre Ontologie kennt ausschließlich – gelungene oder mißlungene – Kunstwerke. Sofern das ästhetisch Seiende Klang ist, muß es daher der Klang des musikalischen Kunstwerkes sein. Die Ordnung von unterschiedlichen Klängen, deren eines Element der musikalische Klang darstellt, ist hingegen eine Ordnung, die das klingende Kunstwerk als ein Element unter anderem Seienden auffaßt. Sie ist eine Ordnung nicht aus ästhetischer Vernunft. Die Versuche, den musikalischen Klang dadurch zu bestimmen, daß man ihm seinen Ort in einer Ordnung unterschiedlicher Klänge zuweist, verfehlen daher das ästhetische Sein des Klanges. Die ästhetische Vernunft bestimmt den musikalischen Klang nicht in Abgrenzung zum außermusikalischen Klang, sondern durch die Darlegung seines Eigensinnes. Sie begreift ihn in seiner Autonomie.

Die Idee des musikalischen Kunstwerkes hatte sich als der Idealtyp des europäischen Musikverständnisses erwiesen. In ihm erhält die tonsystematische Verfassung der europäischen Musik ihre Artikulation. Die Bestimmung des musikalischen Klanges muß daher diese Verfassung berücksichtigen. Sie ist sein Explikat. Wird dieses Explikat mit den Überlegungen zur Objektivität des musikalischen Klanges verbunden, so ergibt sich eine erste Bestimmung der Kategorie des musikalischen Klanges: Ein musikalischer Klang ist ein identifizierbares tonsystematisch Hörbares.

Diese trockene – und noch zu entfaltende – Bestimmung enthält, erstens, in dem Moment der Identifizierbarkeit die doppelte Forderung nach der Wiedererkennbarkeit des musikalischen Klanges sowie nach seiner Unterscheidbarkeit von anderen musikalischen Klängen. Sie enthält, zweitens, in dem Moment des Tonsystematischen die Forderung nach seiner Determination durch ein autonomes Regelsystem. Diese Determination durch ein autonomes Regelsystem muß auch dort bestehen, wo sie eine musikalische Indetermination zur Folge hat. Zudem ist sie umfassender, als es ein eingeschränkter, aber auch eingeschliffener Gebrauch des Begriffes »Tonsystem« nahelegt. Sie regelt nicht nur Tonhöhenverhältnisse, sondern alle Verhältnisse, in denen und aus denen der Klang besteht, bis hin zu Aufführungskonventionen, Spieltechniken und Rezeptionsbedingungen. Der Begriff »Tonsystem« ist mithin wörtlich zu nehmen: Er bezeichnet den Zusammenhang (System) des musikalischen Klanges (Ton) in umfassender Hinsicht.

In diesem Sinne ist ein musikalischer Klang ein identifizierbares tonsystematisch Hörbares.

§ 66

Die Bestimmung des musikalischen Klanges als ein identifizierbares tonsystematisch Hörbares ändert die Blickrichtung der kategorialen Untersuchung grundlegend. Während es bislang so schien, als sei die Kategorie des musikalischen Klanges innerhalb einer Ordnung vieler Klänge zu bestimmen, ist nun der musikalische Klang der einzige Klang, der zum Gegenstand der ästhetischen

Vernunft genommen werden kann. Die Bestimmung der Kategorie hat mithin als deren interne Artikulation zu erfolgen.

Daher ist auch die Frage der Abgrenzung des musikalischen Klanges vom außermusikalischen Klang eine andere geworden. Es zeigt sich nun deutlich, daß die Erfahrungen des musikalischen Denkens, die die Problematik einer Bestimmung des musikalischen Klanges geltend machten, Erfahrungen des *musikalischen* Denkens sind. Sie stehen daher von Anfang an unter der Bedingung des Musikalischen, auch wenn sie diese Bedingung – das musikalische Apriori – von innen her in Frage stellen. Das bedeutet, die akustischen Klänge der *musique concrète*, die elektronische Klangerzeugung, die mathematische Klangkonstruktion der *musique formelle* und die Zufallsmusik sind Funktionen des musikalischen Klanges selber. Sie lassen sich nur als dessen Selbsthinterfragung ästhetisch begreifen. Das Regelsystem des musikalischen Klanges gestaltet sich derart, daß die Frage nach dem musikalischen Klang in ihm erklingt. Die musikalische Reflexion des musikalischen Klanges auf die Problematik seiner Bestimmung führt so zur Bekräftigung seiner Autonomie, nicht zu deren Rücknahme.

In ähnlicher Weise muß das philosophische Denken über Musik die Fragwürdigkeit des musikalischen Apriori begreifen. Der einzige Klang, der seinen Gegenstand bildet, ist der musikalische Klang. Die Problematik des musikalischen Apriori ist folglich eine Binnenproblematik des musikalischen Klanges. Mit andern Worten, die Abgrenzung des musikalischen Klanges vom außermusikalischen Klang ist eine interne Selbstabgrenzung des musikalischen Klanges gegen Klänge, die nur aufgrund ihrer tonsystematischen Verfassung als Problematisierung dieser Verfassung erklingen. Auch hier führt die Fragwürdigkeit der Bestimmung des musikalischen Klanges mithin zur Konzentration auf seinen Eigensinn.

§ 67

Die Kategorie des musikalischen Klanges wird durch dessen verschiedene Typen weiter expliziert. Die von Helmut Lachenmann aufgestellte Ordnung kann hierbei zum Leitfaden dienen. Auch wenn sie nicht erschöpfend sein mag, so gibt sie doch den Fluchtpunkt einer Typologie des musikalischen Klanges vor.

Lachenmann unterscheidet zwischen Kadenzklang, Farbklang, Fluktuationsklang, Texturklang und Strukturklang.[26] Der Kadenzklang ist ein Klang, der sich in einem Zug auf- und abbaut. Er besteht in einem charakteristischen Gefälle, das als Einschwingen oder Ausschwingen oder aus der Verbindung von beidem besteht. Die Zeit, in der sich die Eigenschaft eines solchen Klanges vermittelt, ist identisch mit der Zeit, die der Klang dauert, da sein Kennzeichen in nichts anderem als seinem Einschwingen und Ausschwingen in der Zeit besteht. Der Farbklang wiederum ist ein stationäres Klangspektrum. Die Zeit, die er dauert, kann von der Zeit, in der das Spektrum übermittelt wird, verschieden sein; dessen farbliche Eigentümlichkeit ist meistens längst gegenwärtig, bevor der Klang endet, und dauert an. Der Fluktuationsklang sodann macht sich als periodische Wiederholung eines kürzeren Prozesses geltend. Er gleicht einem fluktuierenden Zustand, wobei seine Fluktuation innerhalb einer unbewegten äußeren Kontur oder als Fluktuation dieser Kontur stattfinden kann. Auch bei ihm treten seine mögliche Dauer und die Zeit, die zur Vermittlung seiner Eigenschaften notwendig ist, auseinander; die Fluktuation kann andauern, nachdem sie eingeführt worden ist, da sie in der Wiederholung eines Prozesses besteht. Der Fluktuationsklang ist dementsprechend wie der Farbklang trotz seiner Bewegtheit ein statischer Klang. Hierin gleicht ihm der Texturklang. Er ist ebenfalls ein zuständlicher Klang. Aber die Prozesse in seinem Inneren, die seine Textur weben, ändern sich stetig und wiederholen sich, anders als im Falle des Fluktuationsklanges, nicht. Seine Details sind ebenso unvorhersehbar wie als einzelne für die Gesamteigenschaften irrelevant, so daß er statisch bleibt. Der Strukturklang schließlich gibt die Statik des Klanges auf. Er benötigt die Zeit, die er dauert, zur Übermittlung seiner Eigenschaften, die sich als die Struktur geltend macht, innerhalb deren seine Details funktionieren. Jedes einzelne Detail ist von Bedeutung, da es einen Knotenpunkt der Struktur ausmacht. So fallen bei dem Strukturklang die Zeit, die er dauert, und die Zeit, in der sich seine Kennzeichen vermitteln, zusammen.

Die fünf Klangtypen bieten eine Ordnung des tonsystematisch Hörbaren an. Bis auf die ersten beiden Typen sind sie Typen von notwendig komplexen Klängen. Alle Fluktuationsklänge, Tex-

26 *Helmut Lachenmann*, Klangtypen der Neuen Musik, in: *ders.*, op. cit., S. 1-20.

turklänge und Strukturklänge bestehen aus vielen Klängen, die fluktuieren oder ihre Textur oder Struktur weben; und auch die Kadenzklänge und Farbklänge bestehen meist aus mehreren oder vielen Klängen. Einfache Klänge besitzen ihre Funktion innerhalb der komplexen Klänge. Die einfachen Klänge werden von der Typologie des musikalischen Klanges mithin entweder als einfache Kadenz- oder Farbklänge oder in ihrer Funktion innerhalb komplexer Klänge erfaßt.

§ 68

Die Typologie des musikalischen Klanges ist geeigneter als der traditionelle Bezugsrahmen von Melodie, Harmonie und Rhythmik, um den musikalischen Klang zu explizieren. Der Rahmen von Melodie, Harmonie und Rhythmik vermag, so unschätzbar er auch ist, nicht die obersten Orientierungen zu liefern, weil keines seiner drei Momente eine uneingeschränkte Geltung für den musikalischen Klang beanspruchen kann.[27]

Um Hinweise auf die eingeschränkte Geltung des traditionellen Bezugsrahmens zu geben: Die »Krise der Figur«,[28] die sowohl als punktuelle Auflösung figurativer Musik in Einzelereignisse als auch als statistische Überlagerung von Figuren in Massenereignissen bedeutende Werke der neueren Musik gekennzeichnet hat, weist darauf hin, daß Melodie nur eine unter mehreren Möglichkeiten der Musik ist. Der Begriff der Harmonie wiederum ist zu sehr mit dem Gedanken eines – wie immer auch erst zu erringenden – Einklangs verbunden, als er sich auf alle autonomen Regelsysteme des Klanges beziehen ließe, die auch das klangliche Auseinanderstreben als Ziel umfassen. Und der Begriff des Rhythmus muß vor Einzelklängen und statischen Klangfeldern, die unverbunden nebeneinander stehen, versagen.

27 Anders *Roger Scruton*, op. cit., S. 20 ff. Scruton führt ohne Argument die vier Gesichtspunkte Tonhöhe, Melodie, Harmonie und Rhythmus als Kennzeichen des musikalischen Klanges ein, um am Ende all das als verfehlt zu verwerfen, was seinem Verständnis von Melodie, Harmonie und Rhythmus nicht entspricht (S. 457 ff.). Hauptfeind ist die atonale Avantgarde, positiver Bezug ist Arvo Pärt.
28 *Heinz-Klaus Metzger*, Zur Krise der Figur, in: *ders.*, Musik wozu. Literatur zu Noten, Frankfurt am Main 1980, S. 129-136.

Die Klangtypen hingegen fassen die geläufigen Gesichtspunkte von Melodie, Harmonie und Rhythmus in sich, ohne sich auf sie zu beschränken. Melodien, Harmonien und Rhythmen erfüllen ihre Aufgabe innerhalb dieser Typen: Sie sind mögliche Elemente des Fluktuationsklanges, des Texturklanges und vor allem des Strukturklanges. So verfeinern sie die Explikation des musikalischen Klanges durch Typen, ohne sich selber an deren Stelle zu setzen.

§ 69

Die Klangtypen nehmen eine sinnvolle Einführung der Terminologie von Typ und Vorkommnis in eine Ontologie der Musik aus ästhetischer Vernunft vor. Sie sind allgemeine Bestimmungen des musikalischen Klanges, die das Verständnis eines musikalischen Kunstwerkes als Kunstwerk anleiten. Während die Auffassung, daß ein Musikwerk ein Typ und seine Aufführungen die Vorkommnisse dieses Typs seien, nichts zur ästhetischen Bestimmung dieses Werkes beiträgt, entfaltet die Teilhabe eines musikalischen Klanges an den Typen Kadenzklang, Farbklang, Fluktuationsklang, Texturklang und Strukturklang diese ästhetische Bestimmung. Man versteht die Einzelklänge und deren Zusammenhang im Werk besser, indem man dessen Klänge und ihr Verhältnis im Rückgriff auf Klangtypen zu beschreiben vermag. Musikwerke sind als komplexe musikalische Klänge Vorkommnisse solcher Typen: Das ist eine erste Bestimmung ihrer tonsystematischen Hörbarkeit unter allgemeinen Hinsichten. Der Ausgang von Klangtypen stülpt dem musikalischen Kunstwerk mithin kein außerästhetisches Schema über; er expliziert es als Kunstwerk.

§ 70

Die fünf Typen ermöglichen es, musikalische Klänge unter fünf allgemeinen Gesichtspunkten zu erfassen. Der musikalische Klang vermag indessen nicht nur unter typischen Gesichtspunkten expliziert zu werden, sondern auch als – meist komplexer – Einzelklang. Diese Explikation seines einzelnen Seins erfolgt durch den Begriff der Klangfarbe. Die Klangfarbe ist die individuelle Gesamtheit eines Klanges. Sie kommt weder nur dem Typus des Farbklanges zu, der im Gegenteil seine Charakteristik von ihr her empfängt, noch stellt sie einen besonderen Parameter des Klanges neben anderen Parametern dar. Vielmehr bezeichnet ihr Begriff die Gesamtphysiognomie eines musikalischen Klanges.[29] Explizieren mithin die fünf Typen die Ordnung des musikalischen Klanges unter verschiedenen allgemeinen Gesichtspunkten, so expliziert der Begriff der Klangfarbe den musikalischen Klang in seiner Individualität.

§ 71

Um die Klangfarbe als Gesamtphysiognomie des musikalischen Klanges zu begreifen, ist zweierlei notwendig. Erstens darf man sie nicht als Eigenschaft eines Instruments oder eines Instrumentenkomplexes auffassen, sondern muß sie dem Klang selbst zuordnen. Es gilt statt der akustischen Quellen des Klanges dessen ästhetisches Sein zu untersuchen. Zweitens darf man die Klangfarbe nicht als einen Zusatz begreifen. Sie ist nicht die Einfärbung eines fertigen Tonsatzes, sondern die individuelle Erscheinung des Klanges, den der Tonsatz zusammen mit anderen Faktoren als Kadenzklang, Farbklang, Fluktuationsklang, Texturklang oder Strukturklang errichtet. Dennoch haben die geläufige Trennung der Klangfarbe vom Tonsatz und ihre Zuschreibung zum Instrument ihr Wahrheitsmoment. Denn nur in seltenen Fällen determiniert der Tonsatz die Klangfarbe vollständig. Das heißt aber nicht, daß die Klangfarbe zur Einfärbung des Tonsatzes würde. Vielmehr geht der Tonsatz stets in die Bestimmung der Klangfarbe ein: Tonhöhe, Dauer und Dynamik tragen ebenso zu der Klangfarbe bei wie die durch sie indeterminierten Faktoren, etwa die Instrumentation. Die Klangfarbe stellt mithin keinen Zusatz zum Tonsatz dar und ist auch nicht nur eine Eigenschaft der Instrumente, sondern bildet die Gesamtphysiognomie des Klanges, zu der sich alle seine Faktoren zusammenschließen. In der Klangfarbe gewinnt der musikalische Klang daher seine konkrete Individualität.

---

29 *Michel Chion*, La dissolution de la notion de timbre, in: Analyse Musicale 3 (1986), S. 7-8.

Die Gesamtphysiognomie eines musikalischen Klanges muß von seiner Identifizierbarkeit unterschieden werden. Zu der Identifizierbarkeit eines objektiven Klanges gehört – wie gesehen – seine Wiedererkennbarkeit. Die Gesamtphysiognomie eines musikalischen Klanges betrifft indessen nicht notwendig seine Wiedererkennbarkeit, weil sich musikalische Klänge von ungleichen Klangfarben durchaus als identisch wiedererkennen lassen können.

So wird die Exposition des Themas einer Bachfuge als tonsystematisch Hörbares auch dann wiedererkannt, wenn es einmal auf einem Fortepiano, das andere Mal aber auf einem modernen Konzertflügel erklingt. Es muß daher als derselbe musikalische Klang gelten: Wir identifizieren als musikalische Größe das Thema, ohne es an dessen wechselnde Klangfarben zu binden. Folglich ist das Thema, einmal auf dem Fortepiano und das andere Mal auf dem Konzertflügel gespielt, derselbe musikalische Klang in unterschiedlicher Gesamtphysiognomie; jedenfalls dann, wenn es als das Thema dieser Bachfuge identifiziert werden soll und nicht als losgelöstes Gebilde mit einer bestimmten Klangfarbe.

Das heißt, die Wiedererkennbarkeit eines tonsystematisch Hörbaren kann von seiner Klangfarbe – und das heißt: von seiner Gesamtphysiognomie – getrennt werden. Um diese Unterscheidung zu treffen, ist keine Theorie von abstrakten Typen und ihren konkreten Vorkommnissen nötig. Nötig ist nur der individuelle Klang, der in seiner Identifizierbarkeit von seiner meist wechselnden Gesamtphysiognomie unterschieden wird wie der individuelle Mensch von seinen im Laufe des Lebens wechselnden Physiognomien.

§ 73

Man kann diesen Sachverhalt auch folgendermaßen ausdrücken: Die Gesamtphysiognomie des musikalischen Klanges ist von dessen identifizierbarem Kern unterschieden, der durch das autonome Regelsystem bestimmt wird, das den Klang verfaßt. Gewiß, auch die Gesamtphysiognomie des Klanges ergibt sich aus diesem Regelsystem; aber sie wird von ihm nicht auf eine einzige Möglichkeit festgelegt. Das Regelsystem des musikalischen Klanges, zu dem auch Konventionen und Spieltechniken gehören, bestimmt vielmehr in den meisten Fällen eine Varianz möglicher Klangfarben. Die Gesamtphysiognomie eines Klanges kann daher im Rahmen des Regelsystems variieren. Sie gravitiert gleichsam um den Kern des Klanges herum.[30] Dieser regelsystematisch bestimmte Kern dient der Identifizierung des musikalischen Klanges. Die Klangfarbe ist die Physiognomie des identifizierbaren Kernes.

§74

Der identifizierbare Kern eines musikalischen Klanges wird daher durch sein autonomes Regelsystem bestimmt. Aufgrund dieses Regelsystems wird der musikalische Klang wiedererkannt: Die kompakte Menge der Regeln, die die Exposition des Themas einer Bachfuge bestimmt, macht es wiedererkennbar.

Dieses Regelsystem eines Klanges folgt seinen eigenen Gesetzen auch dann, wenn es sich auf übergreifende Regelsysteme, zum Beispiel auf kontrapunktische Regelsysteme oder auf aufführungspraktische Regelsysteme, bezieht. Die übergreifenden Regeln dieser Systeme bilden musikalisches Material, das zu dem Werk verarbeitet wird. Dessen eigenes Regelsystem ist das Ergebnis solcher Verarbeitung übergeordneter Regeln, das auf deren Forderungen reagiert. Es schließt sich zu der kompakten Menge aller Regeln zusammen, die einen besonderen musikalischen Klang bestimmen, und macht sich so in seinem Eigensinn geltend. Darum ist die harmonische oder aufführungspraktische Analyse eines Werkes zwar notwendig für dessen Verständnis, aber nicht hinreichend, um sein Was zu erfassen. Man muß vielmehr erkennen, was das Werk aus den übergreifenden Regelsystemen macht.

Auf diese Weise konstituiert das autonome Regelsystem die ästhetische Identität des musikalischen Klanges. Sie besteht in der regelsystematischen Bestimmtheit eines Klanges, dessen Gesamtphysiognomie nicht notwendig zu ihr gehört, sondern innerhalb ihrer variiert. Das ist die autonome Verfassung des musikalischen Klanges.

30 *Giovanni Piana,* Filosofia della Musica (= Saggi 25), Pisa 1991, S. 112.

Die fünf Typen und der Begriff der Klangfarbe als Gesamtphysiognomie des Einzelklanges haben den musikalischen Klang expliziert. Die Typen ordnen die Menge des identifizierbaren tonsystematisch Hörbaren in verschiedene Klassen von Verfassungen; der Begriff der Klangfarbe, die um den regelsystematisch bestimmten Kern gravitiert, richtet sich auf die individuelle Verfassung eines musikalischen Klanges. Die Kategorie des musikalischen Klanges kann mithin auf die folgende Bestimmung gebracht werden: Ein musikalischer Klang ist ein identifizierbares tonsystematisch Hörbares von bestimmtem Typ mit einer meist variierenden Gesamtphysiognomie.

Das musikalische Kunstwerk ist ein solcher musikalischer Klang von kompakter Komplexität. Es beinhaltet viele musikalische Klänge als seine Momente und fügt sie zu einem umfassenden Klang zusammen. Damit aber hat sich die tonsystematische Verfassung des Hörbaren als der Bezugspunkt der kategorialen Untersuchung des musikalischen Kunstwerkes geltend gemacht. Denn diese Verfassung bestimmt den wiedererkennbaren Kern des musikalischen Klanges, um den dessen Gesamtphysiognomie gravitiert. Um die vorgeschlagene Bestimmung des musikalischen Klanges als ein identifizierbares tonsystematisch Hörbares zu entfalten, ist es mithin nötig, Grundbestimmungen seines autonomen Regelsystems zu entwickeln. Das Regelsystem selbst unterliegt im Laufe der Musikgeschichte unzählbaren Veränderungen. Die Regeln eines gregorianischen Chorals, die Regeln einer Phantasie von Schumann und die Regeln eines Stückes von Nono sind äußerst verschieden; an ihrer besonderen Erkenntnis arbeitet die Musikwissenschaft. Aber es lassen sich Grundbestimmungen des Regelsystems darlegen, die jedes musikalische Kunstwerk aufweist. Die weitere Artikulation der Idee des musikalischen Kunstwerkes hat sich den Begriffen solcher Grundbestimmungen zuzuwenden.

Drittes Kapitel
Die musikalische Zeit

§ 77

Die Typen des musikalischen Klanges wurden unter anderem im Bezug auf ihre jeweilige Zeitordnung beschrieben. Der Kadenzklang weist eine Identität der Zeit, in der sich seine Eigenschaft vermittelt, mit der Zeit, die er dauert, auf. Der Farbklang hingegen dauert länger als die Zeit an, in der sich sein Spektrum vermittelt. Ähnliches gilt für den Fluktuationsklang. Die Dauer der periodischen Wiederholung eines kürzeren Prozesses überschreitet ebenfalls die Zeit, die zur Vermittlung seiner Eigenschaften notwendig ist. Und auch im Falle des Texturklanges treten die Dauer des Klanges und die Zeit der Vermittlung seiner Eigenschaften auseinander; allerdings verändern sich die Prozesse in seinem Inneren, die seine Textur weben, stetig und wiederholen sich nicht. Der Strukturklang hingegen benötigt – gleich dem Kadenzklang, nur nicht so punktuell wie dieser – die gesamte Zeit, die er dauert, zur Übermittlung seiner Eigenschaften. Bei ihm fallen die Zeit, die er dauert, und die Zeit, in der sich seine Kennzeichen vermitteln, zusammen. Das aber heißt, daß die Typen des musikalischen Klanges unterschiedliche Zeitordnungen darstellen. Folglich führt der Begriff des musikalischen Klanges zu dem Begriff der musikalischen Zeit.

§ 78

Der Übergang zu dem Begriff der musikalischen Zeit, den die Typen des musikalischen Klanges nahelegen, trifft sich mit der geläufigen Kennzeichnung der Musik als Zeitkunst. Diese Kennzeichnung entstammt der alten Gruppierung der Künste nach der Unterscheidung zwischen Zeitkünsten und Raumkünsten. Zu den Raumkünsten zählt man Malerei, Bildhauerei, Architektur, zu den Zeitkünsten Dichtung, Schauspiel, Musik. Lessing hat ihren Unterschied darin gesehen, daß Raumkünste durch das Nebeneinander ihrer Momente gekennzeichnet seien, Zeitkünste hingegen durch deren Aufeinanderfolge.[1] Diese Unterscheidung kann in mehrerer Hinsicht bestritten werden. So mag der Begriff der Bewegung, der oft zur Beschreibung der Aufeinanderfolge von Momenten dient, auch auf die Raumkünste angewendet werden, und Kunstformen wie Film oder Installation widersprechen der Trennung von Nebeneinander und Aufeinander ebenfalls. Dennoch ist der Begriff der Zeitkunst im Falle der Musik unabweisbar. Wie die Klangtypen zeigen, bietet die erste Kategorie des musikalischen Kunstwerkes, der musikalische Klang, verschiedene Zeitordnungen dar. Was immer auch Musik daher sonst noch ist, sie hat es mit der künstlerischen Gestaltung von Zeit zu tun.

§ 79

Die Unterscheidung von Raumkünsten und Zeitkünsten durch das Nebeneinander und das Nacheinander ihrer Momente kann sich auf eine klassische Formulierung von Leibniz über Raum und Zeit berufen. Leibniz nennt den Raum die »Ordnung des Beisammenseins« und die Zeit die »Ordnung des Nacheinanders«.[2] Hiernach lassen sich Raum und Zeit als verschiedene Ordnungen verstehen. Das, was in diesen Ordnungen geordnet wird, sind die Verhältnisse, die Einzelnes zueinander einzunehmen vermag. Das heißt, Raum und Zeit stellen verschiedene Ordnungen von Relationen dar: Sie sind zwei ungleiche Beziehungsgefüge. Diesen Ordnungen von Relationen lassen sich die Künste des Raumes und der Zeit zuweisen. Jene betreffen das Beziehungsgefüge des Beisammenseins, diese das Beziehungsgefüge des Nacheinanders von Einzelnem. In diesem Sinne stellt die Musik als Zeitkunst eine Kunst dar, ihre Momente nacheinander zu ordnen.

---

1 *Gotthold Ephraim Lessing*, Laokoon: oder über die Grenzen der Malerei und Poesie. Mit beiläufigen Erläuterungen verschiedener Punkte der alten Kunstgeschichte, in: *ders.*, Werke 6, München 1974, S. 7-187, hier: S. 102 ff.
2 *Gottfried Wilhelm Leibniz*, Dritter Brief an Clarke § 4. – Diese Bestimmung ist unabhängig von der Gesamtkonzeption, die Leibniz entwirft. Sie konnte auch von der ganz anders gearteten Zeit- und Raumtheorie Kants übernommen werden.

Um die Ordnung des Nacheinanders, die die Musik vornimmt, genauer zu bestimmen, ist eine weitere klassische Bestimmung der Zeit hinzuzuziehen.

John McTaggart trennt zwei verschiedene Formen von Zeitbestimmungen voneinander. Auf der einen Seite steht die zeitliche Ordnung objektiver Einzeldinge. Sie ist die Ordnung des »früher als« und »später als«. Das von ihr bestimmte Beziehungsgefüge bleibt konstant: Der Sachverhalt, daß x früher als y geschieht, ändert sich nicht. Auf der anderen Seite steht die Ordnung der Zeit relativ zu einem besonderen Subjekt. Sie ist die Ordnung des »vergangen«, »gegenwärtig« und »zukünftig«. Das von ihr bestimmte Beziehungsgefüge ändert sich: Der Sachverhalt, daß x einem Subjekt gegenwärtig und y zukünftig ist, ändert sich im Laufe der Zeit zu dem Sachverhalt, daß y dem Subjekt gegenwärtig und x vergangen ist. Diese Zeitordnung besteht mithin relativ zu einem besonderen Subjekt, das Ereignisse als vergangen erinnert, gegenwärtig erfährt und zukünftig erwartet.[3] McTaggart nennt die Reihe von vergangenen, gegenwärtigen und zukünftigen Momenten die »A-Reihe« und die Reihe von früheren und späteren Momenten die »B-Reihe« der Zeit.

Nun betrifft die A-Reihe der Zeit zeitliche Momente insofern, als sie in Beziehung auf ein besonderes Subjekt stehen; sie kann daher in diesem Subjekt zusammengefaßt werden und überschreitet das bloße Nacheinander der Momente. Die B-Reihe hingegen betrifft zeitliche Momente in ihrer Beziehung aufeinander, ohne daß sie von einem besonderen Subjekt erfahren würden; sie bleibt daher auf das Nacheinander der zeitlichen Momente festgelegt. Wenn es sich um die ontologische Verfassung eines Seienden handelt, das nicht durch seinen Bezug auf ein besonderes Subjekt bestimmt ist, dann ist seine Zeitordnung folglich die B-Reihe – oder mit Leibniz gesprochen: Sie ist ausschließlich die »Ordnung des Nacheinanders«.

Diese Unterscheidung zweier Formen von Zeitbestimmung hat Folgen für den musikalischen Klang. Der musikalische Klang hat-

---

3 *John McTaggart*, The Unreality of Time, in: Mind 17 (1908), S. 457-474. Weiterführend *Peter Rohs*, Feld – Zeit – Ich. Entwurf einer feldtheoretischen Transzendentalphilosophie, Frankfurt am Main 1996, S. 30 ff.

te sich als ein wiedererkennbares Hörbares geltend gemacht. Und wenn musikalische Klänge wiedererkennbar sind, dann sind sie prinzipiell von dem besonderen Subjekt, das sie erkennt und wiedererkennt, unabhängig. Denn wären sie es nicht, dann könnten sie nicht während der Zeit existieren, in der das Subjekt sie nicht erfährt, und es ergäbe keinen Sinn, von ihrer Wiedererkennbarkeit durch dieses Subjekt nach einer Phase ihrer Abwesenheit zu sprechen.[4] Die Zeitordnung des musikalischen Klanges muß demnach McTaggarts »B-Reihe« sein. Das bedeutet, Musik als Zeitkunst ist keine Kunst einer Zeitordnung, die relativ auf ein besonderes Subjekt und seine Erlebnisse wäre. Sie ist vielmehr eine Kunst der Nacheinanderordnung ihrer Momente, die sich unabhängig von einem besonderen, zufälligen Subjekt und dessen Zeiterleben vollzieht, auch wenn sie von diesem natürlich erfahren zu werden vermag. Auf diese Weise gestaltet Musik die Zeit identifizierbarer – und mithin wiedererkennbarer – Größen als die Ordnung von deren Nacheinander.

§ 81

Die Zeitlichkeit der Musik hat bisweilen dazu geführt, daß ihr Werkcharakter bestritten wurde. Weil ihre Zeitlichkeit sie zu etwas Flüchtigem zu machen scheint, glaubte man, ihr den Bestand eines Werkes nicht zuschreiben zu können.

Ein bekanntes Beispiel für diese Auffassung ist Leonardos Höherschätzung der Malerei über die Musik. Leonardo meint, die Malerei überträfe die Musik, weil sie, anders als diese, nicht unmittelbar nach ihrer Erschaffung stürbe (*non muore immediate dopo la sua creazione*), sondern im Sein verharre (*resta in essere*).[5] Zu behaupten, die Musik stürbe unmittelbar nach ihrer Erschaffung, heißt zu sagen, die Musik könne in der Zeit nicht bestehen. Nicht bestehen aber kann die Musik deshalb, weil sie als Zeitkunst in dem Nacheinander ihrer Momente vergeht. Das heißt, die besondere Selbsterhaltung des Kunstwerkes vermag der Musik nicht zuzukommen, weil ihre Zeitlichkeit sie zu einer unmittelbar sterbenden, in ihrem

---

4 *Peter F. Strawson,* Individuals. An Essay in Descriptive Metaphysics, London 1959, S. 69 ff.

5 *Leonardo da Vinci,* Trattato della pittura I, 25.

Sein nicht verharrenden Kunst macht. Die Kunst einer Ordnung des Nacheinanders scheint hiernach ihre Hinfälligkeit zu bergen.

Indessen setzt der Gedanke, daß das verharrende Werk und die flüchtige Zeitlichkeit einen Gegensatz darstellten, voraus, daß die Zeitlichkeit der Musik eine Zeitlichkeit sei, der die Musik unterliege. Ist das der Fall, und ist Musik durch und durch eine Zeitkunst, dann vergeht sie in der Tat im Nacheinander ihrer Momente. Wenn aber die Zeitlichkeit der Musik eine Zeitlichkeit ist, der die Musik nicht unterliegt, sondern die sie gestaltet, dann kann die Musik nicht auf eine größere Vergänglichkeit als die Vergänglichkeit aller menschlichen Künste reduziert werden. Der Werkcharakter der Musik besteht vielmehr gerade darin, durch die Gestaltung der Zeit identifizierbare Ordnungen des Nacheinanders ihrer Momente auszumachen.

§ 82

Was es heißt, daß die Musik der Zeit nicht unterliegt, sondern sie in identifizierbaren Ordnungen gestaltet, verdeutlicht eine Bemerkung Schellings. Schelling bezeichnet die rhythmische Ordnung der Musik als etwas, das das Zufällige der Abfolge in eine Notwendigkeit verwandle: »wodurch das Ganze nicht mehr der Zeit unterworfen ist, sondern sie in sich selbst hat«.[6] Die zeitgestaltende Musik ist hiernach zeithabende Musik.

Schellings Worte benennen im Blick auf die Zeitordnung des Rhythmus die Eigentümlichkeit der musikalischen Zeitordnung insgesamt. Diese Eigentümlichkeit besteht in dem Sachverhalt, daß die musikalische Ordnung der Zeit Klängen ihr zufälliges Nacheinander – ein Nacheinander, das auch anders sein könnte – nimmt und sie derart zusammenfügt, daß ihre Abfolge nunmehr Notwendigkeit besitzt. Die Ordnung ihres Nacheinanders in der Musik könnte nicht mehr anders sein, sondern muß so sein, wie sie ist. Die auf diese Weise gewonnene Notwendigkeit der Zeitereignisse, die durch die musikalische Ordnung allererst erzielt wird, errichtet eine Zeit, in der die Musik nicht mehr steht, sondern die von ihr

6 *Friedrich Wilhelm Joseph Schelling*, Philosophie der Kunst (= Sämmtliche Werke I/5), Stuttgart und Augsburg 1859, S. 493.

bedingt wird. Musik hat mithin ihre Zeit – wie Schelling schreibt – »in sich selbst«.

Nach dem Gesagten stellt musikalische Zeit das Beziehungsgefüge des Nacheinanders von Einzelnem dar, dem die Musik nicht unterliegt, sondern das sie in sich hat. Musik als Zeitkunst ist mithin eine Kunst, die die Kontingenz einer Aufeinanderfolge von Momenten in deren Notwendigkeit verwandelt und sie dadurch aus der allgemeinen Zeitordnung heraushebt. In dieser Hinsicht unterliegt die Musik selber nicht der Zeit. Sie vermag sich, unter dem Gesichtspunkt der Kunst, in ihrem Sein zu erhalten. Solche Selbsterhaltung musikalischer Zeitordnung macht Musik zum beharrenden Werk.

§ 83

Die Notwendigkeit, die die Ordnung des Nacheinanders in der Musik besitzt, ist weder eine physische noch eine metaphysische Notwendigkeit. Die physische Notwendigkeit einer zeitlichen Abfolge bestünde darin, daß diese in einem physikalischen Gesetz beinhaltet wäre; die metaphysische Notwendigkeit einer zeitlichen Abfolge bestünde darin, daß sie in allen möglichen Welten erfolgte. Nun ist die jeweilige Ordnung des Nacheinanders musikalischer Momente klarerweise in keinem physikalischen Gesetz enthalten, und es gibt mögliche Welten, in denen die Zeitordnung eines Stükkes eine andere als in der wirklichen Welt ist. So wie es eine mögliche Welt gibt, in der Caesar nicht den Rubikon überschreitet, so gibt es auch eine mögliche Welt, in der die *Eroica* ihr Thema nicht im ungeraden Rhythmus exponiert. Sie hätte – wie jedes Individuum – auch anders sein können. Aber in den möglichen Welten, in denen sie ihr Thema nicht im ungeraden Rhythmus exponiert, besitzt die *Eroica* eine andere ästhetische Gestalt. Die Notwendigkeit, die die Ordnung des Nacheinanders in der Musik besitzt, kann daher eine ästhetische Notwendigkeit genannt werden.

Wie kann man diese besondere Form von Notwendigkeit bestimmen? Unter ästhetischer Notwendigkeit ist die Notwendigkeit zu verstehen, die das Sein des ästhetisch Seienden betrifft. Hinsichtlich der Musik stellt dieses Sein das Sein des musikalischen Kunstwerkes dar. Die ästhetische Notwendigkeit der Ordnung des Nacheinanders in der Musik ist demnach von deren Werkcharakter her zu begreifen.

Nun werden musikalische Kunstwerke von den bisher entwickelten Grundbegriffen bestimmt. Diese Begriffe sind der Begriff des musikalischen Materials und der Begriff des musikalischen Klanges. Jener bezeichnet das Woraus des Werkes, dieser dessen Was. Die ästhetische Notwendigkeit ist mithin die Notwendigkeit, die den aus dem musikalischen Material erarbeiteten musikalischen Klang betrifft. Der musikalische Klang wiederum stellt ein identifizierbares tonsystematisch Hörbares dar: ein unterscheidbares und wiedererkennbares Hörbares, das durch ein autonomes Regelsystem bestimmt ist. Die ästhetische Notwendigkeit betrifft folglich diese Verfassung des musikalischen Klanges. Das aber bedeutet: Musikalische Größen besitzen ästhetische Notwendigkeit, wenn sich ihr autonomes Regelsystem als ein notwendiges Regelsystem geltend macht. Und das vermag es dann, wenn seine Regeln die Gestalt des Werkes als eine Gestalt verfassen, in der das »Es könnte auch anders sein« zugunsten dieser Gestalt erlischt. Die ästhetische Notwendigkeit der Musik besteht demnach darin, durch ihre Regelungen alle Kontingenz im Kunstwerk aufzuheben.

Die ästhetische Notwendigkeit der musikalischen Ordnung des Nacheinanders vermag somit nur durch die autonome Verfassung des Werkes verständlich zu werden. Unter anderen Gesichtspunkten kann man sie nicht begreifen: Alles bleibt dann kontingent. Das musikalische Kunstwerk hingegen schließt die Ordnung des Nacheinanders so in sich zusammen, daß der Gedanke, daß es auch hätte anders sein können, ein sinnloser Gedanke wird – sofern er das Kunstwerk bestimmen will, und nicht nur ein Hilfsgedanke sein möchte, über den man sich dem Verständnis des Werkes annähert.

§ 85

Worin die Aufhebung der Kontingenz im Kunstwerk besteht, kann an dieser Stelle noch nicht ausgeführt werden. Sie wird sich als Errichtung des musikalischen Sinns erweisen. Aber um Mißverständnisse zu vermeiden, gilt es bereits in diesem Zusammenhang zu betonen, daß die Aufhebung der Kontingenz nicht mit der Verneinung von musikalischer Indetermination identisch ist. Vielmehr kann musikalische Indetermination ein Moment der ästhetischen Notwendigkeit darstellen, die das autonome Regelsystem des musikalischen Kunstwerkes kennzeichnet. Auch die Indetermination des musikalischen Soseins könnte nicht anders sein, wenn es sich um ein gelungenes, in diesem Falle indeterminiert verfaßtes Kunstwerk handelt.

§ 86

Die Notwendigkeit, die die Ordnung des Nacheinanders in der Musik besitzt, hat sich somit als die Notwendigkeit des autonomen Regelsystems eines musikalischen Kunstwerkes erwiesen. Das heißt: Musik als die Kunst, das Nacheinander ihrer Momente zu ordnen, ist die Kunst, ein Regelsystem für dieses Nacheinander zu erschaffen, in dem die Zufälligkeit zeitlicher Folgen in deren ästhetische Notwendigkeit verwandelt wird. Hieraus ergibt sich eine erste Grundbestimmung des autonomen Regelsystems des musikalischen Kunstwerkes: Es ist ein System von Regeln zur Zeitgestaltung. Um die Kategorie des musikalischen Klanges zu artikulieren, ist mithin die Kategorie der musikalischen Zeit zu entwickeln. Sie bestimmt das Wassein des musikalischen Werkes in einer Hinsicht, die das Tonsystematische des musikalischen Klanges – das heißt: seine Verfaßtheit in einem autonomen Regelsystem – grundlegend expliziert. Durch die Mannigfaltigkeit der autonomen Regelsysteme hindurch zieht sich deren Bestimmung, Regeln der Zeitgestaltung zu umfassen.

Die musikalische Zeit ist die Zeit, die im musikalischen Kunstwerk geregelt wird. Sie stellt demnach keine Zeit dar, die man außermusikalisch messen könnte. Alle meßbaren Zeiten der Musik sind Zeiten, die das musikalische Kunstwerk in sich hat. Ihr Maß ist daher ein Maß, das das musikalische Kunstwerk erst mit seinen Regeln der Zeitgestaltung bereitstellt. Die musikalische Zeit als ganze, die das Kunstwerk regelt, ist aus diesem Grunde nichts musikalisch Meßbares. Und weil außermusikalische Messung unter dem Gesichtspunkt des musikalischen Kunstwerkes irrelevant wird, ist die musikalische Zeit als ganze überhaupt nichts Meßbares. Daher vermag ein und dasselbe Werk von ungleicher außermusikalischer Dauer zu sein. Ob ein Stück drei oder fünf Minuten dauert, macht es nicht zu einem anderen Stück. Vielmehr begibt man sich mit dieser Frage aus dem Vollzug der ästhetischen Vernunft hinaus in die außermusikalische Zeitrechnung und verläßt die Bestimmung des musikalischen Kunstwerkes zugunsten der Bestimmung einer physikalischen Klangmenge. Das Werk wird nur dann in seiner Identität beeinträchtigt, wenn es sein musikalisches Maß verliert. Musikalische Zeit umfaßt alles zeitlich Meßbare der Musik, ohne selber meßbar zu sein.

§ 88

Aus diesem Grund stellt die musikalische Zeit, die das Regelsystem des musikalischen Kunstwerkes gestaltet, die Bedingung musikalischer Zeitmessung dar, die dem durch sie Bedingten nicht unterliegt. Derart hat Musik Zeit »in sich«: Sie bestimmt das zeitliche Maß, während sie selber zeitlich maßlos bleibt.

Das kann an drei herausragenden Erscheinungsweisen musikalischer Zeitmessung eingesehen werden: an *mensura, tactus* und *tempo*.[7] Die Mensuralnotation zeigt die Tondauern im Verhältnis zu einem Ausgangsmaß an. Dasselbe Zeichen der Notation kann

---

7 Diesen drei Erscheinungsweisen widmet sich *Willibald Gurlitt*, Form in der Musik als Zeitgestaltung (= Abhandlungen der Mainzer Akademie der Wissenschaften und Literatur, Geistes- und Sozialwissenschaftliche Klasse, Jg. 1954, Nr. 13), Wiesbaden 1955.

durch seine Stellung im Notationszusammenhang verschiedene Dauern benennen, die einem Mehrfachen oder einem Geteilten des Ausgangsmaßes entsprechen. Das Ausgangsmaß selbst aber bezeichnet eine unverrückbare Dauer (*integer valor mensurae*). Umgekehrt verhält es sich im Taktsystem. Hier ist der Zeitwert, den die Noten anzeigen, unabhängig von dem Grundmaß, das in diesem Falle der Takt angibt. Vielmehr wird der Zeitwert eines Taktes durch den Zeitwert der Noten bestimmt.[8] Dessen bestimmende Maßeinheit ist die ganze Note. Eine Taktfestlegung wie »¾« gilt als Bruch der vom Takt unabhängigen Maßeinheit »Ganze Note«: Der Zeitwert des Taktes besteht dann aus drei Viertelnoten. Keine dieser Noten wiederum bezeichnet eine unverrückbare Dauer. Eine Viertelnote kann, je nach dem Grundtempo des Stückes, dieselbe Tondauer angeben wie eine Achtelnote oder eine halbe Note. Dieses Tempo eines Musikstückes schließlich bemißt sich weder an eigenständigen Zeitwerten der Noten noch an deren Proportionalität. Es ist unabhängig sowohl vom Taktsystem als auch vom Notationszusammenhang, wenngleich beides zu seiner Interpretation herangezogen werden muß. Die Bezeichnung »*allegro*« bestimmt sowohl einen ¾-Takt als auch einen ⅜-Takt als »schnell«, und sie bezieht sich auf die dichten und lockeren Fügungen von Notenwerten gleichermaßen. Freilich ist nicht festgelegt, was »schnell« bedeutet, so daß die Interpretation der Bezeichnung wiederum den Einbezug der gesamten Faktur des Stückes verlangt. So errichten *mensura*, *tactus* und *tempo* auf unterschiedliche Weise die Ordnung des Nacheinanders musikalischer Momente.

In alledem wird deutlich, daß die Meßbarkeit von Musik von deren Regelsystem verfaßt wird. Die Mensur, der Takt, das Tempo sind Messungen musikalischer Zeit, die nicht außerhalb des musikalischen Werkes begründet sind, sondern von diesem eingeführt werden. Wie lange ihnen gemäß ein Ton, ein Abschnitt, ein Stück dauert, hängt von den in der Notation – wie immer auch unzulänglich – angezeigten Regelsystemen der jeweiligen Musik ab. Die musikalische Zeit, die mit ihnen gemessen wird, ist mithin eine Zeit, die das Werk in sich hat. Die Zeit des Werkes selbst hingegen

8 Dazu *Carl Dahlhaus*, Die Tactus- und Proportionenlehre des 15. bis 17. Jahrhunderts, in: *Frieder Zaminer* (Hrsg.), Hören, Messen und Rechnen in der Neuzeit (= Geschichte der Musiktheorie 6), Darmstadt 1987, S. 333-361.

entzieht sich diesen Maßen. Sie wird statt dessen als deren Bedingung gesetzt.

§ 89

Der Sachverhalt, daß die musikalische Zeit selber nichts Meßbares ist, sondern Meßbares in sich erst verfaßt, kann im Rückgriff auf eine Unterscheidung Kants auch so ausgedrückt werden: Die musikalische Zeit stellt keine extensive, sondern eine intensive Größe dar.

Extensive Größen sind Vergleichungsgrößen. Wenn sich die Größen A und B vergleichen lassen, dann läßt sich ein Maß auf sie anwenden, vermittels dessen ihr Vergleich durchgeführt werden kann. Dieses Maß gibt ihre Extension an. Intensive Größen hingegen haben – wie ihr Name sagt – eine Intension, keine Extension. Sie unterliegen daher keinem Maß und lassen sich nicht vergleichen. Kant bestimmt solche Größen folgendermaßen: »Nun nenne ich diejenige Größe, die nur als Einheit apprehendiert wird, und in welcher die Vielheit nur durch Annäherung zur Negation = 0 vorgestellt werden kann, die *intensive Größe*.«[9] Hiernach ist eine intensive Größe eine Größe, die ein einheitliches Kontinuum bildet, das in unendlicher Annäherung an den Wert 0 verläuft. Als derartige Kontinuitäten stellen intensive Größen »fließende Größen«[10] ohne einfache, kleinstmögliche Teile dar. Sie weisen daher keine diskreten Abgrenzungen auf, angesichts deren sie miteinander verglichen werden könnten.

Insofern nun die musikalische Zeit nichts Meßbares darstellt, vermag sie keine Extension aufzuweisen. Daher ist sie statt als extensive als intensive Größe zu verstehen. Das bedeutet, sie stellt ein Kontinuum in unendlicher Annäherung an den Wert 0 dar. Musikalische Zeit bildet dann keine Vergleichungsgröße, sondern einen graduellen Fluß in Richtung ihrer Negation. Sie in extensive Maßeinheiten wie Stunden, Minuten oder Sekunden einzuteilen verfehlte diesen graduellen Fluß.

9 *Immanuel Kant*, Kritik der reinen Vernunft A 168 = B 210.
10 Ibidem, A 170 = B 211.

Der Gedanke einer intensiven Größe läßt sich – einer oft verkannten Einsicht Hermann Cohens zufolge[11] – mit Hilfe des Differentials artikulieren. Intensive Größen sind kontinuierliche Größen. Mathematisch kann ihre graduelle Kontinuität – ihr »Fluß« – durch eine Bewegungsgleichung ausgedrückt werden. Die Kurve der Bewegungsgleichung wiederum nimmt eine bestimmte Richtung, die vom Differential dx festgelegt wird: Dieses stellt eine infinitesimale Größe dar, ein Unendlichkleines, in dessen Richtung die Kurve verläuft. Die Kontinuität, die in der Kurve der Bewegungsgleichung abgebildet wird, hängt mithin an dem dx, in dessen Richtung sie verläuft. Auf solche Weise artikuliert das Differential die zusammenhängende Kontinuität, die intensive Größen auszeichnet. Es erklärt deren Einheit.

Cohens Interpretation des Differentials versteht das Zeichen »dx« als das Zeichen eines Geltungswertes. Das Zeichen »dx« bezieht sich nicht auf einen Gegenstand namens »das Unendlichkleine«, sondern besitzt Geltung innerhalb der Erzeugung einer Kurve, die die Abbildung gradueller Kontinuität darstellt. Insofern kann das Differential für deren Einheit stehen. Als die Einheit der Kontinuität ist es zugleich der Grund aller diskreten Einheiten. Diskrete Einheiten sind Einheiten, die sich abzählen lassen. Das Prinzip der Diskretion ist mithin die Zahl. Die Zahl aber setzt die Kontinuität der Zahlreihe voraus. Und die Kontinuität der Zahlreihe beruht, wie alle Kontinuität, auf der unendlichen Einheit des Differentials. Daher liegt die diskrete Einheit der Zahl in der kontinuierlichen Einheit des Differentials – des Unendlichkleinen – begründet.

Nun sind Vergleichungsgrößen diskrete Größen mit einer bestimmten Extension. Sie werden durch das Zeichen »x« benannt. Zahlen erfassen solche Vergleichungsgrößen. Wenn jedoch die diskrete Einheit der Zahl in der kontinuierlichen Einheit des Unendlichkleinen begründet liegt, dann findet alles Endliche = x seinen zureichenden Grund in dem Unendlichkleinen = dx. Denn das Unendlichkleine ist die Einheit jener Kontinuität der Zahlreihe, die die Zählung der diskreten Vergleichungsgrößen ermöglicht.

---

11 *Hermann Cohen*, Das Prinzip der Infinitesimalmethode und seine Geschichte, Berlin 1883, §§ 19 f., 43 f., sowie vor allem *ders.*, Logik der reinen Erkenntnis, Berlin 1914, S. 124 ff.

Das Differential ist so das Explikat der graduellen Kontinuität in unendlicher Annäherung an den Wert 0, von der Kant als Kennzeichen der intensiven Größen sprach, und der Möglichkeitsgrund der extensiven Größen zugleich.

§ 91

Kants und Cohens Überlegungen helfen, die Kategorie der musikalischen Zeit zu artikulieren. Der Sachverhalt, daß musikalische Zeit nichts Meßbares darstellt, bedeutet, daß sie keine Extension besitzt. Sie vermag daher nicht nach Art diskreter Einheiten begriffen zu werden. Vielmehr bildet sie eine intensive Größe: den Fluß gradueller Kontinuität in unendlicher Annäherung an ihre Negation. Sie bildet eine kontinuierliche Einheit nach Art des Differentials – sie ist ein Unendlichkleines. Musikalische Zeit derart als ein Unendlichkleines zu bestimmen heißt nach dem Voranstehenden nicht, sie als eine unendlich kleine Extension zu bestimmen. Es heißt vielmehr, sie in ihrer Funktion zu bestimmen, eine kontinuierliche Einheit zu bilden, die den zureichenden Grund für extensive Größen abgibt. Als dieser Grund ermöglicht die musikalische Zeit diskrete musikalische Vergleichungsgrößen, etwa Tondauern, Taktsysteme oder Tempofestlegungen. Auf diese Weise gründet das musikalisch-zeitlich Extensive in dem musikalisch-zeitlich Intensiven: Das musikalische Zeitmaß wird von der musikalischen Zeit als einem Unendlichkleinen erzeugt.

§ 92

Wie aber paßt die intensive Größe »musikalische Zeit« mit der extensiven Größe »Zeit, in der das Werk aufgeführt wird« zusammen? Die Zeit der Musik wird ja zu einer bestimmten außermusikalischen Zeit gehört, und der musikalische Klang als ein tonsystematisch Hörbares muß in dieser außermusikalischen Zeit erklingen. Die außermusikalische Zeit ist indessen eine nach Stunden, Minuten und Sekunden meßbare Zeit – eine Vergleichungsgröße. Die intensive Größe der Musik hat daher in einer extensiven Größe dargestellt zu werden.

Dieser Zusammenhang zwischen der Zeit, die das musikalische Kunstwerk in sich hat, und der Zeit, in der das musikalische Kunstwerk gehört oder aufgeführt wird, wird dadurch hergestellt, daß die musikalische Zeitbestimmung eine *Aufgabe* darstellt: Die intensive Zeitlichkeit der Musik *fordert* eine bestimmte extensive Zeitlichkeit.[12] Mit dem Beginn des Stückes in der außermusikalischen Zeit beginnt die Verwirklichung der Aufgabe, die die Zeitgestaltung des musikalischen Werkes gesetzt hat, und mit dem Ende des Stückes in der außermusikalischen Zeit ist die Verwirklichung der Aufgabe beendet. Die Gegenwart der Musik in der außermusikalischen Zeit ist demnach als Funktion einer besonderen Aufgabe bestimmt. Und daher ist die musikalische Zeit wiederholbare Zeit: Die von ihr gesetzte Aufgabe der Zeitgestaltung vermag zu verschiedenen außermusikalischen Zeiten auf verschiedene Weise verwirklicht zu werden, bleibt als Aufgabe aber dieselbe. Auch hier bestimmt die intensive Größe die extensive Größe – freilich nicht, indem sie diese erzeugt, sondern dadurch, daß sie deren Entsprechung zu ihren Forderungen verlangt.

Die intensive Größe der musikalischen Zeit wird demnach als extensive Größe in der außermusikalischen Zeit dargestellt, indem sie der außermusikalischen Zeit eine Aufgabe setzt, deren Forderung die außermusikalische Zeit zu genügen hat. Das heißt: Als Unendlichkleines erzeugt sie alle innermusikalischen Vergleichungsgrößen – Mensuren, Takte, Tempi – und fordert zugleich von den außermusikalischen Vergleichungsgrößen – Sekunden, Minuten, Stunden – Entsprechung.

§ 93

Fassen wir die bisherigen Überlegungen zusammen: Die musikalische Zeit ist die Ordnung des Nacheinanders, in der die Musik nicht steht, sondern die sie in sich hat. Ihre Kontinuität erzeugt zeitliche Vergleichungsgrößen (musikalische Tondauern), stellt selber aber eine intensive Größe dar, die das Maß der extensiven Ordnungsgrößen erst ermöglicht. Das autonome Regelsystem des Kunstwerkes bestimmt dementsprechend den musikalischen Klang

---

12 *Erich Doflein*, Gestalt und Stil in der Musik (= Musikästhetische Schriften nach Kant 3), Bad Honnef 1987, S. 45 ff.

so, daß dessen Momente aus der fließenden Kontinuität des Geschehens zu Vergleichungsgrößen einer Relationenordnung werden, die das »Es könnte auch anders sein« des Nacheinanders in ein »Es muß so sein, wie es ist« verwandeln. Dieses zeitliche »Es muß so sein, wie es ist« begegnet schließlich der außermusikalischen Zeit, in der die Musik dargestellt wird, als zu erfüllende Aufgabe. Das autonome Regelsystem der musikalischen Zeitgestaltung stellt an das heteronome Regelsystem der außermusikalischen Zeit Ansprüche.

§94

Die Erwägungen zur musikalischen Zeit als intensiver Größe klingen abstrakt. Sie haben aber unmittelbare Folgen für die Bestimmung der musikalischen Zeitgestaltung. Deren grundlegendste Verfassung ist die Verfassung des Metrums. Das Metrum ist die Ordnung des Nacheinanders, die das musikalische Werk am durchgängigsten durchzieht, weil sie das zeitliche Grundmaß – oder im Falle mehrerer Metren: die zeitlichen Grundmaße – angibt. Wenn nun die musikalische Zeit als intensive oder fließende Größe eine einheitliche Kontinuität darstellt, dann kann das zeitliche Grundmaß nicht als eine Anordnung diskreter Teile verstanden werden. Vielmehr ist es aus der Kontinuität der fließenden Größe »Zeit« zu erfassen.

Das Problem hat Moritz Hauptmanns Bestimmung des Metrums vorgegeben:

Eine metrische Gliederung [besteht] nicht in der Theilung eines vorausgesetzten Ganzen […], ebensowenig darf man sich das Ganze nicht als Zusammensetzung von Einheiten zu einer Mehrheit vorstellen: die metrische Formation ist allezeit nur das Product, das aus der Evolution einer als Anfang gesetzten ersten Zeit entstanden.[13]

Hiernach wird die Bestimmung des Metrums auf zwei Weisen verfehlt: Weder die Division einer Einheit in Teile noch die Addition von Teilen zu einer Einheit können sie leisten. Statt dessen muß das Metrum als Erzeugnis einer anfänglich gesetzten Zeit begrif-

13 *Moritz Hauptmann*, Die Natur der Harmonik und der Metrik. Zur Theorie der Musik, Leipzig 1853, S. 238.

fen werden. In die oben eingeführte Begrifflichkeit übersetzt heißt das, daß das Metrum nicht von dem Begriff der Vergleichungsgrößen, die man addiert oder dividiert, her verstanden werden kann, sondern aus der erzeugenden Kontinuität einer fließenden Größe. Wie man diese Erzeugung darlegen kann, ist das musiktheoretische Problem.

Hauptmanns eigene Theorie kann nicht als Lösung dieses Problems gelten; zu sehr verwickelt sie sich in Idiosynkrasien.[14] Aber seine Forderung, das Grundmaß der musikalischen Zeit statt als Anordnung von Teilen als »Evolution einer als Anfang gesetzten ersten Zeit« zu verstehen, benennt genau den nötigen Zusammenhang zwischen dem einheitlichen Kontinuum und den diskreten Zeiteinheiten. Nur wenn eine als Anfang gesetzte Zeit zu einem Maß entwickelt wird, kann die Kontinuität der Zeit als Kontinuität sich in Vergleichungsgrößen artikulieren. Denn nur dann wird die Vergleichungsgröße des Maßes, das Metrum, aus dem unaufhörlichen Zusammenhang der musikalischen Zeit erzeugt. Und genau das verlangt deren bislang gewonnener Begriff.

§ 95

In diesem Sinne ist das Maß der musikalischen Zeit aus einer anfänglichen Zeit herzuleiten. Das autonome Regelsystem des musikalischen Kunstwerkes, das die Regeln zur Zeitgestaltung umfaßt, muß auf die Möglichkeiten solcher Herleitung untersucht werden. Dabei machen sich drei Grundformen geltend: das Zeitmaß als Prozeß, das Zeitmaß als Abbild der Ewigkeit, das Zeitmaß als Momentform. Die erste Gestalt bestimmt vor allem die Musik vom 16. bis zum frühen 20. Jahrhundert, die zweite Gestalt bestimmt vor allem die Musik des Mittelalters, die dritte Gestalt bestimmt vor allem die Musik seit 1950. Ausschließlich gilt freilich keine von ihnen, weder in den angegebenen Zeiträumen noch in der Musikgeschichte überhaupt. Sie sind nun in ihrer Eigenart einzeln zu betrachten.

---

14 Dazu *Wilhelm Seidel*, Über Rhythmustheorien der Neuzeit (= Neue Heidelberger Studien zur Musikwissenschaft 7), Bern/München 1975, S. 137 ff.

Die erste Grundform, das Zeitmaß als Prozeß, bestimmt die Gestalt der musikalischen Zeit, die den meisten Hörern am vertrautesten ist, weil sie die Ordnung des Nacheinanders darstellt, die die Epoche klassisch-romantischer Musik bestimmt.[15] Ihr Kern besteht darin, die metrische Grundordnung eines Werkes von dem Begriff des Werdens her zu begreifen. An die Stelle von Klängen, die in der Zeit erfolgen, treten werdende Klänge, die Zeit in sich tragen. Sie entstehen, dauern und vergehen nicht in einer ihnen äußerlichen Ordnung, sondern bilden den unruhigen Grund der Dauer. Werdende Klänge sind selber sich jeweils erfüllende Zeit.

Um Klänge derart als werdende Klänge begreifen zu können, ist es nötig, von der Außenperspektive des Früher und Später in die Innenperspektive der aufeinander folgenden Klänge zu wechseln. Denn Seiendes, das als sich jeweils erfüllende Zeit begriffen wird, besitzt eine eigentümliche Reflexionsstruktur.[16] Es ist etwas, was es wird, und es wird, was es war. Denn indem es nicht einen Punkt in der Zeit darstellt, sondern sich jeweils erfüllende Zeit, weist es die dreifache Bezugnahme von Gewordensein, Gegenwart und Zukunft in sich auf. Die Gesamtheit dieser Bezugnahme ist das Werden. Das werdende Seiende bezieht sich demnach in seiner Gegenwart auf seine Vergangenheit, aus der es entsteht, und auf die Zukunft, in der es sich erfüllt. Es stellt mithin die Reflexion seines Gewordenseins, seiner Gegenwart und seiner Zukunft in die Einheit seines Werdens dar. Ja, es ist unter dem Gesichtspunkt der Zeit gar nichts anderes als diese Reflexion. Den Grund der Dauer bildet folglich die Reflexion des Gewordenseins, der Gegenwart und der Zukunft in die Einheit des Werdens.

Diese Reflexionsstruktur zeigt, daß das Seiende, das sich jeweils erfüllende Zeit darstellt, nach Art der zeitlichen Subjektivität verstanden werden muß. Die Dimensionen der Vergangenheit, Gegenwart und Zukunft – McTaggarts A-Reihe – hatten sich ja als die Zeitordnung im Bezug auf ein konkretes Subjekt erwiesen.

15 Die Einheit klassisch-romantischer Musik erhellen Friedrich Blumes Darstellungen der Klassik und Romantik, in: *ders.* (Hrsg.), Epochen der Musikgeschichte in Einzeldarstellungen, Kassel 1974, S. 233-306 bzw. S. 307-387.

16 Dazu *Reiner Wiehl*, Zeitwelten. Philosophisches Denken an den Rändern von Natur und Geschichte, Frankfurt am Main 1998, S. 39 ff.

Genau sie sind die Momente der sich im Werdenden erfüllenden Zeit. Werdendes weist demnach eine Subjektstruktur auf. Das bedeutet nicht, daß das Werdende aus Subjekten im strengen Sinne, also selbstbewußt Denkenden und Handelnden, bestünde. Aber es bedeutet, daß es ein in sich reflektiertes Seiendes darstellt, das sein Gewordensein, seine Gegenwart und seine Zukunft in einer Einheit spiegelt. Diese Einheit ist sein Werden.

§ 97

Wenn Klänge in den Fluchtlinien des Werdens begriffen werden, dann wird es verständlich, daß Musik ihre Zeit »in sich hat«. Musik steht nicht in der Zeit, sondern hat sie in sich, weil ihre Klänge als werdende Klänge jene Reflexionsstruktur aufweisen, die die Zeitmomente Gewordensein, Gegenwart und Zukunft zu ihren Bezugspunkten besitzt. Klänge sind sich erfüllende Zeit.

Ihr Früher und Später ist von dieser Struktur sich jeweils erfüllender Zeit her zu beschreiben. Früher und später sind werdende Klänge nicht mehr aus der Binnenperspektive ihrer Reflexionsstruktur, sondern aus der Außenperspektive ihrer Aufeinanderfolge. Ein als Reflexion von Gewordensein, Gegenwart und Zukunft werdender Klang ist früher als ein anderer werdender Klang, weil seine Zeit sich mit dessen Beginn erfüllt hat, und ein als Reflexion von Gewordensein, Gegenwart und Zukunft werdender Klang ist später als ein anderer werdender Klang, weil sein Beginn dessen Werden beendet hat. Dieses Verhältnis des Früher und Später bleibt unverändert, während in der Binnenperspektive der Reflexion die Gegenwart eines Klanges zu seiner Vergangenheit und seine Zukunft zu seiner Gegenwart wird. Das Früher und Später der Klänge kristallisiert sich so aus der Reflexionsstruktur des Werdens hinaus.

Auf diese Weise wird die Zeit der Musik als intensive Größe denkbar. Werdende Klänge begründen das einheitliche Kontinuum, indem sie statt Punkten in der Zeit sich erfüllende Zeit darstellen. Und dieses Kontinuum ermöglicht die Vergleichungsgrößen des musikalischen Früher und Später, indem das Werden des einen Klanges das Werden des anderen Klanges beendet.

§98

Der musikalische Begriff für werdende Klänge lautet »Rhythmus«. Man kann den Rhythmus der Musik nicht als äußerliche Zeitlichkeit von den Klängen abziehen; er ist gar nichts anderes als die innere zeitliche Verfaßtheit musikalischer Klänge. Das Grundmaß der musikalischen Zeit vom Begriff des Werdens her zu begreifen heißt daher, das »Metrum als Rhythmus«[17] zu begreifen.

In diesem Sinne das Metrum als Rhythmus zu begreifen bedeutet, das Metrum nicht als eine Wiederholung identischer Zeitspannen zu interpretieren, wie man es aufgrund seiner grundlegenden Maßfunktion mißverstehen könnte. Als Wiederholung identischer Zeitspannen wäre das Metrum eine Vergleichungsgröße. Es setzte sich aus distinkten Einheiten zusammen, in die man es teilen könnte. Soll hingegen das Metrum eine fließende Größe darstellen, dann muß es sich statt als Wiederholung von Zeitspannen als Erzeugung von Zeitmaßen in einer fließenden Kontinuität begreifen lassen. Das gelingt dann, wenn man unter Rhythmus, mit dessen Hilfe man es bestimmt, die Ordnung dauernder Klänge versteht. Der Beginn eines Klanges ist kein Zeitpunkt, sondern das Potential einer Dauer, das mit dem Beginn eines anderen Klanges vollendet wird. Die Vergangenheit von Klängen besteht dementsprechend in bereits vollendeten Potentialen, und die Zukunft von Klängen bildet einen noch unbestimmten Raum von Dauerpotentialen. Um nun das Metrum als eine Form des Rhythmus aufzufassen, ist das Dauerpotential eines Klanges dahingehend zu begreifen, daß es das Potential seiner eigenen Reproduktion darstellt. Ein Zeitmaß ist demnach ein Dauerpotential, dessen Funktion darin besteht, das Maß eines späteren Klangereignisses zu werden, indem es auf dieses projiziert wird. Metrisch wird dieses Zeitmaß wiederum dadurch, daß seine Projektionen unmittelbar aufeinander folgen. Es ist die Gegenwart eines Dauerpotentials durch unmittelbare Projektionsreproduktion.

Hiernach sind Vergleichungsgrößen, etwa Taktzählzeiten, keine Elemente, aus denen man das Metrum zusammensetzte oder in die man das Metrum eines Werkes teilen könnte. Vielmehr bilden

---

17 *Christopher F. Hasty*, Meter as Rhythm, Oxford 1997, dessen wichtiger Darlegung der musiktheoretischen Grundlagen ich hier folge. Den Hinweis auf Hasty verdanke ich Elizabeth Camp.

sie Einheiten, die sich erst daraus ergeben, daß das Potential einer Dauer auf Klänge in unmittelbarer Reproduktion projiziert wird. Diese Projektionen lassen sich dann als die Zählzeiten des Taktes oder andere Vergleichungsgrößen in der Kontinuität ihres Flusses voneinander abgrenzen. Mit andern Worten, sie sind Binnengliederungen der intensiven Größe »musikalische Zeit« in die extensiven Größen »Taktzählzeiten«.

§ 99

Das für andere Klänge maßgebende Dauerpotential eines Klanges stellt ein »projektives Potential«[18] dar. Ein projektives Potential ist das Potential einer vergangenen Klangdauer, das als bedeutsam für das zeitliche Werden eines gegenwärtigen Klanges genommen wird. Es besteht mithin in der Möglichkeit einer zukünftigen Bedeutsamkeit eines Dauerpotentials. Diese Möglichkeit wird dadurch verwirklicht, daß sich der nachfolgende Klang in dem Potential seiner Dauer durch das nunmehr durch seinen Beginn beendete – und dadurch bestimmte – Potential seines Vorgängers bestimmen läßt. Die Bestimmtheit der vergangenen Dauer bestimmt mithin das Potential der gegenwärtigen Dauer. Entsprechend besteht ihre Funktion in der Bestimmung dessen, was wird. Mit andern Worten, der werdende Klang übernimmt die Bestimmtheit eines vergangenen Dauerpotentials für die Bestimmung seines eigenen Potentials.

§ 100

Auf diese Weise vermag das Metrum die »Evolution einer als Anfang gesetzten Zeit« darzustellen, die Moritz Hauptmann anvisierte. Die als Anfang gesetzte Zeit ist das Potential einer Klangdauer, das die Funktion besitzt, auf andere Klänge als Maß projiziert zu werden, und sich in dieser Funktion unmittelbar reproduziert. Die Addition von Zeitspannen in einer distinkten Zeitpunktordnung ist so zugunsten einer fließenden Größe aufgegeben. Die diskreten

18 Ibidem, S. 84 ff.

Zeiteinheiten entstehen erst innerhalb dieser fließenden Größe, indem diese sich durch die unmittelbare Reproduktion eines als Maß fungierenden Potentials in die Ordnung des Nacheinanders gliedert.

§ 101

Von dem Begriff des Werdens her kann nicht nur die Zeitordnung des einzelnen Klanges verstanden werden. Er erhellt zudem die Zeitordnung der Gruppierungen, zu denen sich einzelne Klänge zusammenfügen. Sofern sich ein Werk in Abschnitte gliedert, stehen auch diese in einem zeitlichen Nacheinander. Dieses Nacheinander ist das Nacheinander werdender Klänge im Sinne werdender Klanggruppierungen. Es erfolgt als Großrhythmus.

Der Gedanke eines Großrhythmus steht durch seine Geschichte in der Gefahr, einem Mißverständnis ausgesetzt zu sein. Hanslick nennt das »Wesen der Musik« »Rhythmus. Rhythmus im Großen, als die Uebereinstimmung eines symmetrischen Baues, und Rhythmus im Kleinen, als die wechselnd-gleichmäßige Bewegung einzelner Glieder im Zeitmaß.«[19] Hiernach stellt der Rhythmus im großen eine symmetrische Anordnung von Teilen dar. Diese Auffassung paßt zu der durch den klassischen Periodenbau gekennzeichneten Musik, die Hanslick bei seiner Bestimmung im Auge hatte. Solche Musik läßt sich ohne Schwierigkeit als die Aufeinanderfolge und Komplementarität ihrer Perioden verstehen, deren sinnvolle Anordnung dann ihre rhythmische Aufeinanderfolge ergibt. Dadurch konnte der Gedanke vom Großrhythmus unter den Verdacht geraten, er sei mit dem symmetrischen Periodenbau verbunden. Aber der Gedanke von der musikalischen Form als Großrhythmik ist keineswegs beschränkt auf symmetrische Ordnungen. Alfred Lorenz wendet ihn, bei aller Unzulänglichkeit im einzelnen, mit Recht auf Wagners asymmetrische Musikordnungen an und versteht deren »dichterisch-musikalische Perioden« als Momente einer potenzierten Großrhythmik, die das »Geheimnis der Form« bei Wagner ausmache.[20] Der Gedanke vom Rhythmus im großen

19 *Eduard Hanslick*, Vom Musikalisch-Schönen. Ein Beitrag zur Revision der Aesthetik der Tonkunst, Leipzig 1854, S. 32 und S. 100.
20 *Alfred Lorenz*, Das Geheimnis der Form bei Richard Wagner I, Berlin 1924, *passim*.

kann so auch an dem Gegenbild dessen geltend gemacht werden, was Hanslick als gute Musik ansah. Er übersteigt den klassischen Periodenbau.

Unter der Bedingung werdender Klänge kann die Großrhythmik nicht auf die Addition symmetrischer Teile reduziert werden. Vielmehr muß auch sie als die Ordnung sich erfüllender Zeit verstanden werden. Ein jeder Abschnitt ist ein werdender Strukturklang im großen. Ein jeder Abschnitt stellt daher sich erfüllende Zeit dar, deren Dauerpotential von dem anschließenden Abschnitt beendet wird. Im Falle symmetrischer – oder komplementärer – Ordnungen bildet das Potential eines Abschnittes das projektive Potential, das sich als Maß der Zeit eines folgenden Abschnittes geltend zu machen vermag. Auch die Großrhythmik eines Werkes steht somit unter der Bestimmung des werdenden Klanges.

§ 102

Die vom Begriff des Werdens her bestimmte musikalische Zeit kann selber wieder unter verschiedenen Typen begriffen werden. Drei dieser Typen ragen heraus: die fließende Zeit, die reißende Zeit, die stillstehende Zeit.[21] Sie nehmen unterschiedliche Artikulationen der Reflexionsstruktur vor, die den werdenden Klang bestimmt. Diese Artikulationen überschreiten die Dimension des Metrums, bleiben aber noch vor den Einzelgestalten des Rhythmus stehen. Sie sind ein Grundmaß der Musik, das zwischen dem Metrum und der rhythmischen Einzelgestalt angesiedelt ist. Als solche Artikulationen machen sie die Reflexionsstruktur werdender Klänge in ungleichen Hinsichten geltend.

---

21 Diese Typen dürfen nicht mit den ähnlich lautenden Begriffen verwechselt werden, die Emil Staiger in seinen Untersuchungen zur Dichtung aufgestellt hat (*Emil Staiger*, Die Zeit als Einbildungskraft des Dichters. Untersuchungen zu Gedichten von Brentano, Goethe und Keller, Zürich ²1953). Staigers Hintergrund bildet die Zeitphänomenologie des frühen Heidegger. Von ihr sind Erwägungen zu intensiven und extensiven Größen grundlegend unterschieden.

§103

Die fließende Zeit ist die Zeitordnung, die die Reflexion von Gewordensein, Gegenwart und Zukunft in die Einheit des Werdens
eines Klanges in all ihren Momenten gleichermaßen darstellt. Der
Klang stellt hier ohne Unterschied die zeitliche Folge des Vorangegangenen, die zeitliche Bedingung des Folgenden und die Gegenwart dar. In einer solchen Zeitordnung strebt ein Klang über sich
hinaus in andere Klänge, ist in seiner Zeitlichkeit aber nicht nur im
Bezug auf diese anderen Klänge bestimmt. Er hat auch Eigenzeit.

Diese musikalische Eigenzeit in Beziehung auf die Zeit anderer
Klänge besitzt ein Klang dann, wenn das Potential seiner Dauer auf
seine Vollendung durch den Beginn eines neuen Klanges nicht zu-
eilt, sondern sich als Potential sein läßt. Zugleich wiederum hat der
Beginn seines Dauerpotentials das Potential eines anderen Klanges
abgeschlossen und steht selber im Bezug auf seinen möglichen Abschluß durch den Beginn eines neuen Klanges. Das sich als Potential sein lassende Potential eines Klanges zur Dauer steht demnach
im Bezug auf die Dauerpotentiale anderer Klänge. Es reflektiert
sich als Gewordensein, Zukunft und Gegenwart, ohne eines dieser
drei Momente zu verkürzen. Auf diese Weise wird das Metrum in
der Fülle seiner Bezugspunkte zur Geltung gebracht. Die musikalische Zeit fließt.

Die Exposition in Schuberts Sonate in B-Dur ist ein gutes Beispiel für fließende Zeit. Das Dauerpotential des Themenkopfes ist
zeitlich bezogen auf seine Fortspinnung. Zugleich aber eilt der The-
menkopf nicht auf seine Fortspinnung zu, sondern stellt sein Dauerpotential erst einmal für sich dar, bevor es durch den Beginn der
Fortspinnung vollendet wird. Man könnte im Prinzip auch inne-
halten, obwohl die Fortspinnung folgt. So entsteht die Doppelung
von zeitlicher Bezogenheit auf andere Klänge und Eigenzeit, die die
fließende Zeit der Musik auszeichnet.

§104

Die reißende Zeit ist eine Zeitordnung, die in der inneren Reflexion des werdenden Klanges das Moment der Gegenwart zugunsten
des Überganges in andere Klänge zurücktreten läßt. In ihr erklingt

ein Klang ausschließlich als zeitliche Folge des Vorangegangenen und zeitliche Bedingung des ihm Folgenden. Er beruht daher in seiner Beziehung auf andere Klänge nicht zugleich in sich und besitzt keine Eigenzeit.

Dementsprechend wird im Falle der reißenden Zeit das Potential einer Klangdauer ganz und gar durch seine Anlage auf den Beginn eines neuen Potentials bestimmt. Die Potentiale stellen sich nicht selber dar, sondern machen sich nur als Beziehungspunkte neuer Potentiale geltend. Hierdurch macht sich die reißende Zeit als die Relation zwischen Dauerpotentialen geltend. Diese Relation zwischen sich gegenseitig vollendenden Potentialen will in jedem einzelnen Potential erfüllt sein und kann es doch nie. Denn als die Relation zwischen Potentialen vermag sie ihre Erfüllung nicht innerhalb eines einzigen dieser Potentiale zu finden. Das einzelne Potential strebt so notwendigerweise über sich hinaus und besitzt in diesem Streben seine Bestimmtheit.

Das schlagende Modell einer solchen reißenden Zeit ist Beethovens symphonisches Allegro.[22] Man kann seine Zeitordnung mit einem gängigen Sprachgebrauch als »teleologisch« bezeichnen, sofern man darunter die Anlage jedes einzelnen Dauerpotentials auf das Ende des gesamten Stückes versteht. Diese Anlage kommt dadurch zustande, daß die Eigenzeit eines Dauerpotentials zugunsten der Relation zwischen Potentialen verschwindet. Sofern die Relation zwischen Potentialen der zeitbestimmende Faktor ist, ist die Zeitordnung der Klänge auf die zeitliche Bestimmtheit dieser Relation hin angelegt. Die zeitliche Bestimmtheit der Relation von Dauerpotentialen wird aber durch ihr Ende verwirklicht. Dieses Ende der Relation von Klangdauern ist das Ende des Stückes. Es stellt daher den Bezugspunkt dar, auf den die Potentiale der einzelnen Klangdauern ausgerichtet sind. So eilt ein jedes Dauerpotential seinem Ende entgegen, weil nur in diesem Ende die Relation der Klangdauern sich geltend zu machen vermag, so daß alle Klangdauern zusammen dem Ende des Stückes entgegeneilen. Das symphonische Allegro ist durch dieses teleologische Reißen bestimmt.

---

22 *Carl Dahlhaus*, Ludwig van Beethoven und seine Zeit, Laaber 1987, S. 114 ff.

Die stillstehende Zeit hingegen läßt umgekehrt den Bezug auf anderer Klänge zugunsten der Eigenzeit eines Klanges zurücktreten. Der Klang erklingt hier derart, daß sein Übergang in einen weiteren Klang fast ausbleiben könnte. In der Reflexionsstruktur des Werdens werden dadurch das Moment des Gewordenseins und das Moment der Zukunft fast unmerklich. Die Gegenwart des Klanges ruht in sich.

Diese Ordnung stillstehender Zeit macht sich um so eindrücklicher geltend, als sie ein Paradox darzustellen scheint. Wenn Musik vom Werden her begriffen wird, dann scheint ein stillstehender Klang gar nicht möglich zu sein. Das Potential seiner Dauer gewinnt Bestimmtheit ja nur dadurch, daß der Klang durch einen anderen Klang beendet wird und sein Dauerpotential sich hierdurch erfüllt. Kein Klang scheint daher in sich ruhen zu können; jeder Klang scheint vielmehr durch einen weiteren Klang – oder das Ende des Stückes – in seiner Dauer vollendet werden zu müssen. Das Werden der Klänge widerspricht ihrem Stillestehen. Die Auflösung dieses Paradoxes erfolgt durch die Hineinnahme des Werdens in den Klang selbst. Wenn ein Klang durch seine interne Relation bestimmt ist, die das Werden ihm untergeordneter Klänge errichtet, dann werden die Potentiale von Klangdauern in seinem Inneren begonnen und beendet. Er selber ruht als die Ordnung dieser internen Relation. Das Werden der Klänge verwandelt sich so in die Binnenordnung eines ruhenden Klanges.

Diese Verwandlung kann sowohl im Falle von Texturklängen als auch im Falle von Strukturklängen erfolgen. Ein Texturklang ruht, insofern sein Dauerpotential durch die Relationen der Textur verfaßt wird. Das Waldweben im *Siegfried* ist ein solcher Texturklang. Hier ist das Werden in den Klang selbst hineingenommen worden.[23] Es bildet nun die interne Zeitordnung der Textur, während das Waldweben selber ruht und seine Wirkung durch den Stillstand der musikalischen Zeit inmitten des Dramas gewinnt. Die Zwischenspiele im vierten Contrapunctus der *Kunst der Fuge*

23 *Manfred Hermann Schmid*, Musik als Abbild. Studien zum Werk von Weber, Schumann und Wagner (= Münchner Veröffentlichungen zur Musikgeschichte 33), Tutzing 1981, S. 136 ff., zeigt das Inwendige der Klangbewegung als Verfahrensweise Wagners auf.

hingegen sind Strukturklänge ruhender Zeit. Auch hier ist das Werden in den Klang hineingenommen. Dieser Klang aber besitzt eine Struktur, die sich aus dem imitatorischen Gefüge eines Kontrapunkts errichtet, der bereits in der ersten Exposition des Themas eingeführt worden ist. Dieses Gefüge schließt sich zu einem Gesamtklang zusammen, der das Werden als seine interne Relation in sich verschluckt und erst durch den Einsatz des Themas, auf den er zeitlich nicht angelegt ist, beendet wird. Auch hier steht die Zeit still.

§ 106

Das Grundmaß der Musik vom Begriff des Werdens her zu verstehen bietet eine erste Möglichkeit, die intensive Größe der musikalischen Zeit zu artikulieren. Eine zweite Möglichkeit besteht darin, nicht den Begriff des Werdens als den letzten Bezugspunkt musikalischer Zeitbestimmung zu nehmen, sondern ihn selber noch einmal auf den Begriff der Zeitaufhebung zu beziehen. Das Werden wird dann zum Abbild der aufgehobenen Zeit, mithin der Ewigkeit. Das Zeit-haben der Musik bedeutet hier: die Ewigkeit darzustellen.

§ 107

Werdende Klänge in diesem Sinne als ein Abbild der Ewigkeit zu gestalten prägt vor allem die Musik im Mittelalter. Deren Zeitordnung geht meist nicht in ihrer Bestimmung als Prozeß auf. Vielmehr bildet sie oft die Darstellung jener Vollkommenheit, die alles Werdende, das als solches notwendigerweise unvollkommen bleibt, aufhebt und darum »Ewigkeit« genannt werden muß.

Dieser Sachverhalt kann gut an der Zeitordnung eingesehen werden, die die Notation des Franco von Köln 1280 durchsetzte und seither alle Mensuralmusik bestimmte.[24] Deren Besonderheit tritt im Gegensatz zu der älteren Modalnotation zutage. Die Modalnotation entstammt der Zeitordnung von Melismenmusik.

---

24 *Franco von Köln*, Ars cantus mensurabilis, zumal cap. IV-V.

Sie verzeichnet Tondauern in bestimmten Arten (Modi) von Alternationen langer und kurzer Töne. Diese Modi werden in Ligaturen angegeben, die Gruppierungen von Noten vornehmen und dadurch jene bestimmten Tondauerfolgen abbilden. Statt also die Tondauer in Einzelnoten zu notieren, notiert die Modalnotation sie in Alternationsgruppierungen. Die neuere Mensuralnotation hingegen bestimmt jede einzelne Note in ihrem Zeitwert. Sie kann dadurch die Dauer eines Einzeltons anstelle einer melismatischen Tondauerfolge verzeichnen.

Die Zeitordnung der Mensuralmusik bestimmt demnach beliebige Folgen langer und kurzer Tondauern.[25] Gebunden ist die Folge daran, daß sie sich auf eine Einheit von jeweils drei Zeitgrößen (*tempora*) bezieht. Diese Einheit von drei Zeitgrößen stellt das Grundmaß der musikalischen Zeitordnung dar. Es wird *longa perfecta* oder einfach *perfectio* genannt und kann sowohl in drei als auch in zwei Dauern geteilt werden, die jeweils durch eine Brevis angegeben werden. Im letzten Fall dauert die erste Brevis ein Drittel und die zweite Brevis zwei Drittel der Longa; im ersten Fall dauert jede Brevis ein Drittel des Grundmaßes. Dieses Verfahren zur Tondauerbestimmung setzt sich nach unten in die Notation von Semibreven fort und nach oben in die Verdoppelung der *longa perfecta* zur *longa duplex*. Die weiteren Verfeinerungen der Notation können hier vernachlässigt werden. Man kann dann folgenden Tondauernbaum zeichnen:

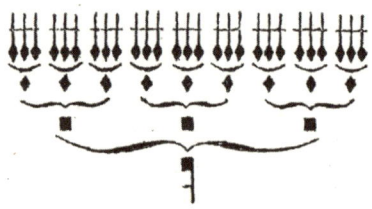

Quelle: *Wilhelm Seidel*, Über Rhythmustheorien der Neuzeit (= Neue Heidelberger Studien zur Musikwissenschaft 7), Bern/München 1975, S. 19.

25 *Willi Apel*, Die Notation der polyphonen Musik, Wiesbaden 1970, S. 343 ff.

Entscheidend ist hierbei, daß die notierte Zeitordnung die weitere Gliederung nach oben und nach unten methodisch ermöglicht.[26] Das Mehrfache der *longa perfecta*, die *longa duplex*, kann prinzipiell durch weitere Verdoppelung zu einem längeren Zeitwert gesteigert werden, und vor allem kann das Geteilte der *longa perfecta*, die Brevis, in die kürzeren Zeitwerte der Semibreven und Minimen weiter geteilt werden. Stets aber bleiben alle Tondauern auf das Grundmaß der *perfectio* bezogen.

§ 108

Auf den ersten Blick scheint die Zeitordnung der Mensuralmusik dem Begriff der intensiven Größe, der den bisherigen Gedankengang anleitete, zu widersprechen. Denn offenbar arbeitet sie mit Vergleichungsgrößen: Eine bestimmte Einheit, die *longa perfecta*, wird in andere Einheiten geteilt und vervielfältigt. Doch dieser Eindruck täuscht.

Das Mehrfache und Geteilte des Grundmaßes der Mensuralmusik ist nämlich kein Mehrfaches und Geteiltes im geläufigen Sinne der extensiven Größen. Vielmehr bildet es eine Zeitgliederung, die sich aus dem Grundmaß – ganz gemäß Hauptmanns Forderung – fließend entwickelt. Diese fließende Entwicklung steckt in dem Begriff für das Grundmaß: *longa perfecta*. Das Grundmaß ist der Fußpunkt der gesamten musikalischen Zeit eines Stückes, da noch dessen Gesamtzeit als sein Mehrfaches und die kleinsten Tondauern als sein Geteiltes angesehen werden müssen. Es wird nun Vollkommenheit (*perfectio*) genannt. Die Operation, Tondauern aus der *longa perfecta* zu gewinnen, heißt dementsprechend die Imperfektion der *longa*. Alle anderen Dauern stellen demnach unvollkommene Dauern dar. Der Begriff der Vollkommenheit ist aber dem Begriff des Unvollkommenen nicht äußerlich. Vielmehr hat das Unvollkommene die Vollkommenheit zu seinem Ziel und ist in seiner inneren Bestimmtheit auf sie hingeordnet. Diese Auffassung, die fast allem mittelalterlichen Denken eignet, spricht Thomas von Aquin wie einen Lehrsatz aus: »Alles strebt nach seiner

26 Dazu *Michael Walter*, Grundlagen der Musik des Mittelalters. Schrift, Zeit, Raum, Stuttgart 1994, S. 222 ff.

Vollkommenheit.«[27] Aus dieser strebenden Bezogenheit auf die Vollkommenheit gewinnt das Unvollkommene seine spezifische Gestalt des noch nicht Vollkommenen. Seine innere Bestimmtheit ist die Bestimmtheit des Noch nicht.

Auch die Tondauern der Mensuralmusik stehen im Zeichen dieses Noch nicht. Sie sind noch nicht vollkommen, sondern streben nach ihrer Vervollkommnung in der *perfectio*. Das zeitliche Grundmaß der Mensuralmusik ist demnach keine äußerliche Größe, deren Geteiltes und Mehrfaches ihr extensiv gegenüberstünde. Vielmehr besteht zwischen den unvollkommenen Tondauern und ihrer Vervollkommnung in der *perfectio* das intensive Verhältnis des Strebens. Von der vollkommenen Tondauer aus gesehen bedeutet das, daß sie die unvollkommenen Dauern sowohl als ihr Mehrfaches und Geteiltes aus sich entläßt als auch zu sich, dem Ziel des Strebens, hinzieht. Auf diese Weise stellt das zeitliche Grundmaß der Mensuralmusik Hauptmanns »anfänglich gesetzte Zeit« dar, aus deren Evolution die Zeitordnung des musikalischen Werkes sich bildet. Die Zeitordnung entwickelt sich aus der *prefectio*, weil der Zusammenhang der unvollkommenen und vollkommenen Tondauern die fließende Kontinuität des Strebens und Anziehens darstellt. Die Teilung und Vervielfachung des Grundmaßes sind nur innerhalb dieser Kontinuität zu verstehen.

§ 109

Aus der Zeitordnung von vollkommenen und unvollkommenen Tondauern erhellt, inwiefern hier eine Darstellung von Ewigkeit vollzogen wird. Der Schlüssel liegt abermals in der Kennzeichnung des Grundmaßes, also der Einheit von drei Zeitgrößen, als *longa perfecta*. Franco begründet diese Kennzeichnung mit dem Argument, daß die Zahl Drei die »vollkommenste der Zahlen ist, weil sie von der höchsten Trinität, die die wahre und reine Vollkommenheit (*vera et pura perfectio*) ist, ihren Namen erhielt«.[28] Die *perfectio* der mensuralen Tondauernordnung ist hiernach das Bild der wahren Vollkommenheit. Und weil alle anderen Tondauern aus der vollkommenen Dauer entlassen und zu ihr hingezogen werden,

27 *Thomas von Aquin*, Summa theologiae I, q. 5, a. 1.
28 *Franco de Colonia*, Ars cantus mensurabilis IV, 11.

gehören auch alle unvollkommenen Tondauern, als Produkte und Strebensmomente der vollkommenen Dauer, zu dem Abbild der wahren Vollkommenheit, mithin der Trinität. Die Trinität aber ist der ewige Gott. Ja, sie ist die Ewigkeit selbst, da Gott nicht ein ewig Seiendes ist, sondern als das Sein selbst mit der Ewigkeit, die zeitaufgehobenes Sein bezeichnet, identisch sein muß.[29] Folglich ist das Grundmaß der Mensuralmusik als Abbild der Trinität ein Abbild der Ewigkeit, und alle anderen aus ihm entwickelten Tondauern sind die Momente dieses Abbildes. Die Zeit der Mensuralmusik vollzieht so die Darstellung der aufgehobenen Zeit Gottes.

§ 110

Die Darstellung der Ewigkeit erfolgt im Falle der Mensuralmusik durch die Hinordnung der unvollkommenen Tondauern auf die vollkommene Tondauer, die ein Abbild der wahren Vollkommenheit bildet, als ihrer Vollendung. Die Tondauern ordnen sich dadurch insgesamt zu einer Darstellung aufgehobener Zeit. Musikalische Zeit ist hier synchron: Die unvollkommenen Tondauern sind potentiell in der vollkommenen Tondauer enthalten. Aber die Darstellung der Ewigkeit durch die musikalische Zeit ist nicht auf synchrone Ordnungen beschränkt. Das äußerste Gegenteil einer synchronen Ordnung stellt der Gregorianische Choral dar. Er läßt sich nicht in eine Dauernordnung einzelner Töne bringen, sondern vollzieht sich als Zeitordnung eines Stimmstromes, dessen Einzeltöne von einer genauen Übereinstimmung mit anderen Tondauern unabhängig sind. Daher ist die Gregorianik ausschließlich diachron. Und dennoch beruht ihre Zeitregelung auf demselben Prinzip wie die mensurale Regelung: Auch die Zeit des Gregorianischen Chorals bildet die Ewigkeit ab.

§ 111

Die Abbildung der Ewigkeit im Gregorianischen Choral geschieht durch die Zugehörigkeit seiner Zeitordnung zum liturgischen

---

29 *Thomas von Aquin*, Summa theologiae I, q. 10, a. 2.

Handeln. Deren Eigentümlichkeit besteht darin, daß anstelle notierter Zeitbestimmungen Handlungsanweisungen für die Sänger stehen.[30] Die musikalische Zeit der Gregorianik ist eine Handlungszeit: die Handlungszeit der Liturgie.

Diese Besonderheit ergibt sich daraus, daß der aus dem Psalmengesang herstammende Choral die Darbietung des Wortes vollzieht. Seine Zeitordnung wird daher ganz durch ihre Eigenschaft des Akzentuierens der vorgetragenen Wörter bestimmt. Das melismatische Geflecht von Tönen über der Silbe betont die Silbe; die Tondauern des Melismas und seiner Folge im Stimmstrom werden dementsprechend von der liturgischen Sprechhandlung des Wortvortrages geregelt. Das bedeutet, daß die Zeit des Gregorianischen Chorals eine sprachliche Eigenschaft des Gesanges darstellt. Die gesangliche Sprechhandlung weist als Handlung des Betens und Preisens ihre je eigene Zeit auf, die nicht in eine Tondauernordnung gegossen werden kann, die von der Handlungszeit der Liturgie unabhängig wäre.

Allerdings darf man hieraus nicht schließen, daß es sich bei der Zeitordnung des Gregorianischen Chorals um keine eigens musikalische Zeitordnung handelte. Vielmehr entwickelt sein Stimmstrom eine Möglichkeit, das Wort darzubieten, die nur als Musik besteht. Gerade indem der Choral als Sprechhandlung die Silben durch Melismen und Zirkumflexe betont, entfernt er sich von dem Text und gewinnt seine eigene Form. In Heinrich Besselers Worten: Der Kern des Chorals ist »das vom Wort losgelöste pneumatisierte Melos, das im neuen Tonraum aufquillt und als Fluidum von Koloraturarabesken, Lektionsformeln und Strophenmelodien die Texte überströmt.«[31] Als solche Überströmung des Textes besitzt der Choral musikalischen Eigensinn. Dieser Eigensinn besteht auch in der Zeitordnung der Melismen. Zugleich aber dient die Überströmung des Textes nichts anderem als dessen Darbietung. Der musikalische Eigensinn bestimmt sich daher selbst im Bezug auf die Darbietung des Wortes. Er ist »geistliche«, »pneumatisierte« Musik, weil er seine Gestalt als Moment des vom Heiligen Geist geleiteten Betens und Preisens gewinnt.

Die diachrone Zeitordnung der Gregorianik ist somit die Zeit-

---

30 Dazu *Michael Walter*, op. cit., S. 133 ff.

31 *Heinrich Besseler*, Die Musik des Mittelalters und der Renaissance (= Handbuch der Musikwissenschaft 2), Potsdam-Wildpark 1931, S. 55.

ordnung des Betens und Preisens, deren Vollzug sich als Tondauernordnung niederschlägt. Sie bildet bis in ihre einzelnen Bewegungen eine liturgische Zeitordnung.

§ 112

Als liturgische Zeitordnung bezieht der Gregorianische Choral indessen das musikalische Werden genauso auf die Aufhebung der Zeit, wie es die diachrone Zeitordnung der Mensuralmusik tat. Denn als Teil der irdischen Liturgie bildet er ein Abbild der himmlischen Liturgie, die in der Musik der Engel vollzogen wird.[32]

Die Musik der Engel stellt im mittelalterlichen Denken, anders als die beiden musikalischen Bereiche des Quadriviums, die Sphärenharmonie (*musica mundana*) und die Seelenharmonie (*musica humana*), keinen Klang der Welt dar. Sie übersteigt vielmehr allen irdischen Klang und vollendet die Weltliturgie, in der die Schöpfung den Schöpfer preist, im Himmlischen selbst. Als solche Vollendung bildet sie zugleich das Ziel aller Liturgie der Geschöpfe, zu dem diese hingeordnet ist. An bestimmten Punkten treffen sich daher englische und menschliche Liturgie: Noch heute wird das Sanctus der Messe mit gesenktem Kopf gesungen, weil die Gemeinde hier in das unaufhörliche himmlische Sanctus einstimmt und sich mit ihrer Musik unter die Schar der Engel mischt. Es handelt sich hier um eine Prolepsis der Erhöhung: Das menschliche Beten und Preisen nimmt schon am englischen Beten und Preisen teil, obwohl es seine Vollendung noch nicht erreicht hat, sondern ein menschliches Beten und Preisen bleibt.

Die Liturgie der Menschen bildet in diesem Sinne die irdische Darstellung der Liturgie der Engel. Sie besteht aus den von Paulus geforderten »geistlichen Liedern«[33] (ᾠδαί πνευματικαί) und entfaltet sich dementsprechend als pneumatische Musik. Derart vom Heiligen Geist getragen, vermag sie Handlungen zu vollziehen, die an den englischen Handlungen proleptisch teilhaben und deren irdische Darstellung vornehmen. Die Musik der Engel aber ist ewige Musik. Als himmlische Liturgie hat sie alle Zeit aufgehoben. Die

---

32 Dazu *Reinhold Hammerstein*, Die Musik der Engel. Untersuchungen zur Musikanschauung des Mittelalters, Bern/München 1962, zumal S. 116 ff.

33 Epheser 5, 19; Kolosser 3, 16.

liturgische Handlungszeit des Gregorianischen Chorals ist somit ein Abbild der liturgischen Ewigkeit in seiner liturgischen Handlungszeit.

§ 113

Sowohl die synchrone Zeitordnung der Mensuralmusik als auch die diachrone Zeitordnung der Gregorianik sind Darstellungen der Ewigkeit, weil sie sich letztlich durch dasselbe Prinzip bestimmt sehen: den Heiligen Geist.[34] Die musikalische Zeit bietet das Bild der geistlichen Wirklichkeit dar, indem sie sich auf deren Ziel, die Vollkommenheit Gottes, ausrichtet – sei es durch die Darstellung der wahren Vollkommenheit in der analogen Vollkommenheit der perfekten Tondauer, sei es durch ihre Darstellung in der analogen Liturgie des Menschen. Als Musik, die sich vom Heiligen Geist getragen sieht, gestaltet sie ihre Zeit als Analogie zur Ewigkeit.

Der hier erkennbare Gedanke der Analogie stellt keine äußerliche Zuordnung der musikalischen Zeit zur Ewigkeit dar. Der Gedanke der Analogie sucht die Doppelstruktur des »In-Über« Gottes zu erfassen: Gott ist in seinen Geschöpfen, insofern er dort analoge Darstellungen erfährt, und er ist über seinen Geschöpfen, insofern seine Darstellungen nur analog sind.[35] Die Analogie bezeichnet mithin eine Beziehung gegenseitigen Andersseins zwischen Gott und seiner Schöpfung. Diese Beziehung ist dadurch gekennzeichnet, daß sie die Beziehung, die sie ist, nur dann darstellt, wenn sie in ihr das Anderssein Gottes ausdrückt. Das bedeutet: »Das Positivum ›Beziehung‹ enthüllt sich in seiner Spitze als Negativum ›Anderssein‹. Aber gerade so ist das Negativum ›Anderssein‹ das Zeichen der Erfüllung des Positivum ›Beziehung‹.«[36] Das Positive der Beziehung – das »in« – birgt so das Negative der Entzogenheit – das »über« – in sich.

Aus diesem Grund nimmt die analoge Darstellung der Ewigkeit in der musikalischen Zeit keine äußere Zuordnung dieser zu jener vor. Vielmehr ist die Ewigkeit »in« der musikalischen Zeit, insofern

---

34 Hinweise bei *Ernesto Sergio Mainoldi*, Ars musica. La concezione della musica nel medioevo, Mailand 2001, S. 97 ff.

35 *Erich Przywara S.J.*, Analogia Entis. Metaphysik I. Prinzip, München 1932.

36 Ibidem, S. 95.

diese sie abbildet, und zugleich »über« ihr, insofern sie alle Zeit aufhebt. Die Analogie der musikalischen Zeit zur Ewigkeit, geschehe sie mittels der *perfectio* oder mittels der Liturgie, betrifft sie in ihrer inneren Verfaßtheit.

§ 114

Weil die Analogie das Urbild nicht aus dem Abbild entfernt, gehört die Darstellung der Ewigkeit zu dem Eigensinn der musikalischen Zeit. Die Abbildung der Ewigkeit ist keine außermusikalische Zutat zu der musikalischen Zeitordnung. Sie ist auch keine symbolische Dimension. Vielmehr bestimmt sie die Verfassung der musikalischen Zeit selbst. Indem diese sich als Abbild der Ewigkeit ordnet, bezieht sie den werdenden Klang auf die Aufhebung aller Zeit. Der werdende Klang kann daher nur im Bezug auf diese Aufhebung verstanden werden. Gewiß, man muß nicht an Gott glauben, um die zweite Möglichkeit der musikalischen Zeitordnung zu verstehen. Aber das Wassein des musikalischen Werkes kann, insofern es von der Kategorie der musikalischen Zeit bestimmt ist, nur dann erfaßt werden, wenn es als Darstellung der Ewigkeit begriffen wird. Anders gesagt: Der Sachverhalt, um den es geht, ist kein theologischer Sachverhalt, sondern ein ästhetischer Sachverhalt. Er lautet: Musik hat hier Zeit in sich, indem sie diese als analoge Darstellung der Ewigkeit gestaltet. Wer diese Darstellung – wie immer auch unartikuliert – nicht erfährt, erfährt die musikalische Zeitordnung der entsprechenden Werke nicht.

§ 115

Neben dem Begriff des Werdens und seinem Bezug auf den Begriff der Ewigkeit besteht eine dritte prägende Möglichkeit, die intensive Größe »musikalische Zeit« zu artikulieren. Sie stellt dem werdenden Klang und dem auf die Aufhebung der Zeit bezogenen werdenden Klang die Inversion des werdenden Klanges zur Seite. Weder wird das Werden als letzter Boden genommen, noch wird es aufgehoben. Statt dessen konzentriert sich jeder Klang auf seine Präsenz und sperrt sich so gegen den Bezug des Werdens auf seinen

Beginn und seine Vollendung, die beide mit dem Nichtsein des Klanges verbunden sind. Die Reflexionsstruktur des Werdens erfährt hier ihre Reduktion auf eines ihrer Momente, die Gegenwart, die sich aus ihr löst und jeweils als solche geltend macht. Dadurch kehrt sich das Werden gegen sich selbst: Sein eigenes Moment wehrt sich gegen die Werdensstruktur. Diese dritte Möglichkeit musikalischer Zeitgestaltung leitet vor allem die serielle und nachserielle Musik der jüngeren Musikgeschichte an.

§ 116

Am schlagendsten tritt die dritte Artikulation der musikalischen Zeit in Stockhausens Konzeption der Momentform zutage. Sie erfaßt die Folge seriell komponierter Zeitordnung viel genauer als die Überlegungen, die Stockhausen direkt dem Begriff der Zeit widmet.[37] Diese Überlegungen reduzieren die musikalische Zeit zumeist auf die akustische Zeitordnung von Frequenzen. Der Begriff der Momentform hingegen expliziert die eigentümlich musikalische Zeit serieller Werke.

Unter Momentformen versteht Stockhausen Formen, »die immer schon angefangen haben und sich immer weiter fortsetzen könnten«.[38] Er erläutert:

Es sind in den letzten Jahren musikalische Formen komponiert worden, die von dem Schema der dramatischen finalen Form weit entfernt sind; [...] die vielmehr *sofort* intensiv sind und – ständig gleich gegenwärtig – das Niveau fortgesetzter »Hauptsachen« bis zum Schluß durchzuhalten suchen; bei denen man in jedem Moment ein Minimum oder ein Maximum zu erwarten hat und keine Entwicklungsrichtung aus dem Gegenwärtigen mit Gewißheit voraussagen kann; *die immer schon angefangen haben und unbegrenzt so weiter gehen könnten*; in denen entweder jedes Gegenwärtige zählt oder gar nichts; in denen nicht rastlos ein jedes Jetzt als bloßes Resultat des Voraufgegangenen und als Auftakt zu Kommendem, auf das man hofft, angesehn wird, sondern als ein Persönliches, Selbständiges, Zentriertes, das für sich bestehn kann; Formen, in denen ein Augenblick nicht ein Stück-

---

37 Vor allem *Karlheinz Stockhausen*, ... wie die Zeit vergeht ..., sowie: Die Einheit der musikalischen Zeit, beides in: *ders.*, Texte zur elektronischen und instrumentalen Musik I, Köln 1963, S. 99-139 und S. 211-221.

38 *Karlheinz Stockhausen*, Momentform, in: *ders.*, op. cit., S. 189-210, hier: S. 205.

chen einer Zeitlinie, ein Moment nicht Partikel einer abgemessenen Dauer sein muß, sondern in denen die Konzentration auf das Jetzt – auf jedes Jetzt – gleichsam vertikale Schnitte macht, die eine horizontale Zeitvorstellung quer durchdringen bis in die Zeitlosigkeit, die ich Ewigkeit nenne: eine Ewigkeit, die nicht am Ende der Zeit beginnt, sondern in jedem Moment erreichbar ist. Ich spreche von musikalischen Formen, in denen offenbar kein geringerer Versuch gemacht wird, als den Zeitbegriff – genauer: den Begriff der Dauer – zu sprengen, ja ihn zu überwinden.[39]

Die Zeilen sprechen für sich. Weil in einer Momentform jeder Moment etwas darstellt, das für sich bestehen kann, haben solche Formen »immer schon angefangen« und könnten »unbegrenzt so weiter gehen«.

Für die musikalische Zeit heißt das: Es zählt stets nur die Gegenwart; Beginn und Ende werden gleichgültig. Dadurch wird die Tondauer zugunsten der Tonpräsenz überwunden. Denn das Dauerpotential eines Klanges errichtet sich in dessen Beginn und wird durch den Beginn eines neuen Klanges – oder einer Stille – vollendet. Wenn nun der Klang in seiner Gegenwart für sich genommen wird, dann ergibt der Begriff der Dauer keinen Sinn: Weder der Beginn des Klanges noch die Vollendung seines Dauerpotentials haben im Falle eines »Zentrierten, das für sich bestehen kann«, eine bestimmende Funktion. So entkleidet die Momentform den werdenden Klang seiner Dauer. Die musikalische Zeit der Momentform ist mithin keine Tondauernordnung, sondern die Reduktion des Werdens auf die Gegenwart des Klanges. Das Werden des Klanges aber hatte sich als die Verwirklichung seines Dauerpotentials erwiesen. Wird es nun auf sein Moment der Gegenwart reduziert, dann läuft es seinem eigenen Kern zuwider. Mit andern Worten, indem sich das Werden des Klanges auf sein Moment der Gegenwart reduziert, kehrt es sich gegen sich selbst.

§ 117

Die Verabschiedung der Dauer aus dem Klang betrachtet Stockhausen, wie gesehen, als den Durchbruch der Ewigkeit in der musikalischen Zeit. In Wahrheit jedoch findet in der Momentform

39 Ibidem, S. 198 f.

keine Aufhebung der Zeit in die Ewigkeit statt, sondern eine Zeitregelung, die die Reflexionsstruktur des werdenden Klanges überwindet, um eines ihrer Glieder, die Gegenwart, für sich genommen zur Geltung zu bringen. Denn auch die für sich genommene Gegenwart des Klanges kann nur eine Gegenwart in der Zeit sein. Folglich überwindet die Momentform nicht die musikalische Zeit, sondern bestimmt sie neu. Musikalische Zeit heißt hier nicht die Kontinuität von Dauerpotentialen. Sie meint hier vielmehr die Erschaffung von Gegenwärtigkeiten, die sich in der Kontinuität werdender Klänge gegen das Werden selbst stellen. Statt die musikalische Zeit zu übersteigen, kehrt die Momentform diese gegen sich selbst, indem sie eines ihrer Momente, die Gegenwart, zur alleinigen Geltung erhebt.

§ 118

Die Momentform entstand im Zusammenhang serieller Komposition.[40] Die integrale Reihentechnik des Serialismus fragt nicht mehr danach, wie der Ton funktioniert, sondern danach, wie er »ist«.[41] Denn die Reihe verlegt die Beziehungen zwischen den Tönen, die sie regelt, bereits in den einzelnen Ton hinein, indem sie, die die Regelung von Tonbeziehungen vornimmt, ihn allererst errichtet. Darum kann der einzelne Ton für sich genommen werden: Seine Funktion im Stück verschwindet zugunsten seines Soseins. Wenn der Ton wiederum für sich genommen werden kann, dann ist nur noch seine Gegenwart, nicht aber der vergangene oder der zukünftige Ton, von musikalischer Funktion. Mit andern Worten, die serielle Komposition legt die Konzentration auf das Jetzt nahe, von der Stockhausen spricht. Die integrale Reihentechnik entläßt so am Ende eine Musik, die immer schon angefangen hat und unbegrenzt weitergehen könnte.

Das hier artikulierte Zeitverhältnis reicht jedoch über die Momentform des Serialismus hinaus.[42] Drei sehr ungleiche Beispiele

---

40 Den Zusammenhang von Reihentechnik und musikalischer Form insgesamt erhellt *Konrad Boehmer*, Zur Theorie der offenen Form in der neuen Musik, Darmstadt ²1988, zumal S. 48 ff.

41 *Herbert Eimert*, Grundlagen der musikalischen Reihentechnik, Wien 1964, S. 27.

42 Die hinausweisende Bedeutung der Momentform hat früh erkannt *Heinz-Klaus*

belegen das. John Cages Zufallskompositionen beziehen den einzelnen Klang nicht auf andere Klänge. Denn da jeder Klang auch anders sein könnte, muß jeder Klang für sich genommen werden. Unter dem Gesichtspunkt der musikalischen Zeit bedeutet das: Die Gegenwart des Klanges bricht aus dem Reflexionsverhältnis des Werdens heraus. Folglich kehrt die Zeitordnung der Zufallskompositionen die Kontinuität der musikalischen Zeit gegen sich selbst, indem sie das Moment der Gegenwart des Klanges für sich nimmt. Komplexistische Musik wiederum erschafft Strukturklänge mit so hoher Binnenstruktur, daß der musikalische Klang sich in sich selbst zusammenschließt. Der einzelne Strukturklang behauptet dadurch seine Eigenständigkeit und will in seiner Gegenwart für sich genommen werden. In Ferneyhoughs Worten: Der Zeitpfeil »verbiegt« sich, wenn er den komplexistischen Klang zu durchqueren sucht.[43] Auch hier verdreht sich zeitliche Kontinuität in sich. Klaus Hubers Spätwerk schließlich schichtet verschiedene Zeitordnungen gegeneinander. In deren Gegenläufigkeit gewinnt der musikalische Klang Eigenständigkeit gegen seine Dauer: Er gehört keiner der gegenläufigen Ordnungen an, weil er stets auch in einer anderen begriffen zu werden vermag, und übersteigt die Kontinuität jeder einzelnen Dauernordnung. So macht sich seine Gegenwart gegenüber seiner Dauer geltend. Hubers Streichtrio *Des Dichters Pflug* reflektiert seine Arbeit an den gegenläufigen Schichten der musikalischen Zeit in einer Formulierung Mandelstams: »die Zeit umpflügen«.[44] Musikalische Zeit umzupflügen wendet ihre Kontinuität gegen sich selbst.

So macht sich die Reduktion des werdenden Klanges auf seine Gegenwart in ebenso unterschiedlichen Verfahren geltend, wie es der werdende Klang der klassisch-romantischen Epoche oder die Darstellung der Ewigkeit in der mittelalterlichen Musik tat.

Metzger, Das Altern der jüngsten Musik, sowie: Zur Krise der Figur, beide in: *ders.*, Musik wozu. Literatur zu Noten, Frankfurt am Main 1980, S. 113-128 und S. 129-136, hier: S. 124f. und S. 135f.

43 *Brian Ferneyhough*, The Tactility of Time, in: *ders.*, Collected Writings, Amsterdam 1995, S. 42-50, hier: S. 45.

44 *Klaus Huber*, Nähe und Distanz. Zum Streichtrio *Des Dichters Pflug*, in: *ders.*, Umgepflügte Zeit. Schriften und Gespräche (= Edition MusikTexte 6), Köln 1999, S. 224-234, hier: S. 228.

Hiermit hat sich die intensive Größe der musikalischen Zeit in drei Möglichkeiten ihrer Bestimmung artikuliert. Ihnen zufolge umfaßt das autonome Regelsystem des musikalischen Klanges Regeln zur Zeitgestaltung. Diese Regeln verfassen die intensive Größe der musikalischen Zeit, in deren Kontinuität zeitliche Vergleichungsgrößen der Musik erzeugt werden. Und sie regeln diese Verfassung auf unterschiedliche Weise: als Regelsysteme des werdenden Klanges, als Regelsysteme der Darstellung der Ewigkeit oder als Regelsysteme der Inversion des Werdens. Auf all diese Weisen hat Musik Zeit in sich. Wenn aber Musik Zeit in sich hat, dann entzieht sie sich der Herrschaft der Zeit. Zeit hat nicht sie, vielmehr hat sie Zeit. Zugleich freilich bricht sie nicht aus der Zeit aus. Sie ist ja selber durch und durch Zeit. In Musik findet demnach das statt, was Michael Theunissen als »Umwendung der Zeit« ins Auge faßt.[45] Zeit wendet sich in ihr selbst um, indem ihr Zugriff auf das Seiende durch die Zeitkunst Musik gelöst wird. Musik ist Freiheit von Zeitherrschaft.

---

45 *Michael Theunissen*, Freiheit von der Zeit. Ästhetisches Anschauen als Verweilen, in: *ders.*, Negative Theologie der Zeit, Frankfurt am Main 1991, S. 285-294, und *ders.*, Pindar. Menschlos und Wende der Zeit, München 2000.

Viertes Kapitel
Der musikalische Raum

§ 120

Die Kategorie der musikalischen Zeit hat sich als eine erste Grundbestimmung des autonomen Regelsystems geltend gemacht, das den musikalischen Klang verfaßt. Das System seiner Regeln stellt eines der Zeitgestaltung dar. In solcher Zeitgestaltung errichtet sich der musikalische Klang, und das musikalische Werk steht nicht in der Zeit, sondern hat Zeit in sich. Aus diesem Grund ist die alte Kennzeichnung der Musik als Zeitkunst im Recht: Das musikalische Kunstwerk verfaßt sich als Kunst einer eigenen Zeitordnung.

§ 121

Aber ist die Kategorie der musikalischen Zeit die einzige Grundbestimmung des autonomen Regelsystems musikalischen Klanges? Die Kennzeichnung der Musik als Zeitkunst legt das nahe. Bei weiterem Nachdenken wird eine ausschließliche Ausrichtung auf die musikalische Zeit jedoch zweifelhaft.

Abermals kann Moritz Hauptmanns Musiktheorie das Problem, wenn auch nicht dessen Lösung, vorzeichnen. Hauptmann schreibt:

In zeitlicher Gestaltung kann allerdings Alles und Jedes nur als Folge zur Erscheinung kommen. [...] Wenn der Begriff einer räumlich gedachten Zeitbestimmung nicht zu fassen wäre, so könnten wir überhaupt keine Vorstellung einer Zeitgestaltung haben; da doch immer nur ein Moment des Vorübergehenden wirklich gegenwärtig ist, das mit dem Vorausgegangenen und Nachfolgenden – also mit Etwas, das nicht mehr ist, und mit Etwas, das noch nicht ist – zusammengenommen erst den Begriff des Zeitbildes verwirklichen kann.[1]

---

1 *Moritz Hauptmann*, Die Natur der Harmonik und Metrik. Zur Theorie der Musik, Leipzig 1853, S. 318 f.

Hiernach bedarf die Folge des Zeitlichen einer *räumlichen* Bestimmung, um ein zusammengefaßtes »Zeitbild« zu werden und dadurch die einheitliche Vorstellung der Zeitgestaltung zu ermöglichen. Diese Überlegung darf nicht mit Überlegungen zum inneren Zeitbewußtsein verwechselt werden. Das innere Zeitbewußtsein benötigt keine räumliche Bestimmung, um aus der Folge des Zeitlichen zu dessen Einheit zu gelangen. Es kann Gehalte der Vergangenheit und Gehalte der Zukunft vergegenwärtigen, indem es jene erinnert und diese antizipiert. Wenn hingegen Hauptmann von der Vorstellung der Zeitgestaltung spricht, so behandelt er nicht das innere Zeitbewußtsein, sondern die zeitliche Wirklichkeit objektiver Einzeldinge (Klänge). Und deren Zeitlichkeit bedeutet in der Tat ihr Nacheinander im Zeitverlauf. Um an McTaggarts Unterscheidung von Zeitbestimmungen zu erinnern: Die zeitliche Ordnung objektiver Einzeldinge ist die Ordnung des »früher als« und »später als«, nicht die Ordnung des »Vergangenen«, »Gegenwärtigen« und »Zukünftigen«, die relativ zu einem besonderen Subjekt sind. Diese zeitliche Folgeordnung des Früher und Später stellt, für sich genommen, keine Mittel zur Verfügung, musikalisch Einzelnes zu einer Einheit zusammenzufassen. Sie bleibt die Ordnung ihres Nacheinanders.

Im Fall der Musik nun gilt es nach Hauptmann, das Nacheinander objektiver Einzeldinge aufzuheben. Denn die Gestaltung der Zeit als der Einheit solchen Nacheinanders – ein »Zeitbild« – vermag nur dann erfaßt zu werden, wenn die Einheit des Nacheinanders erfaßt zu werden vermag. Weil aber diese Einheit in der zeitlichen Folgeordnung objektiver Einzeldinge nicht errichtet werden kann, führt sie zu der Konzeption einer »räumlich gedachten Zeitbestimmung«. Die musikalische Zeit wird in der Simultaneität des Raumes begriffen.

§ 122

Der systematische Punkt, den Hauptmanns Überlegung enthält, läßt sich in den folgenden Gedanken übersetzen: Die Kategorie der musikalischen Zeit ist die Kategorie der musikalisch gestalteten Zeit. Die musikalisch gestaltete Zeit ist Zeit, die das musikalische Kunstwerk in sich hat. Um nun eine Zeit, die das Werk in sich hat, denken zu können, muß eine Kategorie entwickelt werden, die das Nacheinander der Zeit als simultane Einheit bestimmt, so daß das Kunstwerk als Ganzes die Gestaltung der Zeit in sich darzustellen vermag. Diese Kategorie kann nicht mehr die Kategorie der musikalischen Zeit sein. Denn die Kategorie der Zeit ist die Kategorie einer Ordnung des Nacheinanders. Die Kategorie einer simultanen Einheit hingegen bestimmt die Ordnung des Beisammenseins. Und die Ordnung des Beisammenseins wird von der Kategorie des Raumes bezeichnet. So impliziert die Kategorie der musikalischen Zeit, die diese als vom Werk beinhaltete Zeit bestimmt, die Kategorie des musikalischen Raumes. Musik ist folglich nicht nur Zeitkunst, sondern auch Raumkunst.

§ 123

Bevor die Kategorie eines solchen Raumes der Musik entwickelt wird, ist noch ein zweites Argument zu berücksichtigen. Die Kategorie des musikalischen Raumes macht sich nicht allein als Implikat der Kategorie der musikalischen Zeit geltend. Sie behebt zudem eine Schwierigkeit in der Kategorie des musikalischen Klanges, die von der Kategorie der musikalischen Zeit außer acht gelassen wird. Diese Schwierigkeit liegt in der vollständigen Bestimmung des musikalischen Klanges beschlossen. Der musikalische Klang ist nicht nur als autonomes Regelsystem bestimmt worden; er sollte sich auch als ein identifizierbares Hörbares erweisen. Nun hat der musikalische Klang unter dem Gesichtspunkt des autonomen Regelsystems eine erste Grundbestimmung durch die Kategorie der musikalischen Zeit erhalten: Seine Regeln enthalten Regeln der Zeitgestaltung. Unter dem Gesichtspunkt seiner Identifizierbarkeit aber blieb er bislang unerläutert. Zwar behandelt die Kategorie der musikalischen Zeit die Ordnung des Nacheinanders stillschweigend als eine Ordnung identifizierbarer Einzeldinge; die Identifizierbarkeit der Einzelklänge legt sie indessen nicht eigens dar. Wie der folgende Gedankengang zeigt, erfolgt diese Darlegung erst durch die Kategorie des musikalischen Raumes.

Worin das Problem der Identifizierbarkeit von Klängen besteht, hat das Gedankenexperiment Strawsons deutlich gemacht, das im Zusammenhang des musikalischen Klanges diskutiert wurde.[2] Es zeigt, daß die Identifizierbarkeit eines Klanges im Rahmen des für sich genommenen Klanglichen in eine Zwangslage führt. Diese Zwangslage beruht darauf, daß in der gewöhnlichen Welt die Wiedererkennbarkeit von objektiven Einzeldingen, die zu deren Identifizierbarkeit gehört, durch ihre Verortung im Raum gewährleistet wird, in einer rein klanglichen Welt aber der gewöhnliche Begriff des Raumes, der auf taktile und visuelle Wahrnehmungen bezogen ist und auf Klänge nur in Übertragung angewandt wird, keinen Grund findet.

Der Kern dieses Gedankens lautete wie folgt. Unter den Bedingungen des für sich genommenen Klanges – in einer nur hörbaren Welt – läßt sich die numerische Verschiedenheit qualitativ gleicher Klänge nur schwer begreifen. Normalerweise kann man qualitativ gleiche Klänge durch ihre Verortung im Raum trennen: Zwei qualitativ gleiche Klänge d-f-a sind dadurch verschieden, daß der eine Klang hier, der andere aber dort erklingt. Da die Bedingungen des für sich genommenen Klanges jedoch den taktilen und visuellen Raum ausschließen, bleibt nur die Ordnung der Zeit übrig. Es gibt kein Hier und Dort mehr, nur ein Früher und Später. Diese Ordnung der Zeit unterscheidet qualitativ gleiche Klänge ausschließlich durch die Zeitpunkte, zu denen sie erklingen. Unter ihrer Bedingung kann man daher qualitativ gleiche Klänge entweder gar nicht voneinander unterscheiden oder nur so, daß zu jedem Zeitpunkt ein anderer Klang erklänge. Im ersten Fall ließen sich qualitative Klänge nicht unterscheiden, im zweiten Fall ließe sich ein Klang nicht wiedererkennen. Da nun die Wiedererkennbarkeit eines Einzeldinges und seine Unterscheidbarkeit von anderen, auch qualitativ gleichen Einzeldingen Bedingungen seiner Identifizierbarkeit darstellen, vermag die Ordnung der Zeit allein die Identifizierbarkeit von Klängen nicht gewährleisten. Unter den Bedingungen des für sich genommenen Klanges wird die Identifizierbarkeit der Klänge problematisch.

2 *Peter F. Strawson*, Individuals. An Essay in Descriptive Metaphysics, London 1959, S. 64 ff.

Die zeitliche Ordnung der objektiven Einzeldinge vermag also keine Verhältnisse einzurichten, in denen sich ein Klang identifizieren ließe. Strawson folgert daraus, daß es in der nur hörbaren Welt zumindest ein Analogon zum Raum geben müsse. Die räumliche Relation – ihr Beisammensein – ermöglicht die Unterschiedenheit von qualitativ gleichen Klängen. Zwei Klänge der Art d-f-a sind unterschieden, weil sie an zwei verschiedenen Orten innerhalb der Ordnung des Beisammenseins erklingen. Ein Analogon zum Raum, das ebenfalls solche Relationen ermöglicht, würde in der nur hörbaren Welt daher die Schwierigkeit lösen, wie Klänge identifizierbar sein könnten.

§ 125

Strawsons Argument hinsichtlich der Identifizierbarkeit von Klängen in einer rein hörbaren Welt ist kein Argument innerhalb einer Ontologie aus ästhetischer Vernunft. Es dient zur begrifflichen Bestimmung dessen, was unser elementares Begriffsschema enthalten muß, um die Identifizierung objektiver Einzeldinge zu ermöglichen. Dennoch betrifft das Argument den musikalischen Klang. Denn auch dieser verlangt, nur für sich genommen zu werden.

Diese Forderung folgt aus der Autonomie des musikalischen Kunstwerkes. Sie legt fest, daß das Werk keinen äußeren Bedingungen unterliegen darf. Die autonomen Bedingungen des musikalischen Kunstwerkes wiederum sind die Bedingungen des musikalischen Klanges. Die Autonomie des musikalischen Kunstwerkes erfordert folglich die Autonomie des musikalischen Klanges. Er darf unter keinen äußeren Bedingungen stehen, wenn es um das musikalische Kunstwerk als musikalisches Kunstwerk geht. Das aber heißt: Um einen musikalischen Klang als identifizierbares Hörbares zu erweisen, ist seine Identifizierbarkeit ohne Rückgriff auf Nicht-Klangliches einzuführen. Darum trifft die Identifizierbarkeit des musikalischen Klanges auf genau das Problem, das Strawsons Gedankenexperiment einer rein hörbaren Welt behandelte: auf das Problem, wie unter den Bedingungen des für sich genommenen Klanges dessen Identifizierbarkeit zu bestimmen sei.

Strawsons Argument läßt sich daher seinem ursprünglichen Zweck entfremden und im Rahmen einer Ontologie aus ästhetischer Vernunft verwenden. Es besagt dann: Solange der autonome musikalische Klang nur unter der Kategorie der Zeit steht, vermag seine Identifizierung nicht begriffen zu werden. Er benötigt vielmehr ein Analogon zum taktil-visuellen Raum, das es ermöglicht, ihn in einen Zusammenhang simultaner Beziehungen zu stellen, in dem er wiedererkennbar und unterscheidbar wird. Dieses Analogon bietet die Kategorie des musikalischen Raumes.

§ 126

Um die Frage der Identifizierbarkeit zu konkretisieren, sei ein Beispiel gegeben. Nehmen wir an, das Thema einer Sonate ende auf einem großen Dreiklang auf C. Nehmen wir weiter an, im Verlauf der Sonate kämen außerhalb des Themas noch eine Reihe anderer großer Dreiklänge auf C vor. Um nun sagen zu können, daß im Falle der Wiederholung des Themas der Dreiklang, mit dem das Thema endet, wiederholt werde, muß dieser Dreiklang wiedererkennbar sein. Das bedeutet, er muß sich von den anderen großen Dreiklängen auf C unterscheiden und darf nicht an einen einzigen Zeitpunkt seines Erklingens gebunden sein. Um dies zu gewährleisten, benötigt man eine Relationenordnung, die nicht die Ordnung der Zeit ist. Ansonsten wären entweder alle großen Dreiklänge auf C identisch, weil qualitativ gleich, oder nicht wiedererkennbar, weil allein durch ihre Zeitpunkte verschieden. Um dieses Problem zu lösen, gilt es eine Ordnung zu denken, die anders als die Zeitordnung simultane Relationen von Klängen gestaltet. Nun kann der große Dreiklang auf C, mit dem das Thema endet, von den anderen großen Dreiklängen auf C dadurch unterschieden werden, daß er in einem Bezug auf andere Klänge steht, der nicht nur der Bezug des Früher und Später ist, sondern auch der Bezug seines Beisammenseins mit ihnen: Er wird zum Klang des als simultane Einheit einzelner Klänge verstandenen Themas, das selber wiederum in der simultanen Einheit der Klänge der gesamten Sonate steht.

Was die Kategorie des musikalischen Raumes zu Bestimmtheit bringt, ist demnach dies: Es gibt eine Ordnung des Beisammenseins von Klängen, die zum einen das Zeit-Haben des musikalischen Werkes erfaßt, indem sie das Nacheinander der Zeit in die simultane Werk-Einheit aufhebt, und die zum andern die Identifizierbarkeit musikalischer Klänge ermöglicht, indem sie diese aufgrund ihrer Verortung im musikalischen Raum wiedererkennbar werden läßt und von anderen musikalischen Klängen unterscheidet. Die Kategorie des musikalischen Raumes erfüllt folglich zwei Aufgaben. Sie expliziert erstens jene Einheit, die das musikalische Werk durch seine Zeitgestaltung errichtet. In dieser Hinsicht artikuliert die Kategorie des musikalischen Raumes ein Implikat der Kategorie der musikalischen Zeit. Und sie verbindet zweitens das autonome Regelsystem des musikalischen Klanges mit dessen Identifizierbarkeit. In dieser Hinsicht artikuliert sie ein Implikat der Kategorie des musikalischen Klanges. Dadurch macht sie sich als die zweite Grundbestimmung des autonomen Regelsystems geltend. Zu den Regeln der Zeitgestaltung treten die Regeln der Raumgestaltung. Da das Sein des musikalischen Kunstwerkes in diesem Regelsystem verfaßt wird, ist die Kategorie des musikalischen Raumes ein musikontologischer Grundbegriff.[3]

§ 128

Um den Regeln der musikalischen Raumgestaltung nachzugehen, ist zunächst eine Abgrenzung notwendig. Musik und Raum in eine Verbindung zu bringen bedeutet meistens, über den Raum nachzudenken, in dem Musik erklingt.[4] Es geht dann um den physischen Raum und seinen Einfluß auf die Gestalt der Musik. Sodann geht es oft auch um den Raum, der im Erklingen der Musik inner-

---

3 *Ernst Kurth*, Musikpsychologie, Bern ²1947, S. 116 ff., reduziert den musikalischen Raum auf die musikalische Raumvorstellung. Seine Beobachtungen sind der Psychologie zu entreißen und in eine Ontologie des Werkes zu überführen.

4 Nur ein Beispiel: *Helga de la Motte-Haber*, Raum-Zeit als musikalische Dimension, in: *Tatjana Böhme* und *Klaus Mehner* (Hrsg.), Zeit und Raum in Musik und bildender Kunst, Köln/Weimar 2000, S. 31-37.

halb des physikalischen Raumes entsteht: um das durch die Raumakustik bestimmte Klangereignis. Und drittens geht es bisweilen um die musikalische Gestaltung des akustischen Raumes durch die kompositorische Bestimmung von Klangort, Klangbewegung und Klangdauer. Kurzum, Musik und Raum in eine Verbindung zu bringen heißt zumeist, der unterschiedlichen Verwicklung von Musik und äußerem Raum nachzugehen.

Die Kategorie des musikalischen Raumes betrifft hingegen keines der genannten Phänomene. Damit sollen sie nicht geringgeschätzt werden. Unbestritten stellt das Verhältnis von Musik und äußerem Raum eine wichtige Bedingung des musikalischen Erklingens dar, und in manchen Kompositionsverfahren kann es in die innere Form der Musik eingehen, von der Mehrchörigkeit in Motetten bis zur Schallwanderung elektronischer Musik. Aber das Verhältnis von Musik und äußerem Raum muß ähnlich begriffen werden wie die musikalische Zeit. Der musikalische Raum ist nicht der Raum, in dem die Musik erklingt. Er ist der Raum, den sie in sich hat. Der Raum, dessen Kunst Musik darstellt, bildet daher ebenso eine intensive Größe wie die musikalische Zeit. Auch der musikalische Raum ist somit etwas, in dem das Werk nicht steht, sondern das es in sich hat, das alle extensiven Größen der Musik erzeugt, und das von der äußeren Räumlichkeit die Entsprechung zu einer von ihm gesetzten Aufgabe fordert.

§ 129

Die Kategorie des musikalischen Raumes hat sich als Implikat der Kategorie der musikalischen Zeit geltend gemacht. Diese ist ohne jene weder als Einheit noch als Kategorie identifizierbarer Größen begreifbar. Die Kategorie des musikalischen Raumes ist aber nicht nur ein Explikat musikontologischer Argumentation. Sie macht sich vielmehr – wie alle musikontologischen Grundbegriffe aus ästhetischer Vernunft – im vorontologischen Verständnis des Werkes geltend. Das tritt an einer Eigentümlichkeit zutage, die vielen Beschreibungen von Musik innewohnt.

Wir sprechen von hohen Tönen und von tiefen Tönen. Wir bemerken, daß Töne steigen und daß Töne fallen. Wir sagen, daß einige Töne liegenbleiben, andere sich über sie erheben und über ihnen schweben. Wir sprechen davon, daß eine Melodie eine Linie zieht oder einen Bogen schlägt. Wir bezeichnen Stimmführungen als parallel. Wir nennen einige Kompositionen flächig, andere punktuell. Wir reden von der engen und der weiten Lage eines Akkordes. Wir sprechen von der Umkehrung des Akkordes. Wir sprechen auch von der Umkehrung von Melodien. Wir sagen, zwei Stimmen würden enggeführt. Und von manchen Harmonien bemerken wir, sie seien weit voneinander entfernt.

All diese Redeweisen verwenden räumliche Ausdrücke: hoch, tief, steigen, fallen, liegenbleiben, schweben, Linie, Bogen, Parallele, Fläche, Punkt, Enge, Weite, Umkehrung, Engführung, Entfernung. Offenbar – so ist zu schließen – erfährt man Musik nicht nur als eine Zeitkunst, sondern auch als eine Raumkunst. Die Räumlichkeit der Musik reicht sogar so weit, daß bereits der Name für eine der elementaren Tonbeziehungen ein räumlicher Ausdruck ist: Intervall. Denn »Intervall« heißt auf deutsch »Zwischenraum«. Diesem Namen zufolge beziehen sich Töne von Anfang an in einem bestimmten Abstand aufeinander. Der Gedanke aufeinander bezogener Töne – kurz, eines Tonsystems – birgt also in seinem Inneren bereits eine räumliche Struktur der Bezogenheit. Es überrascht daher nicht, daß unsere Beschreibung von Musik eine Vielzahl von räumlichen Bestimmungen aufweist. So wie bereits elementare Tonbeziehungen als Beziehungen im Raum erscheinen, so erscheinen auch die komplexen Beziehungen in einem großen Maße als räumliche Beziehungen. Der Zusammenhang, in dem diese Bestimmungen auftreten, ist der musikalische Raum in vorontologischer Verfassung.

§ 130

Obwohl die Beschreibungen von Musik mit räumlichen Bestimmungen durchtränkt sind, steht die musiktheoretische Artikulation des musikalischen Raumes im Schatten der Artikulation musikalischer Zeit. Sie wurde jedoch durch die Entwicklung der Musik des 20. Jahrhunderts wesentlich befördert.[5]

5 Dazu *Joseph Vincent McDermott,* The Articulation of Musical Space in the Twentieth Century, Dissertation University of Pennsylvania 1966, und *Francis Bayer,*

Insbesondere Schönbergs Idee einer zur Bestimmtheit zu bringenden Einheit von Melodik und Harmonik verhalf zu der Explikation des musikalischen Raumes. Sie bildet einen der wichtigsten Fluchtpunkte seiner Musik. In der *Harmonielehre* sieht Schönberg die Bestimmtheit dieser Einheit im Ton selbst – das heißt: im Ton mit seiner Obertonreihe – liegen. »Ist die Skala Nachahmung des Tons in der Horizontalen […], so sind die Akkorde Nachahmung in der Vertikalen […]. Ist die Skala Analyse, so ist der Akkord Synthese des Tons.«[6] Die Einheit von Melodik und Harmonik gründet hier im Ton, dessen Obertonreihe sowohl seine melodische Analyse als auch seine harmonische Synthese beinhaltet. Diese Einheit wird von den späteren Zwölftonreihen auf neue Weise weiter artikuliert. Sofern es sich um ein mehrstimmiges Stück handelt, enthalten die Reihen dessen Melodik und Harmonik: Sie geben die Tonhöhenorganisation der Melodien ebenso wie die der Akkorde vor, lassen sich folglich in jene analysieren und zu diesen synthetisieren. Das aber ist der Kern der Idee des musikalischen Raumes, denn melodische Analyse und akkordische Synthese werden von Schönberg als Horizontale und Vertikale begriffen. Die Zwölftonreihe beinhaltet demnach die Einheit von Horizontaler und Vertikaler – und so den Grundriß des musikalischen Raumes. Über ihn sagt Schönberg dementsprechend:

Die Musik ist eine Kunst, die sich in der Zeit abspielt. Aber die Vorstellung des Kunstwerks […] beim Komponisten ist davon unabhängig, die Zeit wird als Raum gesehen. Beim Niederschreiben wird der Raum in die Zeit umgeklappt. Für den Hörer ist dieser Vorgang umgekehrt: Erst nach dem zeitlichen Ablauf des Werkes übersieht er es als Ganzes, seine Idee, seine Form, seinen Inhalt.[7]

Die Form eines Werkes ist dem zufolge als Raum zu begreifen. Dessen horizontal-vertikale Einheit bewußt zu gestalten, kann als der Kern der Komposition mit zwölf aufeinander bezogenen Tönen verstanden werden.

De Schoenberg à Cage. Essai sur la notion d'espace sonore dans la musique contemporaine, Paris 1987.

6 *Arnold Schönberg*, Harmonielehre, Wien ³1922, S. 26.

7 Mitgeteilt von *Josef Rufer*, Die Komposition mit zwölf Tönen, Kassel ²1966, S. 50. Dessen Abschnitt »Der musikalische Raum« (S. 48-52) systematisiert Schönbergs verstreute, oft mündliche Überlegungen.

Die Zwölftontechnik beruht somit auf dem Begriff des musikalischen Raumes. Indem sie ein Verfahren entwickelt, das die Einheit von Vertikale und Horizontale zu einer neuen Bestimmtheit bringt, hat sie auch die Kategorie des musikalischen Raumes auf neue Weise ins Bewußtsein gebracht.

§ 131

Schönbergs Begriff des musikalischen Raumes ist von denen, die an dem Gedanken der Reihentechnik weiterarbeiteten, zu deutlicherer Fassung gebracht und den neuen Verfahrensweisen angepaßt worden. Es war der Serialismus, der den Begriff des musikalischen Raumes als musiktheoretische Kategorie in das Gedächtnis des 20. Jahrhunderts eingeschrieben hat. Ja, man kann sagen, daß der Serialismus den musikalischen Raum als Thema des musikalischen Denkens allererst exponiert hat.

Die strukturelle Grundfrage seriellen Komponierens lautet: Wie können in der Grundschicht eines Werkes Raumfunktionen und Zeitfunktionen miteinander verknüpft werden?[8] Raumfunktionen der Musik bestehen in der Bestimmung ihrer Tonhöhen; Zeitfunktionen der Musik bestehen in der Bestimmung ihrer Tondauern. Die Grundfrage seriellen Komponierens richtet sich also darauf, wie eine Grundschicht des musikalischen Werkes Tonhöhen und Tondauern zugleich zu bestimmen vermöchte. Die Antwort bestand in der Entwicklung der Tonhöhen-Dauernreihe. In ihr findet das Werk die Bestimmtheit seiner Einheit, weil sie seine Raumfunktionen und seine Zeitfunktionen seriell einander zuordnet. Das bedeutet, daß die musikalische Reihentechnik den Ton als Schnittpunkt von Höhe und Dauer begreift. Sie kann darum seine Bestimmtheit in geometrischer Darstellung erfassen: in einem Gitternetz, dem »Tonraumquadrat«, in das sich die räumliche und zeitliche Lage des Tons eintragen läßt. Der einzelne Ton ist ein Schnittpunkt in diesem Raum.

In solcher Darstellung gelangt der musikalische Raum zur Artikulation. Er umfaßt Raumfunktionen (Tonhöhenbestimmungen)

---

8 *Herbert Eimert,* Grundlagen der musikalischen Reihentechnik, Wien 1964, S. 27. Siehe dort auch S. 15-25: »Der musikalische Raumbegriff«.

und Zeitfunktionen (Tondauernbestimmungen) gleichermaßen, die sich in jenem Gitternetz abbilden lassen. Dieses Tonraumquadrat ist ein kompositionstechnisches Bild des musikalischen Raumes, der die Zeit zur Zeitgestalt vereinheitlicht und die Identifikation des einzelnen Klanges begründet. Es zeigt, wie sich musikalische Zeitgestaltungen als Zeitfunktionen räumlich bestimmen lassen. Die Arbeit an seriellen Techniken war mithin Arbeit am Begriff des musikalischen Raumes. Sie hat den Horizont für die kategoriale Bestimmung neu eröffnet.

§ 132

Die Betonung des musikalischen Raumes gegenüber der musikalischen Zeit, die die Verfahren der Reihentechnik aufweisen, hat dazu geführt, daß der Serialismus als »Zeitentstaltung«[9] geschmäht wurde. Das Vorurteil gegen ihn besteht bis heute, obwohl es vor Werken wie Stockhausens *Gruppen* oder Nonos *Intolleranza* nichts als Kunstfremdheit bezeugt. Die Reihentechnik hat Zeit nicht weniger gestaltet als andere Kompositionsverfahren. Was sie aber in ihr Verfahren hineingenommen hat, ist das Mittel, Zeitgestaltung und Tonhöhengestaltung eigens einander zuzuordnen. Das kann nur mittels einer ausdrücklichen Berücksichtigung der Kategorie geschehen, in der die Einheit der Zeitgestaltung als Einheit bestimmt ist: im musikalischen Raum. Nur daher, aus Fragen des Verfahrens, rührt die serielle Betonung des Raumes; in der Gestalt des Werkes zeigt sie sich nicht.

Deshalb ist auch die vorurteilslose Unterscheidung zwischen einer Musik vor 1950, die das Verhältnis von Zeit und Raum als »Zeit-Raum«, und einer Musik nach 1950, die jenes Verhältnis als »Raum-Zeit« bestimmt hätte, schief.[10] Diese Unterscheidung sieht wesentliche Merkmale der Musik in der zweiten Jahrhunderthälfte in einer Verräumlichung musikalischer Zeit liegen. Was hier indessen als Verräumlichung des Zeitlichen verstanden wird, wird zugleich durch Zeitbestimmungen wie »Stillstand« oder »Unterbrechungen des Zeitflusses« bezeichnet. Das zeigt, daß es sich nicht

9 *Walter Wiora,* Musik als Zeitkunst, in: Die Musikforschung 10 (1957), S. 15–28, hier: S. 28.
10 *McDermott,* op. cit., zumal S. 54 ff.

um den Einbezug von Raumbestimmungen handelt, sondern um eine neue Form der Zeitgestaltung. Nicht also schiebt sich der Raum vor die Zeit – wie sollte das auch denkbar sein? Vielmehr steht Zeit still, und ihr Stillstand kann im verräumlichten Zeitbild abgebildet werden.

Die Betonung des musikalischen Raumes in der Reihentechnik gibt somit die Gestaltung der Zeit nicht auf. Vielmehr expliziert sie den Raum als jene Kategorie, die in der musikalischen Zeitgestaltung impliziert ist: als die Artikulation ihrer Einheit.

§ 133

Die Komposition mit zwölf aufeinander bezogenen Tönen und die musikalische Reihentechnik haben um der Bestimmtheit ihrer Verfahren willen den Begriff des musikalischen Raumes zur Geltung gebracht. Der Begriff selbst ist freilich keineswegs zeitgenössisch. Besonders aufschlußreiche Bestimmungen hat er in der mittelalterlichen Musik erfahren.[11] Und obwohl die Kategorie des musikalischen Raumes ohne die Reihenverfahren nicht zur Geltung gelangt wäre, vermag sie erst im Horizont der mittelalterlichen Bestimmungen wirklich erfaßt zu werden.

Die im 9. Jahrhundert verfaßte *Musica disciplina* des Aurelianus Reomensis erklärt Grundbegriffe der Melodiebildung. Dort heißt es: »*Diastema est vocis spatium, ex duobus vel pluribus sonis aptatum. Diesis est spatia quaedam et deductiones modulandi atque vergentes de uno in altero sono*« – »Ein Diastema ist der Raum der Stimme«, aus zwei oder mehreren Tönen errichtet. Eine Diesis sind gewisse Räume und melodische Herleitungen und Neigungen von einem zu einem anderen Klang.«[12] Hiernach wird der musikalische Raum als der Raum aufgefaßt, den die Töne einer Melodie bilden, sei es als Durchgang von einem Ton zum nächsten (Diesis), sei es als Abstand von einem Ton zu anderen Tönen (Diastema). Er ist der sich verändernde Raum der Töne, der durch deren Neigungen und Verhältnisse im Stimmverlauf gebildet wird. Die Stimmführung von einem Ton zum anderen verändert daher den musikalischen Raum

11 Dazu *Michael Walter,* Grundlagen der Musik des Mittelalters. Schrift – Zeit – Raum, Stuttgart/Weimar 1994, S. 226-303.
12 *Aurelianus Reomensis,* Musica disciplina V.

in ihrer Bewegung. In der *Musica enchiriadis*, die zur gleichen Zeit die frühmittelalterliche Mehrstimmigkeit beschreibt, werden auf ähnliche Weise Melodien nicht im Raum, sondern um einen Raum verschoben.[13] Auch hier wird mithin der Raum von den – nunmehr mehrstimmigen – Melodieführungen gebildet: Jede von ihnen hat einen Raum, kann also auch um einen Raum verschoben werden. Der Raum zwischen ihnen hingegen wird von dem Begriff des musikalischen Raumes nicht erfaßt.

Guido von Arezzos Revolution der musikalischen Notation durch das Liniensystem, die zwei Jahrhunderte später erfolgte, hat diese Konzeption entscheidend verändert. Nunmehr gibt es eine Lage des Tons *im* Raum, die als Linie im Notationsraum abgebildet werden kann. Der so verstandene musikalische Raum wird durch die oberen und unteren Töne begrenzt. Die Mehrstimmigkeit – das Organum – gestaltet sich als Verhältnis der Töne des begründenden *cantus* zu ihren Gegentönen. Die Höhe des Raumes veränderte sich mithin mit der Stimmführung des Organums. Mit der Entwicklung des Neuen Organums um 1100 schließlich, das nicht nur eine Gegenstimme aus einem *cantus* herleitete, sondern zwei gleichberechtigte Stimmen erklingen ließ, wird diese Begrenzung des musikalischen Raumes durch das Organum aufgegeben. Nunmehr ist der musikalische Raum eine vorgegebene Ordnung, innerhalb deren musikalische Vorgänge stattfinden. Die beiden selbständigen Stimmen erklingen in einem Raum, den sie nicht begrenzen, sondern in dem sie sich bewegen.

Die umrissenen Stationen des mittelalterlichen Verständnisses vom musikalischen Raum machen deutlich, daß die Artikulation seines Begriffes den Weg über die musikalische Gestaltung des Raumes nimmt. Diese Gestaltung wurde zunächst an die musikalische Stimmführung selbst gebunden, um dann zuletzt als eine grundlegende Bedingung für musikalische Stimmführung formuliert zu werden. Sie erzeugt räumliche Vergleichungsgrößen, das Diastema und die Diesis, auf unterschiedliche Weise.

---

13 Musica enchiriadis IX.

§134

Die Kompositionsfragen des 20. Jahrhunderts haben den musikalischen Raum als die Einheit reflektiert, in der Raumfunktionen (Tonhöhen) und Zeitfunktionen (Tondauern) der Musik bestimmt sind. Die Musiktheorien des Mittelalters haben den musikalischen Raum als die Ordnung bestimmt, innerhalb deren räumliche Vergleichungsgrößen erzeugt werden. Sie erinnern daran, daß der musikalische Raum selber keine extensive, sondern eine intensive Größe darstellt, deren Kontinuität die räumlichen Vergleichungsgrößen der Musik erst erzeugt. Beide Einsichten zusammen bestimmen den Begriff des musikalischen Raumes. Er ist die simultane Einheit der Tonbestimmungen, innerhalb deren musikalische Klänge identifiziert werden können, und er erzeugt als diese Einheit die extensiven Größen, die er ordnet. Auf diese Weise bildet er den Raum, in dem das musikalische Kunstwerk nicht steht, sondern den es in sich hat.

§135

Der Raum als solcher ist – in der klassischen Formulierung von Leibniz – die »Ordnung des Beisammenseins«.[14] Das gilt auch für den musikalischen Raum. Der musikalische Raum ist die Ordnung des Beisammenseins musikalischer Klänge. Er stellt somit ein Beziehungsgefüge des musikalischen Klanges dar, das sich vom Beziehungsgefüge der Zeit dadurch unterscheidet, daß es das Beisammensein zeitlich getrennter Größen betrifft. Als solche Ordnung des Beisammenseins zeitlich getrennter Größen bestimmt er die Gestaltung der musikalischen Zeit als Einheit. Zugleich gewährt er, in Analogie zum außermusikalischen Raum, die Identifizierbarkeit des einzelnen Klanges. Zusammengefaßt gesagt: Der musikalische Raum ist die intensive Ordnung des Beisammenseins musikalischer Klänge, die als deren simultanes Beziehungsgeflecht die Identität des einzelnen der Musik ermöglicht und räumliche Vergleichungsgrößen erzeugt.

---

14 *Gottfried Wilhelm Leibniz*, Dritter Brief an Clarke §4. – Eine erste Fassung der folgenden Überlegungen erschien in: *Ulrich Tadday* (Hrsg.), Musikphilosophie, München 2007, S. 50-69.

Daraus ergibt sich zum einen, daß Musik nicht nur im Raum erklingt, sondern auch eine eigene Art von Raum in sich gestaltet. Es ergibt sich aber auch zum andern, daß der musikalische Raum in seiner Bestimmtheit auf den außermusikalischen Raum bezogen bleibt. Er bildet eine Analogie zu ihm: Der Raum, der in Musik erklingt, wird durch Begriffe bestimmt, die der Beschreibung des Raumes, in dem sie erklingt, entstammen. Das heißt nicht, daß der musikalische Raum nur eine Ableitung aus dem außermusikalischen Raum ohne eigene Gültigkeit wäre. Er stellt ja die Bedingung für die Identifizierung einzelner Klänge dar und ist insofern mehr als eine bloße Metapher. Der musikalische Raum bildet kein Derivat des außermusikalischen Raumes. Er ist ein Raum *sui generis* mit einer eigenen Wirklichkeit: der Wirklichkeit des musikalischen Kunstwerkes. Die analoge Rede, in der der musikalische Raum bestimmt wird, nimmt somit dessen Geltung nicht zurück. Sie stellt vielmehr die Zugangsweise zu einer musikalischen Wirklichkeit dar, die anders nicht zu beschreiben ist.

§ 137

Es gilt nun zu überlegen, wie sich diese Wirklichkeit in ihren Grundzügen gestaltet. Das heißt, es sind die einzelnen Dimensionen des musikalischen Raumes darzulegen. Da dieser in Analogie zum außermusikalischen Raum begriffen wird, sind die Dimensionen des außermusikalischen Raumes auf analoge Weise auch im musikalischen Raum aufzufinden. Tatsächlich verwenden räumliche Beschreibungen von Klängen alle drei Dimensionen des außermusikalischen Raumes auch im Blick auf die Musik: Breite, Höhe und Tiefe. So sprechen wir von Linien und Bögen (Breite), von hohen Tönen und tiefen Tönen (Höhe) und von nahen oder entfernten Klängen (Tiefe). Es gilt demnach die Breite, die Höhe und die Tiefe des musikalischen Raumes zu bestimmen. Darüber hinaus ist zu erwägen, in welcher Hinsicht sich die Diagonale des musikalischen Raumes geltend macht. Abschließend soll seine Dichte reflektiert werden.

Die Breite des musikalischen Raumes ist dessen Horizontale. Sie ordnet das Beisammensein der Klänge zu deren Nebeneinander. Die musikalischen Figuren, die sich in dem Nebeneinander von Klängen bilden, finden in der Breite des musikalischen Raumes daher eine wesentliche Bedingung.

Als Dimension des Nebeneinanders bildet die Horizontale die Naht, an der sich der musikalische Raum unmittelbar mit der musikalischen Zeit berührt. Denn die musikalische Zeitfolge zeigt sich dann, wenn sie in die Simultaneität des Raumes aufgehoben wird, als das Nebeneinander der Klänge. Aus diesem Grunde gestaltet sich die Horizontale des musikalischen Raumes zu weiten Teilen in der Form der Zeitverhältnisse, nunmehr abgebildet in ihrem Beisammensein. Das heißt, die zeitlichen Phasen werden zu Momenten der Simultaneität; ihr Rhythmus, die Ordnung nacheinander bestehender Zeiteinheiten, wird zu der Struktur nebeneinander bestehender Größen; das Werden und Vergehen der Klänge wird zu der Anordnung des Koexistenten.

Die Form solcher Anordnung läßt sich daher größtenteils auf die Ordnung der musikalischen Zeit zurückführen. Diese erzeugt in ihrer räumlichen Abbildung die Breite des Raumes. Die Bestimmtheit der räumlichen Horizontale ist so ein Derivat der Bestimmtheit musikalischer Zeit.

§ 139

Als erste Folge dieser Grundbestimmung des Nebeneinanders von Klängen bildet die Horizontale des musikalischen Raumes dessen Gerichtetheit ab. Auch diese Hinsicht entspringt der Naht des musikalischen Raumes zur musikalischen Zeit. Die Grenzen seiner Breite entsprechen dem zeitlichen Beginn und Ende eines Musikstückes sowie dem gerichteten Verlauf der Musik von dem einen zu dem anderen.

Der zeitliche Beginn und das zeitliche Ende werden in der Breite des Raumes zu dessen linker und rechter Begrenzung. (Das ist eine konventionelle Festlegung, die auch andersherum gemacht werden könnte. Man kann das Folgende daher ebensogut auf eine Horizontale, die von rechts nach links verläuft, übertragen.) Doch die linke und die rechte Begrenzung der Horizontalen sind nicht von gleicher Bedeutung. Die rechte Begrenzung besitzt, als Abbildung des zeitlichen Endes im Raum, ein stärkeres Gewicht. Denn sie bildet das ab, worauf die Zeit des Stückes hinausläuft. Das besagt, daß der musikalische Raum im Blick auf die rechte Grenze der Horizontalen gewichtet ist. Diese Gewichtung bildet seine Richtung. Der musikalische Raum ist auf die rechte Begrenzung seiner Horizontalen gerichtet, so wie die musikalische Zeit auf ihr Ende hinausläuft, das sie irgendwann erreicht haben wird.

Die Verwandlung der musikalischen Zeit in den musikalischen Raum erzeugt also eine erste besondere räumliche Bestimmung, indem sie den Zeitverlauf in die Raumrichtung verwandelt. Hinter diese Richtung läßt sich nicht zurückgehen, weil sie die Übersetzung des Endes eines Musikstückes darstellt, das sich ebenfalls nicht – oder nur virtuell – hintergehen läßt.

§ 140

Die Richtung des musikalischen Raumes darf nicht mit dessen Perspektive verwechselt werden. Zwar bildet die Perspektive des musikalischen Raumes eine der wichtigen Gestaltungsmöglichkeiten seiner Horizontale; aber die horizontale Richtung vermag sich ebensogut auch anders als in der Form einer Perspektive zu gestalten.

Ein gutes Beispiel für eine perspektivfreie Richtung des musikalischen Raumes ist der »Stimmstrom«[15] der Gregorianik. Der Stimmstrom eines Gregorianischen Chorals bildet einen Zusammenhang, der stets Neues bringt. Sein stetig Neues entspricht der Prosa des göttlichen Wortes und erhält von dorther seine Gestalt, indem jeder Silbe der Schrift zwei, drei oder mehr Töne zugeordnet sind. Das Auf und Ab des Gregorianischen Chorals ist in dieser Prosamelodik begründet. Daher hat er eine Richtung, nämlich auf den Schlußton (*finalis*), zu dem er hinströmt, und gestaltet sich dennoch nicht in dem Blick auf den Schlußton. Das heißt, das Geschehen des Stimmstromes empfängt seine Bestimmung nicht da-

15 *Heinrich Besseler*, Singstil und Instrumentalstil in der europäischen Musik, in: *ders.*, Aufsätze zur Musikästhetik und Musikgeschichte, Leipzig 1978, S. 82 ff.

durch, daß wir auf einen ausgezeichneten Punkt durch es hindurch blicken (*perspicere*), sondern dadurch, daß es melismatisch Silbe für Silbe ausmalt und in solchen Melismen ineinander übergeht. Es bleibt gerichtet, insofern es in der *finalis* seinen Ruhepunkt findet, verzichtet aber auf eine Perspektive.

Das Nebeneinander der Klänge erfährt auf diese Weise seine Ordnung in einer perspektivfreien Richtung. Die Horizontale des musikalischen Raumes ordnet die Klänge in einer Richtung von links nach rechts und bestimmt sie zugleich so, daß sie ihre Gestalt nicht aus dem Durchblick auf die rechte Begrenzung erlangen. Sie strömen dorthin, ohne die Wendungen des Stromes an sich zu binden.

§ 141

Zur Perspektive wird die Richtung der Horizontalen hingegen dann, wenn der Blick auf die rechte Grenze des Raumes das Nebeneinander der Klänge durchgängig bestimmt. Das Nebeneinander der Klänge erweist sich dann nicht nur als nach rechts gerichtet; es wird vielmehr an jeder Ordnungsstelle auf die rechte Grenze bezogen. Kurz, das Nebeneinander der Klänge perspektivisch zu ordnen bedeutet, es stets im Zuge der horizontalen Richtung zu bestimmen.

Die perspektivische Gerichtetheit der Raumbreite tritt besonders spürbar in zielgerichteten Formen zutage. Ein Beispiel bildet die Sonate. Hier ist das Nebeneinander der Klänge auf einen Fluchtpunkt – die Vollendung der Reprise – ausgerichtet, der von der Form erarbeitet wird. Es begründet sich zwar nicht ausschließlich aus der Perspektive auf den Fluchtpunkt, da es ebensosehr rückwärts an die exponierten Themen gebunden bleibt; aber seine rückwärtige Bindung wird selber eingebaut in eine gänzlich auf das Ziel ausgerichtete Form, innerhalb deren sie ihre Funktion erlangt. Die Perspektive der Horizontalen macht sich dadurch auch in den Momenten geltend, die nur vermittelt auf sie bezogen werden.

Zielgerichtete Formen gestalten mithin die horizontale Gerichtetheit des musikalischen Raumes zu einer Perspektive. In ihnen wird das Nebeneinander der Klänge im Blick durch diese hindurch auf einen Fluchtpunkt geordnet.

Vor allen besonderen Formen wird die Perspektive der Horizontalen besonders tiefgreifend von der tonalen Harmonik festgelegt. Denn der Grundton einer Tonart ist die Perspektive, auf die die Breite des musikalischen Raumes im Rahmen der Tonalität hinausläuft, und das Nebeneinander der Klänge bleibt hier allerorten im Durchblick durch alles Geschehen hindurch auf den Grundton bestimmt.

Die Gerichtetheit des musikalischen Raumes gelangt so sehr fühlbar zum Ausdruck. Da unter der Maßgabe der Tonalität ein jedes musikalisches Ereignis durch seine harmonische Funktion im Blick auf die Grundtonart bestimmt ist, ist die Richtung des musikalischen Raumes auf seine rechte Begrenzung, die in der endgültigen Bestätigung der Grundtonart erfolgt, stets bemerkbar. Von dieser Ausrichtung vermag sich das tonale Nebeneinander der Klänge niemals zu lösen. Strömt der Stimmstrom des Gregorianischen Chorals seinem Schlußton entgegen, ohne seine Gestaltung fortwährend im Blick auf sein Ziel begründen zu können, so begründet sich im Rahmen der Tonalität das Nebeneinander der Klänge immer auch in der Perspektive des Grundtons. Die perspektivische Richtung des musikalischen Raumes ist hier durchgreifender als die perspektivfreie.

Die tonale Harmonik birgt demnach eine starke räumliche Bestimmung in sich. Sie formt den musikalischen Raum mit Hilfe der Perspektive. Ihre Bedeutung für die europäische Musik besitzt deshalb auch großes Gewicht für die Form des musikalischen Raumes. Tonal bestimmt, wird er in seiner Breite durch die Perspektive geprägt.

§ 143

Die Richtung des musikalischen Raumes kann sich indessen ebenfalls in Form einer Multiperspektive gestalten. Das geschieht vor allem in polytonaler Musik. Nach dem Gesagten wirkt die Tonalität in räumlicher Hinsicht perspektivisch. Polytonale Stücke führen demnach mehrere Perspektiven ein. Der musikalische Raum wird in ihnen auf mehrere Punkte hin ausgerichtet.

Es ist wichtig zu beachten, daß die Multiperspektive des musikalischen Raumes weiterhin auf seiner Horizontalen stattfindet. Würden die Perspektiven, die den Tonarten eines polytonalen Stückes entsprechen, eine andere Dimension neben der Breite des Raumes einführen, auf der sie sich dann anordnen ließen, dann wäre die Multiperspektive in die Vielheit je einer Perspektive aufgeteilt. Man hätte nicht in einer Hinsicht mehrere Perspektiven, sondern in mehreren Hinsichten jeweils eine Perspektive. Doch der Kern eines polytonalen Stückes besteht gerade darin, den Gedanken nur einer Tonart – und also den Gedanken einer gesonderten Perspektive – zu verabschieden. Die Perspektiven der verschiedenen Tonarten verteilen sich daher nicht nebeneinander. Sie beanspruchen vielmehr, Bestimmungen der gleichen Dimension darzustellen, und erlangen daraus ihre gegenstrebige Spannung.

Die Multiperspektive des musikalischen Raumes muß somit als eine Bestimmung seiner horizontalen Richtung begriffen werden. Die Breite des Raumes ist unter der Bedingung mehrerer Fluchtpunkte zu begreifen, die in gleicher Gewichtung den Raum gegenzügig ordnen. In solcher Multiperspektive erfährt das Nebeneinander der Klänge einander entgegengesetzte Ausrichtungen.

§ 144

Schließlich kann sich aber auch die horizontale Gerichtetheit des musikalischen Raumes selber in den Arm fallen. Das geschieht dann, wenn das Nebeneinander der Klänge weder in einer perspektivfreien, noch in einer perspektivischen, noch in einer multiperspektivischen Richtung erfolgt, sondern sich als austauschbar darstellt. Denn sofern die Momente des Stückes – seien sie einzelne Klänge oder Formteile – so gestaltet sind, daß sie auf mehrere oder gar auf beliebige Weise nebeneinander stehen können, besitzt die Ordnung ihres Nebeneinanders in einem gewissen Sinne keine Richtung mehr. Zwar bleibt sie noch insofern auf die rechte Begrenzung der Horizontalen gerichtet, als sie dort ihr Ende findet; aber ihre Ausrichtung ist in sich richtungslos, da sie das Nebeneinander in beliebiger Anordnung bestimmt.

Es sind die Werke mit offener Form, die darin bestehen, daß die Breite des musikalischen Raumes ihre Gerichtetheit zurücknimmt.

Sie ordnen das Nebeneinander der Klänge so an, daß es – meist in einem gewissen Rahmen – in beliebiger Ordnung aufzutreten vermag.[16] Die Werke mit offener Form machen daher die Breite des musikalischen Raumes richtungslos – und gewinnen in dieser besonderen Form der Raumgestaltung ihren Sinn. Die Gerichtetheit als solche schaffen sie freilich nicht ab. Denn auch die offene Form weist mit ihrem in den Raum aufgehobenen zeitlichen Ende eine Gewichtung auf. Ihr Eigenes besteht vielmehr darin, die horizontale Richtung so zu gestalten, daß sie im Zuge ihrer Gerichtetheit die Richtungslosigkeit der Momente abbildet. Serialismus und Zufallskompositionen trafen sich in dem Bemühen, solche Werke mit offener Form zu erschaffen.

Die Gestaltung des musikalischen Raumes, die auf dessen horizontale Richtung verzichtet, kann mit dem kunstgeschichtlichen Begriff der »Aspektive«[17] bezeichnet werden. Das Nebeneinander der Klänge ist nunmehr in Momenten angeordnet, die zueinander erblickt werden (*adspicere*). Der musikalische Klang ist mithin nicht dadurch bestimmt, daß er zu einem Schlußpunkt hinströmt oder daß man durch ihn hindurch auf einen Fluchtpunkt blickt. Er erlangt seine Bestimmung vielmehr dadurch, daß er in einem richtungslosen Beieinander neben anderen Klängen steht. So bilden die Klänge verschiedene Aspekte ihrer Einheit, die in beliebiger Anordnung auftreten können. Die Richtung des musikalischen Raumes vermag hierin ihre eigene Richtungslosigkeit aufzunehmen.

§ 145

Fassen wir zusammen: Die Breite des musikalischen Raumes ordnet das Beisammensein der Klänge zu deren Nebeneinander. Die Ordnung des Nebeneinanders wiederum kann perspektivfrei, perspektivisch, multiperspektivisch oder aspektivisch gestaltet werden. Kernbestimmung bleibt dabei die Gerichtetheit des Raumes, die selbst in der Aspektive nicht verlassen wird.

---

16 *Konrad Boehmer*, Zur Theorie der offenen Form in der neuen Musik, Köln ²1985, zumal S. 71 ff.
17 *Emma Brunner-Traut*, Frühformen des Erkennens. Aspektive im alten Ägypten, Darmstadt 1996.

Die umrissenen Bestimmungen der Horizontalen stehen nicht fest nebeneinander. Ihr Verhältnis ist vielmehr insofern dynamisch, als die Horizontale ihre Richtung auf vielfältige Weise zugleich aufzuweisen vermag.

So kann eine perspektivische Raumbreite perspektivfreie oder auch aspektivische Momente besitzen. Schuberts Sonaten etwa sind perspektivisch, weil tonal, zeigen in ihrer thematischen Arbeit aber oftmals auch eine aspektivische Ordnung; das Nebeneinander der Klänge will in manchen Partien in einer Zuordnung aufeinander erblickt werden und nicht auf einen Fluchtpunkt hin. Ebenso vermag die Aspektive des Raumes perspektivisch geordnete Momente in sich aufzunehmen, wenn die Formteile einer offenen Form eine Binnenausrichtung auf einen Fluchtpunkt hin besitzen. Und eine schwebende Tonalität weist gleichermaßen eine Perspektive auf, innerhalb deren sie schwebt, wie eine Multiperspektive, durch die sie in die Schwebe kommt; das Nebeneinander der Klänge ist hier zwischen Perspektive und Multiperspektive eingespannt.

Die Gestaltung der horizontalen Gerichtetheit vollzieht sich oftmals in solcher Dynamik ihrer Bestimmungen. Sie gewinnt dann aus deren Gegenstrebigkeit ihre eigentümliche Gestalt: eine Gestalt, die nicht weniger prägnant zu sein vermag als ihre eindeutige Ordnung. Solche Gegenstrebigkeit baut jedoch immer auf der horizontalen Gerichtetheit des Raumes auf.

Die zweite Dimension des musikalischen Raumes ist die Dimension der Höhe.[18] Die Höhe – oder die Vertikale – des musikalischen Raumes ordnet das Beisammensein der Klänge zu deren Übereinander.

Grundkriterien dieser Ordnung sind der Unterschied zwischen »hoch« und »tief«, der Begriff des Intervalls und der aus diesen bei-

---

18 Dazu *Marie Elisabeth Duchez,* La réprésentation spatio-verticale du caractère musical grave-aigu et l'élaboration de la notion de hauteur de son dans la conscience musicale occidentale, in: Acta musicologica 51 (1979), S. 54-73.

den gebildete Begriff der Leiter.[19] Hohe und tiefe Klänge erzeugen als solche die Vertikale des musikalischen Raumes. Intervalle zwischen den einzelnen Tönen erzeugen sodann die innere Ordnung der Vertikalen. In dieser Ordnung wiederum wird die Wiederkehr von Tonverhältnissen in höherer oder tieferer Lage dadurch angezeigt, daß ein besonderes Intervall – in der diatonischen Skala das Intervall der Oktave[20] – die Vertikale des musikalischen Raums in Abschnitte einteilt, die sich in anderer Höhenbestimmung wiederholen. Das ermöglicht die Konstruktion einer Tonleiter, als deren sich wiederholender Lauf durch verschiedene Lagen sich die Vertikale des musikalischen Raumes errichtet.

Es lassen sich auch andere Ordnungen des Übereinanders musikalischer Klänge denken als die Tonleiter. Aber solche Ordnungen müssen wie diese eine kontinuierliche Vertikalität des musikalischen Raumes mit deren diskontinuierlicher Gestaltung verbinden, sofern sie die Transposition musikalischer Größen im Raum bei Bewahrung gewisser bestimmender Eigenschaften gewähren sollen.

§ 148

Das auf diese Weise grundgelegte Übereinander der Klänge macht sich in zwei Hinsichten geltend: in der Diastematik und in der Akkordik. Die Hinsichten hängen von dem Bezug der Vertikalen auf die Horizontale ab. Werden die Ordnungsstellen der Horizontalen jeweils für sich in ihrem Übereinander bestimmt, so wird die Bildung der Akkorde betroffen. Werden hingegen zwei oder mehrere Ordnungsstellen der Horizontalen im Bezug aufeinander in ihrem Übereinander bestimmt, so wird die Höhenstruktur nebeneinander stehender Töne betroffen. Beide Hinsichten gehen ineinander über. Die Diastematik kann als auseinandergezogene Akkordik auftreten, und die Akkordik steht dann, wenn sie die einzelnen Akkorde in eine Verbindung bringt, unter dem Einfluß der Diastematik. Und in beiden Fällen ist die Tonbeziehung durch das Intervall geprägt. Dennoch stellen sie zwei Hinsichten des Übereinanders der Klänge dar, die sich voneinander scheiden lassen.

19 *Giovanni Piana,* Filosofia della musica (= Saggi 25), Mailand 1990, S.189.
20 *August Halm,* Das Wunder der Oktav, in: *ders.,* Von Grenzen und Ländern der Musik, München 1916, S.136-146.

Das Übereinander der Klänge erhebt sich auf der horizontalen Gerichtetheit des Raumes. Seine Ordnung kann daher auch durch
die Horizontale des Raumes bestimmt werden, etwa sofern deren
Perspektive auf einen Grundton Akkordik und Diastematik regelt.
Und andererseits vermag das Übereinander der Klänge auch wiederum die horizontale Perspektive zu bestimmen, etwa wenn die
Hierarchie der Intervalle die Tonart und damit den Fluchtpunkt
des Raumes allererst festlegt. So bleiben das Übereinander und das
Nebeneinander der Klänge in ihrer Ordnung meist aufeinander
bezogen.

§ 150

Die Höhe des musikalischen Raumes ist wie seine Breite von Regeln der Harmonik bestimmt. So verlangt die tonale Harmonik
nach gewissen diastematischen und akkordischen Beziehungen.
Die Vertikale des Raumes bildet mit ihren Intervallen und Leitern
die Koordinate solcher Beziehungen. Sie kann aber auch als Koordinate selbst hervortreten und sich auf eigentümliche Weise vor
diese Beziehungen schieben. Die Vertikale koordiniert dann nicht
nur harmonische Forderungen; ihre Ordnung begründet selber
harmonische Forderungen.

So weist die Musik des 20. Jahrhunderts, meist aus dessen erster Hälfte, intervalltreue Sequenzen auf.[21] Es handelt sich hierbei
um Sequenzen, die die Intervalle der sequenzierten Figur nicht
den Forderungen tonaler Harmonik anpassen, sondern auch dann
beibehalten, wenn sie diesen Forderungen zuwiderlaufen. Solche
Sequenzen sind reale, nicht tonale Sequenzen, die die Binneninter-
valle der Figuren beibehalten, ganz gleich, ob das Intervall leiterei-
gen ist oder nicht. Eine derartige Gestaltung, die in kühner Form
bereits bei Liszt zu bemerken ist, gehorcht dem Distanzprinzip:
Sie gliedert den musikalischen Raum nicht nach tonalen Gesichtspunkten, sondern in gleiche oder periodisch abwechselnde Distan-

---

21 *Hermann Erpf,* Studien zur Harmonie- und Klangtechnik der neuen Musik,
Leipzig 1927, S. 77.

zen.[22] Auf diese Weise entstehen distanzielle Strukturen. Hier hat sich die Vertikale des musikalischen Raumes mit ihren Intervallen und Skalen nicht nur als Koordinate harmonischer Bestimmtheit gesetzt, sondern als diese Bestimmtheit selber. Ähnlich verhält es sich mit dem Prinzip, Tonhöhen aufgrund einer Inversionssymmetrie um eine Achsennote zu ordnen. Dieses Prinzip arbeitet mit einer Symmetrieachse, um die herum eine Tonmenge eine Gestalt und deren Spiegelbild zu formen vermag. Die tonale Bestimmung der Tonhöhenordnung muß so einer rein distanziellen Tonhöhenordnung weichen. Die Harmonik von Wagners *Tristan* ist durch eine solche Inversionssymmetrie bestimmt, und die Zwölftontechnik hat das vertieft.[23]

In der Hauptsache bildet die Vertikalordnung des musikalischen Raumes eine Dimension, innerhalb deren harmonische Forderungen sich verwirklichen, die nicht aus jener Ordnung hergeleitet werden. Wenn sie aber selber zum Bezugspunkt der Harmonik genommen wird, dann erzeugt die Dimension, innerhalb deren die Harmonie sich verwirklicht, selber harmonische Regeln.

§ 151

Als eigentlich *räumliche* Bestimmung der Vertikalen am wichtigsten ist das Paar von Enge und Weite. Enge und Weite prägen die Höhe des musikalischen Raumes. Beide Hinsichten der Vertikalen – Diastematik und Akkordik – werden durch sie geformt.

In der Diastematik zeigt sich die Enge und Weite der Vertikalen als Enge und Weite des Ambitus und der einzelnen Schritte. Der enge Ambitus vermag sich zu weiten wie der weite Ambitus sich zu verengen; Schritte können als weite oder enge gegangen werden. Das Übereinander der Klänge ergibt sich hier im Blick auf die Simultaneität einerseits des Stimmumfanges und andererseits des Tonschrittes. Jedesmal findet eine Raumgestaltung statt. Fallen,

22 Dazu *Thomas Hitzlberger*, Zwischen Tonalität und Rationalität. Anmerkungen zur Sequenz- und Figurationstechnik Liszts, in: *Zsolt Gárdonyi* und *Siegfried Mauser* (Hrsg.), Virtuosität und Avantgarde. Untersuchungen zum Klavierwerk Franz Liszts, Mainz 1988, S. 32-59.

23 *Milton Babbitt*, Responses, in: Perspectives of New Music 14 (1976), S. 21 f. Ferner *George Perle*, Twelve Tone Tonality, Berkeley und Los Angeles 1996, S. 3 ff.

Steigen, Bögen schlagen: all das gehört in diesen Zusammenhang der engen und weiten Diastematik. In der Akkordik wiederum zeigt sich die Enge und Weite der Vertikale in dem Abstand der höchsten und der tiefsten Stimme. Hier ist das Übereinander der Klänge auch punktuell gestaltet, so daß schon an der isolierten Ordnungsstelle eine Raumgestaltung sichtbar wird.

Die so bestimmte vertikale Ordnung kann ineinander verschoben werden. Dann verwickeln sich die Raumgestaltung, die in dem Ambitus und den Schritten einer Einzelstimme geschieht, und die Raumgestaltung, die durch das Zusammenklingen mehrerer Stimmen vollzogen wird, ineinander; oder der Abstand zwischen zwei Stimmen schiebt sich in den Abstand zwischen anderen Stimmen hinein. In solchen Fällen werden Enge und Weite der Vertikalen auf verschiedenen Ebenen zugleich gestaltet.

§ 152

Im Blick auf Enge und Weite fallen drei Ordnungsmöglichkeiten auf. Erstens kann sich das Paar von Enge und Weite der Raumhöhe in gegensätzlichen Formteilen gestalten. Die Formteile verfügen dann jeweils über eine andere Grundbestimmung der Vertikalen, und der Kontrast der Bestimmungen macht dann eine der Eigenarten der Form aus. Sie steht im Zeichen kontrastierender Raumhöhen. So bedeutet der Wechsel von Soli und Tutti einen Wechsel von enger und weiter Vertikale. Die Tuttipartien besitzen dadurch, daß die Raumhöhe in ihnen durch Baß und Oberstimme gestaltet wird, eine wesentlich weitere Höhe als die Solopartien, deren Raumgestaltung durch den – normalerweise – beschränkteren Ambitus der Einzelstimme erfolgt. Wenn ein Stück durch derartige Formteile mit klar geschiedener Enge und Weite geprägt wird, erfährt die Höhe des musikalischen Raumes ihre Ordnung im Kontrast der Grundbestimmungen.

Zweitens können die Enge und die Weite der Raumhöhe, statt als Gegensätze gestaltet zu werden, ineinander übergehen. Ihr Übergang kann selber wiederum auf zwei Wegen erfolgen.

Der erste Weg besteht darin, daß sich ein enger Raum in seiner Höhe erweitert. Solche Erweiterung kann unmerklich geschehen; sie kann sich mit einer gewissen Leichtigkeit vollziehen, wenn sich ein enger Ambitus entspannend weitet; sie kann auch mit Massivität auftreten, zum Beispiel dann, wenn sich der musikalische Raum nach und nach in seiner ganzen geschlossenen Höhe aufbaut. In all diesen Fällen wird eine enge Vertikale im Zuge der Horizontalen immer weiter. Wir können dieses Anwachsen der Vertikalen die Ausdehnung des musikalischen Raumes nennen.

Eindrücklich gestaltet eine solche Ausdehnung das Exordium der *Matthäuspassion* Johann Sebastian Bachs. Es beginnt als Sog des sich aufbauenden musikalischen Raumes. Über dem Orgelpunkt des Basses erheben sich langsam die Instrumente, um in zögernd kreisenden Schritten immer weiter emporzusteigen. Der unablässig vom jambischen Puls gegliederten Horizontalen gesellt sich die größer und größer werdende Vertikale hinzu. Hat sie ihren Höhepunkt erreicht, schreitet der Baß auf einer dem Orgelpunkt folgenden Skala (Anabasis) nach oben. So verschiebt sich auch die untere Koordinate des musikalischen Raumes in die Höhe, um allerdings sogleich wieder, im Lamento, nach unten zu sinken. Der Raum schrumpft und dehnt sich. Das Ganze wiederholt sich auf der Quinte. In diesem Vorgang hat sich der musikalische Raum vom geringst möglichen tonalen Umfang – dem kleinen Dreiklang auf e, mit dem das Exordium anfängt – zu seiner ganzen Weite aufgeblasen.

Das Übereinander der Klänge wird so in seiner Ausdehnung geordnet. Die Form der Musik erfährt auch hier eine zutiefst räumliche Bestimmung: Die Ausdehnung des musikalischen Raumes aus vertikaler Enge zu vertikaler Weite ist kein Beiwerk, sondern prägt die musikalische Form in ihrem Kern.

Der andere Weg, auf dem Enge und Weite der Raumhöhe ineinander überzugehen vermögen, nimmt die umgekehrte Richtung. Hier dehnt sich die Höhe des musikalischen Raumes nicht aus, sondern baut sich ab. Wir können diesen Abbau der Vertikalen das Schrumpfen des musikalischen Raumes nennen.

Eine ergreifende Vorstellung solchen Schrumpfens vermittelt die Hölderlinvertonung der Zweiten Insel in Nonos *Prometeo*. Die in höchster Klage statisch erklingenden Sopranstimmen, die mit Klangtupfern der Instrumente und mit Geräuschen durchsetzt sind, werden durch Stimmschichten ergänzt, die mehr und mehr nach unten sinken. Der Raum schrumpft dadurch zusammen. Denn obgleich die Höhe der Vertikalen in Form der statischen Soprantöne erhalten bleibt, stellt sie im Zuge der sinkenden Stimmen keine raumbestimmende Größe dar. Vielmehr bildet sie den Bezugspunkt, vor dem das Schrumpfen des Raumes sinnenfällig wird. In Umkehrung zum Exordium der *Matthäuspassion* zieht sich hier der musikalische Raum zusammen: im Fall. Das steht in Einklang mit dem vertonten Text. »[E]s schwinden, es fallen die leidenden Menschen blindlings wie Wasser von Klippe zu Klippe ins Ungewisse hinab.«[24]

Das Übereinander der Klänge erweist sich hier als Schrumpfen des Raumes bestimmt. Der Gang von der vertikalen Weite in deren Abbau, bei Nono sogar bis an den Rand des Verschwindens, kann das innere Merkmal eines Stückes darstellen.

§ 155

Zuletzt läßt sich, drittens, die Vertikale des musikalischen Raumes auch in einer stabilen Enge oder Weite ordnen. Das Übereinander der Klänge bleibt dann durchgehend eng oder weit, und es ist seine durchgängige Enge oder Weite, durch die es seine Bestimmung erfährt. Bleibt die Raumhöhe derart während des gesamten Stückes stabil, so gerät die Tonhöhenbewegung meist entweder zu der filigranen Konturierung der durchgängig starren Höhengrenzen oder

24 *Luigi Nono*, Prometeo, Isola Seconda, Hölderlin (Mythologia).

zur Binnenbewegung innerhalb dieser Grenzen. Solche Stücke gehen oft in flächenhafte Klangtexturen über.

§ 156

Die Höhe des musikalischen Raumes wird so in dreifacher Weise geprägt: durch den Kontrast von Enge und Weite, durch ihren Übergang ineinander und durch ihre jeweilige Stabilität. Auch diese Bestimmungen sind nicht fixiert, sondern können in ein dynamisches Verhältnis zueinander eintreten. Die Höhengestaltung des Raumes steht dann in der Spannung der gegensätzlichen Beziehung von Kontrast, Übergang und Stabilität der Vertikalen, die auf die Form der Musik Einfluß nimmt.

§ 157

Der Begriff des musikalischen Raumes wird oft auf die Vertikale und Horizontale reduziert. So spricht die serielle Theorie, wie gesehen, vom musikalischen Raum als der Einheit von Tonhöhen und Tondauern: mithin räumlich von Vertikale und Horizontale. Scelsi, dessen Werke wie wenige andere in das Innere der Klänge kriechen, hat demgegenüber die Dimension der Tiefe geltend gemacht. Er bemerkte, daß sich die musikalische Notation auf Höhe und Dauer beschränkt und dadurch die Tiefe unartikuliert läßt, so daß sie der Aufmerksamkeit des musikalischen Denkens entging.[25] In der Tat ist die Analogie des musikalischen Raumes zum außermusikalischen nicht mit den Dimensionen der Vertikalen und Horizontalen erschöpft. Neben die Breite und die Höhe des musikalischen Raumes tritt seine dritte Dimension: die Tiefe.

§ 158

Die Tiefe des musikalischen Raumes ordnet die Klänge in ihrem Hintereinander. Wie seine Höhe ist die Tiefe ebenfalls durch ein

25 *Giacinto Scelsi*, Son et musique, in: *ders.*, Les anges sont ailleurs … Textes et in édits, Arles 2006, S. 125-139.

Paar von Bestimmungen gekennzeichnet: durch das Paar von Nähe und Ferne.

Das Paar von Nähe und Ferne im musikalischen Raum sticht in zwei Varianten ins Auge. Zum einen macht es sich als das Verhältnis von Hintergrund und Vordergrund geltend. Das musikalische Geschehen vor einem musikalischen Hintergrund steht näher als der etwas ferner stehende Hintergrund. Insbesondere die Begleitung von Stimmen, etwa im Solokonzert oder im Lied, arbeitet mit dieser Beziehung von Vordergrund und Hintergrund. Die Sachlage bleibt auch hier keineswegs statisch. Der Hintergrund – zum Beispiel die Begleitung – kann sich nach vorne schieben und den Vordergrund in sich aufnehmen; umgekehrt kann sich eine Stimme aus einem Zusammenhang lösen und in den Vordergrund treten. In solchen Veränderungen wird der musikalische Raum jeweils in seiner Tiefe bestimmt.

Zum anderen zeigen sich Nähe und Ferne auch als die Nähe oder die Ferne des gesamten musikalischen Geschehens. Die Musik rückt dann insgesamt in die Ferne, oder sie erklingt insgesamt von ferne. Ebenso kann sie in ihrer Gesamtheit nahe sein oder näher kommen. Und wie im Falle des Verhältnisses von Vordergrund und Hintergrund stehen die Nähe und die Ferne der Musik in einem dynamischen Verhältnis: Was fern erklingt, vermag näher zu rücken, und was nah erscheint, mag verschwinden. Abermals wird der musikalische Raum in seiner Tiefe bestimmt.

§159

Die durch das Paar von Nähe und Ferne bestimmte Tiefe des musikalischen Raumes betrifft zunächst die Stärke und die Farbe der Klänge. Ein starker Klang erklingt näher als ein schwacher, ein fahler Klang erklingt ferner als ein voluminöser. Zudem können sich Klänge durch ihre unterschiedlichen Farben und Stärken voneinander abheben und so in eine unterschiedliche Beziehung von Ferne und Nähe treten. Die Rücknahme der Stärke und die Veränderung der Farbe vermögen dementsprechend die Nähe und die Ferne der Klänge zu verändern. Klänge rücken durch ihre Dynamik näher oder verschwinden durch das Verblassen ihrer Farbe in der Ferne. Solche Qualitäten stehen in der Ordnung des Hintereinanders der

Klänge. Stärke und Klangfarbe stehen in dem räumlichen Bestimmungsgefüge der Musik.

§ 160

Ebenso auffällig ist die Geltung von Nähe und Ferne für die Verhältnisse der tonalen Harmonik. Akkorde stehen zur Tonika in einer nahen oder in einer entfernten Beziehung; die Wanderung des Stückes durch die Regionen führt oft zunächst in die Ferne und am Schluß wieder in die Nähe; die schwebende Harmonie verbleibt gar gänzlich in der Ferne zur Grundtonart, obgleich diese nicht aufgegeben wird. So ist die tonale Ordnung der Harmonie auch eine Ordnung der räumlichen Tiefe.

Bemerkenswert in diesem Zusammenhang ist die Ouvertüre zum *Freischütz*.[26] Ihre ersten acht Takte bleiben zunächst harmonisch und metrisch ungeklärt. Die dort notierten Klänge – oder besser: der eine fluktuierende Klang – erfüllen keine harmonische Funktion und durchbrechen das Taktsystem. Erst mit der einsetzenden Hörnermelodie beginnt in Takt und Harmonie geformte Musik. Dadurch klingen die ersten acht Takte wie aus der Ferne. Anders gesagt: Die Hörnermelodie ist nahe, die Eingangstakte sind entfernt. Deren ungeklärtes Verhältnis zur Grundtonart, das sich freilich im Nachhinein als dominantisch erweist, versetzt sie in die Tiefe des musikalischen Raumes, aus dem dann die Hörnermelodie und das ihr Folgende der Ouvertüre hervortritt. Die Freischützmusik insgesamt schiebt sich so aus dem Hintergrund des Raumes nach vorne – eine räumliche Ordnung, die auf die inhaltliche Deutung der Oper zurückzuschlagen hätte.

Im Rahmen der tonalen Harmonik ist mithin die Tiefe des musikalischen Raumes durch das Verhältnis der tonalen Regionen bestimmt. Der harmonische Abstand zur Grundtonart rückt die Klänge in die Ferne. Die Festlegung der Tonart, die der Weg durch die Regionen vornimmt, geschieht wiederum im Durchgang durch diese Ferne. Tonalität ist auch in der Dimension der Tiefe ein räumlicher Vorgang. Die tonale Harmonik zeigt sich demnach in

---

26 Dazu *Manfred Hermann Schmid*, Musik als Abbild. Studien zum Werk von Weber, Schumann und Wagner (= Münchner Veröffentlichungen zur Musikgeschichte 33), Tutzing 1981, S. 51.

jeder Dimension des musikalischen Raumes: In der Breite des Raumes erscheint sie als Perspektive auf den Grundton, in der Höhe des Raumes erscheint sie als Akkordhierarchie und in der Tiefe des Raumes erscheint sie als Entfernung und Näherung.

§ 161

An dem dreifach dimensionierten musikalischen Raum sind zwei weitere Eigenschaften auszumachen. Zunächst tritt neben die Dimensionen der Breite, Höhe und Tiefe des musikalischen Raumes dessen Diagonale. Die Diagonale ist keine eigene Dimension des musikalischen Raumes, sondern stellt ein Verhältnis zweier seiner Dimensionen dar. Sie macht sich geltend, wenn die Ordnung des musikalischen Klanges in einer horizontalen Verschiebung von Klängen besteht, die auf der Vertikalen zusammengehören. Der Bezug der Klänge aufeinander ist dann diagonal.

Der herausragende Bereich der Diagonalen ist der Kontrapunkt. Seine Linearität, von der Ernst Kurth sprach,[27] stellt keine Beziehungslosigkeit nur horizontal bestimmter Stimmen dar; und da jeder Ton der Ton einer zusammengehörigen Linie ist, bildet das Verhältnis von *punctus contra punctum* auch umgekehrt kein rein vertikales Verhältnis. Vielmehr stellt die Linearität der kontrapunktischen Linien den *punctus* so *contra punctum*, daß er zugleich *contra lineam* steht. Hierdurch wird das Einzelne einer Linie auf horizontal verschobenes Geschehen anderer Linien bezogen. Kontrapunktische Ordnung ist eine diagonale Raumordnung. Schon die Imitation einer Stimme durch die andere bildet eine Gestalt ab, die auf der Vertikalen über oder unter der imitierenden Stimme steht, auf der Horizontalen oft aber neben der Imitation. Dasselbe gilt für fast alle kontrapunktischen Verhältnisse, so daß die Rücknahme der horizontalen Verschiebung, wie sie etwa in dem Verfahren der Engführung vollzogen wird, ihre Bedeutung als eine Abweichung von der diagonalen Grundausrichtung erlangt.

Die Diagonale des musikalischen Raumes entsteht auf diese Weise aus dem in das Nebeneinander verschobenen Übereinander der Klänge. Sie ordnet Vertikale und Horizontale einander zu.

---

27 *Ernst Kurth*, Grundlagen des linearen Kontrapunkts. Einführung in Stil und Technik von Bachs melodischer Polyphonie, Bern 1917.

Diese Zuordnung wird dort besonders bedeutsam, wo die Höhe, Breite und Tiefe des musikalischen Raumes nicht mehr durch allgemeine Regeln vorstrukturiert sind. Hier kann die Diagonale den musikalischen Raum allererst errichten. Denn indem sie Horizontale und Vertikale in ein bestimmtes Verhältnis zueinander setzt, vermag sie sie zu gestalten, ohne auf vorgängige Regelsysteme zurückgreifen zu müssen, durch die sie bereits für sich bestimmt wären.

Diese Funktion hat sich in der neuen Musik geltend gemacht. Den Werken der tonalen Musik war – wie gesehen – die Höhe, Breite und Tiefe des musikalischen Raumes durch die allgemeinen Regeln der tonalen Harmonik vorgeordnet. Wie Töne übereinander oder nebeneinander erklingen können, koordinierte das Regelsystem harmonischer Akkordfortschreitungen, in dem der musikalische Raum eines Werkes verfaßt wurde. Es gab so den Koordinaten des Raumes die Fluchtlinien vor. Als jedoch das Regelsystem seine Geltung verlor, gingen auch diese Fluchtlinien verloren. Höhe, Breite und Tiefe des musikalischen Raumes mußten nun ganz und gar im Regelsystem des einzelnen Werkes errichtet werden, ohne auf vorgeordnete Fluchtlinien zurückgreifen zu können. Hierzu diente der Kontrapunkt.[28] Als diagonale Zuordnung von Horizontaler und Vertikaler verfaßt er das Koordinatensystem des musikalischen Raumes ohne Vorgaben aus dem Raum selber heraus.

Da Werke der neuen Musik die Grundordnung ihres musikalischen Raumes nicht zu ihrem Bezugspunkt besitzen, sondern zu ihrem Resultat, sind sie wesentlich kontrapunktisch: Sie ordnen ihren musikalischen Raum um dessen Diagonale, während tonale Musik die Diagonale des Raumes innerhalb seiner in Höhe, Breite und Tiefe vorgeregelten Verfassung einordnet. In der Musik des Komplexismus ist diese Besonderheit neuer Musik selber zum Thema geworden. Seine Dissoziation der Werkschichten in eigensinnige, kaum mehr zusammenzuhörende Größen macht Polyphonie

---

28 *Theodor W. Adorno*, Die Funktion des Kontrapunkts in der neuen Musik, in: *ders.*, Musikalische Schriften I-III (= Gesammelte Schriften 16), Frankfurt am Main 1978, S. 145-169, hier: S. 155 ff.

selbst zum Thema der Musik.[29] Dadurch wird sie ausdrücklich. Die Kompositionstechnik der Polyphonie aber ist der Kontrapunkt im weitesten Sinne. Die komplexistische Dissoziation der Werkschichten zerlegt daher nicht so sehr die Werkeinheit, als daß sie sie aus der Diagonale heraus errichtet. Sie legt in der zentrifugalen Komposition den Grund ihrer zentripetalen Verfassung dar. So expliziert der Komplexismus den raumgestaltenden Kern der neuen Musik selbst.

§ 163

Als letzte Grundeigenschaft des musikalischen Raumes macht sich seine Dichte geltend. Der musikalische Raum vermag leerer oder erfüllter zu sein: Er weist eine unterschiedliche Dichte auf.

Die Dichte des musikalischen Raumes ergibt sich zum einen durch die Anzahl der bedeutsamen Klänge, zum anderen durch die Grade der Verwobenheit von Klängen. Das Geflecht eines mehrstimmigen Satzes etwa gestaltet die Dichte des Raumes durch die engere oder losere Verknüpfung seiner einzelnen Momente; ein Klangteppich wiederum verdichtet den Raum durch seine Textur oder Struktur und kann dann wieder durchlässig werden im Kontrast zu einer Einzelstimme; »durchbrochene Arbeit«,[30] die eine Melodie in einzelne Töne bricht und auf verschiedene Stimmen verteilt, reduziert die Dichte des Raumes durch die Auflockerung der musikalischen Gestalt ebenso wie ihr mittelalterlicher Vorläufer, der Hoquetus. Im ersten Fall entsteht der Grad der Dichte durch die Verwobenheit weniger Stimmen, im zweiten Fall durch die zusammenhängende Fülle vieler Klänge, im dritten Fall durch die Entzerrung eines Zusammenhanges über verschiedene Orte des musikalischen Raumes.

Zwei Extrema der Dichte des musikalischen Raumes schließlich benennt Herbert Eimerts Unterscheidung zwischen punktuellem und statistischem Komponieren.[31] Der Ausdruck »punktuelle Mu-

---

29 Dazu *Claus-Steffen Mahnkopf*, (Hrsg.), Polyphony and Complexity, Hofheim 2001.

30 *Guido Adler*, Der Stil in der Musik. I. Buch: Prinzipien und Arten des musikalischen Stils, Leipzig 1911, S. 266 ff.

31 Dazu *Heinz-Klaus Metzger*, Gescheiterte Begriffe in Theorie und Kritik der

sik« wird oft so mißverstanden, als ob er die Beziehungslosigkeit von Klängen bezeichnete. In Wahrheit benennt er eine besondere Form ihres Beziehungsgeflechtes. Während das punktuelle Komponieren die einzelnen Momente isoliert, so daß ihre Beziehungen und Proportionen an ihnen selbst erfaßt werden, gestaltet das statistische Komponieren übergeordnete Eigenschaften von Klängen, die sich in Tendenzen oder Durchschnittswerten zeigen. Die beiden Verfahrensweisen sind zwei entgegengesetzte Gestaltungen von Raumdichte. Die Dichte statistisch bestimmter Musik ist durch den Grad übergeordneter Eigenschaften bestimmt: Ein Cluster erfüllt den Raum in seiner Vertikalen, und eine eng gewobene Klangwolke dehnt solche Fülle in die Horizontale aus. Hingegen ergibt sich die Dichte punktueller Musik durch die jeweilige Vielschichtigkeit der im Einzelton wohnenden Beziehungsfelder.

§ 164

Eine bewußte Komposition von Dichte stellt abermals der Komplexismus dar. Seine ins Unermessliche – ins »Komplexe« – gesteigerten Beziehungen von Strukturklängen erschaffen eine Dichte des musikalischen Raumes, die die Grenzen des Erfaßbaren erreicht. Darum dissoziiert die übermäßige Dichte des musikalischen Raumes dessen Größen zugleich. Sie ließen sich nur dann ganz erfassen, wenn man sie aus dem Beziehungsgeflecht herausnähme – was wiederum ihre Eigenart verfehlte, Größen eines übermäßig dichten Beziehungsgeflechtes zu sein. Komplexistische Musik besteht mithin aus Werken, deren extreme Dichte den musikalischen Raum zugleich errichtet und zerlegt. Sie errichtet den musikalischen Raum, indem sie ihn durch die übermäßige Verwobenheit ihrer Klänge zu höchster Dichte zusammenballt. Sie zerlegt ihn wiederum, indem diese Dichte die musikalische Erfahrung überfordert und sich daher nur auf Teile des musikalischen Raumes beschränkt. Hierdurch artikuliert sie die Dichte des musikalischen Raumes als kompositorisches Thema. Hat der Serialismus den musikalischen

Musik, in: *ders.*, Musik wozu. Literatur zu Noten, Frankfurt am Main 1980, S. 277-293, hier: S. 285. Ferner *Hans Heinrich Eggebrecht*, Punktuelle Musik, in: *ders.* (Hrsg.), Zur Terminologie der Musik des 20. Jahrhunderts, Stuttgart 1974, S. 162-187.

Raum insgesamt wieder in unser Bewußtsein gehoben, so hat der Komplexismus dies mit der diagonalen Konstruktion des Raumes sowie der Eigenschaft der Raumdichte getan.

§ 165

In dem durch Breite, Höhe und Tiefe dimensionierten und durch Diagonale und Dichte weiter bestimmten musikalischen Raum findet die Gestaltung der einzelnen musikalischen Klänge statt. Motive, Figuren, Themen stehen in der dreidimensionalen räumlichen Bestimmtheit wie Punkt und Linie zu Fläche, und die Arbeit mit ihnen verschiebt sie im musikalischen Raum: in seiner Breite, seiner Höhe und seiner Tiefe. Die musikalischen Momente erhalten so die räumliche Bestimmung, die unsere Rede über sie aussagt, innerhalb der skizzierten Dimensionen und Eigenschaften. Morpheme, Melodie, Motivik, Harmonie, Kontrapunkt – sie alle erweisen sich in diesem Zuge als durch die Kategorie des musikalischen Raumes bestimmt.

§ 166

Die Gestaltung der einzelnen Klänge im musikalischen Raum steht zuletzt in der Polarität von Kontinuum und Diskontinuum. Der musikalische Raum bildet als fließende Größe ein Kontinuum. Aber die räumlich bestimmten Klänge stehen zugleich im Zeichen der Diskontinuität. Als im musikalischen Raum identifizierbare Klänge sind sie voneinander abgegrenzt: in ihrer Höhenlage durch Intervalle und Skalen, in ihrer Breitenlage durch die Abbildung des zeitlichen Nacheinanders, in ihrer Tiefenlage durch abgegrenzte Klangschichten. Dieses Diskontinuum der Klänge bildet den Gegensatz zum Kontinuum des musikalischen Raumes.

Die einzelnen Klänge, identifizierbare Vergleichungsgrößen, sind zwischen dem Kontinuum und Diskontinuum ausgespannt. Indem sie sich voneinander abgrenzen, bilden sie ein Diskontinuum. Doch je mehr das Verhältnis der Klänge in unmerklichen Übergängen zueinander steht, desto stärker macht sich ein Kontinuum der Klänge geltend. Durch Abschleifung der Klanggrenzen entsteht inmitten der diskontinuierlichen Vergleichungsgrößen ein unabgegrenzter Klangfluß. Glissandi sind ein gutes Beispiel hierfür, auch die Melismen der Gregorianik. Ein solches Kontinuum kann sich über alle drei Dimensionen des musikalischen Raumes erstrecken. In diesem Fall wird dessen Diagonale in dem Kontinuum des Klanges gezogen, das zudem eine ungegliederte Dichte mit sich bringt.

In Julio Estradas Streicherwerken *Yuunohui* – das zapotekische Wort bedeutet »frische Tonerde« –, die den Klang wie Lehm zu modellieren suchen, ist die Polarität von Kontinuum und Diskontinuum zur Verfahrensweise geworden. An die Stelle von Kombinationen fixierter Parameter des Klanges treten Kurven von Parameterentwicklungen. Diese Polarität, der Estradas Kompositionslehre insgesamt gewidmet ist,[32] läßt die gespannte Einheit des musikalischen Raumes selbst gegenwärtig werden – nicht nur als Bestimmung alles musikalischen Klanges, sondern als das besondere Ordnungsprinzip eines Werkes selbst.

---

32 *Julio Estrada*, Théorie de la composition. Discontinuum – continuum, Straßburg 1994.

Fünftes Kapitel
Der musikalische Sinn

§167

Das autonome Regelsystem des musikalischen Klanges hat sich als ein System raumzeitlicher Regeln erwiesen. Solche Regeln errichten die tonsystematische Verfassung und die Identifizierbarkeit des musikalischen Klanges. Sie erschöpfen jedoch noch nicht seine kategoriale Bestimmtheit.

Denn die musikalische Zeit und der musikalische Raum sind etwas, in dem das musikalische Kunstwerk nicht steht, sondern das es in sich hat. Die Begründung wiederum dafür, daß musikalisch Zeitliches und musikalisch Räumliches das Kunstwerk nicht in die allgemeine Ordnung von Zeit und Raum einfügt, sondern gerade aus dieser in den Bereich des ästhetisch Seienden herausholt, bestand in der Behauptung, daß sich die zeitlich-räumlichen Momente des musikalischen Kunstwerkes in ästhetischer Notwendigkeit geltend machen. Diese entzieht jene Momente der außermusikalischen Kontingenz. Die Artikulation der ästhetischen Notwendigkeit aber kann nicht mehr mit Hilfe der Kategorien der musikalischen Zeit und des musikalischen Raumes erfolgen. Denn beide stehen unter der unausgesprochenen Voraussetzung des Begriffes der ästhetischen Notwendigkeit. Ihn mit Hilfe der Kategorien der musikalischen Zeit und des musikalischen Raumes zu artikulieren beginge also eine *petitio principii*: Was ästhetische Notwendigkeit sein soll, würde in Konzeptionen bestimmt, deren Bestimmtheit ohne das zu Bestimmende gar nicht bestünde.

Das raumzeitliche Regelsystem des musikalischen Klanges muß folglich unter einer weiteren Kategorie begriffen werden: unter einer Kategorie, die die bislang implizierte Voraussetzung der ästhetischen Notwendigkeit expliziert.

§168

Die benötigte Kategorie ist die Kategorie des musikalischen Sinnes. Von dem Sinn eines Seienden zu sprechen bedeutet, von der Verstehbarkeit des Seienden zu sprechen. Wenn man ein Seiendes versteht, dann erfaßt man dessen Sinn; der Sinn eines Seienden macht das Seiende verständlich. Dementsprechend ist der Sinn selber kein Seiendes. Er ist vielmehr etwas, das ein Seiendes hat. Der Sinn eines Seienden gehört aber auch nicht zu den Eigenschaften eines Seienden. Denn er betrifft das Seiende in der Gesamtheit seiner Eigenschaften, dessen Sosein, indem er das Seiende so, wie es ist, verständlich werden läßt. Statt eines Seienden oder einer Eigenschaft bildet der Sinn eines Seienden daher dessen Seinsweise: Er ist das Verständlichsein eines Seienden. Ein Seiendes hat folglich dann Sinn, wenn es in seinem Sosein verständlich ist. Es *ist* dann sinnvoll.

§169

Wenn der Sinn das Verständlichsein eines Seienden darstellt, dann erhellt er daraus, was es heißt, ein Seiendes zu verstehen. Ein Seiendes zu verstehen heißt wiederum mindestens dies: es als etwas zu verstehen. Das Verständlichsein eines Seienden weist mithin die Struktur des »etwas als etwas« auf. Ein Seiendes ist verständlich, wenn es etwas als etwas ist. Etwas als etwas zu sein ist sein Sinn.

Aristoteles hat die Struktur des »etwas als etwas« (τί κατά τινός) der »aufzeigenden Rede« (λόγος ἀποφαντικός) zugeschrieben.[1] Die aufzeigende Rede zeigt etwas als etwas auf: Ihr assertorischer Satz »Sokrates ist sterblich« sagt Sokrates als Sterblichen aus. Die aufzeigende Rede bildet mithin eine Weise des Verstehens: Jener Satz versteht Sokrates als sterblich, wenn er Sokrates als Sterblichen aussagt. Und dementsprechend wird Sokrates in seinem Sosein durch die aufzeigende Rede verständlich. Die aufzeigende Rede artikuliert so das Verständlichsein eines Seienden in besonders klarer Form. Man versteht Seiendes im apophantischen Logos als etwas. Die Struktur des etwas als etwas kommt aber allem Verständlichen

---

1 *Aristoteles*, Peri hermeneias 16 b 33 ff.

zu, auch dem nicht in Sprache ausgesagten. Zunächst betrifft sie das Verständnis des assertorischen Satzes selbst. Es tritt nicht als Rede, sondern als Verständnis von Rede auf; dennoch besitzt das hier Verstandene die Struktur des etwas als etwas. Denn wenn wir einen assertorischen Satz verstehen, dann verstehen wir ihn als die Darstellung einer Sachlage.[2] Anders gesagt, wir verstehen ihn dann, wenn wir wissen, wie die Welt wäre, wenn er wahr sein sollte. Der assertorische Satz, der etwas als etwas aussagt, ist mithin selber »etwas als etwas«: Er ist ein verständlicher Satz als Darstellung einer Sachlage. Und endlich betrifft jene Struktur auch nicht-sprachliches Seiendes, das wir verstehen, zum Beispiel menschliche Handlungen. Wenn wir die Handlung eines Menschen verstehen, dann verstehen wir sie »als etwas«: Ein in ein anderes Papier eingefaltetes beschriebenes Papier in einen Metallkasten zu werfen verstehen wir als Briefzustellen. Der Sinn eines Satzes oder einer Handlung besteht demnach darin, daß der Satz und die Handlung »als etwas« verständlich werden.

Das Verständlichsein von Seiendem beruht auf dieser Struktur: etwas als etwas zu sein. Sie artikuliert den Sinn des Seienden, der das Seiende so, wie es ist, verständlich werden läßt.

§ 170

Vom musikalischen Sinn zu sprechen heißt nach dem Gesagten, Musik »als etwas« zu verstehen. Nun hat das Wassein des musikalischen Kunstwerkes, seine Form, ihre Bestimmung als musikalischer Klang erhalten, der durch das autonome System raumzeitlicher Regeln verfaßt wird. Musikalischer Sinn bestünde demnach in dem Verständlichsein des musikalischen Klanges, und das Verständlichsein des musikalischen Klanges bestünde darin, etwas »als etwas« darzustellen. Da der musikalische Klang wiederum in verschiedene Typen gegliedert werden kann, vermag die Bestimmung des musikalischen Sinnes genauer angegeben zu werden: Musikalischer Sinn besteht dann, wenn sich ein Kadenzklang, ein Farbklang, ein Fluktuationsklang, ein Texturklang oder ein Strukturklang »als etwas« verstehen lassen. Sie werden hier in ihrem Sosein verständlich.

2 *Ludwig Wittgenstein,* Tractatus logico-philosophicus 2.19 ff.

Der musikalische Sinn ist folglich kein Seiendes, das dem musikalischen Kunstwerk zugeordnet werden müßte, und er stellt auch keine zusätzliche Eigenschaft des musikalischen Kunstwerkes dar. Vielmehr bildet er dessen Seinsweise, insofern der in Typen gegliederte musikalische Klang etwas als etwas ist.[3]

§ 171

Wie können sich musikalische Klänge als etwas verstehen lassen? Ein Beispiel mag das erläutern. Der Beginn der *Eroica* erfolgt mit einem großen Dreiklang auf Es in allen Instrumenten des Orchesters, der als Viertelnote im Stakkato auf die erste Zählzeit eines Dreivierteltaktes *forte* geschlagen und auf der ersten Zählzeit des zweiten Taktes wiederholt wird. Es handelt sich mithin um einen schlagartigen Kadenzklang in Wiederholung. Dieser musikalische Klang wird in seinem Sosein verständlich als die plötzliche Präsenz des Orchestralen selbst. Diese Präsenz stellt das Eigentümliche der *Eroica* vor: die Thematisierung des Orchestralen. Denn Beethovens Dritte Symphonie exponiert kein Thema, das sie durchführte, sondern eine vorthematische Konfiguration, um zu einer Entwicklung überzugehen, die kein Thema mehr ist. Statt einer Exposition mit Durchführung bildet der symphonische Prozeß hier die Entfaltung des Orchestralen: Indem das Hauptmotiv von den Violoncelli zu den Holzbläsern und Streichern wechselt und sich schließlich auf das ganze Orchester erstreckt, stellt sich dieses selber dar.[4] Der Kadenzklang des Eingangs ist nun gleichsam die Exposition dieses

3 *Matthias Vogel*, Nachvollzug und die Erfahrung musikalischen Sinns, in: *Alexander Becker* und Matthias Vogel (Hrsg.), Musikalischer Sinn. Beiträge zu einer Philosophie der Musik, Frankfurt am Main 2007, S. 314-368, sucht die Frage nach dem musikalischen Sinn durch die Frage nach seinem Nachvollzug einzufangen. An die Stelle des Werkes tritt darum seine durch Nachvollzug verwirklichte Erfahrung, deren prozessuale Identität das Maß des Sinnverstehens abgibt. In dieser Konzeption läßt sich die Verfassung des nachzuvollziehenden Sinnes selber nicht artikulieren, nur noch die Verfassung des Nachvollzuges. Was es dann freilich heiße, etwas nachzuvollziehen und nicht einfach nur eingeführte Praxen mitzumachen, die sich als Nachvollzug musikalischen Sinnes verstehen, vermag nicht mehr dargelegt zu werden; denn hierzu brauchte man die Entfaltung dessen, das sich als Anspruch an den Nachvollzug richtet, also des Werkes.

4 *Carl Dahlhaus,* Ludwig van Beethoven und seine Zeit, Laaber 1987, S. 219 f.

eigentlichen Themas der Dritten Symphonie, des Orchestralen, dem er in zwei Schlägen zur Plötzlichkeit verhilft. Er ist ein Kadenzklang *als* orchestrale Exposition.

§172

Das Beispiel zeigt, daß sich musikalische Klänge dann als etwas verstehen lassen, wenn sie eine Funktion innerhalb des musikalischen Werkes einnehmen. Diese Funktion macht den Klang in seinem Sosein verständlich. Auch die Funktion eines musikalischen Klanges im Werk stellt mithin keine Eigenschaft des Klanges dar, sondern dessen Seinsweise, insofern der Klang sich verstehen läßt. Sie bildet sein Verständlichsein. Das bedeutet, die Funktion eines musikalischen Klanges ist dessen musikalischer Sinn. Musikalischer Sinn macht sich dort geltend, wo ein tonsystematisch Hörbares eine bestimmte Funktion erfüllt.

§173

Dieser ersten Bestimmung des musikalischen Sinnes gilt es weiter nachzugehen. Ihr zufolge lassen sich musikalische Klänge dann als etwas verstehen, wenn sie eine Funktion innerhalb des musikalischen Werkes einnehmen.

Nun bedeutet der Sachverhalt, eine Funktion zu haben, in einem Anderen zu sein als sich selbst.[5] Denn Funktion ist das, was ein Seiendes im Bezug auf ein anderes Seiendes ist. So bezieht die Funktion, ein Briefträger zu sein, den betreffenden Menschen auf den Zusammenhang des Postwesens, und die Funktion eines assertorischen Satzes, eine Sachlage darzustellen, bezieht jenen Satz auf diese Sachlage. Das, was eine Funktion erfüllt, wird als Funktionales mithin durch das bestimmt, was es im Bezug auf Anderes ist. Dann aber besteht die Seinsweise, die ein Seiendes durch seine Funktion hat, in einem solchen Bezug auf anderes Seiendes. Mit ei-

---

5 *Heinrich Rombach,* Strukturontologie, Freiburg/München 1974, S. 25 ff. Ferner *ders.*, Substanz – System – Struktur. Die Ontologie des Funktionalismus und der philosophische Hintergrund der modernen Wissenschaft, Freiburg/München 1965/66.

nem scholastischen Ausdruck gesprochen, heißt das: Das Seiende, das eine Funktion erfüllt, wird durch sein »Sein in Anderem« (*in alio esse*) bestimmt. Solches Sein in Anderem, das das Funktionale besitzt, verklammert das Seiende, das eine Funktion erfüllt, mit anderem Seienden. Das im Bezug auf Anderes Seiende webt sich zu einem Beziehungsgeflecht zusammen. In diesem Beziehungsgeflecht besitzt es seine Funktion: das, was es im Bezug auf Anderes ist. Das Funktionale besitzt folglich ein Sein in Anderem nicht nur dadurch, daß es im Bezug auf anderes Funktionales ist. Es besitzt sein Sein in Anderem auch dadurch, daß es in dem Beziehungsgeflecht ist.

Eine Funktion zu haben bedeutet demnach, innerhalb eines Beziehungsgeflechtes im Bezug auf Anderes zu sein. Und die Funktion zu gewahren bedeutet, das Beziehungsgeflecht und seine Glieder zu gewahren.

§ 174

Auf den musikalischen Klang angewendet, ergeben diese Kennzeichen des Funktionalen, daß der Sinn eines Klanges von dessen Bezug auf andere Klänge und dem Beziehungsgeflecht, in dem er steht, bestimmt wird. Wenn das Verständlichsein des musikalischen Klanges in dessen Funktion besteht, dann besteht es in seinem Sein in Anderem. Es ermöglicht, den Klang als etwas zu verstehen, nämlich als die Funktion, die er im Zusammenhang des Werkes erfüllt. Der Zusammenhang des Werkes macht sich demgemäß als das Beziehungsgeflecht geltend, im Bezug auf das der Klang seine Funktion besitzt. Und die zu diesem Beziehungsgeflecht des Werkes verwobenen Klänge sind das Funktionale, im Bezug auf das der Klang in seiner Funktion bestimmt ist. Sofern Klänge verständlich sind, sind sie es demnach im musikalischen Werk, bezogen auf andere Klänge. Dieses Sein in Anderem ist der musikalische Sinn.

Von der Funktion von Klängen und ihrem Sein in Anderem zu sprechen, könnte das Mißverständnis beinhalten, jene Erscheinungen von Musik zu vernachlässigen, die wie der Serialismus anstelle der Funktion des Tons sein für sich genommenes Sein zu komponieren suchten. Diese Erscheinungen wurden oben mit der Inversion der musikalischen Zeit verbunden. Es könnte des weiteren das Mißverständnis hervorrufen, offene Formen, die das Beziehungsgeflecht von Klängen so auflösen, daß Formteile austauschbar werden, außer acht zu lassen. Auch sie entstanden vor allem in der seriellen und nachseriellen Musik.

Doch hier liegt eine Verschiebung der Ebenen vor. Durch serielle Konstitution des Einzeltons, durch Zufallsverfahren oder andere Operationen vermag in der Tat der Klang aus seinen äußeren Verhältnissen zu anderen Klängen herausgelöst und für sich genommen zu werden. In diesem Sinne entkleiden solche Kompositionen ihn seiner Funktion. Aber sie entkleiden ihn nicht seiner Funktion, losgelösten Klang darzustellen. Die Funktion eines solchen Klanges besteht eben darin, nur für sich genommen zu werden. Diese Funktion wiederum vermag er nur dann wahrzunehmen, wenn er im Bezug zu gerade den Klängen steht, zu denen er nicht im Bezug stehen will. Denn der Sachverhalt, daß ein Klang nur für sich genommen wird, macht sich erst geltend, wenn dieser Klang im Zusammenhang von Klängen erklingt. Ähnliches gilt für die offenen Formen. Das Beziehungsgeflecht ist nicht aufgelöst; es ist vielmehr anders gestaltet. Klänge beziehen sich nun derart aufeinander, daß sie die Möglichkeit ihres Austausches bergen und dadurch ihre Beziehung lösen.

Das Sein in Anderem, das die Funktion musikalischer Klänge beinhaltet, muß daher auf elementarer Ebene begriffen werden. Klänge sind in einem Anderen selbst dann noch, wenn sie die Beziehung auf andere Klänge verneinen oder lösen – sofern sie diese Verneinung und Auflösung im Bezug auf diese anderen Klänge vollziehen. Hierin besteht dann ihr Sinn: Ihr Sosein wird verständlich als die Verneinung und Auflösung der Beziehung auf andere Klänge, weil diese anderen Klänge als Bezugspunkte jener Klänge gegenwärtig sind, die die Beziehung zu ihnen kappen. Diese Unterscheidung zwischen einer elementaren Funktionalität von Klängen, die musikalischen Sinn noch als dessen Verneinung ermöglicht, und einer abgeleiteten, die aufgegeben werden kann, gilt es zu berücksichtigen, wenn im folgenden die Funktionalität weiter artikuliert wird. Sie verhindert die Identifikation des Seins in Anderem mit fixierten Modellen musikalischer Zusammenhänge.

§ 176

Sofern Klänge freilich noch den elementaren Bezug auf andere Klänge abschneiden, verlieren sie tatsächlich ihren Sinn. Sie können nicht einmal als Verneinung oder Auflösung von Beziehung verstanden werden, weil Beziehung als solche gar nicht mehr im Horizont erscheint. Solche Klänge erklingen nur noch in ihrer Faktizität. Sie sind sinnlos, während Klänge, die im Bezug auf andere Klänge ihre Beziehung verneinen, ihren Sinn darin besitzen, die Errichtung musikalischen Sinnes zu hinterfragen.[6] Man kann diese Errichtung klanglicher Faktizität im Rückgriff auf außermusikalische Konzeptionen feiern. Aber man muß sich darüber im klaren sein, daß die Sinnlosigkeit des musikalischen Klanges dessen Was aufs schiere Daß reduziert. Solche Klänge haben daher für eine Philosophie der Musik, die deren Wassein nachzugehen sucht, keine Bedeutung.

§ 177

Das Sein in Anderem, das funktionalen Klängen zukommt, errichtet deren Folgerichtigkeit. Denn die elementare Bezugnahme von Klängen aufeinander bedingt ein elementares Beinhaltetsein ineinander. Wenn ein Klang ein Sein im Anderen hat, dann erhellt das Sosein dieses Klanges aus dem Anderen, in dem er ist. Konkret

6 *Theodor W. Adorno,* Das Altern der neuen Musik, in: *ders.,* Dissonanzen. Musik in der verwalteten Welt, Göttingen [7]1991, S. 136-159, hier: S. 148 ff., zieht diesen Unterschied deutlich und richtet ihn gegen serielle Kompositionen, denen er Sinnlosigkeit vorwirft. *Heinz-Klaus Metzger,* Das Altern der Philosophie der neuen Musik, in: *ders.,* Musik wozu. Literatur zu Noten, Frankfurt am Main 1980, S. 61-89, erkennt den Unterschied an, zeigt aber die Haltlosigkeit des Vorwurfs. Adorno hat seine Meinung dank Metzger später revidiert.

heißt das, daß das Sosein des Klanges aus dem elementaren Gesamtzusammenhang der Klänge im Werk, in dem er seine Funktion gewinnt, sowie aus den besonderen Einzelklängen, auf die er in seiner Funktion genauer bezogen ist, erhellt. Nichts anderes bedeutet ja der Sachverhalt, daß das Sosein eines musikalischen Klanges als eine bestimmte Funktion im Werk verständlich wird. Die Bestimmung, daß das Sosein eines Klanges aus einem anderen Klang erhellt, kann aber auch so ausgedrückt werden, daß das Sosein eines Klanges aus einem anderen Klang folgt. »Folgen« bedeutet hier nicht: automatisch ableitbar zu sein. »Folgen« bedeutet hier vielmehr: in Bedingungen begründet zu liegen. Diese Bedingungen sind die anderen Klänge und der Gesamtzusammenhang des Werkes, in denen und in dem der verständliche Klang ist. Sein Sosein liegt in diesen anderen Klängen und dem Gesamtzusammenhang des Werkes begründet, weil es nur aus diesen verständlich wird. Einen musikalischen Klang als eine bestimmte Funktion zu verstehen beinhaltet somit, ihn als die Folge anderer Klänge und als die Folge des Gesamtzusammenhangs des Werkes zu verstehen. Auf diese Weise – und abermals nicht im automatischen Verstande – stellt er einen folgerichtigen Klang dar. Diese Folgerichtigkeit ist sein Sinn.

§ 178

Der traditionelle Begriff für die Folgerichtigkeit von Klängen lautet »musikalische Logik«.[7] Der Begriff der Logik benennt die Selbstreflexion des Denkens. In der Logik denkt das Denken über sich selbst nach. Das Nachdenken des Denkens über sich selbst wurde oft als Nachdenken über die deduktive Ordnung des Denkens verstanden. Es wurde aber auch ebensooft als Nachdenken über die allgemeine Form des Denkens begriffen.[8] So bezeichnet der Begriff der Logik zwei verschiedene Möglichkeiten des Denkens, über sich selbst nachzudenken. Die erste Möglichkeit besteht im Nachdenken über die Regeln des Schließens, dem ein gegebener

7 Dazu umfassend *Adolf Nowak*, Musikalische Logik. Postulate – Modelle – Kontexte (= Studien zur Geschichte der Musiktheorie 7), im Erscheinen.
8 Diese Unterscheidung zweier Bedeutungen von »Logik« erhellt *Sebastian Rödl*, Kategorien des Zeitlichen. Eine Untersuchung der Formen des endlichen Verstandes, Frankfurt am Main 2005, S. 23 ff.

Bereich von Gedanken untersteht. Die zweite Möglichkeit besteht im Nachdenken darüber, was einen Gedanken überhaupt zu einem Gedanken macht.

Nun kann freilich die allgemeine Form des Denkens sich als etwas erweisen, das einer deduktiven Ordnung untersteht. In diesem Falle befaßt sich auch das Nachdenken über die Form des Denkens mit den Gesetzen des Schließens. Sie stellt dann eine deduktive Logik dar. Genau dieses Verständnis bestimmt den Begriff der musikalischen Logik. Sie betrifft die allgemeine Form des Musikalischen nach Art eines Systems von Regeln des Schließens. Ihre Begriffe benennen Klänge gemäß den Bestandteilen und Zusammenhängen von Argumenten. Argumente aber sind Schlüsse. Sie bringen Gedanken in einen deduktiven Zusammenhang, der eine Schlußfolgerung begründet. Die musikalische Logik begreift analog den musikalischen Zusammenhang als eine musikalische Schlußfolgerung.

Auf diese Weise kann die Autonomie des musikalischen Werkes eine präzise Explikation erfahren.[9] Dessen Eigenregelung besteht in der Regelung musikalischer Schlußfolgerungen. Die Regelsysteme musikalischer Zeitordnung und musikalischer Raumordnung verwirklichen sich als Regelungen musikalischer Schlußfolgerungen. In ihnen regelt sich das musikalische Werk als Zusammenhang musikalischen Schließens selbst. Hierdurch besitzen seine Klänge Folgerichtigkeit.

§179

Musikalische Schlußfolgerungen sind nicht nach Art analytischer Argumente zu verstehen. In einem analytischen Argument folgt der Schluß aus den Prämissen unabhängig von dem Bereich, auf den das Argument angewendet wird. Das Argument »Paul ist älter als Peter, ›älter‹ ist konträr zu ›jünger‹, also ist Peter jünger als Paul«, gilt in jedem Kontext des Argumentes. Musikalische Klänge folgen aber nicht auseinander, weil sie einander formal oder material implizierten und ihre Folge bereichsunabhängig gültig wäre. Sie folgen vielmehr deshalb auseinander, weil sie in bestimmten

9 *Carl Dahlhaus*, Die Musiktheorie im 18. und 19. Jahrhundert. Erster Teil: Grundzüge einer Systematik (= Geschichte der Musiktheorie 10), Darmstadt 1984, S. 66 ff.

Kontexten unter bestimmten Voraussetzungen einen überzeugenden Schluß vollziehen. Die Folge von Klängen, die in einer Sonate Schuberts überzeugt, überzeugt nicht notwendig in einer Motette Machauts. Musikalische Schlußfolgerungen sind daher bereichsabhängig.[10] Zwar weisen sie durchaus Elemente auf, die eine relative Bereichsunabhängigkeit erlangen. Bestimmte kontrapunktische Regeln bestimmen die Folgerichtigkeit einer Fuge von Bach genauso wie die Folgerichtigkeit gewisser Passagen bei Bruckner. Aber letztlich gewinnen auch die bereichsunabhängigen Elemente musikalischer Schlußfolgerungen ihre Anwendung nur unter der Bedingung des besonderen Bereiches, in dem sie eine bestimmte Folge von Klängen regeln. Die von ihnen geregelten Klänge müssen einleuchten, und das können sie nur in dem partikularen Kontext, in dem sie erklingen. Musikalische Schlußfolgerungen gleichen so rhetorischen Argumenten. Die musikalische Logik ist keine musikalische Analytik, sondern eine musikalische Topik.

§ 180

Auf der Grundlage einer als Topik begriffenen musikalischen Logik vermag die ästhetische Notwendigkeit artikuliert zu werden, die von den Kategorien der musikalischen Zeit und des musikalischen Raumes vorausgesetzt wird. Wir sahen, daß die Kategorie des musikalischen Sinnes den musikalischen Klang als etwas bestimmt, das sein Sein in anderen Klängen hat und darum aus diesen anderen Klängen folgt, insofern diese Klänge die Bedingungen seines verständlichen Soseins bilden. Wir sahen weiter, daß die musikalische Logik solche Schlußfolgerungen als bereichsabhängige Schlußfolgerungen erkennt. Ästhetische Notwendigkeit erhalten musikalische Klänge nun als die Bestandteile überzeugender Schlußfolgerungen. Sie sind ästhetisch notwendig, weil sie in einem bestimmten Bereich folgerichtig sind.

Die These lautet folgendermaßen: Ästhetische Notwendigkeit

---

10 Über Bereichsabhängigkeit und Bereichsunabhängigkeit von Argumenten *Stephen E. Toulmin*, The Uses of Argument, Cambridge ²2003, S. 33 ff. Im Hintergrund steht die Unterscheidung von Analytik und Topik im aristotelischen Organon.

ähnelt der rhetorischen Notwendigkeit des Argumentes.[11] Ihre Ähnlichkeit besteht darin, daß sich der argumentative Schluß und der Zusammenhang des musikalischen Werkes im und gegen Zweifel und Widerstand artikulieren. So zwingt ein Schluß der Art »Alle Menschen sind sterblich; Sokrates ist ein Mensch; Sokrates ist sterblich« den, der an der Gültigkeit des Satzes »Sokrates ist sterblich« zweifelt, zu der Anerkennung seiner Gültigkeit. Die Notwendigkeit des Schlusses zeigt sich in der Auflösung des Widerstandes gegen einen Satz durch die Einsicht des Widerstehenden in die Unbegründetheit seines Widerstandes. Das bedeutet freilich, daß der argumentative Schluß ohne den Widerstand keine rhetorische Notwendigkeit besäße. Wer dort in Schlüssen argumentiert, wo es gar keinen Widerstand gegen die entsprechenden Sätze gibt, macht sich lächerlich; auch diese Stoßrichtung mag die aristotelische Auffassung bergen, daß es dem, der alles und jedes zu beweisen sucht, an Bildung ($\pi\alpha\iota\delta\epsilon\acute{\iota}\alpha$) mangle.[12] Der argumentative Schluß wird mithin erst dann erforderlich, wenn Zweifel gegenüber einem bestimmten Satz aufkommen. Erst im Widerstand gegen einen Satz also vermag sich die rhetorische Notwendigkeit des argumentativen Schlusses geltend zu machen.

Das aber gilt auch für die musikalische Schlußfolgerung. Wenn sie wie am Schnürchen verliefe und keine Probleme bereitete, würde sie billig. Wenn sie hingegen den – wie immer auch gearteten – Widerstand des Erfahrenden auslöst und dennoch das Urteil »So und nicht anders muß es sein« hervorruft, dann stimmt sie. Das heißt: Erst im Widerstand des Erfahrenden gegen das musikalische Werk artikuliert sich dessen Folgerichtigkeit. Hierin besteht die topische Eigenart der musikalischen Logik: Sie bezeichnet die bereichsabhängigen Regeln, die überzeugende musikalische Schlußfolgerungen gegen den Widerstand des Erfahrenden bestimmen.

---

11 Im Blick auf das sprachliche Kunstwerk zeigt das *Helmut Kuhn*, Die dichterische Fabel und der Syllogismus. Zur Frage der ästhetischen Folgerichtigkeit und der logischen Notwendigkeit, in: *ders.*, Schriften zur Ästhetik, München 1966, S. 336-355.
12 *Aristoteles*, Metaphysik 1006 a 6 f.

Um die ästhetische Notwendigkeit musikalischer Klänge zu erschaffen, ist es daher vonnöten, glatt ablaufende Mechanismen
der Erfahrung außer Kraft zu setzen; Helmut Lachenmann spricht
in diesem Sinne von der Verstörung des »ästhetischen Apparats«
durch Musik.[13] Dieser Verstörung bedürfen wir, weil sich ohne sie
der Widerstand gegen das Werk nicht erheben würde und ohne
den Widerstand die Folgerichtigkeit des Werkes nicht zur Erscheinung käme. Liefe die Erfahrung des Werkes glatt ab, so würde das
Urteil »So und nicht anders muß es sein« belanglos. Die Fähigkeit,
sich vom Werk verstören zu lassen, stellt sonach das Pendant zu
der Bildung dar, die für den logischen Schluß benötigt wird. Die
Erfahrung des Werkes ist das komplexe Geschehen widerborstiger
Verneinungen, die in die Bejahung der Stimmigkeit münden. Solche Verwandlung der Verneinungen herbeizuführen macht das Be-
zwingende eines Werkes aus.

Nach alledem besteht der musikalische Sinn eines Klanges darin,
den Klang als etwas verständlich werden zu lassen. Das, als was der
Klang verständlich wird, ist seine Funktion. Seine Funktion wiederum stellt den Klang in einen Bezug auf andere Klänge sowie auf
den Gesamtzusammenhang des Werkes. Der verständliche Klang
besitzt daher sein Sein in einem Anderen. Dieses Sein in einem Anderen stellt sein Sosein unter die Bedingung des Anderen, in dem
er ist. Deshalb folgt der in seinem Sosein verständliche Klang aus
anderen Klängen und aus dem Gesamtzusammenhang des Werkes. Anders gesagt, der sinnvolle Klang ist ein folgerichtiger Klang.
Diese Folgerichtigkeit ist nach Art des rhetorischen Argumentes zu
verstehen. Wie dieses, macht sie sich bereichsabhängig gegen den
Widerstand des Erfahrenden geltend. In solcher Gültigkeit kann
der musikalische Klang nicht anders sein. Er besitzt ästhetische
Notwendigkeit.

13 *Helmut Lachenmann*, Zum Problem des musikalisch Schönen heute, in: *ders.*,
Musik als existenzielle Erfahrung. Schriften 1966-1995, Wiesbaden 1996, S. 104-
110, zumal S. 107 ff.

§ 183

Der hier sichtbare Zusammenhang soll nun an einem Gegenstand dargelegt werden, dessen Artikulation zum Kern der Musiktheorie gehört und deshalb besonders entwickelt ist. Gemeint ist die harmonische Tonalität. Sie darf nicht als Paradigma des musikalischen Sinnes mißverstanden werden. Es gibt sowohl andere harmonische Konzeptionen, die die Folgerichtigkeit von Klängen regeln, als auch innerhalb tonaler Musik andere Regeln der musikalischen Logik als harmonische: motivische, kontrapunktische, figurative. Doch die harmonische Tonalität eignet sich besonders gut zur Darlegung des musikalischen Sinnes, weil sie eindringliche Explikationen seitens verschiedener Musiktheorien erfahren hat. An diese Explikationen vermag das philosophische Nachdenken über den musikalischen Sinn anzuknüpfen und seine begrifflichen Vorschläge an ihnen, die besonders artikulierte Erklärungsformen bieten, darzustellen.

§ 184

Der Grundgedanke der harmonischen Tonalität wurde von dem Autor entwickelt, der den Begriff der Tonalität in der Musiktheorie zu Erfolg brachte. François-Joseph Fétis schlug vor, das Prinzip musikalischer Ordnung *dans la musique elle-même, c'est-à-dire, dans la tonalité* zu suchen – in der »Musik selbst, das heißt, in der Tonalität«.[14] Tonalität ist hiernach ein autonomes Ordnungsprinzip der Musik. Sie bezeichnet die Eigenbestimmtheit musikalischer Logik.

Fétis versteht unter Tonalität einen aus der Tonleiter, den Abständen und den harmonischen Relationen von Tönen gebildeten Zusammenhang, aus dem sich die Akkorde und ihre Folgen ergeben.[15] Tonalität ist hiernach das Prinzip der Beziehungen von Tonleitertönen. Diese Beziehungen gliedern sich in vier Ordnungen, die historischen Entwicklungsstufen entsprechen.[16] Die erste Ordnung ist die unitonale Ordnung (*ordre unitonique*). Hier besitzen

---

14 *François-Joseph Fétis*, Esquisse de l'histoire de l'harmonie considérée comme art et comme science systématique, Paris 1840, S. 167.

15 Ibidem, S. 168 ff.

16 *François-Joseph Fétis*, Traité complet de la théorie et de la pratique de l'harmonie, Paris ²1844, S. 151 ff.

nur leitereigene Töne Bedeutung, und es gibt keine Dissonanzen. Modulationen von einer Tonleiter in die andere können nicht stattfinden; daher die Bezeichnung »unitonal«. Die historische Gestalt einer solchen Ordnung bildet die Gregorianik. Die zweite Ordnung ist die transtonale Ordnung (*ordre transitonique*). Sie führt die Dissonanz der Dominante ein und ermöglicht dadurch Kadenzen und periodische Phrasen. Modulationen sind zwar auch in ihr nicht möglich, aber die Tonalität ist nun eine Tonalität des gegliederten Überganges mittels der Dominanten geworden. Die somit transtonal gewordene Ordnung findet ihre historische Gestalt in der Musik zwischen Zarlino und Monteverdi. Die dritte Ordnung ist sodann die pluritonale Ordnung (*ordre pluritonique*). In ihr gibt es einfache Enharmonien; das heißt, ein Klang kann als Kontaktpunkt verschiedener Tonleitern begriffen werden. Diese enharmonischen Beziehungen erlauben Modulationen von einer Tonleiter in die andere. Ihre historische Gestalt bildet die Musik bis zur Mitte des neunzehnten Jahrhunderts. Als letzte Ordnung schließlich faßt Fétis die omnitonale Ordnung ins Auge (*ordre omnitonique*). Hier würde sich die enharmonische Beziehung aus so vielen Akkordalterationen ergeben, daß der Ursprung nicht mehr identifiziert werden kann und alle Töne auf alle Tonleitern bezogen werden können, indem man sie enharmonisch umdeutet. Eine solche »überschreitende Enharmonie«[17] (*enharmonie transcendante*) ermöglichte eine fortgesetzte Modulation, die sämtliche Leitern miteinander verknüpfte und darum eine omnitonale Ordnung errichtete. Fétis gibt hierfür einige Beispiele aus der Musik seiner und der noch nicht allzu lange vergangenen Zeit an, unter anderem von Mozart und Rossini. Was er mit der Idee eines *ordre omnitonique* indessen vorwegnahm, war Musik, wie sie Liszt oder Wagner schreiben sollten: eine Musik von Klängen, die keiner Tonart mehr eindeutig zuzuordnen sind.

Fétis' Begriff der Tonalität erlaubt es, diese nach den Möglichkeiten von Übergängen zu klassifizieren. Weil Tonalität das Prinzip der Beziehungen von Tonleitertönen darstellt, bilden die verschiedenen Wege, von einer Tonleiter zur nächsten übergehen oder nicht übergehen zu können, die Ordnungen von Tonalität. In diesem System ist alle Musik tonal, wenn auch auf verschiedene Weise.

---

17 Ibidem, S. 184 ff.

Die Auffassung, daß alle Musik tonal sei, weil sie von einem Prinzip der Beziehungen von Tonleitertönen geregelt wird, besitzt eine gewisse Überzeugungskraft. Tonsysteme scheinen sich in Skalen zu artikulieren, so daß alle Musik ein Prinzip benötigt, dem die Beziehungen von Tonleitertönen unterstehen. Noch die atonale Musik bildet dann eine Form von tonaler Musik, insofern sie die Beziehung von Tonleitertönen ordnet. Und in der Tat ist Schönbergs Zwölftontechnik als eine »neue Tonalität«[18] verstanden worden, weil sie mit der Reihe ein neues Prinzip der Beziehung der zwölf Tonleitertöne entwickelt.

Doch es ist fraglich, ob die Identifizierung von Tonalität und Tonleiterordnung die Sache der tonalen Harmonie trifft. Wenn der Begriff der Tonalität das Prinzip der Beziehungen von Tonleitertönen bezeichnet, dann wird er mit dem Begriff des Tonsystems synonym, sofern man dieses nicht noch einmal künstlich in Prinzip und Prinzipiiertes unterscheiden will.[19] Zudem hat sich der Begriff der tonalen Harmonie als Kennzeichen der Darstellung einer Tonart durch Akkordbeziehungen im Bezug auf eine Tonika durchgesetzt. Diese Akkordbeziehungen wiederum lassen sich nicht einfach als Folgen der geordneten Beziehungen zwischen Tonleitertönen begreifen. Das Verhältnis von Tonika, Subdominante und Dominante findet sich nirgends in der Skala, auch wenn die drei Dreiklänge aus Leitertönen gebildet werden. Man kann daher, wie Hugo Riemann, mit gleichem Recht behaupten, es ergäben sich nicht die Akkorde aus der Tonleiter, sondern die Tonleitern aus den Akkorden.[20] Erst August Halms Theorie bietet die Möglichkeit, das Verhältnis zwischen Tonleiter und harmonischer Tonalität mit Bestimmtheit zu formulieren, ohne eine der beiden Seiten auf die andere zu reduzieren (§ 192). Tonale Harmonie als Begriff für die Darstellung einer Tonart durch Akkordbeziehungen wird von dem Verständnis von Tonalität als Prinzip der Ordnung von Tonleitertönen jedenfalls nicht erfaßt.

Fétis' Gedanke, die Tonalität als Eigenbestimmung musikali-

---

18 *Josef Rufer*, Die Komposition mit zwölf Tönen, Kassel ²1966, S. 102 ff.
19 Dazu *Carl Dahlhaus*, Untersuchungen über die Entstehung der harmonischen Tonalität, Kassel ²1988, S. 17 f.
20 *Hugo Riemann*, Geschichte der Musiktheorie, Berlin ²1920, S. 253.

scher Logik zu verstehen, muß demnach umformuliert werden. Er lautet dann: Die Eigenbestimmung musikalischer Logik besteht unter dem Gesichtspunkt der Harmonie darin, daß sie die Beziehungen von Akkorden zur Darstellung einer Tonart regelt. Im Bezug auf diese Darstellung erhält das harmonische Geschehen seine Verfassung.

§ 186

Das Vokabular, das man zur Erklärung solcher Regelung benötigt, stellt in den Grundzügen Hugo Riemanns Funktionstheorie bereit. Riemann versteht Akkorde als die Funktionen der Darstellung einer Tonart. Die Beziehungen zwischen den Akkorden bilden mithin funktionale Beziehungen, die nur aus dem Zusammenhang der Tonartdarstellung begreiflich werden.

Das Vokabular, das diesen Gedanken entfaltet, besteht aus den folgenden Grundbestimmungen. Tonalität ist »die eigentümliche Bedeutung, welche die Akkorde erhalten durch die Bezogenheit auf einen Hauptklang, die Tonika«.[21] Harmonielehre wiederum ist die »Lehre von der Bedeutung der Akkorde für die Logik des Tonsatzes«[22] oder direkt die »Lehre von der Bedeutung der Harmonien (Akkorde)«.[23] Da die Bedeutung der Akkorde in der zuerst angeführten Bestimmung in deren Bezogenheit auf die Tonika besteht und in der zweiten Bestimmung mit der Logik des Tonsatzes verbunden wird, ist die Logik des Tonsatzes unter dem Gesichtspunkt der Harmonie mit der Bezogenheit der Akkorde auf die Tonika identisch. Und folglich ist Tonalität die Bedeutung, die Akkorde im Bezug auf die Tonika für die Logik des Tonsatzes haben. Genau das aber ist auch die Bestimmung der harmonischen Funktion: Die Funktion ist »die Bedeutung, welche die Akkorde nach ihrer Stellung zur jeweiligen Tonika für die Logik des Tonsatzes haben«.[24] Die musikalische Logik weist demnach den Akkorden bestimmte Funktionen zu, die sie im Bezug auf die Tonika zu erfüllen haben. Diese Funktionen bestehen im Kern in der Funktion

21 *Hugo Riemann*, Musik-Lexikon, Leipzig ⁶1905, *sub verbo* Tonalität.
22 Ibidem.
23 Ibidem, *sub verbo* Harmonielehre.
24 Ibidem, *sub verbo* Funktion.

der Dominante und der Subdominante sowie in der Funktion der Tonika selbst. Aus ihnen lassen sich die anderen Funktionen herleiten. Das Funktionsgefüge Tonika-Subdominante-Dominante-Tonika vollzieht folglich die Darstellung einer Tonart.

In dem Horizont dieses Gefüges begreift Riemann den musikalisch – und nicht nur akustisch – gehörten Ton: Die Haupteigenschaft jedes Tons ist seine harmonische Bezogenheit.[25] Das bedeutet, ein jeder musikalische Klang wird als Vertreter eines Akkordes verstanden, der eine harmonische Funktion im Rahmen der Darstellung der Tonart durch das Gefüge Tonika-Subdominante-Dominante-Tonika erfüllt. Riemann wandte diese Bestimmung auf alle Musik an. Wir können das einschränken: Die von Riemann beschriebene Haupteigenschaft allen musikalischen Klanges ist in Wahrheit die Haupteigenschaft tonaler Klänge.

§ 187

Gegen die Deutung der Kadenz als Funktionsgefüge Tonika-Subdominante-Dominante-Tonika und die mit ihr einhergehende Konzentration der tonalen Harmonie auf diese Akkordfortschreitung wurde eingewandt, daß es unmöglich sei, sämtliche Akkordfortschreitungen eines Stückes auf jene Folge harmonisch zu beziehen.[26] Zum einen verfehle die Beschränkung auf den Quintschritt die Funktion von Akkorden in Terzabständen; zum andern könne die Folge von Tonarten, in die ein tonales Stück moduliere, von dem Modell Tonika-Subdominante-Dominante-Tonika entschieden abweichen.

Beide Probleme lassen sich jedoch lösen. Denn wenn man, mit

---

25 *Hugo Riemann*, Ideen zu einer Lehre von den Tonvorstellungen, in: Jahrbuch der Musikbibliothek Peters 21/22 (1914/1915), S. 1-26, hier: S. 5.

26 So *Helmut Federhofer*, Akkord und Stimmführung in den musiktheoretischen Systemen von Hugo Riemann, Ernst Kurth und Heinrich Schenker (= Österreichische Akademie der Wissenschaften, Philosophisch-historische Klasse, Sitzungsbericht 380), Wien 1981, S. 20 und S. 178 ff. – Im Hintergrund steht das Bemühen, Schenkers Interpretation der Kadenz aus dem Terzschritt e-d-c, dem der prolongierte Kontrapunkt c-f-g-c zukomme, zu bestätigen. Der kadenzielle Terzschritt stammt jedoch aus Musik vor der tonalen Harmonie und verlor mit dieser seine Geltung. Schenkers Deutung kann daher nicht überzeugen: *Dahlhaus*, op. cit., S. 39 f.

Schönberg, die Modulationen eines Stückes nicht als Wege in selbständige Tonarten, sondern als Wege in die »Regionen«[27] der einen Tonart des Stückes begreift, dann bleibt die Akkordfolge Tonika-Subdominante-Dominante-Tonika das Zentrum des Stückes, ohne dessen harmonische Abweichungen im einzelnen regeln zu müssen. Die Regionen einer Tonart lassen sich über Gemeinsamkeiten der Töne in verschiedene Verwandtschaftsgrade ordnen.[28] Mittels dieser Ordnung vermag die von der Kadenz dargestellte Tonart des Stückes dessen Modulationen in weit entfernte Regionen auch dann zu umfassen, wenn die Folge dieser Regionen selber nichts mit der Akkordfortschreitung der Kadenz zu tun haben. Und hiermit ist zugleich auch das Problem der Funktion terzverwandter Akkorde gelöst. Denn die Mediante besitzt ihre Funktion in der Ordnung der Moll-Regionen nach Verwandtschaftsgraden, weil hier keine natürliche Dominante, der der Leitton fehlen würde, vorhanden ist.

Die Funktionenfolge der Kadenz darf mithin als Ordnungsprinzip der tonalen Harmonie gelten, ohne deshalb alle harmonischen Vorgänge wie im Keim in sich enthalten zu müssen. Es genügt, daß sie die Tonart darstellt, deren Forderung die regionale und überregionale Ordnung aller harmonischen Beziehungen bedingt. Diese Beziehungen entfalten die in der Kadenz dargestellte Tonart, nicht aber die Kadenz selbst.

§ 188

Die Funktionstheorie hat hiermit den Kern der tonalen Harmonie freigelegt. Er besteht in dem Funktionsgefüge von Tonika-Dominante-Subdominante, das die Darstellung einer Tonart vollzieht. Mit andern Worten, der Kern der tonalen Harmonie besteht in der Kadenz. Folglich muß die Eigenbestimmung musikalischer Logik unter dem Gesichtspunkt der tonalen Harmonie im Blick auf die Kadenz weiter artikuliert werden. Solche Artikulation macht indessen einen Schritt aus der Funktionstheorie hinaus notwendig. Denn die Funktionstheorie erschöpft sich in der Bezeichnung

---

27 *Arnold Schönberg*, Die formbildenden Tendenzen der Harmonie, Mainz 1957, S. 19 ff.
28 Ibidem, S. 67 ff.

der Funktionen Tonika, Dominante und Subdominante und ihrer Ableitungen. Sie kann – und will – aber nicht über die innere Verfaßtheit dieser Funktionen nachdenken. Denn hierzu hätte sie ein Vokabular zu entwickeln, das selber kein Vokabular von Funktionen mehr ist, sondern ein Vokabular, das Funktionen artikuliert. Das Vokabular der Funktionstheorie bietet demnach die Grundlage einer weitergehenden Artikulation der funktional identifizierten Kadenz, die in einem anderen Vokabular erfolgen muß.

§ 189

Das benötigte Vokabular, das die Bestimmungen der Funktionstheorie weiter artikuliert, kann einer Theorie entnommen werden, die oft nicht als vertiefte Artikulation, sondern als Gegensatz zur Funktionstheorie begriffen wird. Es handelt sich um die Theorie August Halms.

Halms Theorie wird gerne zusammen mit der Theorie Ernst Kurths als »energetische« Theorie der Funktionenrationalität Riemanns entgegengestellt.[29] Man kann sie jedoch auch – möglicherweise entgegen dem Selbstverständnis ihres Verfassers – unbelastet von Begriffen wie Energie oder Kraft verstehen. Wie Riemann sieht Halm den Kern der tonalen Harmonie in Gültigkeit für alle Musik stehen. In seiner Beschreibung dieses Kerns gelingt es ihm aber, dessen Verfassung freizulegen, deren Gültigkeit dann auf die tonale Musik einzuschränken ist. Im Anfang seiner Harmonielehre heißt es:

Die ganze Musik aber ist auch nichts anderes als eine ungeheuer erweiterte Variation der musikalischen Urform, d. i. der Kadenz; deren Urkeim aber ist die Dominante mit ihrer inneren Bewegung zur Tonika. Eine Urform, die nicht schon bewegt wäre, gibt es überall nicht: πάντα ῥεῖ.[30]

Hiernach bestimmt eine innere Bewegung der Dominante zur Tonika, deren Feststellung vermutlich zu der Kennzeichnung Halms als »Energetiker« führte, die Kadenz Tonika-Subdominante-Domi-

---

29 Eine Quelle dieser Entgegensetzung ist *Rudolf Schäfke*, Geschichte der Musikästhetik in Umrissen, Berlin 1934, S. 394 ff. Das dort gezeichnete Bild hat sich verselbständigt und erfreut sich bis heute weiter Verbreitung.

30 *August Halm*, Harmonielehre, Berlin und Leipzig 1912, S. 5.

nante-Tonika (I-IV-V-I oder T-S-D-T) in ihren beiden Schritten. Der erste Schritt der Kadenz führt von der Tonika zur Subdominante, ihr zweiter Schritt von der Dominante zur Tonika. Es handelt sich bei beiden Schritten um denselben Vorgang: eine fallende Quinte. Der Quintschritt abwärts ist mithin das »Axiom der Bewegung«.[31] Nun läßt der erste Quintfall die Tonika als Dominante und die Subdominante als Tonika erscheinen; denn die Dominante steht zur Tonika im Abstand der Quinte, und der Quintfall etabliert diesen Abstand. Das aber ist im Bezug zur Tonart, die die Kadenz darstellen soll, ein Widerspruch. Diese setzt den Eingangsakkord als Tonika, nicht als Dominante. Durch den Quintfall erscheint die Tonika somit als Dominante, obwohl sie als Tonika gesetzt wird. Dieser Widerspruch wird in dem zweiten Quintfall aufgelöst. Er läßt die Tonika als Tonika erscheinen und setzt sie dadurch wieder in ihr Recht ein. Ohne den ersten Schritt gäbe es aber gar keine Veranlassung zu dem zweiten Schritt der Kadenz. Denn nur weil mit einer Tonika begonnen wird, die sich als Dominante zeigt, muß diese Tonika als Tonika bestätigt werden. Die Verfassung der Kadenz erfolgt hiernach auf der Grundlage des Quintschrittes abwärts, ohne dessen Bewegung die Akkordfolge gar nicht in Gang käme, und ergibt sich aus der in diesem Quintschritt errichteten Widersprüchlichkeit des Dreiklanges, der die Tonika sein soll und sich als Dominante einführt.

Auf diese Weise läßt sich die Kadenz mit Hilfe zweier Sachverhalte explizieren. Der erste Sachverhalt ist der Sachverhalt des Quintfalls. Er führt zu dem zweiten Sachverhalt einer inneren Widersprüchlichkeit der harmonischen Funktion eines Klanges. Diese Widersprüchlichkeit aufzulösen ist das Werk der gesamten Kadenz. Deren Darstellung einer Tonart beruht folglich auf dem widersprüchlichen Erscheinen der Tonika, das der Quintfall herbeiführt. »Aus der gestörten Einheit des sich in der Bedeutung spaltenden Tonika-Dreiklangs wird die weit höhere Einheit der Tonart geboren.«[32]

31 Ibidem, S. 15.
32 Ibidem, S. 31.

Halms Erklärung der Kadenz weist deren Verfassung als einen nach Lösung verlangenden Widerspruch auf.[33] Der Widerspruch besteht freilich nur unter der Voraussetzung, daß eine Tonart dargestellt werden soll. Denn der Eingangsakkord der Kadenz spaltet sich nur dann in zwei Bedeutungen auf, wenn er unter dem Gesichtspunkt seiner jeweiligen Funktion auftritt, und diese Funktion ist seine Funktion innerhalb der Darstellung einer Tonart. Mit andern Worten, die Akkorde werden immer im Bezug auf den Grundakkord der Tonika genommen – nur wird dieser Grundakkord durch den Quintfall so auf einen anderen Akkord bezogen, daß nun dieser als Grundakkord und jener als auf ihn bezogen erscheint. Darum kann der als Tonika gesetzte Akkord durch den Quintfall als Dominante zur Subdominante auftreten, so daß die trotz dieses Scheins beibehaltene Beziehung des Geschehens auf den Grundakkord die Bestätigung jenes Akkordes als Tonika durch den zweiten Quintfall von der Dominante zur Tonika verlangt.

Der Sachverhalt, daß im Hintergrund der Kadenz immer die Darstellung der Tonart durch den Bezug der Akkorde auf einen Grundakkord steht, wird auch daran deutlich, daß die Kluft zwischen den Akkorden der Subdominante und der Dominante allein im Blick auf deren klangliche Gestalt unüberwindbar ist. Denn Subdominante und Dominante weisen weder einen gemeinschaftlichen Ton noch eine Verbindung durch einen Leitton auf. Ihre Verknüpfung erfolgt ausschließlich als Forderung der Tonart, weil erst sie die Tonika bestätigt und damit die Tonart festlegt.[34] So ist der Quintfall für sich genommen harmonisch bedeutungslos. Nur innerhalb der Darstellung einer Tonart gewinnt seine Bewegung die harmonische Bedeutung, die Tonika als Dominante erscheinen

---

33 Im Grunde führt Halm hier Hauptmanns Einsicht in die Selbstentzweiung eines Dreiklanges als Kern der Kadenz weiter: *Moritz Hauptmann*, Die Natur der Harmonik und Metrik. Zur Theorie der Musik, Leipzig 1853, S. 21 ff. Er entkleidet diese Einsicht aber der seltsamen Intervalltheorie, in der sie steht, und begreift die Kadenz nicht als Folge I-IV-I-V-I (T-S-T-D-T), sondern wie Riemann als Folge I-IV-V-I (T-S-D-T); daher versteht er den Widerspruch des Dreiklanges als den Widerspruch der Tonika, in Form einer Dominante zu erscheinen, und nicht als ihren Widerspruch, einmal als Dominante (I-IV), das andere Mal als Subdominante (I-V) aufzutreten.

34 *Halm*, op. cit, S. 32.

zu lassen und daher den Schritt von der Subdominante zur Dominante zu fordern.

§ 191

Den Sachverhalt des widersprüchlichen Akkordes versteht Halm als »Dissonanz im sublimen Sinn«.[35] Der Sachverhalt ist eine Dissonanz, weil er die Konsonanz des Akkordes in zwei entgegengesetzte harmonische Bedeutungen aufspaltet und zu einer Auflösung in eine neue Konsonanz drängt.

Für Halm ist das Grund genug, von einer Dissonanz zu sprechen. Man kann aber die sublime Dissonanz des widersprüchlichen Akkordes im Rückgriff auf Riemann – und gegen dessen eigene Absichten – auch weiter erklären. Der Begriff der Dissonanz bezeichnet die »Störung« der Konsonanz der zu einem Klang gehörigen Töne »durch einen oder mehrere Töne, welche als Vertreter von anderen Klängen verstanden werden müssen«.[36] Nun sind wiederum, wie gesehen, alle Klänge in ihrer harmonischen Funktion zu verstehen. Eine Dissonanz bildet mithin die Störung einer Funktion durch die Vertreter einer anderen Funktion. Eben das aber geschieht »im sublimen Sinn«, wenn ein Akkord funktional in sich selbst widersprüchlich wird. Denn dann erscheinen seine Töne insgesamt als die Vertreter einer anderen Funktion – die Tonika tritt als Dominante auf. Insofern darf sie mit Recht als Dissonanz verstanden werden.

Dementsprechend nimmt die Kadenz die Auflösung einer sublimen Dissonanz durch Bestätigung der Konsonanz vor. Die bestätigte Konsonanz kann freilich nicht unabhängig von dem Weg zu ihr begriffen werden. Sie ist das Ergebnis der Akkordfortschreitung und weist daher über den Dreiklang der Tonika am Ende der Kadenz hinaus auf das, worum es in dem gesamten Funktionengefüge Tonika-Subdominante-Dominante-Tonika geht: auf die Tonart selbst, die jene Fortschreitung fordert. Halm schreibt daher: »Diese errungene Konsonanz sublimerer und tieferer Art heißen wir ›Tonart‹. Die Kadenz ist deren vollständige Darstellung.«[37] Und: »Die

35 Ibidem, S. 30.
36 *Riemann*, op. cit., *sub verbo* Dissonanz.
37 *Halm*, op. cit., S. 15.

Tonika hat ihre Ruhe nur als Einheit ihrer beiden Dominantgegensätze. *Die Konsonanz lebt nicht, denn als Forderung – sie geschieht nicht! Die Geschichte der Musik ist die Geschichte der Dissonanz!«*[38]

§ 192

Insofern die sublime Konsonanz die Tonart ist, diese aber ihrer Darstellung in der sublimen Dissonanz und deren Auflösung bedarf, die die Kadenz ausmacht, bildet die Tonart selbst nicht das Kadenzgeschehen, sondern die hinter der Kadenz stehende Forderung. Sie ist das »Es soll« der Akkordfortschreitung.

Diese Bestimmung der Tonart als Forderung klärt das Verhältnis der tonalen Harmonie zur Ordnung der Tonleiter. Einerseits kann die Tonleiter aus den Tönen der Akkorde der drei Funktionen gebildet werden; insofern ist sie in der Kadenz enthalten. Anderseits setzten die drei Akkorde die Tonleiter voraus, weil sie ohne deren Oktavgliederung gar nicht die harmonischen Funktionen einnehmen könnten, durch die sie harmonisch bestimmt werden.[39] Denn nur unter dem Gesichtspunkt der Lage vollzieht der Schritt von der Tonika zur Subdominante einen Quintfall: Man muß das Verhältnis der Töne c-e-g etwa zu c-f-a als das Verhältnis zu den Tönen F-A-c deuten können. Die Möglichkeit verschiedener Lagen desselben Akkordes aber hängt von der Gliederung der Tonleitern in Oktaven ab. Mithin enthält die Kadenz zwar die Töne der Leiter, steht selber jedoch unter der Voraussetzung einer Leiterordnung, die nicht aus ihr entnommen werden kann.

Das bedeutet freilich nicht, daß die Tonleiter zu den Bedingungen der Tonart gehört. Im Gegenteil: Weil die Tonart als Forderung bestimmt ist, bedingt ihre Geltung die harmonische Interpretation der Leiter. Die Tonleiter ist auf eine bestimmte Weise geordnet, und diese Ordnung wird unter dem »Es soll« der Tonart nun auf eine bestimmte Weise harmonisch verwendet. Das heißt, die Ordnung der Tonleiter in Oktaven ist unabhängig von der Kadenz; unter dem harmonischen Gesichtspunkt jedoch wird sie der Forde-

---

38 Ibidem, S. 128.

39 *August Halm*, Das Wunder der Oktav, in: *ders.*, Von Grenzen und Ländern der Musik. Gesammelte Aufsätze, München 1916, S. 136-146.

rung der Tonart unterworfen und dient dann als Rahmen für deren Darstellung durch die Kadenz.

§ 193

Somit kann der Kern der tonalen Harmonik, die Kadenz, als Funktionengefüge erklärt werden, dessen innere Verfassung durch den Quintfall und die durch ihn erfolgende Störung der Funktion der Tonika artikuliert wird. Der Kern der tonalen Harmonie besteht demnach in der Verwirklichung einer Forderung, deren Erfüllung vermittels bloßer Setzung eines Akkordes durch die Bewegung des Quintfalls gestört wird, dadurch einen Widerspruch hervorruft und nach dessen Auflösung verlangt. Der Quintfall selbst kann ebensowenig wie die Funktionen der Akkorde auf weitere Sachverhalte zurückgeführt werden. Quintfall und harmonische Akkordfunktion sind die Momente der Kadenz und dienen in ihr zur Darstellung einer Tonart.

Ernst Kurths Bemühen, die in solcher Bewegung erfahrbare »Energie« der Akkorde als »Reflexe aus dem Unbewußten«[40] zu erklären, setzt hingegen die Bewegungsenergie eines Klanges als eigene Quelle der musikalischen Harmonie an. Seine Theorie beruht auf der Überzeugung, daß der Akkord nicht These einer Funktion sei, sondern potentielle Energie, deren Spannung sich im harmonischen Geschehen löse.[41] Doch alle derartige Suche nach außermusikalischen Ursachen musikalischer Sachverhalte verfehlt deren Eigenbestimmung, um die es der musikalischen Logik geht. Innerhalb der musikalischen Eigenbestimmung bliebe daher nur die Bewegungskraft eines Klanges als solche übrig, ohne ihren Bezug auf das Unbewußte. Die Annahme einer Bewegungskraft aus einem einzelnen Klang wiederum ergibt im Rahmen der Kadenz keinen Sinn. Denn die Bewegung der Klänge bildet unter harmonischem Gesichtspunkt ein Moment der Kadenz; sie kann daher nicht aus der potentiellen Energie des vereinzelten Klanges verstanden werden, sondern nur in ihrem Beitrag zu dem Ganzen, inner-

---

40 *Ernst Kurth*, Romantische Harmonik und ihre Krise in Wagners »Tristan«, Berlin 1923, S. 1.

41 Ibidem, S. 9 ff. Ferner *ders.*, Die Voraussetzungen der theoretischen Harmonik und der tonalen Darstellungssysteme, Bern 1913, S. 129 ff.

halb dessen Klänge überhaupt erst ihre Spannung erhalten.[42] Das Ganze aber besitzt seine Eigenart als Forderung der Tonart nach ihrer Darstellung. Die Bewegungsenergie des Klanges bestimmt die tonale Harmonie daher nur in dem Zusammenhang der von dieser Forderung getragenen Kadenz. Sie ist ein Moment ihrer Verwirklichung ohne eigene Sonderbestimmung.

Im Blick auf die Momente der Kadenz geht es somit nicht um die Begründung der Einzelmomente über die Kadenz hinaus. Vielmehr geht es um die Explikation der Kadenz in ihre Momente. Die Momente der Kadenz sind für sich genommen so wenig begründet wie die tonale Harmonie insgesamt, deren Kern sie ausmachen. Aber als in ihre Momente explizierte Kadenz wird das tonale Geschehen verständlich.

§ 194

Mit dieser Überlegung kann der Kreis zu der Kategorie des musikalischen Sinnes zurück geschlossen werden. Wie gesehen, besteht der musikalische Sinn in dem Verständlichsein des musikalischen Klanges als Funktion, die er in dem Zusammenhang des musikalischen Werkes erfüllt. Diese Funktion verleiht ihm eine Folgerichtigkeit nach Art des rhetorischen Argumentes: Der Klang macht sich in seinem Sosein bereichsabhängig gegen Widerstand geltend. Hierin besteht seine ästhetische Notwendigkeit.

Unter dem Gesichtspunkt der tonalen Harmonie besitzen nun musikalische Klänge ihre Funktion darin, ein Moment der bestimmten Ordnung der Kadenz zu bilden oder auf diese über Verwandtschaften von Regionen bezogen zu sein. Als solche Funktionen – im Kern also: als Tonika, Subdominante oder Dominante – werden musikalische Klänge verständlich. Ihr funktionales Sein in einem Anderen ist tonal-harmonisch ihr Sein im Bezug auf die Kadenz. Zugleich vollzieht sich die Kadenz als sublime Dissonanz und deren Auflösung. Diese Dissonanz ist im Rahmen der tonalen Harmonie das, was Widerstand seitens Erfahrenden hervorruft. Denn unter der Bedingung tonaler Harmonie besteht die

---

42 So bereits *Herbert Eimert*, Bekenntnis und Methode. Zur gegenwärtigen Lage der Musikwissenschaft, in: Zeitschrift für Musikwissenschaft 9 (1926/27), S. 95-109, hier: S. 100.

Erfahrung eines Akkordes in der Erfahrung seiner harmonischen Funktion. Da die sublime Dissonanz der Kadenz aber auf einer Gleichzeitigkeit zweier widersprüchlicher harmonischer Funktionen beruht, wird die Erfahrung des eingangs als Tonika gesetzten Klanges verstört. Man erfährt nicht, ob er Tonika oder Dominante ist. Die Verstörung des ästhetischen Apparates ist mithin kein Ausnahmefall. Sie geschieht im Herzen der tonalen Harmonik, der Kadenz, durch die Störung der harmonischen Funktion des als Tonika gesetzten Eingangsakkordes im Quintfall zur Subdominante. Diese Verstörung bleibt so lange bestehen, bis die Spannung der sublimen Dissonanz in die sublime Konsonanz der vollzogenen Kadenz aufgelöst worden ist. Wer diese, durch die Allgegenwart tonaler Musik zugekleisterte, Störung nicht erfährt, erfährt auch nicht die Kadenz – und also nicht den Herzschlag der tonalen Harmonie.

Das ist die ästhetische Notwendigkeit musikalischer Klänge in der tonalen Harmonie: Sie erfüllen harmonische Funktionen in der Darstellung einer Tonart, die genau darin besteht, daß sie eine Störung – tonal-harmonisch: eine Dissonanz – errichtet und wieder auflöst. Der Widerstand des Erfahrenden wird dadurch in die Erfahrung »So muß es sein« verwandelt. All das ist bereichsabhängig, weil es nur unter den Bedingungen tonaler Harmonie Gültigkeit besitzt. In dem Bereich der tonalen Harmonie ist die Akkordfortschreitung der Kadenz notwendig, weil sie dort die Verstörung des ästhetischen Apparates in die Erfahrung dessen verwandelt, daß jene Fortschreitung für die Darstellung der Tonart so sein muß, wie sie ist. In einem Stück aus dem 14. Jahrhundert hingegen wäre sie unter harmonischem Gesichtspunkt nicht notwendig.

§ 195

Die Verbindung der oft entgegengesetzten Theorien Riemanns und Halms vermag folglich zu zeigen, was musikalischer Sinn ist. Die erste artikuliert, was eine Funktion musikalischen Klanges sein kann; die zweite artikuliert, was eine Folgerichtigkeit musikalischen Klanges sein kann. Zusammen liefern sie das Vokabular, das es erlaubt, die argumentative Struktur der musikalischen Logik zu artikulieren. Die Akkordfolge I-IV-V-I ist ein Argument, weil ihre Klänge Funktionen in der Darstellung einer Tonart übernehmen, die in der Errichtung von Dissonanzspannung und deren Auflösung geschieht. Als solche Funktionen sind sie verständlich und machen sich mit ästhetischer Notwendigkeit im Bereich der tonalen Harmonie geltend. Sie haben Sinn.

§ 196

Die tonale Harmonie verdeutlicht jedoch nicht nur, was der musikalische Sinn eines Klanges sein kann. Sie verdeutlicht zugleich, wie sich der musikalische Sinn eines Klanges eben durch die Regeln zu ändern vermag, die ihn errichten sollten. Denn der Geltungsverlust der tonalen Harmonie ereilte diese nicht durch ihre Konfrontation mit fremden harmonischen Regelsystemen. Er vollzog sich von innen.

Der tonal-harmonische Sinn eines musikalischen Klanges besteht in dessen Funktion im Bezug auf die Darstellung der Tonart. Diese Darstellung erfolgt in der Kadenz durch die sublime Dissonanz und deren Auflösung. Die sublime Dissonanz jedoch vermag sich auch so geltend zu machen, daß ihre Spannung nicht zur Auflösung gelangt, sondern in neue Spannungen mündet. In solchen Fällen gelangen die Darstellungen der Tonart nicht zu einem Abschluß und verwässern die einheitliche Tonart des Stückes. Eine »schwebende« und schließlich eine »aufgehobene« Tonalität entsteht.[43] Die Auflösung der monotonalen Ordnung des Stückes aber nimmt den Klängen ihren harmonischen Bezug auf die Darstellung der Tonart. Anders als in der klassischen Harmonik erlangen Akkorde in der romantischen Harmonik einen Hang zur Selbständigkeit.[44] Sie erfüllen keine Funktionen mehr, sondern schweifen umher. Das alles geschieht innerhalb des tonal-harmonischen Regelsystems – nur dienen diese Regeln nun dazu, durch unaufhörliche Modulationen den Kern des Regelsystems, die Darstellung der Tonart, zu verschütten. Indem so die Klänge innerhalb des tonal-harmonischen Regelsystems aus ihrer tonal-harmonischen Funktion heraustreten, treten sie aus der tonalen Ordnung selbst heraus. Sie werden sich daher schließlich selber Ordnung.[45] Das heißt, das

43 *Arnold Schönberg*, Harmonielehre, Wien ⁷1966, S. 460 f.
44 *Ernst Kurth*, op. cit., zumal S. 91.
45 *Herbert Eimert*, Lehrbuch der Zwölftontechnik, Wien 1952, S. 7 f.

Organisationsprinzip der Töne ist nun nicht mehr das Prinzip der Funktion, sondern das Prinzip der Intervalle. Hier kann die Zwölftontechnik ansetzen. Sie setzt die chromatischen Halbtonstufen endgültig außer Funktion, stuft das Chroma aus und macht die zwölf Halbtöne zu den zwölf Tönen.

In diesem Vorgang erschöpfte die funktionale Harmonik auf immanente Weise die tonalen Mittel, woraus dann die Mittel der Komposition mit zwölf Tönen hervorgingen. Der harmonische Sinn des musikalischen Klanges verwandelt sich grundlegend. Bestand er unter der Bedingung tonaler Harmonie in der Funktion des Klanges zur Darstellung der Tonart, so besteht er nunmehr in dem Bezug des Klanges auf die Reihe. Die Durchführung des Regelsystems entkleidet so die geregelten Klänge am Ende ihres Sinnes und läßt sie in ein anderes Regelsystem übergehen.

§ 197

Ein derartiger Übergang erschließt der musikalischen Logik einen neuen Argumentationsbereich. Weil die Folgerichtigkeit musikalischer Klänge bereichsabhängig ist, bedeutet der Übergang aus einem ihrer Regelsysteme zu einem anderen die Eröffnung eines neuen Bereiches, in dem musikalische Klänge zu überzeugen vermögen. In diesem Zuge verlieren einige Klänge ihre Überzeugungskraft, während andere eine Überzeugungskraft gewinnen, die sie in dem vorangegangenen Bereich nicht besaßen.

Beispiele für die verlorene Überzeugungskraft musikalischer Klänge geben Adornos Kennzeichnung des verminderten Septakkordes, dessen »Schäbigkeit [...] selbst das stumpfere Ohr«[46] gewahre, und seine Interpretation der Emanzipation der Dissonanz, die »die Beziehung der in ihr vorkommenden Töne, wie immer auch komplex, artikuliert vor Augen stellt, anstatt deren Einheit durch die Vernichtung der in ihr enthaltenen Partialmomente, durch ›homogenen Klang‹ zu erkaufen«.[47] Im Rahmen der tonalen Harmonie erfüllen verminderter Septakkord und homogener Klang ihre Funktion in der Darstellung einer Tonart. Dort hinge-

46 *Theodor W. Adorno*, Philosophie der neuen Musik (= Gesammelte Schriften 12), Frankfurt am Main 1975, S. 40.
47 Ibidem, S. 61.

gen, wo es nicht mehr um die Darstellung der Tonart geht, sondern um die Intervalle der Einzeltöne, klingt der nach Auflösung gierende Reiz des Septakkordes schäbig, und die Dissonanz als Ausdruck dessen, daß die Töne selber die Ordnung darstellen, verdrängt das Homogene, das Töne nicht als solche zur Geltung bringt, sondern nur als Bestandteile übergreifender Verschmelzungen.

In beiden Fällen hat sich der Bereich der musikalischen Argumentation geändert. Mit ihm veränderte sich auch die Überzeugungskraft der Klänge: ihr jeweiliges Verständlichsein und also ihr Sinn.

§ 198

Die tonale Harmonie bildet demnach sowohl ein Modell musikalischen Sinnes als auch ein Modell seiner Umwandlung. Sie zeigt, was es heißt, daß ein musikalischer Klang als eine Funktion verständlich wird und Folgerichtigkeit besitzt, und sie zeigt, was es heißt, daß ein musikalischer Klang diese Verständlichkeit verlieren kann. Aber der musikalische Sinn eines Klanges läßt sich nicht auf dessen funktionales Sein in einem Anderen reduzieren. Musikalische Klänge werden nicht nur als etwas verständlich, das auf andere musikalische Klänge bezogen ist. Sie werden oft auch als etwas verständlich, das auf Außermusikalisches bezogen ist: auf ein Gefühl, auf ein Lebewesen, auf ein Konzept. Schon die Titel musikalischer Werke können einen solchen Bezug darlegen: Lamento, *Le Merle noir*, *Eroica*. Wenn sodann auch noch ein Text zur Musik kommt, scheint der Bezug auf Außermusikalisches vollends einen weiteren Sinn des musikalischen Klanges zu bestimmen. Es gilt mithin, neben dem funktionalen Sinn weitere Dimensionen des musikalischen Sinnes zu artikulieren.

§ 199

Ausgangspunkt dieser Artikulation bildet die Einsicht darein, daß die Bezugnahme eines musikalischen Klanges auf Außermusikalisches nicht nach Art einer Repräsentation des Außermusikalischen in Musik begriffen werden kann. So nahe es liegt, den musikalischen Bezug auf Trauer, eine Schwarzamsel oder Heldentum als deren musikalische Repräsentation zu verstehen, so verfehlt ist diese Annahme doch. Denn den Grundvoraussetzungen der Repräsentation eines Seienden vermag Musik nicht zu genügen. Musik ist keine repräsentierende Kunst.

§ 200

Das Scheitern des Repräsentationsmodells zur Erklärung musikalischen Sinnes läßt sich an folgenden Sachverhalten einsehen.[48] Eine musikalische Repräsentation würde auf das von ihr Repräsentierte referieren. Hierzu müßten mindestens die folgenden Bedingungen erfüllt sein: Die Musik wäre als das repräsentierende Medium von dem repräsentierten Gegenstand unterschieden, und sie würde Gedanken über den repräsentierten Gegenstand ausdrücken, die etwas über ihn aussagen. Beide Bedingungen vermag Musik nicht zu erfüllen.

Erstens prädiziert Musik nichts. Denn weil sie selber keine propositionale Form besitzt, kann sie Gegenständen keine Eigenschaften zuschreiben. Kunstwerke »sagen« daher nicht etwas, sie »zeigen« es, »führen es vor«, »stellen es dar«, »exponieren« es, »inszenieren« es.[49] Dieses Zeigen, Vorführen, Darstellen, Exponieren, Inszenieren bildet den Bezug der Musik auf Außermusikalisches. So drückt der musikalische Bezug auf eine Schwarzamsel nicht den Sachverhalt »Dies ist eine Schwarzamsel, und sie ist soundso« aus. Vielmehr erfolgt er in der musikalischen Vorführung und Inszenierung des Gesangs einer Schwarzamsel. Er teilt uns nichts über die Schwarzamsel mit, sondern verwandelt deren Gesang in Musik. Gleichermaßen gibt der musikalische Bezug auf Trauer keine Eigenschaften der Trauer außerhalb der Musik an, und der musikalische Bezug auf Heldentum keine Eigenschaften des Heldentums außerhalb der Musik. Zwar erfahren wir die Schwarzamsel, Trauer und Heldentum in der Musik und erweitern hierdurch auch unser

---

48 Die beste Diskussion dieser Fragen bietet *Roger Scruton,* Representation in Music, in: *ders.,* The Aesthetic Understanding. Essays in the Philosophy of Art and Culture, London 1983, S. 62-76, sowie *ders.,* The Aesthetics of Music, Oxford 1997, S. 123 ff.
49 *Albrecht Wellmer,* Versuch über Musik und Sprache, München 2009, S. 156.

Verständnis des Tieres, des Gefühls und des Konzeptes insgesamt; aber wir erfahren nichts über sie, das einen außermusikalischen Sachverhalt beschriebe. Trauer und Heldentum zeigen sich. Aussagen fehlen hier.

Ohne eine Prädikation vermag man indessen nicht von einer Repräsentation zu sprechen. Denn die Identifikation des Repräsentierten bedarf dessen Charakterisierung als etwas, das soundso ist. Und ohne Identifikation kann man das, was man zu repräsentieren sucht, nicht repräsentieren. Die zweite Bedingung der Repräsentation wird folglich in Musik nicht erfüllt.

§ 201

Aber auch die erste Bedingung einer Repräsentationsbeziehung vermag Musik nicht immer zu erfüllen. In vielen Fällen nimmt sie die Verschiedenheit von Medium und Gegenstand der Repräsentation zurück. Wer die repräsentierten Trauben eines Bildes für Trauben hält, hat das Bild nicht verstanden; er gleicht den Vögeln, die an ihm picken. Aber diese Unterscheidung läßt sich im Falle der Musik oft nicht aufrechterhalten. Wenn musikalische Klänge sich als Bezug auf etwas Außermusikalisches verstehen lassen, dann werden sie meistens dieses Außermusikalische selbst. Messiaens Schwarzamselgesang *ist* ein Schwarzamselgesang, ein Lamento *ist* Trauer, und die *Eroica ist* Heldentum. Gewiß, die Amsel, die Trauer und das Heldentum sind hier eine Amsel, eine Trauer und ein Heldentum nur in der Musik. Und die Distanz zur außermusikalischen Amsel, Trauer und Heldentum bleibt für deren musikalische Darstellung konstitutiv. Dennoch ist die Musik weniger ein Medium ihrer Darstellung als das Dargestellte selbst. Denn wir verstehen Messiaens Klänge als Vogelgesang und nicht als Repräsentationen eines Vogelgesanges, während wir dann, wenn wir die Farbflecke eines Bildes als Trauben verstehen und nicht als Repräsentationen von Trauben, zu den Vögeln des Zeuxis werden. Die vom musikalischen Klang inszenierte Amsel kann daher von diesem nicht säuberlich geschieden werden. Der Klang ist die Amsel.

Die beiden Schwierigkeiten, in die sich die Beziehung der Repräsentation verwickelt, wenn sie zur Erklärung musikalischen Sinnes herangezogen wird, erfordern die Suche nach einem anderen Modell. Wichtig ist hierbei der Sachverhalt, daß das Außermusikalische, auf das sich Musik bezieht, nur aufgrund des funktionalen Sinnes der Klänge gegenwärtig zu sein vermag. Musikalische Gegenwart erhalten Trauer, Vogel und Heldentum nur in Gestalt folgerichtiger Klänge der musikalischen Logik. So wird ein im funktionalen Zusammenhang mit anderen Klängen stehender Strukturklang als Vogelgesang verständlich. Der Klang stellt mithin keinen isolierten Code dar, der außerhalb des Werkzusammenhanges den Vogel bezeichnen würde; das kann er zwar auch, aber dann bildet er keinen musikalischen Klang mehr, sondern ein heteronomes Klangsignal. Vielmehr vermag er, der als eine wie immer auch beschaffene Funktion verständlich ist, auch in anderer Hinsicht verständlich zu werden. Um den musikalischen Sinn zu bestimmen, den Klänge im Bezug auf Außermusikalisches haben, muß daher ein Modell entwickelt werden, das den funktionalen Sinn als die Grundlage zu verstehen hilft, auf der die anderen Sinne entstehen können.

§ 203

Das benötigte Modell ist das Modell des vierfachen Schriftsinnes. Es wurde von der Theologie zur Deutung der Bibel entwickelt. Sein Grundgedanke, dessen bewundernswerten Entfaltungen hier nicht weiter nachgegangen werden kann, ist der folgende.[50]

Der Text der Bibel muß in einem ersten Schritt in seinem Wortsinne verstanden werden. Man hat zu verstehen, was etwa das Wort »Jerusalem« buchstäblich bezeichnet: eine Stadt in Israel, bevor man zu einem weiteren Verständnis dieses Wortes gelangen kann.

---

50 Die beiden klassischen Darstellungen des mehrfachen Schriftsinnes sind *Friedrich Ohly*, Vom geistigen Sinn des Wortes im Mittelalter, in: *ders.*, Schriften zur mittelalterlichen Bedeutungsforschung, Darmstadt 1977, S. 1-31, und vor allem *Henri de Lubac S.J.*, Exégèse médiévale. Les quatre sens de l'Écriture, 4 Bände, Paris 1959-1964.

Hierauf aufbauend, läßt sich nun der Bibeltext im geistigen Sinne (*sensus spiritualis*) auslegen. Dies kann, weil es sich um den geistigen Sinn des Textes handelt, nur unter Einwirkung des Heiligen Geistes geschehen. Sich vom Heiligen Geist leiten zu lassen bedeutet wiederum, seine Seele in die rechte Ordnung zu bringen. In dieser rechten Ordnung seiner Seele wird der Mensch zu dem ertüchtigt, auf das die Seele ihrem Keim nach angelegt ist. Diese Tüchtigkeit des Menschen ist seine Tugend. Um den geistigen Sinn des Textes zu verstehen, hat der Interpret mithin in der tugendhaften – »tüchtigen« – Verfassung zu sein, die ihm der Heilige Geist zu verleihen vermag. Nun gibt es nach Paulus drei Haltungen, die den Menschen auf Gott hin ausrichten: Glaube, Liebe, Hoffnung.[51] Diese Haltungen kommen dem Menschen durch den Heiligen Geist zu; sie bringen seine Seele in die rechte Ordnung. Die drei geistigen Tugenden Glaube, Liebe, Hoffnung ertüchtigen den Menschen daher auch dazu, den geistigen Sinn eines Textes zu verstehen: Sie erschließen den geistigen Sinn des Wortes.

Dementsprechend gibt es drei geistige Sinne: den Sinn für das glaubende Verständnis, den Sinn für das liebende Verständnis, und den Sinn für das hoffende Verständnis. Diese Sinne werden als allegorischer, tropologischer und anagogischer Sinn bezeichnet. Der allegorische Sinn gibt ein christliches Dogma an (Glaube); der tropologische Sinn gibt eine Anweisung zum Handeln an (Liebe); der anagogische Sinn gibt die Eschatologie des menschlichen Strebens an (Hoffnung). Im Falle des Wortes »Jerusalem« heißt das: Für die Auslegung des Glaubens bedeutet das Wort die Kirche; für die Auslegung der Liebe bedeutet es die menschliche Seele; und für die Auslegung der Hoffnung bedeutet es das Himmelreich.[52] Denn der Glaube legt das Wort »Jerusalem« daraufhin aus, was es im Zusammenhang dessen bedeutet, was man glauben soll; die Liebe legt es daraufhin aus, was es im Zusammenhang dessen bedeutet, was man tun soll; und die Hoffnung legt es daraufhin aus, was es im Zusammenhang der letzten Dinge bedeutet, zu denen wir hinstreben sollen.

Auf diese Weise artikuliert der vierfache Schriftsinn den Sinn eines Wortes in buchstäblicher und in geistiger Hinsicht. Der buchstäbliche Sinn des Wortes bildet das Fundament, auf dem der

51 1 Korinther 13, 13.
52 *Johannes Cassianus*, Collationes 14, 8.

Überbau des geistigen Sinnes sich erhebt. Dieser Überbau gliedert sich gemäß den drei geistigen Tugenden in die Auslegung des Glaubens, der Liebe und der Hoffnung, die das Wort als Allegorie, Tropologie oder Anagogie verstehen. Ein mittelalterliches Bild beschreibt diesen Zusammenhang so: Auf der Grundlage des Buchstabens richten sich die Wände der Allegorie auf, über denen sich das Dach des anagogischen Verstehens ins Jenseits wölbt, während der tropologische Sinn die Wände dieses Gebäudes wie eine Farbe schmückt.[53]

§ 204

Die Hermeneutik ist sich ihrer Herkunft aus den Überlegungen zum mehrfachen Schriftsinn immer bewußt gewesen.[54] Aber erst in jüngerer Zeit konnte die Struktur des vierfachen Schriftsinnes aus dessen Bezug auf die Auslegung des Bibeltextes gelöst und auch für die Interpretation weltlicher Literatur fruchtbar gemacht werden.[55]

Hierzu hat man die Eigengeltung des Kunstwerkes mit der Eigengeltung der Bibel zu vergleichen. Der Bibeltext besitzt deswegen einen vierfachen Schriftsinn, weil die Welt, von der er handelt, Gottes Schöpfung ist. Denn als Gottes Schöpfung ist die Welt vom Heiligen Geist geordnet und im Bezug auf die geistige Ordnung verständlich. Anders gesagt, sie ist sinnvoll für den Glauben, für die Liebe und für die Hoffnung. Die Dinge der Welt lassen sich daher unter diesen Gesichtspunkten verstehen: als Allegorien der Dogmen, als Tropologien der Praxis, als Anagogien des Strebens. Doch nicht nur die Welt, von der der Bibeltext handelt, ist als Gottes Schöpfung zu verstehen. Auch der Bibeltext selbst bildet eine solche Schöpfung. Ja, mehr noch: Er gibt Gottes Wort selbst wieder – das Wort also, das auch die gesamte Schöpfung erschaffen hat: »Und Gott sprach: Es werde Licht! Und es ward Licht.«[56] Das heißt, der vierfache Schriftsinn der Bibel beruht auf dem Sachver-

53 *Ohly*, op. cit., S. 15.
54 *Wilhelm Dilthey*, Die Entstehung der Hermeneutik, in: *ders.*, Gesammelte Schriften 5, Stuttgart 1957, S. 317-331, hier: S. 322 ff.
55 *Horst-Jürgen Gerigk*, Lesen und Interpretieren, Göttingen 2002, S. 119 ff. – Belehrung in diesen Dingen verdanke ich Grit Schwarzkopf.
56 1 Mose 1, 3.

halt, daß der Bibeltext eine Schöpfung des Schöpfers ist, der auch die Welt geschaffen hat, von dem der Text handelt.

Eben das aber gilt auch für das literarische Kunstwerk. Wird es in seiner Eigenbestimmtheit ernst genommen, dann bedeutet das, daß die Welt, von der es handelt, eine Schöpfung seines Autors ist. Die Welt, die es uns darbietet, kann daher auch als eine Welt voller Sinn verstanden werden. Der buchstäbliche Sinn eines literarischen Textes, der die Welt beschreibt, legt so die Grundlage, auf der sich sein geistiger Sinn erheben kann, der diese Welt verständlich werden läßt. Und weil Glaube, Liebe, Hoffnung in diesem Übergang vom Heiligen Text zum literarischen Kunstwerk zu Haltungen des Lesers werden, lassen sie sich übersetzen in die Haltung dessen, der sich angesichts der Dichtung fragt, was sie ihm zu glauben, was sie ihm zu tun und was sie ihm zu hoffen aufgibt. Er fragt sich also, unter welchen Prämissen die Dichtung steht, wie sie sich auf sein praktisches Dasein anwenden läßt und in welche Richtung sie sein Streben ausrichtet. Der vierfache Schriftsinn gibt auf diese Fragen Antwort. Er kann so zum Leitfaden der literarischen Interpretation werden.

§ 205

Literarische Werke vermögen auf diese Weise mit Hilfe des Modells des vierfachen Schriftsinnes verständlich zu werden. Die Bestimmung des musikalischen Sinnes vermag, *mutatis mutandis*, hieran anzuknüpfen.

Was im Falle eines literarischen Textes der buchstäbliche Sinn darstellt, das stellt im Falle der Musik der funktionale Sinn dar. Er bildet das, als was ein musikalischer Klang »wörtlich genommen« – das heißt: als Klang im Bezug auf andere Klänge – verständlich ist: die Funktion, die er in der musikalischen Logik des Werkes erfüllt. Um ihn zu verstehen, benötigt man die Erfahrung dessen, was sich in rein technischen Begriffen artikulieren läßt. Um hier keine Mißverständnisse aufkommen zu lassen: Man benötigt keineswegs die technischen Begriffe, die die musikalische Logik eines Werkes artikulieren. Vielmehr erfährt man das, was die technischen Begriffe artikulieren, auf eine begrifflich unartikulierte, darum aber nicht minder genaue Weise. Das Verständlichsein des Klanges besteht hier in seiner musikalischen Folgerichtigkeit.

Die Gestalt, die er als folgerichtiger Klang besitzt, vermag sodann in den drei geistigen Sinnen verständlich zu werden. Da es sich nicht um die Auslegung von Gottes Wort, sondern um das Verständnis eines musikalischen Werkes handelt, müssen die drei geistigen Sinne umformuliert werden. Der allegorische Sinn eines musikalischen Klanges besteht dann darin, was einem der folgerichtige Klang zu glauben aufgibt; der tropologische Sinn besteht darin, was einem der folgerichtige Klang für die Bestimmung des praktischen Daseins aufgibt; und der anagogische Sinn besteht darin, was einem der folgerichtige Klang zu hoffen gibt. Das sei der Reihe nach dargelegt.

§ 206

Der allegorische Sinn eines musikalischen Klanges enthält die implizite Prämisse, unter der der folgerichtige Klang steht. Seine impliziten Prämissen können unterschiedlich verfaßt sein. Ein Klang kann unter der Prämisse der absoluten Musik stehen, unter der Prämisse des Gefühlsausdrucks, der Programmatik, der rhetorischen Rede in Tönen, der Ideendarstellung usw. Solche Prämissen sind das Grundlegende, was einem der musikalische Klang zu glauben aufgibt. Sie erschließen sich, wenn man den Fundamenten des Regelsystems eines musikalischen Klanges nahekommt, die über dessen funktionale Bestimmung hinausgehen. Unter ihnen gewinnen Klänge dann allegorischen Sinn. Sie werden verständlich als tönend bewegte Form, als Trauer, als Faust und Gretchen, als *passus duriusculus*, als Heldentum und anderes. Und der gesamte Bereich der »Weltanschauungsmusik«,[57] die sich um Felder wie Gemeinschaft, Bildung, Religion, Heldentum, Liebe, Allnatur gruppiert, gehört in die Reichweite des allegorischen Sinnes. Jeweils gibt der musikalische Klang seinem Hörer etwas zu glauben, als das der Klang verständlich ist.

Der allegorische Sinn vermag darum den Klang auch als etwas Außermusikalisches verständlich werden zu lassen. Allegorisch ist der Klang Trauer, eine Schwarzamsel oder Heldentum. Dieses

---

57 *Hermann Danuser*, Weltanschauungsmusik, Schliengen 2009. Der Gedanke stammt von Rudolf Stephan.

Außermusikalische bildet den Sinn der musikalisch geschaffenen Welt. Es ist ein Außermusikalisches, das von der Musik durch Regeln unter bestimmten Prämissen gezeigt wird. Der musikalische Klang repräsentiert mithin nichts Außermusikalisches, sondern wird unter dem Gesichtspunkt dessen, was er einem zu glauben aufgibt, als etwas Außermusikalisches verständlich.

§ 207

Der tropologische Sinn bezeichnet das Verständlichsein des musikalischen Klanges in Anwendung auf uns selbst. Gadamer meinte, alles Verstehen sei Anwendung in Situationen; darum enthalte das Verständnis des Kunstwerkes immer auch seine Anwendung auf den Verstehenden in seiner Situation.[58] Der tropologische Sinn gibt dieser Auffassung Bestimmtheit: Nicht weist alles Verständlichsein des Werkes bereits die Anwendung auf uns selbst auf, sondern nur einer seiner geistigen Sinne. Das Werk vermag sich so gegen die Auflösung in die Situation des Verstehenden abzugrenzen, ohne seine Anwendung auf den Verstehenden zu verhindern. Für den musikalischen Klang bedeutet das: Er ist in seiner musikalischen Logik und in seinem allegorischen Sinn zugleich als etwas verständlich, das unser praktisches Dasein betrifft. Dieser Sinn von Musik ist ebenso geläufig wie ihr allegorischer Sinn. Drei Verweise mögen genügen: Musik läßt sich aufgrund ihrer Verfahrensweise als Explikation einer bestimmten Rationalität verstehen; sie läßt sich aufgrund ihrer Selbstbezüglichkeit als Darstellung von Subjektivität verstehen; und sie läßt sich aufgrund ihrer rhythmischen Bewegtheit als Veranschaulichung des Lebendigen verstehen.[59] All dies heißt, ihren tropologischen Sinn zu erfassen. Wir verstehen sie dann in ihrer Anwendung auf uns selbst. Auch hier repräsentiert

---

58 *Hans-Georg Gadamer*, Wahrheit und Methode. Grundzüge einer philosophischen Hermeneutik (= Gesammelte Werke 1), Tübingen ⁶1990, S. 317 ff. Ferner *ders.*, Hermeneutik als theoretische und praktische Aufgabe, in: *ders.*, Gesammelte Werke 2, Tübingen, S. 301-319, hier: S. 310 ff.

59 Zum ersten *Theodor W. Adorno*, op. cit., S. 122 ff.; zum zweiten *Guido Kreis*, Über Sinn und Bedeutung in der Musik, in: Musik und Ästhetik 15 (2011), H. 57, S. 85-96, hier: S. 95 f.; und zum dritten *Roger Scruton*, The Aesthetics of Music, op. cit., S. 35.

nicht der musikalische Klang das, worauf er bezogen ist; vielmehr wird er unter dem Gesichtspunkt dessen, wie man sich selbst bestimmen will, verständlich. Er vermag dann Vorurteile zu kritisieren oder Haltungen zu festigen – je nach seiner Beschaffenheit.

§ 208

Der anagogische Sinn schließlich bezeichnet das Verständlichsein musikalischen Klanges im Bezug auf das, was noch nicht ist. Er ist sein utopischer Gehalt. Er besteht darin, daß Musik etwas zur Erscheinung bringt, was nur musikalisch verwirklicht ist, sonst aber noch nicht. Im anagogischen Sinne ist Musik mithin der »Vorschein«[60] von etwas. Der folgerichtige, unter bestimmten Prämissen etwas zu glauben gebende, auf uns selber angewandte Klang wird hier als Ausrichtung auf das Noch-nicht verständlich. Dieses Noch-nicht kann die Versöhnung der einzelnen in ihrem Zusammensein darstellen, als die ein Werk als Ganzes verständlich wird; es kann die sich auseinandersetzende Freiheit darstellen, als die die Durchführung des Sonatenhauptsatzes verständlich wird; es kann die ernst genommene Individualität darstellen, als die eine punktualistische Komposition verständlich wird. In solchen und anderen Fällen besteht das Verständlichsein des musikalischen Klanges in seinem utopischen Gehalt. »Etwas fehlt, dies Fehlen mindestens sagt der Klang deutlich aus.«[61] Genauer gesagt: Er zeigt es. Musik wird hierdurch zur Kritik des Bestehenden, das sie unter das Urteil des Noch-nicht stellt. Zugleich wird sie als etwas verständlich, wonach zu streben sie uns aufgibt. Der utopische Gehalt der Musik bildet so ihr Eschaton.

§ 209

Damit hat die Kategorie des musikalischen Sinnes ihre bestimmte Artikulation erfahren. Musikalischer Sinn ist die Seinsweise des

60 *Ernst Bloch*, Das Prinzip Hoffnung, Frankfurt am Main 1959, S. 242 ff. und S. 1243 ff., baut seine gesamte expressionistische Ästhetik um diesen Begriff herum auf.
61 Ibidem, S. 1246.

musikalischen Klanges, die ihn in vier Hinsichten als etwas verständlich werden läßt. Auf dem funktionalen Sinn des musikalischen Klanges erheben sich dessen allegorischer, tropologischer und anagogischer Sinn.[62] Zusammen ergeben sie das Sinngefüge des musikalischen Klanges. Das Gefüge muß keineswegs in Glätte dastehen. Die vier Sinne können sich ineinander verhaken und einander zuwiderlaufen, etwa wenn der allegorische Sinn eines Klanges, ein bestimmtes Gefühl zu zeigen, seinen buchstäblichen Sinn aus den gewohnten Bahnen wirft. Ihre Regelsysteme vermögen zu kollidieren. Aber sie stehen noch als kollidierende Systeme im Bezug aufeinander und schließen sich zu einem wie auch immer gespannten Zusammenhang zusammen. Dieser Zusammenhang ist der Zusammenhang des Werkes.

---

62 Eggebrechts Unterscheidung zwischen »Sinn« und »Gehalt« von Musik scheint der Unterscheidung zwischen dem funktionalen und den drei geistigen Sinnen zu entsprechen. Siehe *Hans-Heinrich Eggebrecht*, Zur Methode der musikalischen Analyse, in: *ders.*, Sinn und Gehalt. Aufsätze zur musikalischen Analyse (= Taschenbücher zur Musikwissenschaft 58), Wilhelmshaven 1979, S. 7-43. Der begriffliche Rahmen ist freilich ein anderer.

Sechstes Kapitel
Der musikalische Gedanke

§ 210

Mit der Kategorie des musikalischen Sinnes scheint die Artikulation der Form des musikalischen Werkes abgeschlossen zu sein. Die Form des Werkes – »was es ist« – besitzt Bestimmtheit als musikalischer Klang, der durch Regelsysteme der musikalischen Zeit und des musikalischen Raumes verfaßt und als vierfacher musikalischer Sinn verständlich ist. Als derart sinnvoller musikalischer Klang weist er ästhetische Notwendigkeit auf: Im musikalischen Sinnzusammenhang vermag der Klang auch den Widerstrebenden von seinem Sosein zu überzeugen. Dieser Sinnzusammenhang ist das Musikwerk. Das musikalische Werk hat sich als die – wie auch immer gespannte – Einheit verständlichen Klanges geltend gemacht.

§ 211

Obwohl die Form des Werkes hiermit ihre kategoriale Bestimmung erfahren hat, kann die Konstruktion musikontologischer Grundbegriffe mit der Kategorie des musikalischen Sinnes nicht enden. Vielmehr bleibt nach deren Artikulation noch unklar, weshalb der Sinnzusammenhang des Werkes selbst ästhetische Überzeugungskraft besitzt.

Das Problem ist das folgende: Das musikalische Werk ist im Ganzen ein komplexer musikalischer Klang. Es hatte sich wiederum erwiesen, daß der musikalische Klang als eine Funktion im Zusammenhang musikalischer Klänge verständlich sein muß, um ästhetische Notwendigkeit zu besitzen. Der komplexe musikalische Klang, den das musikalische Werk selbst darstellt, erfüllt aber keine Funktion im Zusammenhang musikalischer Klänge. Denn als der Gesamtklang des musikalischen Werkes bildet er gar nichts anderes als die wie auch immer gespannte Einheit des musikalischen Sinnes, der in der funktionalen Verflechtung der Einzelklänge entsteht. Um eine Funktion im Zusammenhang musikalischer Klänge zu erfüllen, müßte die Einheit des musikalischen Sinnes folglich zu einem Klang in dieser Einheit werden. Mit andern Worten: Sie müßte Teil ihrer selbst werden. Das aber kann sie nicht. Wenn wiederum die Einheit des musikalischen Sinnes sich nicht selbst zu enthalten vermag, dann kann sie nicht als Funktion verständlich werden: Die Einheit des musikalischen Sinnes erfüllt keine Funktion im Funktionszusammenhang, sondern ist der Funktionszusammenhang. Das aber heißt, daß sie keine ästhetische Notwendigkeit besitzt. Der komplexe Klang des Werkes vermag ästhetische Notwendigkeit nicht zu besitzen, weil er den Zusammenhang darstellt, *innerhalb* dessen musikalische Klänge ästhetische Notwendigkeit überhaupt erst besitzen können.

Die im Werk sinnvollen musikalischen Klänge bleiben daher trotz der ästhetischen Notwendigkeit, die sie in ihrem Sinnzusammenhang aufweisen, ästhetisch unüberzeugend. Denn der Sinnzusammenhang des Werkes, das heißt der musikalische Klang in der vollen Bestimmtheit seiner Komplexität, bleibt ästhetisch beliebig, weil er selbst keine ästhetische Notwendigkeit besitzt. Und damit werden auch die Einzelklänge letzten Endes beliebig. Sie sind *im* Werk ästhetisch notwendig; aber der Sinnzusammenhang, in dem sie ästhetische Notwendigkeit besitzen, vermag den gegen ihn Widerstrebenden nicht zu überzeugen, da er selber beliebig bleibt.

§ 212

Ob die musikalische Form ästhetisch überzeugt, wird folglich von den sie bestimmenden Kategorien nicht artikuliert. Die Form des Werkes ist der musikalische Klang in der vollen Bestimmtheit seiner Komplexität. Aber die volle Bestimmtheit des musikalischen Klanges durch Zeit, Raum und Sinn läßt die ästhetische Überzeugungskraft dieser Bestimmtheit selber unbestimmt. Anders gesagt: Es fehlt das Explikat ihrer ästhetischen Geltung.

Der Sachverhalt läßt sich auch so ausdrücken: Der Sinnzusammenhang des musikalischen Werkes vermag sich selber nicht als sinnvoll zu erweisen. Denn auf ihn kann der Begriff des musikalischen Sinnes nicht angewandt werden, weil dieser nur Größen innerhalb des Sinnzusammenhanges zukommt, nicht aber dem Sinnzusammenhang selbst. Wenn indessen der Sinnzusammenhang selbst sinnlos ist, dann sind die musikalischen Klänge innerhalb seiner nur so lange überzeugend, wie man die Überzeugungskraft des Sinnzusammenhanges selbst ausklammert. Die Überzeugungskraft von Klängen, die deren musikalischer Sinn zu errichten sucht, erfordert eine Überzeugungskraft des Sinnzusammenhanges, die selber nicht mehr nur als Sinn bezeichnet werden kann. Erst dann würde der Sinnzusammenhang selbst nicht einfach mehr hingenommen; erst dann auch hingen die in ihm sinnvollen Klänge nicht mehr in der Luft.

Um die ästhetische Überzeugungskraft zu gewährleisten, die die Kategorie des musikalischen Sinnes Klängen zuzuschreiben beansprucht, bedarf es dementsprechend eines anderen Grundbegriffes als den der Kategorie des musikalischen Sinnes. Dieser andere Grundbegriff fungiert als Explikat der ästhetischen Geltung des musikalischen Klanges in der Bestimmtheit seiner vollen Komplexität. Und weil der Klang in der Bestimmtheit seiner vollen Komplexität nichts anderes ist als das Sosein des musikalischen Werkes, wäre jener Begriff das Explikat der ästhetischen Geltung des Werkes insgesamt.

§ 213

Der benötigte Grundbegriff kann keine Kategorie mehr sein. Die Kategorien des musikalischen Werkes bestimmen dessen Form. Sie bestimmen, »was« das Werk ist: raumzeitlich geregelter, vierfach sinnvoller Klang. Die Bestimmung erfaßt das Wassein des musikalischen Werkes in seinen Grundlagen. Alle weiteren Bestimmungen der Form konkretisieren nur die raumzeitliche Regelung und den Sinn des musikalischen Klanges; eine Konkretion, die die Ebene der Grundbegriffe verläßt und den Gegenstand von Musikwissenschaft und Musikkritik darstellt. Diese volle Bestimmtheit des musikalischen Klanges bedarf des Explikates der ästhetischen Geltung des Werkes, um ihren Anspruch auf Sinn zu erfüllen. Sie enthält dieses Explikat indessen nicht, weil sie bereits die volle Bestimmtheit des musikalischen Klanges darstellt. Das Explikat der ästhetischen Geltung des Werkes führt demnach über den Bereich der vollen Bestimmtheit der Form hinaus. Es bestimmt nicht das, was das Werk ist, sondern die ästhetische Geltung dessen, was es ist. Daher stellt es keine der Kategorien des musikalischen Werkes dar.

Zugleich aber kann das Explikat der ästhetischen Geltung des Werkes auch nicht aus einem äußeren Zusammenhang gewonnen werden, in dem das Werk steht. Denn dem raumzeitlich geregelten, vierfach sinnvollen Klang ästhetische Geltung zuzusprechen, weil er eine Funktion außerhalb des musikalischen Werkes übernähme, verletzte dessen Autonomie. Und nur die Idee des autonomen Werkes bildet den Idealtypus der europäischen Musik. Folglich ist das Explikat der ästhetischen Geltung des musikalischen Werkes außerhalb seiner Kategorien, aber innerhalb seiner Eigenbestimmung zu finden.

§ 214

Um dies zu vollziehen, ist das musikalische Werk in seiner vollständigen Eigenbestimmung zu prüfen. Man hat es mithin noch einmal in seiner Gesamtheit zu betrachten.

Das musikalische Werk besitzt nicht nur eine Form. Es beinhaltet auch Material. Seine Form konnte daher als die Form des Materials eingeführt werden. Wenn nun die kategorialen Bestimmungen der Form das Explikat ästhetischer Geltung nicht zu erzeugen vermögen, dann könnte dieses Explikat demgemäß aus dem Begriff des Materials gewonnen werden. Aber der Begriff des Materials vermag es ebenfalls nicht bereitzustellen. Denn der Begriff des Materials bezeichnet nur das Woraus des Werkes, nicht aber dessen Was, und die ästhetische Überzeugungskraft des Werkes bildet die Überzeugungskraft eines bestimmten Seienden, also eines Seienden unter dem Gesichtspunkt, was es ist, nicht nur unter dem Gesichtspunkt, woraus es ist. Auch der Begriff des Materials kann folglich die ästhetische Geltung des musikalischen Werkes nicht artikulieren. Wenn aber weder der Begriff der Form noch der Begriff des Materials das Explikat der ästhetischen Geltung bereitstellt, und wenn dieses Explikat zugleich nur aus der Autonomie des Werkes gewonnen werden kann, dann vermag es nur aus der Bestimmung des Verhältnisses von Form und Material gewonnen werden. Es reiht sich dann weder unter die Kategorien der Form noch unter die Bestimmung des Materials ein und verfährt trotzdem innerhalb der Eigenbestimmung des Kunstwerkes.

Das Verhältnis zwischen Form und Material bietet somit die Möglichkeit, die ästhetische Geltung der Form aus deren Bezug zum Material zu bestimmen. Die Art und Weise, wie das Verhältnis von musikalischer Form und musikalischem Material, von Was und Woraus, von raumzeitlich geregeltem, vierfach sinnvollem Klang und den zu ihm verarbeiteten Forderungen sich gestaltet – diese Art und Weise errichtet die ästhetische Geltung des musikalischen Werkes. Anders gesagt: Die interne Relation des Werkes eröffnet den Weg, dessen ästhetische Geltung zu bestimmen. Mittels dieser Relation kann der raumzeitlich geregelte, vierfach sinnvolle Klang in eine Beziehung gesetzt werden, die den Zusammenhang, den er bildet, auch insgesamt Forderungen unterstellt, denen er genügen muß. Diese Forderungen erhebt das Material. Inwieweit die Form auf diese Forderungen zu antworten vermag, macht ihre ästhetische Geltung aus. Die gelingende Beziehung der Form auf ihr Anderes im Werk verleiht ihr darum ihre ästhetische Überzeugungskraft, ohne die Autonomie des Werkes zu beschädigen.

§ 215

Das Andere, im Bezug auf das die musikalische Form ästhetische Überzeugungskraft gewinnt, ist das musikalische Material als kompakte Menge von Forderungen, die es als vergegenständlichte Subjektivität erhebt. Es hatte sich als die ins Werk eingegangene Geschichte erwiesen. Das Andere, im Bezug auf das die musikalische Form ästhetische Überzeugungskraft gewinnt, muß daher genauer als die Geschichte der musikalischen Regelsysteme bestimmt werden, insofern sie sich zu der Forderungsmenge verdichtet hat, die ein musikalisches Werk betrifft. Hier liegt das ästhetische Wahrheitsmoment der musikgeschichtlichen Betrachtung begründet: Sie allein macht den Horizont explizit, in dem ein ausdrückliches Erfassen der ästhetischen Geltung eines musikalischen Werkes möglich ist.[1] Aber entgegen ihrem gängigen Selbstverständnis stellt

1 Ein implizites Verständnis des Werkes benötigt freilich keine musikgeschichtliche Betrachtung, nur ein Ohr für die Möglichkeiten musikalischer Zusammenhänge. Dieses Ohr beruht auf der Bildung des Hörers. Dazu *Roger Scruton*, The Aesthetics of Music, Oxford 1997, S. 229 ff. und S. 457 ff. Die hier angesprochene Frage der Bedingungen musikalischer Erfahrung soll an dieser Stelle nicht weiter verfolgt

die musikgeschichtliche Betrachtung das Werk nicht in einen heteronomen Zusammenhang von Diskursen und Kulturen. Vielmehr erfüllt sie die Hilfsfunktion, die Forderungen des zum Werk verarbeiteten musikalischen Materials zu entschlüsseln. Sie stellt den Schlüssel zu einer der beiden internen Relata des autonomen Musikwerkes dar, um dieses in der internen Relation des Werkes zu bestimmen, die dessen ästhetische Geltung ausmacht.

§ 216

Folglich stellt das Explikat der ästhetischen Geltung des Werkes das Explikat des Verhältnisses von musikalischer Form und musikalischem Material dar. Da nun die Begriffe der Form und des Materials Reflexionsbegriffe sind, die nicht Seiendes, sondern Gesichtspunkte der Untersuchung eines Seienden bezeichnen, ist das gesuchte Explikat ein Begriff, der das Verhältnis zweier Gesichtspunkte artikuliert. Das bedeutet, daß die Relata Material und Form der internen Relation des Werkes nicht als Seiendes mißverstanden werden dürfen. Vielmehr bilden sie Relata allein insofern, als das Seiende namens musikalisches Kunstwerk unter zwei verschiedenen Gesichtspunkten betrachtet wird. Ihr Verhältnis ist folglich ein Verhältnis, das sich nur in der Untersuchung geltend macht, die sich von jenen Reflexionsbegriffen anleiten läßt.

Mithin verfährt das Explikat ihres Verhältnisses in einer reflexionsbegrifflichen Untersuchung. Hieraus erhellt sein logischer Status. Das Explikat der ästhetischen Geltung des musikalischen Werkes ist weder eine Kategorie noch ein Reflexionsbegriff; weder bestimmt es die musikalische Form, noch leitet es das Verständnis des Werkes unter bestimmten Gesichtspunkten an. Statt dessen artikuliert es das Verhältnis des unter Anleitung der beiden Reflexionsbegriffe Verstandenen. Konkret: Der Reflexionsbegriff des musikalischen Materials bezeichnet den Gesichtspunkt des Bestimmbaren des musikalischen Werkes; der Reflexionsbegriff der musikalischen Form bezeichnet den Gesichtspunkt des Bestimmten an ihm; die Kategorien des musikalischen Klanges, der musi-

werden. Sie müßte die Ontologie des musikalischen Kunstwerkes um eine Theorie des Hörens ergänzen, die sich aus den ontologischen Einsichten begründete.

kalischen Zeit, des musikalischen Raumes und des musikalischen Sinnes artikulieren das Bestimmte des musikalischen Werkes in seiner grundlegenden Verfassung. Das Explikat der ästhetischen Notwendigkeit des musikalischen Werkes hingegen schließt all diese Bestimmungen zusammen, indem es das Verhältnis des Bestimmbaren und des Bestimmten selbst bestimmt.

Daher ist das Explikat der ästhetischen Geltung der Begriff, der den Gesamtzusammenhang alles am musikalischen Werk zu Begreifenden artikuliert. Es bestimmt dessen Totalität. Entsprechend besteht die ästhetische Geltung eines musikalischen Werkes in dessen Gesamtzusammenhang, insofern er sich vor dem internen Verhältnis von Form und Material als gelungen ausweist. Der als Material und Form in sich reflektierte Gesamtzusammenhang bildet die zur ästhetischen Geltung gebrachte materiale Form.

§ 217

Das gesuchte Explikat, das den Gesamtzusammenhang des musikalischen Werkes als materiale Form artikuliert, ist der Begriff des musikalischen Gedankens. Der musikalische Gedanke bestimmt das Verhältnis des Bestimmbaren und des Bestimmten, indem er die Form des Werkes unter den Anforderungen des Materials herstellt. Dadurch wird sein Begriff zu dem Begriff der ästhetischen Geltung des Werkes, die in ebendiesem Verhältnis besteht.

Mit dem Begriff des musikalischen Gedankens greife ich auf die Terminologie Schönbergs zurück. Es ist aber keineswegs gesichert, daß dieser Begriff sinnvoll ist. Denn da Musik – wie gesehen (§ 200) – nichts aussagt, ist sie begriffslos. Wenn es nun musikalische Gedanken gibt, dann müßten sie demnach begriffslose Gedanken und Musik müßte entsprechend begriffsloses Denken darstellen. Ob die Ausdrücke »begriffsloser Gedanke« und »begriffsloses Denken« sinnvolle Ausdrücke zu sein vermögen, scheint indessen vor dem geläufigen Bild von Gedanke und Denken zweifelhaft. Man hat daher den Begriff des musikalischen Gedankens vor diesem Zweifel zu bestimmen.

In der Regel wird Denken mit Wendungen der Form »jemand denkt, daß p« beschrieben. Hiernach bildet es eine propositionale Einstellung. Eine Proposition wiederum ist etwas, das in einem assertorischen Satz ausgesagt werden kann. Und ein assertorischer Satz der Form »F(a)« scheint eine Bedeutungseinheit darzustellen, die sich – mindestens – in dem singulären Terminus »a« und dem allgemeinen Terminus »F« artikuliert.

Wenn wir nun den Termini, die der Satz »F(a)« artikuliert, verschiedene Fähigkeiten des Denkens zuordnen, nämlich die Fähigkeit, den Terminus »a« zu verstehen, und die Fähigkeit, den Terminus »F« zu verstehen, dann ist das Verständnis jenes Satzes das Ergebnis zweier Fähigkeiten.[2] Den Satz »F(a)« zu verstehen aber heißt, die Proposition zu denken, die er aussagt. Die propositionale Einstellung des Denkens ist somit eine in verschiedene Fähigkeiten gegliederte Einstellung. Da diese Fähigkeiten die Fähigkeiten sind, Termini zu verstehen, sind sie solche des Begriffsgebrauchs. Die propositionale Einstellung des Denkens stellt folglich eine in Begriffsgebräuche gegliederte Einstellung dar. Denken ist Denken in Begriffen.

Diese Auffassung, die sich paradigmatisch in Kants Aussage »Denken ist das Erkenntnis durch Begriffe«[3] ausgedrückt findet und durch Freges Darlegungen zum »Gedanken«[4] weiter ausformuliert zu werden vermag, widerspricht dem Ausdruck »begriffsloses Denken«. Sein Sinn wird im Horizont des Denkens in Begriffen zweifelhaft.

§ 219

Zugleich aber gibt es zwei Traditionen musikalischer Theorien, die, miteinander verbunden, die Bestimmung von Musik als begriffsloses Denken durchaus nahelegen. Die erste Tradition begreift Musik als Ort des Unbegrifflichen; die zweite Tradition begreift sie als

2 *Gareth Evans*, The Varieties of Reference, Oxford 1982, S. 101 ff.

3 *Kant*, Kritik der reinen Vernunft A 69 = B 94.

4 *Gottlob Frege*, Der Gedanke, in: *ders.*, Logische Untersuchungen, Göttingen ⁴1993, S. 30-53.

Logos. Beide Traditionen reichen in die Anfänge des europäischen Musikdenkens zurück, fanden aber im neunzehnten Jahrhundert einen besonders markanten Ausdruck.

Die romantische Philosophie der Musik formulierte den Ort des Unbegrifflichen als den Überstieg in ein unsagbares Absolutes. Um E.T.A. Hoffmanns berühmte Worte zu zitieren: »Die Musik schließt dem Menschen ein unbekanntes Reich auf; eine Welt, […] in der er alle durch Begriffe bestimmbaren Gefühle zurückläßt, um sich dem Unaussprechlichen hinzugeben.«[5] Hierzu gegenläufig machte sich die Idee der musikalischen Logik geltend. Wie oben gesehen (§ 178), vollzieht sich in der Logik die Selbstreflexion des Denkens. Eine musikalische Logik denkt dementsprechend das Denken, das in der Musik stattfindet. Musik ist daher – so die zweite Traditionslinie – als eine Form des Denkens zu begreifen, dessen Logik sich darlegen läßt. Wenn sich nun die beiden Traditionen verbinden, dann muß der Überstieg über das Begriffliche mehr als einen Überstieg in die Anschauung oder in das Gefühl darstellen. Er hat einen Überstieg in eine besondere Form des Denkens vorzunehmen, vielleicht in ein Denken des Absoluten, dessen Logik die musikalische Logik aussagt.

Dieses Denken wäre begriffsloses Denken. Das Unaussprechliche bildete dann nicht ein Irrationales. Es böte vielmehr eine Form von Rationalität dar, die kein Denken in Begriffen wäre. Rilkes Formel von der Musik als »Sprache wo Sprachen / enden«[6] würde in diesem Zuge eine Sprache jenseits des Begriffes bezeichnen.

§ 220

Sofern die Bestimmung von Musik nicht eine der beiden Traditionslinien abschneiden möchte, scheint sie sich in einer Zwickmühle zu befinden. Sie hat Musik ebenso als Denken wie als begriffslos zu verstehen – aber vor dem Hintergrund des geläufigen Verständnisses von Denken ist nicht klar, was das heißen könnte. Um sich der Klärung dieser Frage zu nähern, schlage ich den angedeuteten

5 *E.T.A. Hoffmann*, Ludwig van Beethoven, 5. Sinfonie, in: *ders.*, Schriften zur Musik, Berlin und Weimar 1988, S. 22-42, hier S. 23.
6 *Rainer Maria Rilke*, An die Musik, in: *ders.*, Werke II, Frankfurt am Main 1991, S. 111.

Rückgriff auf die Terminologie Schönbergs vor. Die Voraussetzungen und Folgen seines Begriffes des musikalischen Gedankens freizulegen, soll helfen, den Begriff des begriffslosen Denkens auf begründete Weise zu verwenden. Musikphilosophie gewönne so ihre Begrifflichkeit abermals aus der Artikulation eines bereits anderwärts, nämlich in der Selbstverständigung des Komponierens, artikulierten Gehaltes.

§ 221

Die entscheidende Stelle, an der Schönberg seinen Begriff des musikalischen Gedankens erklärt, lautet:

Ich selbst betrachte die Totalität eines Stückes als den *Gedanken*: den Gedanken, den sein Schöpfer darstellen wollte. Aber aus Mangel an besseren Begriffen bin ich gezwungen, den Begriff Gedanke auf folgende Weise zu definieren:

Jeder Ton, der einem Anfangston hinzugefügt wird, macht dessen Bedeutung zweifelhaft. Wenn zum Beispiel G auf C folgt, kann das Ohr nicht sicher sein, ob dadurch C-Dur der sogar F-Dur ausgedrückt wird; und die Hinzufügung anderer Töne kann dies Problem klären oder nicht. Auf diese Weise wird ein Zustand der Unruhe, der Unausgewogenheit erzeugt, die fast das ganze Stück hindurch wächst und durch ähnliche Funktionen des Rhythmus weiter verstärkt wird. Die Methode, durch die das Gleichgewicht wiederhergestellt wird, scheint mir der eigentliche *Gedanke* der Komposition.[7]

Soweit Schönbergs Erklärung. Sie gilt es nun auszulegen und in ihren Implikationen zu entfalten.

---

7 *Arnold Schönberg*, Neue Musik, veraltete Musik, Stil und Gedanken, in: *ders.*, Stil und Gedanke (= Gesammelte Schriften 1), Frankfurt am Main 1976, S. 25-34, hier: S. 33. – Schönbergs Begriff erhellen *Rudolf Stephan*, Der musikalische Gedanke bei Schönberg, in: *ders.*, Vom musikalischen Denken. Gesammelte Vorträge, Mainz 1985, S. 129-137, *Andreas Jacob*, Grundbegriffe der Musiktheorie Arnold Schönbergs (= Folkwang-Studien 1), Hildesheim 2005, S. 126 ff., und *Christian Reineke*, Der musikalische Gedanke und die Faßlichkeit als zentrale musikästhetische Begriffe Arnold Schönbergs (= Kölner Beiträge zur Musikwissenschaft 10), Kassel 2007.

Der Angelpunkt der Erklärung besteht in dem Begriff der Methode. Die anfängliche Bestimmung des musikalischen Gedankens als Totalität des Stückes könnte so klingen, als bezeichne der Begriff »musikalischer Gedanke« den Gesamtbestand der Eigenschaften eines musikalischen Werkes. Aber der Schlußsatz in Schönbergs Erklärung verdeutlicht, daß der musikalische Gedanke kein Bestand ist. Statt dessen ist er eine bestimmte Methode.

Diese Methode besteht darin, die Unausgewogenheiten des Stückes ins Gleichgewicht zu bringen. Der musikalische Gedanke kann hiernach nicht im Begriffsrahmen der Gegenständlichkeit verstanden werden. Vielmehr bezeichnet er ein Verfahren zur Herstellung eines tonsystematischen Beziehungsgewebes. Dieses Gewebe von Beziehungen ist artikuliert in Unausgewogenheiten und deren endlicher Gleichgewichtung. Es erweist sich als Homöostase. Dementsprechend muß auch die Totalität des Stückes, mit der der musikalische Gedanke anfänglich gleichgesetzt wird, als die Methode der Homöostase angesehen werden. Die Totalität des Stückes stellt in diesem Sinne statt eines Bestandes von Eigenschaften die methodische Konstruktion eines Gleichgewichtes in Unausgewogenheiten dar.

Die Unausgewogenheit, die es hier methodisch ins Gleichgewicht zu bringen gilt, eignet jedem Musikstück, das aus mehr als einem Ton besteht, mit Notwendigkeit. Denn, so sagt Schönbergs Erklärung: »jeder Ton, der einem Anfangston hinzugefügt wird, macht dessen Bedeutung zweifelhaft.« Dieser Bestimmung zufolge ist die Unausgewogenheit, die der musikalische Gedanke ins Gleichgewicht überführt, eine Unausgewogenheit der Bedeutung von Tönen. Der musikalische Gedanke bezeichnet demnach das Verfahren, die zweifelhafte Bedeutung von Tönen in eine unzweifelhafte Bedeutung zu verwandeln.

§ 223

In seiner Abhandlung über »Probleme der Harmonie« stellt Schönberg zudem folgende Frage: »Worauf beruht die Möglichkeit, auf einen beginnenden ersten Ton einen zweiten folgen zu lassen?«[8] Die Möglichkeit, einem ersten Ton einen zweiten folgen zu lassen, kann offensichtlich nicht als die Möglichkeit ihrer faktischen Zusammenstellung begriffen werden. In diesem Falle ergäbe Schönbergs Frage nach ihr keinen Sinn. Sie kann nur als die Möglichkeit einer musikalischen Beziehung zwischen den beiden Tönen begriffen werden. Auf einen beginnenden Ton einen zweiten folgen zu lassen heißt dann: ihn so folgen zu lassen, daß die Folge zu dem Zusammenhang eines Musikstückes beiträgt. Schönbergs Frage betrifft demnach den Grund der Möglichkeit dessen, daß Töne eine musikalische Beziehung zueinander eingehen.

Wenn die bisherigen Ausführungen im Horizont dieser Frage bedacht werden, dann verschränkt sich die zweifelhafte Bedeutung eines Tones aufgrund eines ihm folgenden Tones mit der zweifelhaften Möglichkeit der musikalischen Beziehung dieser Töne. Genauer gesagt, lautet die These: Sobald Töne miteinander in Beziehung gesetzt werden, wird ihre Bedeutung fraglich. Wenn aber ihre Bedeutung fraglich wird, dann gerät auch die Möglichkeit ihrer musikalischen Beziehung ins Fragliche. Denn dann ist nicht klar, inwiefern ihre Beziehung mehr darstellt als das Faktum ihres Beieinanderseins. Die Bedeutung der Töne zu bestimmen beinhaltet demnach die Ermöglichung ihrer musikalischen Beziehung. Das heißt, der musikalische Gedanke hebt eine doppelte Fraglichkeit auf. Indem er die Unausgewogenheiten eines Stückes ins Gleichgewicht bringt, verwandelt er die zweifelhafte Bedeutung von Tönen in eine unzweifelhafte Bedeutung – und ermöglicht genau dadurch die Folge eines Tones auf einen anderen. Als das Verfahren der Homöostase ist er zugleich der Möglichkeitsgrund der musikalischen Tonbeziehungen eines Werkes.

§ 224

Was eine zweifelhafte Bedeutung von Tönen sein könnte, wird von Schönberg in Begriffen der tonalen Harmonie verdeutlicht. Wie gesehen, schreibt er im Zusammenhang seiner Erklärung des musikalischen Gedankens: »Wenn zum Beispiel G auf C folgt, kann

---

8 *Arnold Schönberg*, Probleme der Harmonie, in: *ders.*, op. cit., S. 219-234, hier: S. 220.

das Ohr nicht sicher sein, ob dadurch C-Dur oder sogar F-Dur ausgedrückt wird; und die Hinzufügung anderer Töne kann dies Problem klären oder nicht.«

Dem zufolge besteht die harmonische Bedeutung von Tönen in ihrer Funktion, eine Tonart festzulegen oder ihr zu widersprechen. Solange aber die Tonart nicht festgelegt ist, muß diese Bedeutung zweifelhaft bleiben. Denn dann ist nicht eindeutig, ob Töne die bislang unbestimmte Tonart festlegen oder ihr widersprechen. Ihre Funktion, eine Tonart festzulegen oder ihr zu widersprechen, zeigt sich mithin erst nach vollzogener Festsetzung der Tonart. Sie zeigt sich mit Abschluß des harmonischen Zusammenhanges. Weil nun dieser Abschluß nicht im harmonischen Prozeß, sondern mit dessen Vollendung geschieht, bleiben die harmonischen Bedeutungen der Töne notwendigerweise zweifelhaft bis zur Vollendung des Prozesses. Die Unausgewogenheit des Stückes ist kein Mangel, sondern gerade dessen Kern.

In der Begrifflichkeit, die Schönbergs Abhandlung über die formbildenden Tendenzen der Harmonie verwendet, läßt sich der Sachverhalt auch so ausdrücken: Die harmonische Bedeutung eines alleinstehenden Akkordes ist unbestimmt. Aber eine bestimmte Ordnung von Akkorden verleiht deren Aufeinanderfolge die Funktion einer Fortschreitung zu einem Ziel. Dieses Ziel besteht darin, eine Tonart festzulegen oder ihr zu widersprechen. Da nun die tonale Harmonie prinzipiell eine monotonale Harmonie ist, hat das Stück nur eine Tonart. Alle Teile, die wie selbständige Tonarten ausgeführt werden, sind nur Regionen dieser einen Tonart des Stückes. Die Aufeinanderfolge von Akkorden erhält dadurch die Funktion einer Fortschreitung, daß sie entweder die Tonart des Stückes beziehungsweise eine ihrer Regionen festlegt oder der Tonart beziehungsweise ihrer gerade geltenden Region widerspricht. Im letzten Fall kann sie modulieren oder in wandernder Harmonie keine Tonart oder Region unzweideutig ausdrücken.[9] All das erlangt freilich erst dann Bestimmtheit, wenn die Tonart des Stückes, von der auch die Regionen abhängen, festgelegt ist – und das ist letztlich erst mit der Vollendung des Stückes der Fall.

Die harmonischen Bedeutungen der Akkorde bleiben daher

9 *Arnold Schönberg*, Die formbildenden Tendenzen der Harmonie, Mainz 1957, S. 1 ff. und S. 19 ff.

notwendig zweifelhaft. Das ist die Unruhe, die der musikalische Gedanke unter harmonischem Gesichtspunkt ins Gleichgewicht bringt. Dementsprechend hat er eine Aufeinanderfolge von Akkorden in deren Fortschreitung zu verwandeln. Und da das nur durch die Festlegung der Tonart geschieht, ist die Methode, die Unruhe ins Gleichgewicht zu bringen, nichts anderes als das Verfahren zur Darstellung einer Tonart unter den Bedingungen bestimmter Tonbeziehungen. Unter harmonischem Gesichtspunkt ist der musikalische Gedanke die methodische Konstruktion der Tonalität eines Stückes.

§ 225

Soweit Schönbergs eigene Darlegung dessen, was ein musikalischer Gedanke sei. Sie verbindet sich mit dem, was unter der Kategorie des musikalischen Sinnes als musikalische Logik besprochen wurde. Insbesondere das Verfahren, harmonischen Sinn herzustellen, scheint den musikalischen Gedanken auf der Ebene des Sinnes anzusiedeln, die auch die musikalische Logik enthält. In der Tat ist er die Methode, musikalischen Sinn zu erzeugen. Dennoch übersteigt der musikalische Gedanke diese Ebene.

§ 226

Das kann an Schönbergs Beispiel der tonalen Harmonie eingesehen werden. Hier bildet die harmonische Bedeutung, die Klänge besitzen, deren harmonische Funktion. Sie wird notwendig zweifelhaft, weil die Kadenz, im Bezug auf die Klänge harmonische Funktion besitzen, nur durch die Widersprüchlichkeit des als Tonika gesetzten Eingangsakkordes ihren Weg nimmt. Nur indem sie die Spannung dieses Widerspruches auflöst, vollzieht sie die Darstellung der Tonart. Dieser Vorgang findet auf der Ebene des Sinnzusammenhanges von Klängen statt. Er bleibt damit auf der Ebene der Form: Ein in seiner Tonhöhe räumlich geordneter Klang von einer gewissen Dauer erfüllt eine gewisse harmonische Funktion. So erfüllt der aus den Tönen C, E und G bestehende Akkord (Raumregelung) mit der Länge einer halben Note auf der ersten Zählzeit des Taktes

(Zeitregelung) die Funktion der Tonika in C-Dur im Zusammenhang der Darstellung einer Tonart (Sinnregelung). Diese Form des Klanges, »was er ist«, berücksichtigt dessen Material, »woraus er ist«, nicht. Denn die Regeln der tonalen Harmonie können auch ohne es erklärt werden.

Insoweit also der musikalische Gedanke unter den Bedingungen der tonalen Harmonie das Gleichgewicht der Töne errichtet, bewegt er sich auf der Ebene der Form. Doch dieses Gleichgewicht steht auch unter den Bedingungen der tonalen Harmonie zugleich im Verhältnis zum musikalischen Material. Denn es ist zwar unter diesen Bedingungen in sich überzeugend; die Bedingungen der tonalen Harmonie selbst jedoch antworten bereits auf Forderungen des Materials und besitzen nur als solche Antwort Überzeugungskraft. Darum überzeugt auch die konkrete Gestaltung der Kadenz als Spannung und Auflösung letztlich nur im Verhältnis zum musikalischen Material. Die Spannung eines Klanges etwa erhält volle Bestimmtheit erst als die Verarbeitung der Forderungen, die sich im Material niedergeschlagen haben, insbesondere in ihrer Geschichtlichkeit. Schließlich wird der Sachverhalt, daß die Klänge eines Stückes die harmonischen Funktionen einnehmen, die sie einnehmen, durch die Zuordnung der Funktion zu ihnen noch nicht überzeugend. Erst der Ausweis dieser Funktionen im Möglichkeitsraum des Materials, der sich geschichtlich erweitert und verengt, errichtet ihre Überzeugungskraft, so daß die Herleitung des tonal-harmonischen Zusammenhanges eines Stückes aus den Funktionen der Kadenz ebenso notwendig wie unzulänglich bleibt. Was der Klang ist, bezieht sich so darauf, woraus er ist.

Vor dieser Überlegung muß Schönbergs Begriff des musikalischen Gedankens unter tonal-harmonischem Gesichtspunkt genauer als die Methode bestimmt werden, die Darstellung einer Tonart als Antwort auf materiale Forderungen zu vollziehen. Die Zweifelhaftigkeit der harmonischen Bedeutung eines Klanges beruht nicht nur auf der Zweifelhaftigkeit des harmonischen Sinnzusammenhanges, die diesem vor Vollendung der Kadenz zukommt. Sie beruht auch auf den harmonischen Möglichkeiten, die das zu verarbeitende Material eröffnet. Eine Kadenz vermag daher eine sinnvolle Kadenz darzustellen und dennoch ästhetisch nicht zu überzeugen; umgekehrt trägt eine funktionstheoretische Analyse des Tristanvorspiels zu dessen ästhetischer Bestimmung nur in

Grenzen bei. Nicht bloß harmonischen Sinn, sondern auch ästhetische Geltung erlangen harmonisch sinnvolle Klänge erst im Bezug auf das zu ihr verarbeitete Material. Und erst im Verhältnis zu ihm gewinnen Klänge sowohl ihre volle harmonische Unruhe als auch ihre volle Auflösung; denn erst im Verhältnis zu ihm gelangen der harmonische Möglichkeitsraum und die auf ihn antwortende harmonische Verwirklichung insgesamt in den Blick.

§ 227

Was sich im Blick auf Schönbergs Beispiel der tonalen Harmonie gezeigt hat, kann auf den Begriff des musikalischen Gedankens insgesamt übertragen werden. Er ist die Methode, musikalischen Zusammenhang durch das Gleichgewicht von Form und Material herzustellen. Diese Methode erzeugt die Regelsysteme des raumzeitlichen, sinnvollen Klanges als Antworten auf den geschichtlich erweiterten und verengten Materialstand, aus dessen Möglichkeiten sie eine verwirklichen. In ihrem Zuge bestimmt der musikalische Gedanke den Sinn der Klänge zu ästhetischer Geltung. Er vollzieht diese Bestimmung dadurch, daß er die Bedingungen musikalischen Sinnes als Antworten auf Forderungen des musikalischen Materials begründet. Somit überzeugen die sinnvollen Klänge nicht nur unter den Bedingungen der Form, unter denen sie stehen. Sie überzeugen auch dann, wenn man diesen Bedingungen selber den Widerstand entgegenbringt, den alle ästhetische Stimmigkeit benötigt; denn ihre Bedingungen vermögen hier ihr Sosein aus dem Stand des Materials zu rechtfertigen. Auf diese Weise verleiht die methodische Konstruktion des Gleichgewichtes von Form und Material dem Werk ästhetische Notwendigkeit.

§ 228

Die hier ersichtlichen Sachverhalte können mit Hilfe zweier Grundbegriffe Adornos weiter bestimmt werden. Diese Grundbegriffe wurden bereits im Zusammenhang von Schönbergs Überlegungen verwendet. Sie lauten: Stimmigkeit und Homöostase. Adornos Theorie hat sie weiter entfaltet.

Stimmigkeit darf nicht als einklängige Verflechtung eines Stückes mißverstanden werden. Vielmehr ist sie das Ergebnis der dissonanten Spannung zwischen dessen Form und Material, das die Arbeit des Komponisten in Auseinandersetzung mit dem Materialstand hervorbringt. Schon früh meint Adorno: »Stimmigkeit ist [...] allein durch die Erfüllung der materialen Forderungen in kompositorischer Freiheit, nicht durch irgendein klassizistisches Ideal glatter schadenloser Gefügtheit des Gebildes definiert.«[10] Der hier ersichtliche Zwiespalt zwischen kompositorischer Freiheit einerseits und Erfüllung materialer Forderungen anderseits ist ernst zu nehmen. Durch ihn wird die schadenlose Gefügtheit des Gebildes vermieden. Die kompositorische Freiheit entwirft die Form des Werkes, die das Material nicht schon enthält, sondern unter dessen Möglichkeiten sie eine verwirklicht. Indem die Form des Werkes diese eine Möglichkeit verwirklicht, läuft sie anderen Möglichkeiten notwendig zuwider. Die Forderungen des Materials gehen mithin nie in einer bestimmten Form einfach auf. Sie machen sich auch gegen sie geltend. Ja, nur dadurch, daß sie sich gegen die Form des Werkes geltend machen, kann diese als Erfüllung materialer Forderungen überhaupt bestimmt sein. Denn wenn Form und Material sich ohne Schaden fügten, dann ließe sich der Unterschied zwischen beiden nicht mehr eröffnen, von dem aus das eine als Forderungsmenge und die andere als Antwort auf sie verstanden werden können. Und da dieser Unterschied als ein innerer Unterschied des Werkes bestimmt ist, müssen sich die unverwirklichten Möglichkeiten des Materials innerhalb des Werkes gegen dessen Form geltend machen. Ontologisch erweist sich der produktionsästhetische Zwiespalt zwischen kompositorischer Freiheit und Erfüllung materialer Forderungen mithin als der Zwiespalt zwischen der überschüssigen Regelmenge des Materials und den Regelsystemen der Form, die auf jene antworten.

Das hat Folgen für die Werkgestalt. Im Werk besteht der Zwiespalt zwischen Material und Form als die Spannung zwischen den Einzelmomenten und der Werkeinheit. Denn die Einzelmomente des Werkes sind das, woran die Forderungen des Materials der

10 *Theodor W. Adorno* und *Ernst Křenek*, Arbeitsprobleme des Komponisten. Gespräch über Musik und soziale Situation, in: *Theodor W. Adorno*, Musikalische Schriften IV (= Gesammelte Schriften 19), Frankfurt am Main 1984, S. 433-439, hier: S. 437.

Form zuwiderzulaufen vermögen.[11] Dieser Sachverhalt liegt darin begründet, daß die Einzelmomente nicht festlegen, daß es im Werk so weitergeht, wie es weitergeht. Vom Standpunkt eines jeden Einzelmomentes könnte das Folgende auch anders sein. In diesem Mangel an Notwendigkeit meldet sich die Regelmenge des Materialstandes, die noch auf andere Verwirklichungen ihrer Möglichkeiten verweist. Die tatsächliche Form des Werkes wird somit an jedem Einzelmoment in Frage gestellt. Die Einheit des Werkes wiederum bildet dessen Form. Sie gestaltet sich als Zusammenhang der Einzelmomente, der in seiner ästhetischen Notwendigkeit vielen Möglichkeiten, die die Einzelmomenten anzeigen, zuwiderläuft. Die Spannung zwischen Material und Form ist darum im Werk die Spannung zwischen dessen Einzelmomenten und seiner Einheit.

Demnach besteht die Stimmigkeit des Werkes, die nach Adorno »allein durch die Erfüllung der materialen Forderungen in kompositorischer Freiheit« definiert ist, in einem Zusammenhang der Einzelmomente, der deren Möglichkeitsanzeige ebenso erlaubt wie in die ästhetische Notwendigkeit der Werkeinheit aufhebt. Indem er auf diese Weise das Zuwiderlaufende der Einzelmomente nicht unterdrückt, sondern zur Gegenwart bringt, nimmt er es in sich auf und weist sich an ihm aus. So antwortet die Einheit des Werkes auf die Forderungen, die seine Momente repräsentieren. Entsprechend bildet das musikalische Werk eine Einheit, die es vermag, sich selber zu suspendieren: Sein Zusammenhang ist »gewaltlose Synthesis«.[12] In solch gewaltloser Synthesis besitzt das Werk seine Stimmigkeit.

§ 229

Genau hier setzt nun der Begriff der Homöostase ein. Er bestimmt die gewaltlose Synthesis des Werkes weiter als Gleichgewicht. Auch die Homöostase ist daher nicht als »Wohlproportioniertheit«, dem Äquivalent der »schadenlosen Gefügtheit«, zu begreifen, sondern als die »Resultante eines Kräftespiels«.[13]

11 *Theodor W. Adorno*, Ästhetische Theorie (= Gesammelte Schriften 7), Frankfurt am Main 1970, S. 62.

12 Ibidem, S. 216.

13 Ibidem, S. 62.

Der Ausdruck dafür, daß der von den Einzelmomenten repräsentierte Möglichkeitsraum des Materials sich gegen deren Zusammenhang geltend macht, lautete »Spannung«. Die Homöostase ist nichts anderes als der Ausgleich solcher Spannungen. Man kann sie daher niemals ohne die Spannung der Momente im Werk begreifen. Ihre Verwirklichung findet sie erst in der Totalität des Werkes, in der die spannungsvollen Einzelmomente ihre gewaltlose Synthesis erlangen. Das Gleichgewicht des Werkes ist demgemäß als Koordination, nicht als Subordination von Einzelmomenten zu verstehen. Diese beugen sich nicht einer ihnen auferlegten Norm. Vielmehr werden die Regeln, nach denen sie sich zusammenschließen, aus den Forderungen des in ihnen angezeigten Materialstandes entwickelt, so daß ein jedes Moment als solches auf gleicher Ebene steht. Das bedeutet nicht, daß es keine Hauptsachen und Nebensachen in einem Musikwerk gäbe. Aber es bedeutet, daß die Nebensachen in ihrer Eigenart, Nebensachen zu sein, sich aus den Forderungen des in ihnen wie in den Hauptsachen angezeigten Materialstandes geltend machen und nicht von einem auferlegten Schema abhängen. Und sollte ein musikalisches Kunstwerk dennoch nur einem auferlegten Schema folgen, so zählt dieser Sachverhalt zu seinem geregelten Sosein, nicht aber zu der Regel seines Soseins. Was das Werk ist, bestimmt sich somit jeweils aus seinem Verhältnis zu dem, woraus es ist.

Aus diesem Grund stellt das musikalische Werk für Adorno ein »Kraftfeld«[14] dar. Das heißt, jeder einzelne Kadenzklang, Farbklang, Fluktuationsklang, Texturklang oder Strukturklang in ihm besitzt gleichsam eine musikalische Feldstärke. Diese Feldstärke besteht in seiner Spannung. Als Einheit solcher Spannungen besteht das Werk in ihrem Gleichgewicht. Die Stimmigkeit des Werkes gestaltet sich dieser Begrifflichkeit zufolge als Homöostase ungleicher Einzelklänge, in der das von diesen vertretene Material seine Spannung zur Formeinheit austrägt und die Form auf materiale Forderungen antwortet.

---

14 Ibidem, S. 434 ff.

Die Bestimmtheit der Antwort, die das Material von der Form erhält, artikuliert Adorno auf deren Ebene noch einmal genauer. Die auf das Material antwortende Form gliedert sich in ein »Formapriori«[15] einerseits und die ihm entsprechenden Klänge andererseits.

Unter einem Formapriori sind die Voraussetzungen der Form zu verstehen, unter denen die Form die Forderungen des Materials überhaupt aufzugreifen vermag. Es benennt die Bedingungen ihrer Möglichkeit. Ein solches Formapriori verfaßt das Verhältnis zwischen Material und Form vor aller besonderen Formgebung, indem es die Fluchtlinien der formalen Verwirklichung materialer Forderungen entwirft. Es bildet demnach die Menge der Konstitutionsbedingungen der Form, die nicht innerhalb des Bannkreises der Form bleiben, sondern deren Antwort auf das Material prägen. Zugleich entstammt es nicht einfach dem Material, sondern nimmt bereits eine erste Interpretation von dessen Möglichkeiten vor, indem es diese in Fluchtlinien ordnet. Seine Interpretation des Materials besteht in der Bestimmung kompositorischer Verfahren, deren Entwicklung der Möglichkeitsraum des Materials erlaubt. Solche Verfahren verfassen einerseits die Form des Werkes und gehen deren Bestimmtheit darum voraus; andererseits ermöglichen sie es, sich zu den Forderungen des Materials zu verhalten, weil sie als Interpretationen des materialen Möglichkeitsraumes aus diesem gewonnen werden. Das Formapriori ist daher der Form vorgängig und dem Material nachgängig.

Hiernach entfaltet sich die Einheit des Werkes als Gleichgewicht zwischen Material und einer Form, die sich mittels ihres Formapriori auf das Material bezieht. Stimmig ist ein musikalisches Werk dementsprechend dann, wenn sein Formapriori in den Forderungen des Materials die kompositorischen Verfahren zu artikulieren vermag, die zu der Verwirklichung materialer Möglichkeiten

15 *Theodor W. Adorno*, Versuch über Wagner (= Gesammelte Schriften 13), Frankfurt am Main 1971, S. 97 f. – Adornos wenig beachteten Begriff des Formapriori erhellt *Adolf Nowak*, Stimmigkeit als analytisches Kriterium, in: *ders.* und *Markus Fahlbusch* (Hrsg.), Musikalische Analyse und Kritische Theorie. Zu Adornos Philosophie der Musik (= Frankfurter Beiträge zur Musikwissenschaft 33), Tutzing 2007, S. 176-196, hier: S. 182 ff.

geeignet sind, und wenn seine Form dieses Formapriori zu besondern vermag.

§ 231

Nehmen wir Heinrich Schütz' *Musikalische Exequien* zum Beispiel. Unter dem Gesichtspunkt ihres Materials gelangt eine Regelmenge zur Geltung, deren Koordinaten erstens die zumal von Giovanni Gabrieli am Ausgang der Renaissance vertretene italienische Musik darstellt, mit ihrem konzertierenden Prinzip, ihrer Einbeziehung instrumentaler Chöre und Stimmen in die Vokalmusik, ihrem solistischen Gesang, ihrem Generalbaß und ihrer Ausdruckskunst: eine Musik starker und damals neuer Wirkungen auf den Menschen; zweitens die Kantorentradition des reformatorischen Glaubens mit ihrer Pflege von Gottesdienst und musikalischer Wortauslegung; drittens der Humanismus mit seinem Verständnis der »Composition als Wissenschaft«,[16] das die Musik aus dem Zusammenhang der *artes liberales* begreift, und zwar sowohl der vier numerischen als auch der drei sprachlichen; sowie viertens die Regeln der höfischen Welt, für die Schütz die Begräbnismusik seines Landesherrn komponierte. Das Formapriori, das auf diese materiale Regelmenge antwortet, ist jener Komplex, den man als *Musica poetica* bezeichnet hat.[17] Er besteht aus den fünf Kompositionsprinzipien Kontrapunkt, Figur, Struktur, Nachahmung rhetorischen Sprechens, eindringliche Textinterpretation. Diese fünf Prinzipien verbinden die italienische Ausdruckskunst mit der humanistischen Rhetorik und Kosmologie sowie mit der kantoralen Wortauslegung und ihrer Mehrstimmigkeit. Insbesondere die musikalische Figur schließt ausdrucksvolle Wirkung, rhetorischen Topos, kontrapunktische Gestalt und Auslegung des Wortes in eine einzelne Einheit zusammen. Unter diesem Formapriori schließlich vermag sich die Begräbnismusik im einzelnen zu gestalten und ihre ebenso kontrapunktischen wie ausdrucksvollen wie predigenden Geflechte zu

16 *Christoph Bernhard*, Tractatus compositionis augmentatus, in: *Joseph Müller-Blattau* (Hrsg.), Die Kompositionslehre Heinrich Schützens in der Fassung seines Schülers Christoph Bernhard, Kassel ³1963, S. 40.

17 Dazu *Hans Heinrich Eggebrecht*, Heinrich Schütz. Musicus Poeticus (= Taschenbücher zur Musikwissenschaft 92), Wilhelmshaven ²1984, zumal S. 57 ff.

weben. Die homöostatische Stimmigkeit des Werkes besteht so in dem Gleichgewicht der Spannungen jener ungleichen Materialforderungen, dessen Bedingungen das Formapriori der *Musica poetica* artikuliert und dessen Besonderung das Werk selber darstellt.

Das ist zwar nur ein grober Umriß, mag aber die Richtung einer Ausformulierung andeuten.

§ 232

Vor diesem Hintergrund läßt sich der Begriff des musikalischen Gedankens weiter bestimmen. Als Methode, die Unruhe von Klängen ins Gleichgewicht zu bringen, ist er zugleich die Methode, die Forderungen des Materials in Regelsysteme der Form zu übersetzen. Diese Übersetzung verfaßt das musikalische Werk als spannungsvolle Homöostase. In ihr besitzt es seine Stimmigkeit als die gegliederte Stimmigkeit von Materialforderungen, Bedingungen des Formapriori und Besonderung der Form. Schönbergs Frage nach der »Möglichkeit, auf einen beginnenden ersten Ton einen zweiten folgen zu lassen«, erhält mithin ihre Antwort in dem Verfahren des musikalischen Gedankens, die Spannungen der ungleichen Kadenzklänge, Farbklänge, Fluktuationsklänge, Texturklänge und Strukturklänge, in denen sich die Möglichkeiten des Materials geltend machen, in das Gleichgewicht einer gewaltlosen Synthesis zu versetzen, durch die sie sich zu der Einheit des Werkes zusammenschließen. Ohne solche Einheit wären sie keine raumzeitlich geordneten, sinnvollen Klänge, als die sie sich in Spannung zur Einheit bringen könnten; ohne solche Spannung wäre die Einheit keine Antwort auf die Forderungen des Materials. So vollzieht der musikalische Gedanke die Konstruktion materialer Form in der methodischen Ordnung von Material, Formapriori und Formbesonderung.

§ 233

Wenn der musikalische Gedanke hiernach die Methode ist, eine materiale Form zu konstruieren und dadurch die musikalische Beziehung der Töne zu ermöglichen, dann kann er von der Ordnung dieser Töne im musikalischen Werk nicht getrennt werden. Er ist vielmehr gar nichts anderes als die Operation der Ordnung, die sich im Werk vollzieht. Das musikalische Werk wiederum nimmt die Darstellung des musikalischen Gedankens vor, indem die Ordnung seiner Klänge von dem musikalischen Gedanken als eine materiale Form verfaßt wird. Wenn der musikalische Gedanke aber gar nichts anderes ist als die Operation der materialen Form des Musikstückes, dann ist seine Darstellung im Stück dem musikalischen Gedanken nicht äußerlich. Als die methodische Konstruktion materialer Form gibt es ihn nirgends sonst als in dem Prozeß der Homöostase. Er liegt nicht noch außerhalb des Werkes als dessen für sich bestehende Regel. Anders gesagt: Der musikalische Gedanke besitzt sein Sein in der materialen Form der Klänge selber.

§ 234

Demnach ist der musikalische Gedanke immer dargestellter Gedanke. Er findet im Werk nicht seine Abbildung, sondern vollzieht sich in ihm; bildet also nicht *in nuce* das, was der Gang des Musikstückes dann erst entwickelt, sondern ist der Fortgang der Musik selbst. Wenn aber der musikalische Gedanke auf diese Weise immer dargestellter Gedanke ist, dann ist er notwendig ein Gedanke in Gestalten. Das musikalische Werk, das ihn darstellt, bildet ja einen komplexen musikalischen Klang. Dieser Klang ist die Gestalt des musikalischen Gedankens, und die in ihm umfaßten Einzelklänge sind die Gestalten des musikalischen Gedankens, in die er sich entfaltet. Man kann den musikalischen Gedanken von diesen Gestalten nicht sondern, ihn in ihnen aber auch nicht festmachen, da er ihren Fortgang selbst bildet und auch seine Gesamtgestalt nur als Fortgang der musikalischen Einzelgestalten begreifbar ist. Die methodische Konstruktion des Werkes ist somit weder das Prinzip in dessen Inneren noch einfach die Faktizität des Klanges. Vielmehr ist sie die Bildung der Klanggestalt selbst.

Insofern der musikalische Gedanke eines Werkes notwendig ein Gedanke in Gestalten ist, kann man nach seiner Grundgestalt fragen. Diese Grundgestalt wäre eine Klanggestalt, die die Gestalt des komplexen Klanges, den das Werk als Fortgang von Einzelgestalten bildet, selber zu einer einzelnen Gestalt verdichtete, aus der sich jener komplexe Klang verstehen ließe. In ihr fände der musikalische Gedanke in Gestalten seine bündigste Formulierung.

Schönberg und seine Schüler haben die Idee einer solchen Grundgestalt musikalischer Gedanken entwickelt.[18] Ihre Überlegungen erfolgen im Zusammenhang der Komposition mit zwölf Tönen. Deren Reihe bildet in den Augen des Schönbergkreises die entrhythmisierte Grundgestalt des musikalischen Gedankens. Denn da die Zwölftonreihe, anders als die Reihe des Serialismus, keine Tonhöhendauernreihe darstellt, sondern ausschließlich Tonhöhen ordnet, vermag sie den Rhythmus nicht zu erfassen. Sie ist daher die Grundgestalt in entrhythmisierter Form. Entsprechend tritt neben sie eine von der Tonhöhenordnung gelöste rhythmische Grundgestalt des musikalischen Gedankens. Beide Gestalten zusammen bilden die zwei musikalischen Kraftzentren eines zwölftontechnischen Werkes.[19] Hiernach weisen Werke der Zwölftontechnik zwei gleichberechtigte Grundgestalten des musikalischen Gedankens auf: eine entrhythmisierte (die Zwölftonreihe) und eine rhythmisierte Gestalt. Den Serialismus hätte man demgemäß als Musik zu verstehen, die den musikalischen Gedanken auf eine einzige Grundgestalt zu verdichten vermag: auf die integrale Reihe.

Zu der Bestimmung der Zwölftonreihe als eine der beiden Grundgestalten paßt Schönbergs unwillige Bemerkung darüber, daß die ästhetischen Qualitäten eines Stückes sich nicht von der Reihe her erschlössen, »höchstens nebenbei«.[20] In der Tat vermag sich die ästhetische Geltung eines Werkes der Zwölftontechnik höchstens nebenbei von der Reihe her zu erschließen. Denn ganz abgesehen davon, daß die Reihe nur eines von zwei Zentren des

18 Dazu *Rudolf Stephan*, Zum Terminus »Grundgestalt«, in: *ders.*, op. cit., S. 138-146.

19 *Josef Rufer*, Die Komposition mit zwölf Tönen, Kassel ²1966, S. 76 ff.

20 *Arnold Schönberg*, Brief an Rudolf Kolisch vom 27. Juli 1932, in: *ders.*, Briefe, Mainz 1958, S. 178.

Werkes bildet – die Grundgestalt des musikalischen Gedankens ist ohnehin nicht der von diesem verfaßte Klang in der Bestimmtheit seiner vollen Komplexität, der allein über seine Stimmigkeit Auskunft geben könnte. Die Grundgestalt ersetzt daher nicht den musikalischen Gedanken in Gestalten, sondern ermöglicht seine bündige Formulierung, um den Zusammenhang des Stückes besser entschlüsseln zu können.

§ 236

Die Erwägungen des Schönbergkreises wollen auch für andere Musik als die Komposition mit zwölf Tönen gelten. In der tonalen Musik soll diese Grundgestalt eine motivisch-thematische Gestalt von bestimmter Tonart darstellen, aus der sich das musikalische Geschehen des Werkes entwickelt. Beethovens Klaviersonate op. 10, Nr. 1 gibt das Beispiel: Das Hauptthema wird aus der subthematischen Gestalt der ersten vier Takte entwickelt, und die motivisch-thematischen Strukturklänge des ersten Satzes, ja der gesamten Sonate werden aus diesen vier Takten hergeleitet. In ihnen tritt folglich die Grundgestalt des musikalischen Gedankens zutage, der die Einheit des Werkes bestimmt.[21] Verallgemeinert heißt das: Ein motivischer Kern bildet die gedankliche Grundgestalt; aus ihm werden in entwickelnder Variation neue Gestalten erzeugt, die dann motivisch verwendet werden und ihrerseits neue Gestalten erzeugen.[22]

Man kann diese Überlegungen auch auf andere Musik übertragen als auf Werke, die durch die Entwicklung thematischer Einheiten gebildet werden. August Halm hat zwischen Sonate und Fuge als »zwei Kulturen der Musik« unterschieden.[23] Seine Überlegungen zeigen, daß sich der komplexe Gesamtklang einer Sonate und der komplexe Gesamtklang einer Fuge nicht nach demselben Verfahren verstehen lassen. Die Sonate ist die Geschichte eines Themas; dieses löst eine es verändernde Entwicklung aus, deren Verlauf wichtiger wird als es selbst. Das Fugenthema hingegen wird nicht

---

21 *Josef Rufer*, op. cit., S. 41 ff. sowie die Analyse im Anhang seines Buches.

22 *Arnold Schönberg*, The Musical Idea and the Logic, Technique, and Art of Its Presentation, Bloomington 2006, zumal S. 163 und S. 184 ff.

23 *August Halm*, Von zwei Kulturen der Musik, München ²1920, *passim*.

verändert, sondern in wechselnden Zusammenhängen schärfer beleuchtet. Obwohl aber hiernach die Fuge nicht als Entwicklung einer thematischen Einheit verstanden werden kann, ist sie durch den Bezug alles musikalischen Geschehens auf das Fugenthema bestimmt. Denn auch da, wo das musikalische Geschehen nicht die Fortspinnung des Themas darstellt oder aus der entwickelnden Variation subthematischer Einheiten entsteht, gewinnt es seinen Sinn als der Zusammenhang, in dem das Thema beleuchtet wird. Durch diesen Bezug werden die Einzelmomente in ihre stimmige Einheit gebracht. Das Thema repräsentiert ihn als Formulierung von Beziehungsfähigkeit. Nichts anderes als das Verfahren, die stimmige Einheit von Einzelklängen zu verfassen, ist jedoch der musikalische Gedanke. Das Thema stellt folglich den musikalischen Gedanken einer Fuge in seiner bündigsten Formulierung dar. Es darf daher als seine Grundgestalt begriffen werden.

Ob der musikalische Gedanke stets eine Grundgestalt – oder auch mehrere gleichrangige Grundgestalten – aufweist, kann hier offen bleiben. Der Sachverhalt, daß er notwendig ein Gedanke in Gestalten ist, legt es nahe, nach der Grundgestalt eines musikalischen Gedankens zu suchen, um die Verfassung eines Werkes ausdrücklicher zu machen. Zwingend ist es nicht. Und die ästhetische Geltung eines Stückes, die der Begriff des musikalischen Gedankens explizieren soll, erschließt sich von seiner Grundgestalt her ohnehin »höchstens nebenbei«.

§ 237

Aus dem Sachverhalt, daß der musikalische Gedanke ein Gedanke in Gestalten ist, ergibt sich, daß die methodische Konstruktion des Gleichgewichtes, die er bezeichnet, dem Konstruierten nicht gegenübergestellt werden darf. Eine solche Gegenüberstellung würde ungleiche Einzelklänge als Gegebenes verstehen, das die methodische Konstruktion in eine ausgewogene Beziehung brächte. Wenn aber die methodische Konstruktion gar nichts anderes als die Operation materialer Form ist, dann steht sie den gewaltlos vereinten Klängen nicht gegenüber, sondern verfaßt sie allererst, indem sie sie als Einzelmomente in Spannung zu ihrer Einheit errichtet. Modelle, die den musikalischen Gedanken in eine äußere Beziehung zum musikalischen Werk setzten, müßten ihn daher von Grund auf verfehlen. Die Darstellung des musikalischen Gedankens im Werk erfolgt mithin nicht im Rahmen einer Zuordnung. Weil der Gedanke immer dargestellter Gedanke ist, kann das Verhältnis des Konstruierten und seiner methodischen Konstruktion nur als ein Verhältnis des Werkes zu sich selber begriffen werden.

§ 238

Das Verhältnis des Werkes zu sich selbst, das der musikalische Gedanke artikuliert, ist das Verhältnis der Eigenbestimmung. Anstatt sich ihm zuzuordnen, bestimmt der musikalische Gedanke das musikalische Werk. Er stellt ein Gleichgewicht von Form und Material her und regelt so die Einheit des musikalischen Kunstwerkes. Da er aber gemäß den Forderungen des zum Werk verarbeiteten Materials operiert, verfährt er im Rahmen der im Werk enthaltenen Regelmengen, deren Tendenz er verwirklicht. Der musikalische Gedanke regelt die Einheit des musikalischen Kunstwerkes somit gemäß dessen eigenen Forderungen. Auf diese Weise vollzieht er die Eigenbestimmung des musikalischen Werkes zu materialer Form. Diese Eigenbestimmung des musikalischen Werkes wiederum nimmt zugleich die Darstellung des musikalischen Gedankens in der von ihm erzeugten materialen Form vor. Der musikalische Gedanke ist daher keine der Ordnung des musikalischen Werkes auferlegte Regel. Vielmehr ist er der Operator von dessen Eigenregelung. An die Stelle einer Zuordnung tritt die Selbstverfassung des Werkes.

§ 239

Als Begriff von der Eigenbestimmung des Werkes macht der Begriff des musikalischen Gedankens die Autonomie des Stückes ausdrücklich. Er ist deren Explikat. Zugleich ist der Begriff des musikalischen Gedankens als das Explikat der ästhetischen Geltung des Werkes eingeführt worden. Nach ihm verlangt der musikalische Klang in der Bestimmtheit seiner vollen Komplexität. Dieses Explikat ästhetischer Geltung hat sich als der Begriff der Konstruktion materialer Form erwiesen, die sich in der methodischen Ordnung von Material, Formapriori und Formbesonderung vollzieht. Sie bestimmt das Verhältnis von Form und Material, so daß sich die ästhetische Notwendigkeit der Form als Antwort auf die Forderungen des Materials begründet. Wenn nun der Begriff des musikalischen Gedankens im Zuge seiner Explikation der ästhetischen Geltung des musikalischen Werkes dessen Eigenbestimmung expliziert, dann ergibt sich, daß die ästhetische Geltung des Werkes und seine Eigenbestimmung dasselbe sind. Mit andern Worten: Ein musikalisches Kunstwerk besitzt ästhetische Geltung in seiner Autonomie.

§ 240

Der Begriff der Geltung bezeichnet normalerweise die Fähigkeit einer Größe zur Wahrheit. Er benennt nicht die Wahrheit dieser Größe, sondern ihre Wahrheitsdifferenz: den Sachverhalt, daß sie wahr oder falsch ist. Kann man in diesem Zuge sagen, daß die ästhetische Geltung eines Musikwerkes auf ähnliche Weise dessen Wahrheitsdifferenz darstellt?

Um so sprechen zu können, muß man einen Wahrheitsbegriff formulieren, der den Eigensinn des Ästhetischen bewahrt. Der allgemeine Wahrheitsbegriff wäre im Bezug auf das Ästhetische zu bestimmen. Den Ausgangspunkt hierzu vermag die aristotelische Bestimmung von Wahrheit abzugeben. Sie lautet: Daß etwas wahr sei, wird durch das »ist« einer Aussage bezeichnet.[24] Demgemäß gibt es ein »Sein in der Bedeutung des Wahren« (εἶναι τὸ ὡς ἀληθές).[25] Diese Form des Seins läßt sich in der Wendung »Es ist der Fall, daß« ausdrücken, die zu der Wendung »Es ist wahr, daß« äquivalent ist. Wahrheit ist hiernach das »Der-Fall-sein« von etwas. Ernst Tugendhat nennt diese Form des Seins »veritatives Sein«.[26] Solches veritative Sein kommt bestehenden Sachverhalten zu: Sie sind der Fall. Unter einem bestehenden Sachverhalt darf hierbei

24 *Aristoteles*, Metaphysik 1017 a 31 ff.

25 Ibidem, 1051 b 1 ff.

26 *Ernst Tugendhat*, Vorlesungen zur Einführung in die sprachanalytische Philosophie, Frankfurt am Main 1976, S. 60 ff. Ferner die grundlegenden Abhandlungen von *Charles H. Kahn*, Essays on Being, Oxford 2009, S. 25 ff. *et passim*.

keine Gegenständlichkeit angenommen werden. Vielmehr sind sie das, was die Aussage wahr macht, deren »ist« ihr Bestehen bezeichnet. Bestehende Sachverhalte sind dementsprechend erfüllte Wahrheitsbedingungen von Aussagen.[27] Das veritative Sein ist so in der Tat nur über das »ist« der Aussage zu verstehen.

Nun gilt weiterhin, daß das »ist« einer Aussage in dem Rahmen einer Zuschreibung von Eigenschaften steht. Die Aussage sagt »etwas ist soundso«, und wenn es der Fall ist, daß das Etwas soundso ist, dann ist die Aussage wahr. Mit andern Worten, die Aussage stellt eine Verbindung (σύνθεσις) von Subjekt und Prädikat dar, und das veritative Sein erweist sich entsprechend als das Sein einer Verbindung von Einzelding und Eigenschaft.[28] Weiterhin gilt, daß man das veritative Sein, mithin die Verbindung von Einzelding und Eigenschaft, als nichts anderes denn als die Erfüllung der Wahrheitsbedingungen einer Aussage anzusehen hat. Nun erfolgt die Verbindung von Subjekt und Prädikat, die eine Aussage vornimmt, meistens aufgrund anderer Aussagen, aus denen man herleitet, daß das Prädikat dem Subjekt zukomme.[29] Die Aussage »etwas ist soundso« steht hier in einem argumentativen Zusammenhang, ohne den ihre Verbindung nicht bestünde. Das bedeutet, daß meistens auch das veritative Sein, das nichts anderes ist als die Erfüllung ihrer Wahrheitsbedingungen, eben dadurch zutage tritt, daß die Aussage in einem schlüssigen Argument eingeführt wird. Hieraus ergibt sich, daß ein schlüssiges Argument das veritative Sein einer Größe darlegt.

Der hier umrissene Wahrheitsbegriff lautet mithin: Schlüssige Argumentation führt zu einer Darlegung veritativen Seins der Art »Es ist der Fall, daß etwas soundso ist«; sie stellt das Sein bestehender Sachverhalte als Erfüllung der Wahrheitsbedingungen von Aussagen dar. Diesen Begriff gilt es im Bezug auf das Ästhetische zu bestimmen.

---

27 Dazu *Günther Patzig*, Satz und Tatsache, in: *ders.*, Tatsachen, Normen, Sätze. Aufsätze und Vorträge, Stuttgart 1980, S. 8-44, hier: S. 34 ff.
28 *Aristoteles*, Peri hermeneias 16 a 12. Ebenso Metaphysik 1051 b 34.
29 *Aristoteles*, Analytica posteriora 71 b 16 ff.

Als Anknüpfungspunkt dieser Bestimmung drängt sich der argumentative Rahmen auf, in dem die Darlegung des veritativen Seins meistens erfolgt. Denn wir sahen bereits, daß die ästhetische Notwendigkeit von Musik als gelingende musikalische Argumentation verstanden werden kann. Dies erfolgt sowohl auf der Ebene des musikalischen Sinnes, der bereichsabhängige Argumentationen durchführt, als auch auf der Ebene des musikalischen Gedankens, der noch die Bereichsbedingungen solcher Argumentationen als Antworten auf materiale Forderungen begründet und dadurch dem musikalischen Sinnzusammenhang letzte Schlüssigkeit verleiht. In beiden Fällen liegen schlüssige Argumente in Musik vor. Sie machen die homöostatische Stimmigkeit des Werkes aus.

Wenn nun veritatives Sein in schlüssigen Argumenten dargestellt werden kann, dann würde *per analogiam* die schlüssige Argumentation, die die Operation des musikalischen Gedankens durchführt, das veritative Sein der Musik darstellen. Die homöostatische Stimmigkeit der materialen Form nähme mithin die Darstellung ästhetischer Wahrheit vor.[30] Das bedeutet, die ästhetische Geltung – das heißt die ästhetische Wahrheitsdifferenz – des musikalischen Werkes, die in dessen internem Verhältnis von Form und Material besteht, würde zur ästhetischen Wahrheit entschieden, wenn dieses Verhältnis ins Gleichgewicht gebracht wäre. Noch einmal anders gesagt: Der musikalische Gedanke ist die Konstruktion des Gleichgewichtes des Werkes in der methodischen Ordnung von Material, Formapriori und Formbesonderung. Als solche Konstruktion errichtet er die ästhetische Geltung des Werkes. Diese Konstruktion des Gleichgewichtes kann Schieflagen haben. In ihnen wäre die ästhetische Geltung des Werkes nicht erfüllt. Sind diese Schieflagen hingegen ausgeglichen, wäre die ästhetische Wahrheit des Werkes entschieden. Der musikalische Gedanke errichtet so die ästhetische

---

30 In der durch Adorno angeregten Bestimmung ästhetischer Wahrheit durch den Begriff der Stimmigkeit treffen sich meine Überlegungen mit *Guido Kreis*, Ästhetische Wahrheit, in: *ders.* und *Joachim Bromand* (Hrsg.), Was sich nicht sagen läßt. Das Nicht-Begriffliche in Wissenschaft, Kunst und Religion, Berlin 2010, S. 501-521. Kreis argumentiert allerdings von der Voraussetzung aus, daß Künste etwas repräsentieren. Diese Voraussetzung ist meines Erachtens im Fall der Musik nicht gegeben.

Geltung des Werkes und würde dann, wenn er ohne Schieflagen gelänge, auch dessen Wahrheit errichten.

Die ästhetische Geltung eines musikalischen Kunstwerkes hatte sich zudem als dessen Eigenbestimmung erwiesen. Sie besteht in seiner autonomen Verfassung. Die ästhetische Wahrheit eines musikalischen Kunstwerkes erfährt hiernach ihre Darstellung in der Erfüllung seiner Autonomie. Folglich entscheidet die gelingende Eigenbestimmung des musikalischen Werkes dessen veritatives Sein.

§ 242

Aber an dieser Stelle stockt die Analogie zu dem allgemeinen Wahrheitsbegriff, von dem ausgegangen wurde. Dessen veritatives Sein ließ sich in der Wendung »Es ist der Fall, daß etwas soundso ist« ausdrücken. Es ist der verbindenden Gestalt der Aussage nachempfunden. Musikalische Werke sagen jedoch nichts aus. Die Formulierung ihrer ästhetischen Wahrheit kann daher nicht an dem »ist« der Aussage anknüpfen. Sollte sie dennoch ein Analogon zum veritativen Sein aufweisen, so müßte dieses Analogon auf Prädikation verzichten. Schlüssige musikalische Argumentation hätte hier keine propositionale Gliederung zur Folge. Welches Modell aber könnte die Rede vom veritativen Sein mit dem Verzicht auf Prädikation verbinden, so daß das »Es ist der Fall, daß etwas soundso ist« zu einem einfachen und dennoch nicht leeren »Es ist der Fall« würde?

§ 243

Den Weg zu dem gesuchten Modell bietet eine der dunkelsten Ideen Adornos zur Philosophie der Musik. Sie führt in den Bereich der Theologie und wird daher oft als Idiosynkrasie angesehen. Tatsächlich aber eröffnet die Idee den Horizont, in dem eine Struktur erkennbar wird, die ein veritatives Sein ohne propositionale Gliederung von Sachverhalten artikuliert.

In seinem Fragment über Musik und Sprache schreibt Adorno:

Gegenüber der meinenden Sprache ist Musik eine von ganz anderem Typus. In ihm liegt ihr theologischer Aspekt. Was sie sagt, ist als Erscheinendes bestimmt zugleich und verborgen. Ihre Idee ist die Gestalt des göttlichen Namens. Sie ist entmythologisiertes Gebet, befreit von der Magie des Einwirkens; der wie immer auch vergebliche menschliche Versuch, den Namen selber zu nennen, nicht Bedeutungen mitzuteilen.[31]

Der hier eröffnete Horizont ist der Horizont des göttlichen Namens, den man selber nennt, anstelle der Bedeutungen der meinenden Sprache. Bedeutungen der meinenden Sprache sind deren Prädikationen: Ein Satz meint, daß etwas soundso sei. Wenn der göttliche Name an ihre Stelle tritt, dann steht er folglich für ein Nennen ohne Prädikation. Hierdurch überwindet er die intentionale Sprache, die sich auf Sachverhalte richtet, ohne leer zu sein – er läßt seinen Gehalt zugleich erscheinen wie sich verbergen.

Adorno führt diesen Horizont nicht weiter aus. Um ihn zu erkunden und als Modell für das veritative Sein des musikalischen Kunstwerkes zu gewinnen, ist er daher in seinen Grundzügen unabhängig von Adorno und vielleicht gegenläufig zu ihm zu rekonstruieren.

§ 244

Den ersten Orientierungspunkt in diesem Horizont bietet die jüdische Mystik. Sie kreist geradezu um die Frage nach dem göttlichen Namen. Ihre Positionen sind nicht auf einen Nenner zu bringen. Dennoch läßt sich für unsere Frage folgender Zusammenhang rekonstruieren.[32]

Das Problem der Normalsprache besteht für die Mystik darin, daß sie etwas Mitteilbares mitteilt. Dieses Mitteilbare ist der Sinn ihrer Sätze. Er stellt ein Problem dar, weil er als endlicher Sinn die Seele gegen das Unendliche versiegelt und verknotet, zu dem die mystische Versenkung gelangen will. Diese Knoten gilt es auf-

31 *Theodor W. Adorno*, Fragment über Musik und Sprache, in: *ders.*, Musikalische Schriften I-III (= Gesammelte Schriften 16), Frankfurt am Main 1978, S. 251-256, hier: S. 252.
32 *Gershom Scholem*, Der Name Gottes und die Sprachtheorie der Kabbala, in: *ders.*, Judaica III, Frankfurt am Main 1970, S. 7-70. Ferner *ders.*, Die jüdische Mystik in ihren Hauptströmungen, Frankfurt am Main ²1967, zumal S. 144 ff.

zulösen, um Gottes Offenbarung nahezukommen. Das kann dadurch erfolgen, daß man über etwas meditiert, das selbst keinen Sinn in sich trägt und dennoch das Zentrum aller Dinge bildet. Dieser zentrale Gegenstand ohne Sinn ist der Name Gottes. Indem man ihn als Kombination von Buchstaben betrachtet, zieht er sich auf eine reine Buchstabenfolge zusammen und löst sich von allem endlichen Sinn ab. Der spanische Kabbalist Abraham Abulafia begreift in diesem Zuge die mystische Meditation als Wissenschaft von der Kombination der Buchstaben (*Chochmath ha-Zeruf*). Zugleich sind Gottes Name und sein schöpferisches Wort miteinander gleichgesetzt. Die Elemente des Namens bilden daher das, woraus Himmel und Erde erschaffen wurden, so daß die Meditation über die Buchstaben des Gottesnamens zugleich eine Meditation über die Ordnung der Dinge ist. Alle sinnvolle Sprache, deren Sätze von den endlichen Dingen handeln, läßt sich folglich zurückführen auf den Namen, der selber keinen Sinn mitteilt, sondern eine reine Buchstabenkombination darstellt. Er ist das Sinnlose im Zentrum des Sinnvollen. Das heißt, daß alles Mitteilbare, Kommunizierbare, Sinnvolle von der Mitteilung eines Nicht-Mitteilbaren, Nicht-Kommunizierbaren, Sinnlosen abhängt. Es ist das in der Kombinatorik der Buchstaben erfahrbare Geheimnis der Offenbarung, das sich in der mitteilenden Sprache entfaltet hat, aber sie als Sinnloses stets übersteigt.

Für die jüdische Mystik besitzt die Sprache so eine sinnlose Innenseite, die in der Kommunikation nicht aufgeht. Diese sinnlose Innenseite bildet den Möglichkeitsgrund des Sinnes, weil dieser nichts anderes vollzieht als die Entfaltung der Buchstabenkombination des Gottesnamens, der als Wort die Welt erschaffen hat. Die Dinge bestehen darum durch ihren Anteil an dem Namen, der nichts bedeutet. Sinn hat nur die Tradition, die den Namen Gottes in kombinatorischer Auslegung interpretiert.

§ 245

Der Gottesname, um den die jüdische Mystik kreist, ist das Tetragramm JHWH. Der zweite Orientierungspunkt ist nun der biblische Text, der diesen Namen erklärt. Im Pentateuch wird geschildert, wie Mose im Sinai fragt, in wessen Namen er denn vor Israel und vor den Pharao treten solle. Aus dem brennenden Dornbusch erhält er die Antwort: »Ich werde sein, der ich sein werde« (*ehje ascher ehje*). Und weiter spricht Gott zu ihm: »So sollst Du den Israeliten sagen: JHWH, der Gott eurer Väter, der Gott Abrahams, der Gott Isaaks, der Gott Jakobs, hat mich zu euch gesandt. Das mein Name auf ewig.«[33] Diese Erklärung des Tetragramms nimmt eine etymologische Deutung vor. Die erste Person Singular *ehje* (»Ich werde sein«) wird in der dritten Person Singular zu *jehwe*. Das Tetragramm JHWH kann daher aus dem »Ich werde sein« hergeleitet werden, so daß Gott seinen Namen als »Ich werde sein, der ich sein werde« Mose erläutert.

Mit dieser Namenserklärung sind mehrere Dinge verbunden.[34] Zum einen ist ohne den Namen Gottes keine Gemeinschaft zwischen Gott und den Menschen möglich. Ohne Name kann der Mensch Gott nicht anrufen. Gott anzurufen aber ging in der Antike – und geht meist auch heute – mit dem Wunsch einher, Gott positiv zu beeinflussen. Dieser Zudringlichkeit durch Namensanruf entzieht sich Gott, wenn er seinen Namen als »Ich werde sein, der ich sein werde« erläutert. Denn diese Erläuterung erklärt den Namen, mit dem der Mensch Gott anruft, als Namen der Gegenwart Gottes – und als nichts sonst. Der Name JHWH sagt demnach: Gott wird Israel gegenwärtig sein, ohne sich dadurch in eine bestimmte Richtung drängen zu lassen. Hieraus folgt als zweites, daß der Gottesname nicht auf einen Sinn festzulegen wäre. Gott hat den Sinn seines Namens durch dessen Erläuterung an seine geschichtliche Selbstoffenbarung gebunden. Der Sinn des Namens ist daher nicht verfügbar, sondern verwirklicht sich in Gottes offenbarter Gegenwart in der Geschichte Israels. Und zuletzt ist bedeutsam, daß der Gottesname für Israel nie zu einem Geheimnis geworden ist, zu dem nur Eingeweihte Zutritt besaßen. Seine Verwendung, die allerdings die Heiligung des Namens zu sein hat, steht vielmehr jedem Juden frei.

In dieser Konstellation zeigt sich, daß die Wendung »Ich werde sein, der ich sein werde« ein »Ich werde für euch sein, der ich für euch sein werde« oder ein »Ich werde mit euch sein, der ich mit euch sein werde« bedeutet. Sie benennt Gottes Dabeisein mit sei-

---

33 Exodus 3, 13 ff.
34 *Gerhard von Rad*, Theologie des Alten Testaments I, München ⁹1987, S. 194 ff.

nem – hier in Ägypten – notleidenden Volk.[35] So sagt der Name Gottes nichts, was man zu seiner Beeinflussung verwenden könnte, sondern verweist auf Gottes geschichtliche Gegenwart bei Israel.

§ 246

Den dritten Orientierungspunkt eröffnet eine andere Deutung des »Ich werde sein, der ich sein werde«. Sie wurde, im Zusammenhang des Neuplatonismus, von der Bibelexegese des Philon von Alexandria (Philo Judaeus) und später der Kirchenväter eingeläutet.[36] Eine prägnante Formulierung erfährt sie in der rationalen Schriftauslegung durch Maimonides. Er interpretiert das »Ich werde sein, der ich sein werde«, dessen hebräischer Urtext auch als »Ich bin, der ich bin« übersetzt werden kann, als »Ich bin das Seiende, das das Seiende ist, nämlich das notwendig Seiende.«[37] Hiernach benennt der Gottesname JHWH das Seiende, dessen Wesen und Dasein zusammenfallen, so daß es notwendig und im Grunde gar nichts anderes als das Sein selber ist. Der Name eines solchen Seienden kann daher nur in der Wendung »Ich bin« erläutert werden.

Damit verbunden ist für Maimonides, daß man Gottes Eigenschaften nicht denken kann. Denn wenn der Name Gottes so erläutert wird, daß mit ihm kein Seiendes mit Eigenschaften bezeichnet wird, sondern nur und ausschließlich sein Dasein, dann können wir Gott nicht unter einer Eigenschaft benennen. Der Verzicht auf eine Beschreibung, die über die Wiederholung des »Ich werde sein, der ich sein werde« hinausginge, beinhaltet dieser Erwägung zufolge sowohl die Notwendigkeit von Gottes Dasein als auch die Undenkbarkeit seines Wasseins. So ist auch das Dasein in dem Satz »Ich werde sein« durch kein Prädikat angezeigt: Das Dasein ist vielmehr im Subjekt enthalten und übersteigt daher die prädikative Gliederung. Mithin nennt der Gottesname etwas, das in keinem

35 *Charles Touati*, Ehye Aser Ehye (Ex 3, 14) comme »L'être avec …«, in: *ders.*, Prophètes, talmudistes, philosophes, Paris 1990, S. 89-99.

36 Dazu *Werner Beierwaltes*, Deus est esse – Esse est Deus. Die onto-theologische Grundfrage als aristotelisch-neuplatonische Denkstruktur, in: *ders.*, Platonismus und Idealismus (= Philosophische Abhandlungen 40), Frankfurt am Main ²2004, S. 5-82.

37 *Mose Ben Maimon*, Moreh Nebukim I, 63.

Sachverhalt aufgehen könnte. Denn Sachverhalte gliedern sich in Prädikationen, also in das, was die Erläuterung »Ich werde sein, der ich sein werde« gerade vermeidet. Der Name Gottes bringt so ein notwendig Seiendes außer allen Sachverhalten zur Sprache.

Der mit diesen Überlegungen verbundene Komplex, den man »Exodus-Metaphysik«[38] genannt hat, kann hier nicht weiter erkundet werden. Er führt letztlich zu der Formulierung eines Gottesbeweises, die den Satz, der die Existenz Gottes behauptet, von allen anderen Sätzen unterscheidet und als einen Satz darlegt, den man nicht verneinen kann, weil er die Existenz von etwas behauptet, das das Sein selbst ist. An unserer Stelle genügt es, bei der Deutung des Gottesnamens zu bleiben und diesen als Ausdruck eines notwendig Seienden zu verstehen, dem man nichts zu prädizieren vermag.

§ 247

Die drei Orientierungspunkte sind theologisch nicht aus einem Holz. Die kabbalistische Kombinatorik der Buchstaben hat mit dem Dabeisein Gottes mit seinem Volk in geschichtlicher Offenbarung nicht viel zu tun, die ontologische Spekulation der Exodus-Metaphysik über ein notwendig Seiendes ist ebenfalls unabhängig von Bibeltext und Sprachmystik. Um ein Modell für ein Nennen ohne Prädikation zu entwickeln, das das veritative Sein des musikalischen Kunstwerkes zu artikulieren erlaubt, und nicht zu theologischen Zwecken, lassen sich die drei Orientierungspunkte indessen vereinen.

Sie ergeben dann die folgende Struktur. Der Gottesname nennt das notwendig Seiende, das sich in der Geschichte offenbart, aber nicht in Aussagen bestimmen läßt. Der Name besitzt daher keinen Sinn, bildet aber zugleich als Bezeichnung dessen, der das Sein selbst ist, den Ermöglichungsgrund alles sinnvollen Sprechens, da er das bezeichnet, von dem alles Seiende abhängt, von dem man sinnvoll zu sprechen vermag. Sinn haben deshalb nur die Auslegungen des Namens im Bezug auf das sinnvoll zu Bestimmende. Die Geschichte, in der zu offenbaren Gott sich in seiner Namens-

---

38 *Étienne Gilson*, L'esprit de la philosophie médiévale (= Etudes de la philosophie médiévale 33), Paris ²1969, S 51 ff. Die Berechtigung dieser Bezeichnung und von Gilsons Argumentationsrahmen insgesamt sei hier dahingestellt.

erläuterung bekannt, darf hier zugleich als diese Geschichte der Auslegung seines Namens begriffen werden. Denn geschichtlich ist Seiendes, über das man sinnvoll zu sprechen vermag. Gottes Offenbarung in der Geschichte geschieht mithin in Ereignissen, von denen sinnvolle Rede möglich ist. Diese Rede legt den sinnlosen Gottesnamen auf einen bestimmten Sinn hin aus. Gottes Offenbarung in der Geschichte bringt seinen Namen somit zugleich zu einer sinnvollen Auslegung, die sich in der Geschichte verändert. Die geschichtliche Offenbarung Gottes, des notwendig Seienden mit sinnlosem Namen, erfolgt in der Geschichte von dessen Interpretation.

Das Modell, ein Hybrid aus jüdischer Mystik, Bibelwort und Ontologie, entwirft die Struktur eines Nennens ohne Prädikation. Während noch deiktische Benennungen wie »dies da« immer im Rahmen einer impliziten Prädikation stehen, steht der Gottesname selber außerhalb dieses Rahmens, der sprachlichen Äußerungen Sinn verleiht. Er ist das Sinnlose, dessen Träger sich in der Geschichte seiner Auslegungen offenbart und dennoch immer anders ist.

§ 248

Nach diesem Modell kann das veritative Sein des musikalischen Kunstwerkes begriffen werden. Dessen homöostatische Stimmigkeit gleicht der Argumentation, deren Schlüssigkeit veritatives Sein darzulegen vermag. Das, was sie darlegt, ist aber kein Sachverhalt. Es ist vielmehr das ästhetisch notwendige »Es ist der Fall«, das sich in der Geschichte seiner Interpretation zeigt und dennoch immer anders ist. Die Stimmigkeit des musikalischen Kunstwerkes sagt mithin im Grunde nur: »Es wird sein, das es sein wird.« Die Darlegung des veritativen Seins ist ohne Sinn.

Indem sie dies sagt, ermöglicht sie indessen die Interpretation dessen, was bestimmungslos der Fall ist. Da das veritative Sein die ästhetische Geltung des musikalischen Werkes erfüllt, hängt der musikalische Klang in der Bestimmtheit seiner vollen Komplexität von ihm ab. Was die homöostatische Stimmigkeit mit dem sinnlosen Namen »Es wird sein, das es sein wird« benennt, ermöglicht daher alle sinnvolle Bestimmung des musikalischen Werkes, weil von ihm alle ästhetischen Sachverhalte – der musikalische Klang in der Bestimmtheit seiner vollen Komplexität – abhängt. Diese sinnvolle Bestimmung des musikalischen Werkes wiederum erfolgt in der Interpretation dieser Sachverhalte durch musikalische Praxis und Kritik. Die Geschichte der Interpretation dessen, was bestimmungslos der Fall ist, bildet folglich das, worin das musikalische Kunstwerk sich »offenbart« – das heißt: worin es sein Dabeisein mit denen besitzt, die es hören. Sinnvoll zu beschreibende Anwesenheit erlangt das musikalische Kunstwerk, dessen Wahrheit nur in der sinnlosen Rede des »es wird sein, das es sein wird« zu bezeichnen ist, in seinen Auslegungen. Das veritative Sein der Musik, ihr »Es ist der Fall«, weist somit nicht über sich hinaus auf einen Sachverhalt, der der Fall wäre. Es verweist nur darauf: »Das musikalische Kunstwerk wird sein, das es sein wird in der Geschichte seiner Interpretationen«. Das ist das veritative Sein der Musik.

In dieser sinnlosen Darlegung der Begründung alles sinnvollen Klanges findet der musikalische Gedanke eines Werkes seine Erfüllung. Als das Verfahren, Form und Material ins Gleichgewicht zu bringen, benennt er das ästhetisch notwendige der-Fall-sein, dessen sinnlose Bezeichnung in der Geschichte seiner Auslegungen einen Sinn findet, zu dem es immer ein Anderes bleibt.

§ 249

Fassen wir zusammen: Der musikalische Klang in der Bestimmtheit seiner vollen Komplexität beansprucht ästhetische Geltung, weil sonst die ästhetische Notwendigkeit des sinnvollen Klanges im Unbestimmten bleibt. Seine ästhetische Geltung wird durch die homöostatische Stimmigkeit von Form und Material errichtet. Die methodische Konstruktion dieser Stimmigkeit bezeichnet der Begriff des musikalischen Gedankens. Als ästhetische Wahrheit entschieden wird die ästhetische Geltung schließlich dadurch, daß jene Konstruktion gelingt. Sie errichtet die Wahrheit des musikalischen Kunstwerkes. Das, was das wahre Kunstwerk sagt, besitzt keinen auszusagenden Sinn, sondern vermag nur in dem Satz »Das Werk wird sein, das es sein wird in der Geschichte seiner Interpretationen« formuliert zu werden. Wenn diese Formulierung als Namenserläuterung begriffen werden darf, dann vollzieht die Stimmigkeit des musikalischen Kunstwerkes die Nennung eines sinnlosen Namens. Von diesem sinnlosen Namen hängt indessen alle sinnvolle Bestimmung des Kunstwerkes ab, weil der Name die Erfüllung von dessen ästhetischer Geltung benennt. Er erfährt seine Auslegung in der Arbeit am Sinn des Werkes, die als Geschichte seiner Interpretationen durch musikalische Praxis und Kritik erfolgt. Selber aber bleibt er sinnlos, und das veritative Sein des musikalischen Kunstwerkes geht entsprechend niemals in der Geschichte seiner Interpretationen auf.

§250

Das Anderssein des Werkes gegenüber seinen Interpretationen muß ungeschwächt hingenommen werden. Das musikalische Kunstwerk geht nicht deshalb nicht in der Geschichte seiner Interpretationen auf, weil diese ein unendlicher Prozeß ist. So zu reden, würde das Anderssein des Musikwerkes von der Unabgeschlossenheit der Interpretationen her verstehen. Doch auch bei der kaum denkbaren Lage, daß alle möglichen Interpretationen eines Werkes in musikalischer Praxis und Kritik durchgespielt worden wäre, bliebe das Werk anders. Das theologische Modell hat dieses Anderssein als die Sinnlosigkeit des Gottesnamens formuliert. Er ließe sich selbst am Ende aller Tage vom Menschen nicht verstehen; auch deshalb wäre ja das Ende aller Tage das Jenseits der Menschen. Analoges gilt indessen auch für das musikalische Kunstwerk. Obwohl es bei seinen Hörern ist, ist es nicht nur für sie, sondern entzieht sich ihnen und bleibt gegenüber der Geschichte seiner Interpretation anders.

§251

Der Grund des Andersseins besteht im Falle des musikalischen Kunstwerkes indessen, anders als im theologischen Modell, nicht in seiner Transzendenz. Er liegt vielmehr in der Materialität seiner materialen Form beschlossen.

Die Begriffe der Form und des Materials sind Reflexionsbegriffe. Sie leiten mithin die Interpretation von Musik an. In der Regel geschieht dies unter dem Begriff der Form. Was das Werk ist, wird interpretiert; und »was das Werk ist«, ist seine Form. Die Aufgabe des Reflexionsbegriffes des Materials wiederum besteht darin, etwas in den Interpretationen der Musik zur Sprache kommen zu lassen, das Forderungen an die Form eines Werkes stellt. Wenn aber die Interpretation eines musikalischen Werkes zu einem ihrer Leitbegriffe den Begriff des musikalischen Materials besitzt und wenn dieser Begriff eine Instanz mit normativer Geltung für die Form benennt, dann muß die Interpretation dem, was jener Begriff ihr als ihren Gesichtspunkt vorzeichnet, Folge leisten. Denn die Interpretation eines Werkes sucht die Form des Werkes zu bestimmen und würde diese verfehlen, wenn sie die Forderungen, auf die die Form antwortet, nicht zu erfassen vermöchte. Das heißt: Im Innern des Werkes befindet sich eine Schicht, die eine Grenze der Interpretation darstellt. Diese Schicht steht der Interpretation nicht abstrakt gegenüber. Sie wird thematisch ja nur in dem Reflexionsbegriff des musikalischen Materials, der sie unter einem bestimmten Gesichtspunkt anleitet. Aber dieser Gesichtspunkt benennt eine Schicht, die es zwar in der Interpretation zu erkunden gilt, deren Erkundung aber unter der Forderung steht, daß sie sich dem Erkundeten zu beugen hat.

Die Verfügbarkeit des musikalischen Werkes für die Interpretation findet mithin ihre Grenze am musikalischen Material. Obwohl auch das Material nur ein Gesichtspunkt der Interpretation ist, muten seine Forderungen der Interpretation zugleich etwas zu, über das diese nicht verfügt. Damit ist der Streit um das rechte Verständnis des Materials natürlich nicht abgeschnitten. Aber festgelegt ist, daß in dem unendlichen Streit um das, was das Material und seine Tendenz sei, eine Größe zur Sprache kommt, die bereits vor der Interpretation des Werkes besteht, wenngleich sie erst in dessen Interpretation als deren reflexiver Gesichtspunkt zur Sprache gelangt. Das veritative Sein, das die Stimmigkeit des Werkes darlegt, kann dementsprechend von der Geschichte der Interpretationen, die es auslegen, unterschieden werden.

Es ist daher falsch, mit Adorno vom musikalischen Werk zu sagen, sein Sein sei ein Werden.[39] Zwar ist das musikalische Werk nur in der Geschichte seiner Interpretation anwesend. Aber zugleich setzen sich seine Interpretationen durch den Reflexionsbegriff des musikalischen Materials den Gesichtspunkt, unter dem sie sich selbst als einem anderen zugehörig verstehen.

Hierdurch vermag der musikalische Materialismus das im Werden befindliche Sein des Werkes gegen seine Auflösung in die Geschichte seiner Interpretationen zu bewahren. Zwar begegnet er dem Sinn, den das Werk in der Geschichte seiner Interpretation gewinnt, nicht mit einem übergeordneten Sinn. Er vermag hier nur die Sinnlosigkeit des »Es wird sein, das es sein wird« zu sagen. Aber mit dieser Sinnlosigkeit benennt er die homöostatische Stimmigkeit der materialen Form, die der musikalische Gedanke errichtet. Und diese Stimmigkeit beinhaltet die Grenze der Interpretation, die das Was des musikalischen Werkes auszulegen bestrebt ist, in dem Begriff des Materials. Der musikalische Materialismus muß daher am Ende eine weitere Unterscheidung der Theologie aufgreifen. Ihr zufolge ist Gottes Sein nicht Werden, sondern *im* Werden.[40] Auch das Sein des musikalischen Werkes ist nicht Werden, sondern im Werden. Denn den Interpretationen, in denen das Werk mit seinen Hörern dabeisein wird, ist im musikalischen Material eine Schicht vorausgesetzt, deren Forderungen das interpretierende Reflexionsspiel nachfolgen muß. Die homöostatische Stimmigkeit des Werkes, die dessen veritatives Sein benennt, gründet in dieser Schicht.

So fußt der Überstieg des musikalischen Kunstwerkes über die Geschichte seiner Interpretation auf dem, was den Anfangspunkt seiner begrifflichen Entfaltung bildete: dem musikalischen Material und seiner in Forderungen artikulierten Tendenz. Als Voraussetzung der Interpretation aber ergibt sich daraus die Hoffnung, daß in ihr das Werk das werde, was es sei.

---

39 *Theodor W. Adorno*, Ästhetische Theorie, op. cit., S. 263. Ebenso *Albrecht Wellmer*, Versuch über Musik und Sprache, München 2009, S. 92.

40 *Eberhard Jüngel*, Gottes Sein ist im Werden. Verantwortliche Rede vom Sein Gottes bei Karl Barth. Eine Paraphrase, Tübingen ³1976.

Register

I. Komponisten- und Werkregister

Ablinger, P. 71 f.

Bach, J. S. 60 f., 105 f.,
132 f., 174, 195
Matthäuspassion 174
Die Kunst der Fuge 61, 132 f.
Beethoven, L. van 29, 113,
131, 188 f., 214-216, 249
Sonate in c-Moll op. 10, Nr. 1 249
Eroica 113, 188 f., 214-216
Bernhard, C. 245
Boehmer, K. 17, 144, 168
Bruckner, A. 195

Cage, J. 15-17, 84 f., 145

Eisler, H. 65
Estrada, J. 184
Yuunohui 184
Evangelisti, F. 86 f.

Ferneyhough, B. 58, 145
Franco von Köln 133-136

Grisey, G. 59

Hindemith, P. 50, 56
Huber, K. 145
Des Dichters Pflug 145

Kreidler, J. 71
Křenek, E. 62

Lachenmann, H. 58,
87 f., 100-102, 197
Leibowitz, R. 61

Liszt, F. 61, 171, 199

Mahnkopf, C.-S. 58 f., 181
Messiaen, O. 214-217
Le Merle noir 214-217
Monteverdi, C. 60, 199
Mozart, W. A. 199

Nono, L. 107, 158, 175
Intolleranza 158
Prometeo 175

Orff, C. 56

Pärt, A. 102
Perle, G. 172

Reger, M. 56
Rossini, G. 199
Russolo, L. 80

Scelsi, G. 176
Schaeffer, P. 79 f.
Étude aux chemins de fer 79
Schönberg, A. 69, 156 f.,
200, 203, 212, 231, 234-
240, 246, 248 f.
Schubert, F. 130, 169, 195
Sonate in B-Dur D.960 130
Schumann, R. 107
Schütz, H. 245 f.
Musikalische Exequien 245 f.
Spahlinger, M. 58
Stockhausen, K. 81 f., 142-144, 158
Gesang der Jünglinge 81 f.
Gruppen 158

Strawinsky, I. 83
   Le sacre du printemps 83

Varèse, E. 83

Wagner, R. 128, 132, 172, 199, 239
   Siegfried 132
   Tristan und Isolde 172, 239

Walshe, J. 71
Weber, C. M. von 178
   Der Freischütz 178
Xenakis, I. 58, 83 f.
   Metastaseis 83 f.

Zarlino, G. 199

II. Namenregister

Abbate, C. 21
Abraham Abulafia 257
Adler, G. 181
Adorno, Th. W. 54-58, 61-64, 69, 180, 192, 213, 222, 240-244, 254-256, 265
Apel, W. 134
Arendt, H. 43
Aristoteles 13 f., 19, 38-44, 47-49, 186, 195 f., 252 f.
Aurelianus von Réome 159

Babbit, M. 172
Bayer, F. 155
Becker, O. 9
Beierwaltes, W. 259
Besseler, H. 16, 138, 164
Bloch, E. 60, 223
Blume, F. 16, 77, 124
Boccadoro, B. 18
Boghossian, P. 97
Borio, G. 71
Brunner-Traut, E. 168
Bubner, R. 15, 43

Caesar 113
Camp, E. 126
Chion, M. 104
Cohen, H. 119 f.

Dahlhaus, C. 56, 68, 71, 117, 131, 188, 194, 200, 202
Danuser, H. 69, 221
Dilthey, W. 219
Doflein, E. 56 f., 121
Duchez, M. E. 169

Eggebrecht, H.-H. 17, 66, 182, 224, 245
Eimert, H. 81 f., 144, 157, 181, 210, 212
Erpf, H. 171
Evans, G. 92-94, 232

Federhofer, H. 202
Fétis, F.-J. 198-201
Flasch, K. 20
Frege, G. 232
Frisius, R. 83

Gadamer, H.-G. 10, 222
Gerhardt, U. 23
Gerigk, H.-J. 219
Gilson, É. 260
Goehr, L. 29-31
Goll, C. 80
Goodman, N. 26 f.
Gredt O. S. B., J. A. 48
Guido von Arezzo 160

Gurlitt, W. 116

Habermas, J. 52
Hadot, P. 11
Halm, A. 78, 170, 200,
    204-209, 211, 249
Hammerstein, R. 19, 139
Hanslick, E. 49-51, 69, 128 f.
Hardie, A. 11
Hasty, C. 126 f.
Hauptmann, M. 122 f.,
    127, 135 f., 147 f., 206
Hegel, G. W. F. 42, 61 f.
Henrich, D. 12, 23
Hitzlberger, T. 172
Hoffmann, E. T. A. 233

Jacob, A. 234
Jankélévitch, V. 21
Johannes Cassianus 218
Jüngel, E. 265

Kager, R. 58
Kahn, C. H. 10, 252
Kant, I. 12, 109, 118-120, 232
Katz, R. 22
Kivy, P. 27 f.
Knepler, G. 67 f.
Kreis, G. 222, 254
Krüger, G. 11, 19
Kuhn, H. 196
Kurth, E. 153, 179, 204, 209 f., 212

Leibniz, G. W. 109 f., 161
Leonardo da Vinci 111
Leopold, S. 60
Lessing, G. E. 108 f.
Levinson, J. 28 f.
Lissa, Z. 15
Listenius, N. 15
Locke, J. 95
Lohmann, J. 18

Lorenz, A. 128
Lubac S. J., H. de 217
Lukács, G. 42

Maimonides 259 f.
Mainoldi, E. S. 140
Mandelstam, O. 145
Marcuse, H. 42
Marx, K. 42
Mayer, G. 65
McDermott, J. V. 155, 148
McTaggart, J. 110 f., 124, 148
Metzger, H.-K. 102, 144 f., 181, 192
Moses 257-259
Motte-Haber, H. de la 153

Nowak, A. 193, 244

Ohly, F. 217, 219

Patzig, G. 253
Paulus 139, 218
Philon von Alexandria 259
Piana, G. 36, 106, 170
Platon 8-13, 259
Przywara S. J., E. 140
Pythagoras 9-11

Rad, G. von 258
Ratz, E. 69
Reineke, C. 234
Ridley, A. 33
Riemann, H. 69, 200-
    204, 206 f., 211
Rilke, R. M. 233
Rödl, S. 193
Rohs, P. 110
Rombach, H. 189
Rufer, J. 156, 200, 248 f.

Schäfke, R. 204
Schelling, F. W. J. 112 f.

Schenker, H. 202
Schmid, M. H. 132, 178
Scholem, G. 256
Schwarzkopf, G. 219
Scruton, R. 95-98, 102,
    215, 222, 229
Seel, M. 52
Seidel, W. 15, 123
Shreffler, A. 68
Sier, K. 10
Snell, B. 18
Sokrates 8-14, 34 f., 186, 196
Sorgner, S. L. 14
Spinoza, B. de 97
Staiger, E. 129
Stephan, R. 221, 234, 248,
Strawson, P. F. 33, 90-
    95, 111, 150-152

Theunissen, M. 146

Thomas von Aquin 39 f.,
    40, 43, 48, 135-137
Touati, C. 259
Toulmin, S. E. 195
Tugendhat, E. 252

Vogel, M. 188

Waismann, F. 30
Walter, M. 135, 138, 159
Weber, M. 20, 23-25
Wellmer, A. 215, 265
Wiehl, R. 124
Wieland, W. 48
Wiora, W. 16, 158
Wittgenstein, L. 30, 187
Wolff, C. 61

Zeuxis 216

III. Sachregister

Analytische Musikontologie 25-
    34, 37
Antike Musiklehre 8-14, 18 f.
Arbeit 42-47, 49-56, 61-63
Ästhetische Geltung 226-231,
    240, 248, 250-252, 254 f., 261 f.
Ästhetische Notwendigkeit 113-
    115, 185, 195-197, 210 f.,
    225 f., 241 f., 252, 254, 262
Ästhetische Wahrheit 229,
    252-255, 261 f.
Autonomie 12-14, 16, 22 f., 64-
    68, 98-100, 102, 105-107, 114 f.,
    121-123, 146 f., 149, 151, 153, 187,
    194, 198, 228-230, 251-255
Avantgarde 71 f.

Breite (Horizontale) 162-169

Diagonale 179-181
Dichte 181-183

Eigenbestimmung 200 f.,
    203, 209, 228, 251 f., 255
Eigensinn 12-17, 22, 25, 35,
    53, 64, 70, 74, 98-100,
    106, 138, 141, 180, 252
Elektronische Musik 81-83, 85, 141
Engel 19 f., 139
Ewigkeit 123, 133-141, 143 f.

Form 15, 47 f., 73-231, 238-242,
    244-248, 250-252, 253, 262-265

Fuge 61, 105 f., 249 f.
Funktion 65-70, 73, 100-102, 121,
   126 f., 143 f., 157 f., 161, 165 f.,
   178, 180, 189-193, 201-214, 217,
   220 f., 224-226, 234, 237-239

Gedanke 225-265
Gedanke in Gestalten 247-250
Geist 13, 17-24, 46, 49-51, 62-67,
   71, 82, 87 f., 138-140, 217-224
Gesamtphysiognomie des
   Klanges 104-107
Gesellschaft 62-69
Göttlicher Name 256-263
Gregorianik 107, 137-140,
   164-166, 184, 199
Grundgestalt 248-250

Herstellen (ποίησις) 28-43
Höhe (Vertikale) 156 f., 169-176
Homöostase 235 f., 240,
   242-247, 254, 261-265
Hören 16 f., 229 f.

Idealtyp 23-25, 34
Identifizierung 90-94, 99,
   105-107, 149-153, 161 f.
Intensive Größe 118-120
Interpretation 261-265

Kategorien 71, 76 f., 226-230
Klang *passim*
Klangfarbe 103-107
Klangtypen 100-109, 187, 243, 246
Klassisch-romantisch 124, 128, 145
Komplexismus 58, 145, 180-183
Kontinuum – Diskontinuum 183 f.
Kontrapunkt 60, 106, 133,
   179-181, 195, 198, 245
Kosmos 9-11, 13, 19

Logik 193-198, 213 f.

Material 36-76, 87 f., 114, 194,
   228-231, 239-247, 251-
   254, 262-265
Materiale Form 69-71,
   74, 87 f., 231, 246 f.
Möglichkeit 14, 48, 50, 53 f.,
   57 f., 61, 63, 74-76, 87, 105,
   127, 235 f., 239-244, 246, 257
Momentform 123, 142-144
Musikalischer Negativismus 58
Musique concrète 79-81, 83, 85, 100
Musique formelle 82-85, 100

Neuer Konzeptualismus 71 f.

Offene Form 17, 41, 168 f., 191
Ontologie aus ästheti-
   scher Vernunft 33-35

Prozeß 123-133

Raum 147-185, 194 f., 225-
   229, 231, 238, 240, 246
Reflexionsbegriff 48 f., 67,
   73-76, 230, 263-265
Regel 14, 21 f., 30, 32 f., 41, 44-46,
   50, 59, 64-68, 79, 82 f., 89, 99 f.,
   102, 105-107, 114-117, 121-123,
   137 f., 144, 146 f., 149, 153, 171 f.,
   180, 185, 187, 193-196, 198, 200 f.,
   203, 212 f., 221 f., 224 f., 227-229,
   232, 238-243, 245-247, 251, 263
Regelästhetik 21, 41
Regelkanon 44 f.
Repräsentation 214-217

Serialismus (integrale
   Reihentechnik) 58, 83, 86, 144,
   157-159, 168, 176, 182 f., 191 f., 248
Sinn 185-229, 231, 238-240,
   246, 250, 254, 256-265
Sonate 76 f., 165, 223, 249 f.

Spektralismus 59
Stimmigkeit 197, 240-246,
  249, 254, 261-265
Stochastische Musik 58, 73, 89

Tendenz des Materials 54-
  62, 71 f., 75 f., 251, 264 f.
Teufel 19 f.
Tiefe 162, 176-179
Tonalität 78, 166 f., 169, 171 f.,
  178-180, 198-214, 236-240, 249
Tonleiter 20, 78, 170 f.,
  198-200, 208 f.
Tonsystem 17-22, 24, 49, 51 f.,
  78, 86, 99-101, 103, 105, 107,
  114 f., 155, 185, 189, 200, 235

Umwendung der Zeit 146

Vernunft 12-14, 22-24, 32-34
Verständlichsein 186-189,
  190, 210, 214, 220-223

Zeit 108-159, 161, 163 f., 183, 185,
  187, 191, 194 f., 225-231, 239 f., 246
Zufallskompositionen 15-17,
  41, 84 f., 100, 145, 168, 191
Zwölftontechnik 56, 156 f.,
  159, 172, 200, 213, 248 f.